KB271174

신곡

하

단 테 지음
최 현 옮김

범우

차 례

연옥편

Purgatorio

제 *25* 곡

단테는 여섯째와 일곱째 언덕 사이를 오르면서, 영양을 섭취할 필요가 없는 영체인 연옥의 영혼들이 어찌하여 목이 마르는지를 이상하게 생각한다. 이에 대해 스타티우스는 생식 작용, 영육의 결합 그리고 사후 영혼의 상태를 자세히 설명한다. 세 시인은 마지막으로 일곱째 언덕에 도달한다. 이곳에서는 음란죄를 지은 망령들이 맹렬히 타오르는 불 속에서 죄를 씻고 있다.

때는 지체 없이 올라야 할 시간, 태양의 자오선이 금우궁(金牛宮)에
이어지고 밤의 그것은 천갈궁에 이어졌나니[1]
다급한 일에 쫓기는 자는 가는 길에 무엇이 나타날지라도 멈추지 않
고 그 길을 곧장 가는 것처럼
우리 또한 틈새로 들어가 한 사람씩 돌층계를 올라갔으니
길이 좁아서 따로따로 떨어져 가지 않을 수 없었기 때문이다.
마치 날고 싶으나 둥지를 떠나는 것이 두려운 황새 새끼가 펼쳤던
날개를 접는 것처럼,

---

1) 연옥에서는 태양이 백양궁에 있을 때가 정오이다. 금우궁(金牛宮)은 백양궁 다음에 있으며, 황도는 모두 12궁이므로 1궁은 2시간이다. 지금 태양이 자오선(이때 해는 백양궁 안에 있다)을 벗어나 금우궁에 있으므로 오후 2시경이다. 천갈궁은 금우궁과 정반대에 위치해 있으므로 밤(예루살렘)은 오전 2시경이다.

내 마음속에서 묻고 싶은 충동이

때로는 강하게 때로는 약하게 솟구쳤지만

목만 가다듬다 말았지 끝내 말을 꺼낼 수 없었나니

여전히 갈 길을 재촉하는 중에 인자하신 스승이 걸음을 늦추지 않고
말씀하시되,

"너 시위를 당겨 놓고 화살을 도로 집어넣고 있구나. 네 말의 화살
을 쓰도록 하라"

하시기에 나의 의심은 해소되어 주저 않고 물었다.

"이 새로운 땅에서 영양을 섭취할 필요가 없게 된 자들이 어떻게 그
렇듯 여윌 수 있을까요?"

"만일 네가,"

하고 스승이 대답하기를,

"나무토막이 불꽃 속에서 사라졌을 때

멜레아그로스[2]의 목숨도 사라져 갔음을 상기한다면

이것을 쉽사리 이해할 수 있으리라.

그리고 거울 앞에 서면 네 영상을 볼 수 있는 것처럼 언뜻 보기에
어렵게 느껴졌던 것도 쉽게 이해할 수 있으리라.[3]

그러나 너를 불태우고 있는

그 소망의 불꽃을 남김없이 끄기 위하여,

---

2) 카리돈의 왕 오이네우스와 아르타이아의 아들. 그가 태어났을 때 운명의 세
   여신이 나타나, 클로토는 그가 용감할 것이라고 예언하고, 라테시스는 그가
   강건할 것이라고 예언하였으며, 아트로포스는 한 조각의 나무를 불에 던지며
   그 나무와 아기의 수명이 같을 것이라고 예언했다. 어머니 아르타이아는 곧
   그 불을 끄고, 타다 만 나무쪽을 숨겼으나, 멜레아그로스가 성장하여 그의
   숙부 둘을 죽이매 그 나무조각을 꺼내 불에 태우니 멜레아그로스도 죽었다.
   오비디우스의 《변신》 8권의 260이하 참조.
3) 영체는 마치 거울이 사물을 그대로 보여 주듯이 영혼의 실상을 반영한다. 이
   일을 생각하면 네 의심도 풀릴 것이다.

네 의혹의 상처를 어루만져 주기 위하여 이제 스타티우스에게 부탁할까 하노라.”

스타티우스는 먼저,

“감히 당신 앞에서 영원한 섭리를 설명한다는 건 정말 가소로운 일이지만 당신의 부탁이므로 거절할 수 없군요”

하고 말하더니 이어 나를 보고 말하기를,

“자네가 만일 내 말에 귀기울이다면, 자네의 의문을 푸는 데 한줄기 빛을 볼 수 있을 걸세.

가장 순수한 혈액[4]은 식탁 위의 음식처럼, 목마른 혈관으로 빨려 들어가지 않고 심장 속에 남아 인간의 오관을 형성하는 힘을 얻게 되나니

이는 마치 혈관 속으로 흘러 들어간 혈액이 인간의 양분으로 변하는 것과 비슷한 것이라네.

그 혈액은 더욱 순화되어, 사람들이 말하기를 꺼리는 부분으로 흘러 들어가, 거기 자연의 그릇[5] 속에 있는 다른 피 위에 방울져 떨어지나니

그곳에서 남성의 피와 여성의 피가 서로 섞이는데, 그 하나는 수동적인 반면에 또 다른 피는 완전한 곳[6]에서 흘러 나왔으므로 능동적이라네.

그 능동적인 피가 수동적 핏덩이 속으로 들어가고 작용을 시작하여 우선 응고시키고, 이어서 그 물질에 의해 굳어진 것에 생명을 부여한다네.

---

4) 정액(精液)이 되는 피. 모든 피는 심장에서 신체 형성의 힘을 얻게 된다. 전신을 기르고 남는 피(영양분의 잉여분)는 생식 세포를 형성한다. 이하 인체와 그 영혼의 생성 과정은 아리스토텔레스의 《영혼기원론》과 토마스 아퀴나스의 교리를 토대로 한다.

5) 자궁. 여기서 여성의 혈액과 합쳐진다.

6) 피의 샘인 심장.

그 능동적인 힘[7]은 이제 식물의 그것과 같은 영혼이 되었지만 식물이 그 목적을 이루는 곳에서 시작되는 점이 다를 뿐

머지않아 반은 동물이요 반은 풀인 바닷생물과 같은 것[8]이 꿈틀거리나니 감각도 있는 듯 그것은 자기 속에 간직하고 있던 여러 가지 감각 능력을 키우기 시작한다네.

자, 이제 보게나. 자연의 계획이 명하는 대로 모은 지체(肢體)가 제 모양과 위치를 갖게 될 때까지 그 형성력이 바야흐로 번지고 퍼지는 것을.[9]

그러나 어떻게 해서 이 동물 같은 것이 말하는 존재〔인간〕가 되는지 자네는 아직 모를 것이네.

이 점은 일찍이 자네보다 지혜로웠던 자[10]가 과오를 범했을 만큼 어려운 대목이나니

그는 가능지(可能知)[11]에 해당되는 특수한 기관이 인정되지 않는다고

---

7) 남성의 혈액 중에 있다.

8) 남성의 정액은 질료적(質料的)으로는 작용하지 않고, 오히려 그것에 내재하는 정신에 의해 영화(靈化)의 원리, 즉 '활동력'으로서 여성의 물질에 작용한다. 이리하여 영혼이 생성된다. 그러나 영혼도 하나의 발전 단계를 거쳐야 한다. 여기서 다만 영양과 생장과 번식의 능력만 갖고 있는 식물혼과 그 밖의 감각과 활동도 하는 동물혼과 또 이런 성능을 모두 갖춘 데다 이성까지 가진 인간혼으로 구분된다. 그리하여 영혼이 주어진 태아는 영양을 섭취하고 생장하는 제1보에서는 식물과 비슷하다. 그러나 거기에는 큰 차별을 인정하지 않을 수 없다. 즉 태아는 장차 발전하는 도상에 있지만, 식물은 그 목표를 달성했다고 볼 수 있다. 알베르투스 마그누스의 《동물학》 참조.

9) 피가 심장으로부터 얻은 지체 구성의 힘은 널리 퍼져서 태아의 각 기관에 번진다.

10) 아리스토텔레스의 주석자로 유명한 아베로에스.

11) 아베로에스는 아리스토텔레스의 영혼에 관한 학설이 그 기원에 있어서 불충분하다고 보고, 그의 학설을 범신론적으로 계승·발전시켰다. 그에 따르면 어떤 기관에도 결합되지 않고 어떤 신체적인 활동과도 공통되지 않으며, 신

해서, 그의 학설을 통해서 가능지를 영혼으로부터 떼어 버렸었네.

이제 자네에게 진리를 설명할 터이니 가슴을 열고 들어 보게나.

태아의 뇌 조직이 완성되면 제1동인(第一動因;하느님)은 곧 태아에게 자연의 이러한 조형(造形)을 찬양하며 힘찬 새 영혼[12]을 그 속에 불어 넣는다네.

이 영혼은 그곳에 있는 능동적인 것을 모두 자기 분체 속에 받아들여 오직 하나의 영(靈)으로 생존하고 감각하며 자성(自省)하게 되지.[13]

내 말이 이상하게 들리거든 태양열과 포도즙이 합하여 술이 되는 현상을 생각해 보게나.[14]

라케시스[15]의 실이 다 감기면, 영혼은 육체에서 분리되고 인간적, 신적 능력[16]의 본질만을 지니게 될 뿐이라.

적인 기원을 갖고 불사하여 모든 인간에게 균등한, 그리고 개개의 인간에 대해서는 그의 개체적인 오성(悟性)을 형성시키기 위해 생존하는 동안만 대여하지만 일단 수명을 다하면, 공동의 근원으로 돌아오기 위해 모든 개체에서 떠나는 하나의 지성이 있다고 한다. 이것이 가능지(possibile intellecto)이다. 이와 반대로 아리스토텔레스는 끝까지 인간혼의 상재적(常在的) 개성을 강조하고 이것에 의해 피안에서의 축복과 보응을 받게 된다고 주장했다.

12) 이성(理性). 인간의 식물성과 동물성은 생식의 자연 작용으로 완성되나, 이성은 하느님이 친히 인간에게 주신 영성(靈性)이다.

13) 새로 생긴 영혼은 이미 태아 안에 움직이고 있는 식물성 성능과 동물성 성능을 합하여 하나의 영혼[통일적 실체]을 이룬다. 즉 살고[식물성], 느끼고[동물성], 자성[인간성]한다. 이것이 곧 인간 영혼의 세 가지 기능이다.

14) 이 대목에서 태양열은 하느님의 입김을, 포도즙은 동물성의 힘을, 그리고 술은 새로운 인간 영혼을 뜻한다.

15) 운명을 관장한 세 신의 하나. 실꾸리가 다하게 되면 인간의 수명이 다하게 된다. 이하 사후의 영혼 형성에 대해 말한다. 영체에 관하여는 토마스 아퀴나스의 주장을 따르지 않고 플라톤의 학설을 토대로 독자적인 주장을 하고 있다.

16) 인간적인 능력은 육신에 속하는 감각 · 감정 등이고, 신적인 능력은 정신적

다른 능력은 모두 잠잠해지지만, 기억과 이해와 의지는 전보다 더 예민하게 활동한다네.[17]

그리하여 신기하게도 영혼은 자신의 의지에 따라 곧바로 두 기슭[18] 중의 하나에 떨어져 그곳에서 비로소 자기의 갈 길을 알게 되나니

영혼의 거처가 정해지면 곧 형성력[19]은 그 주변을 비춘다네. 그 형상과 크기는 살아 있을 때의 지체에서와 마찬가지라네.

그리고 마치 비를 머금은 대기가 반사하는 햇살에 의해 색색의 무지개로 장식되는 것처럼

영혼이 멈춰 서면 그 주변의 대기는 영혼이 잠재력에 의해 표시하는 대로의 형태를 이루게 되고

불이 움직이는 방향으로 불길이 따라가듯이, 그 새로운 형태는 영혼을 따라가는데

이 새로운 형태에 의해 영혼의 모습이 이루어지면 우린 이것을 그림자라고 부른다네.

그리고 영혼은 그 기체(氣體)에서 모든 감각 기관을 만들어 그것으로 보기도 하고 말도 하고, 웃기도 하며 또 그것에 의해 눈물도 흘리고 한숨도 쉰다네.

자네도 아마 이 산에서 벌써 그 소리를 들었을걸세.

우리의 소원이나 그 밖의 감정이 우리에게 작용하는 데 따라 그림자

능력(기억·이해·의지)이다.

17) 육신에 속한 감각의 여러 가지 기능은 죽음과 함께 그 기관이 이미 존재하지 않으므로 움직일 수 없고, 영에 속한 능력(기억·이해·의지)은 육신을 벗어나므로 더욱 활발히 움직인다.

18) 사후에 영원한 형벌을 받을 영혼들은 아케론 강 기슭에 떨어지고, 구제될 영혼들은 테베레의 강기슭에 떨어진다.

19) 연옥이건 지옥이건 정해진 자리에 영혼이 이르면 사지백체(四肢百體)를 빚어내는 힘은 주위의 공기에 작용하여 생시와 똑같은 형상을 구상하는데, 그 작용하는 상태와 정도는 육체에 작용하던 때, 즉 생시와 같다.

도 모습이 달라지는 법이니

지금까지 말한 것이 바로 자네가 이상하게 여기는 현상들이 일어나는 원인이라네."

우리는 벌써 마지막 언덕에 이르러 오른쪽을 향해 걸으면서 다른 일에 관심을 쏟고 있었다.

그곳 암벽은 불길을 내뿜고 있었으나, 길가에는 바람이 불어 올라와 불길을 되돌렸기 때문에 간신히 길이 트였다.

그리하여 우리는 한 사람씩 약간 트인 길 가장자리로 조심조심 걸어갔으니 왼쪽에는 불꽃이요 오른편은 낭떠러지였다.

나의 인도자가 말했다.

"여기서는 잠시도 발에서 눈길을 떼어서는 안 되느니라. 조금만 방심해도 돌이킬 수 없는 일이 생길지 모르나니."

그때 맹렬한 불길 속에서

"지극히 자비로우신 하느님이시여!" 하는 찬미가가 들려 오매

발길을 조심하면서 그쪽을 바라보니

그 불길 속을 지나가는 망령들이 보였기에 나는 그들과 내 발길을 번갈아 주시했다.

성가를 다 부른 영혼들은 고통 속에 소리 높이

"나는 사내를 알지 못하나이다"[20] 하고 외치더니

이윽고 나직한 목소리로 다시 성가를 부르기 시작했으니

성가가 끝나자 그들은 다시 큰 소리로

"디아나[21]는 숲속에 머물러, 비너스[22]의 독을 맛본 엘리체[23]를 내쫓았

---

20) "마리아가 천사에게 말하되 나는 사내를 알지 못하니 어찌 이 일이 있으리이까" 〈누가복음〉 1장 34절 참조.

21) 주피터와 레토 사이에 태어난 딸로 달과 수렵의 여신. 그리스 신화의 아르테미스.

22) 베누스. 사랑의 여신. 여기서는 음욕을 뜻함. 그리스 신화의 아프로디테에 해당함.

노라" 하고 외쳤다.

그들은 또 높은 소리로, 덕과 정결에 따라 몸을 깨끗하게 간수한 아내와 남편의 이름을 하나하나 들어 찬송하였나니

그들은 분명 그들을 태우는 거룩한 불길에 타면서도 줄곧 찬양과 기도의 노래를 멈추지 않았으리니

이런 요법과 이런 자양분[24]으로 그들의 마지막 상처[25]가 결국은 아무는 모양일레라.

제 26 곡

세 시인은 마지막 일곱째 언덕으로 접어든다. 망령들은 단테가 육신을 걸치고 있는 것을 보고 깜짝 놀라며 다가와 신분을 밝히라고 요구한다. 단테는 성모 마리아의 은총으로 살이 있는 몸으로 연옥에 왔다고 말한다. 이들은 지상에서 음탕했던 자들로 이곳에서 여색과 남색의 죄를 씻고 있다. 이들 중에서 시인 구이도와 아르난도가 단테와 이야기를 나눈다.

한 사람은 앞서고 또 한 사람은 뒤를 밟으며 한 줄로 서서 길 가장

---

23) 디아나를 섬기는 님프. 그리스 신화의 칼리스토. 주피터가 그녀를 유혹하여 아들을 낳게 하자 주노가 그녀를 곰으로 만들었다. 후에 주피터는 그들 모자를 하늘에 불러 올려 엘리체는 큰곰자리, 그 아들은 작은곰자리가 되게 하였다.

24) 불은 죄악의 상처에 대한 요법이고, 찬송가와 굳은 정조의 예는 그들의 마음을 바르게 유지시키는 자양분이다.

25) 마지막 p자. 즉 마지막 언덕에서 씻겨지는 음란죄.

자리를 따라 걸어가는 동안 어지신 스승은 나에게 자주 말을 걸었다.

"조심해라, 내가 밟은 곳만을 따라 걸어라. 내가 주의시킨 말[1]을 잊지 않았겠지?"

서쪽 하늘에서 이미 푸른빛을 잃고 희끄무레 변해 가고 있는 태양[2]은 거의 수평으로 내 어깨 위를 비추고 내 그림자는 그 불길을 유난히 검붉게 만들었나니

이런 사소한 변화에도 그곳을 걸어가고 있던 많은 망령들은 고개를 돌리더라.

내 그림자를 보자 그들은 나를 화제로 삼아 서로 이러쿵저러쿵 말하기를,

"저자는 허깨비가 아니라 살아 있는 사람 같도다!"

그러더니 몇몇이 불꽃 밖으로 나오지 않으려고 조심하면서 될 수 있는 대로 내 쪽으로 가까이 다가와,

"오, 뒤처져 가는 자여, 생각건대 그대는 발걸음이 더뎌서라기보다는 앞서 가는 사람들에게 경의를 표하기 위해 그들 뒤에서 걷고 있는 것 같은데,

갈증과 불길에 타고 있는 내게 말해 다오.

네 대답을 듣고 싶어하는 자 나 혼자만이 아니나니

여기 있는 영혼들 모두 시원한 물에 허덕이는 인도인이나 에티오피아 인 이상으로 그대의 대답에 목말라 있노라.

그대 어떻게 그 몸으로 저 태양을 가로막아 그림자를 드리울 수 있는지 말해 다오. 아직 죽음의 그물이 그대를 사로잡은 것 같지 않으니 말이오."

그들 중의 하나가 내게 이렇게 말하므로 나는 곧 이름을 댈까 했지

---

1) 제25곡 끝부분에 나오는, 베르길리우스가 단테에게 주의시킨 말.

2) 4월 12일의 해질 무렵, 두 시인은 지금 정죄산 서북 쪽에 이르렀으므로 석양은 오른쪽 어깨 위로 비친다.

만, 바로 그때 또 다른 낯선 광경이 내 눈길을 잡아끄매 내 관심은 그리로 쏠렸다.

맞은편에서 새로운 영혼들이 불타는 길 복판으로 걸어오고 있었으니,[3] 나는 어느덧 할말을 잊고 멍하니 바라보았다.

망령들은 만나자마자 양쪽에서 서로 얼른 달려가 얼싸안고 아주 짤막하게 인사를 나누고는 바로 그 자리를 떠났는데

마치 갈색 개미의 무리가 한 마리씩 입을 맞대고 길을 묻거나 먹이가 있는 곳을 확인하는 것 같았다.

정답게 인사를 마친 그들은 아직 걸음을 옮기기 전에 저마다 앞다투어 서로에게 외쳤다.

"소돔과 고모라여!"[4]

하고 새로 온 영혼들이 외치자 앞서 온 영혼들은,

"제 음욕을 채우기 위해 어린 황소를 꾀여 암소 속으로 들어간 파시페아[5]여!"

하고 외치더니 마치 학의 무리가 더러는 태양을 꺼려 리페 산[6]으로, 더러는 서리를 꺼려 사막[7]을 향해 날아가듯

두 무리의 망령들은 각자 반대쪽으로 각각의 길을 떠나가니

모두 눈물을 흘리며 처음 부르던 노래로 돌아가 각자에게 어울리는 노래[8]와 부르짖음[9]을 계속했다.

---

3) 음란죄에는 지옥에서와 마찬가지로 여색을 즐긴 자와 남색을 즐긴 자로 구분되어 있다.

4) 둘 다 음란죄, 특히 남색 때문에 불과 유황의 비로 멸망한 팔레스티나의 고을. 〈창세기〉 19장 24절 참조.

5) 〈지옥편〉 제12곡 각주 3) 참조.

6) 중세의 지리학자들이 막연히 북극에 있으리라 상상한 산.

7) 리비아 사막.

8) 제25곡에 나오는 노래.

9) 정결의 예(例)를 크게 외침.

이리하여 처음 내게 말을 건넨 자들이 또다시 내게로 다가왔나니,
그들의 얼굴에는 여전히 내 말을 듣고 싶어하는 표정이 역력하더라.
　두 번이나 거듭 원하고 있는 그들을 보자 나는 지체 없이 입을 열어
답하였나니,
　"오, 때가 되면 틀림없이 평안을 누리게 될 영혼들이여!
　내 몸은 익었든 설익었든[10] 지상에 남기지 않았나니
　내 육신의 피와 관절을 모두 가지고 이곳에 와 있소.
　어두운 눈을 밝히기 위해 이곳에서 위로 올라가나니
　저 높은 곳에 내게 은총 베풀어 주시는 숙녀[11] 계시기에
　그 사랑에 이끌려 이처럼 아직 살아 있는 몸으로 그대들의 세상을
지나가고 있다오.
　부디 그대들의 가장 큰 소망이 하루속히 이루어져
　사랑으로 충만한, 광대한 천국에 들어갈 수 있기를 바라오.
　종이에 써서 남기려고 하노니, 말해 주오.
　그런데 그대들은 누군지, 그리고 그대들 등뒤로 떠나간 자들은 누군
지."
　처음으로 도시로 나온 촌사람이 거리와 신기한 것들을 이리저리 둘
러보며 어리둥절하여 말문이 막히기 마련이듯
　지금 그 망령들도 바로 그 꼴이었다.
　그러나 고귀한 마음이 놀라움을 곧 진정시키듯
　놀라움이 가라앉자 맨 처음 내게 말을 건 영혼이 말했다.
　"더 나은 삶을 위해 이곳을 순례한 경험을 영혼 속에 간직하려는 그
대, 복 있으라!

---

10) 익은 육신을 지상에 남기는 것은 늙어서 죽는 것을 말하고, 설익은 육신을
　　지상에 남기는 것은 젊어서 죽는 것을 말함.
11) 베아트리체나 성 마리아를 지칭하고 있는 듯함.

우리 등뒤로 떠나간 자들은 일찍이 카이사르[12]가 싸움에서 이기고 돌아왔을 때 그를 가리켜 '왕비여!' 하고 조롱한 병사들과 같은 죄를 범한 자들이라오.[13]

그대도 들었듯이 그들은 '소돔'이라고 외치면서 스스로 책하며, 부끄러움[14]에 불길의 고통을 더하는 게요.

우리 죄는 양성(兩性)이 동체를 이룬 것이나니, 인간의 율법을 따르지 않은 이래로 짐승처럼 욕망의 노예가 되었더니이다.

그리하여 우리는 다른 무리들과 헤어질 때마다, 우리 자신을 뉘우치기 위하여 짐승 같은 욕정으로 목조 짐승[15] 속에 들어간 여자의 이름(파시페아)을 큰 소리로 부르고 있는 거라오.

이만하면 우리들의 죄와 우리들이 하고 있는 행동을 이해할 수 있을 것이오.

그러나 그대 우리 이름을 알고 싶어하지만 지금은 말할 만한 때가 아니요, 영혼의 수 너무나 많아 잘 모르고 있소만.

나에 대한 거라면 그대의 청을 들어줄 수 있으리다.

내 이름은 구이도 구이니첼리[16]요, 죽기 전에 잘못을 회개했기 때문에 여기서 죄를 씻을 수 있게 되었지요."

리쿠르고스 왕의 분노[17] 속에서 잃어버린 그들의 어머니를 구해 내

---

12) 카이사르(시저)는 젊었을 때 비티니아 왕 니코메데스에게 순종한다는 세평이 있었는데, 그가 갈리아 전투에서 승리하고 돌아올 때 로마 병사들은 그를 여왕이라고 불러 니코메데스와의 동성 연애를 조롱했다는 말이 전해지고 있다.

13) 남색을 범한 죄임.

14) 자기 죄를 소리 높여 외치는 부끄러움과 불길로 죄를 씻는 자.

15) 다이달로스가 만든 암소를 새긴 판자, 즉 모조한 암소. 〈지옥편〉 제12곡 각주 3) 참조.

16) 13세기 중반에 활약했던 시인. 단테 이전에는 이탈리아에서 제일이라고 칭송되었으나 그에 대해서는 상세하게 알려진 바 없다.

17) 메네아 왕 리쿠르고스의 아들의 보모 힙시필레가 테베레를 공격하는 왕과 병

는 두 아들에게 감명은 받았으되 그 행동은 따르지 못한 것처럼

나와, 그리고 나보다 더 아름다운 사랑의 시를 쓰는 다른 시인들의 스승뻘되는 분의 이름을 들었을 때

도취경에 빠져 아무 말도 할 수 없고 아무 소리도 들리지 않았나니

한동안 그를 바라보고 생각에 잠긴 채 걸어갔다.

더욱이 불길 때문에 그에게 다가갈 수도 없었으니

나는 그를 찬찬히 쳐다보고 나서, 마침내 그가 의심하지 않도록 믿음을 주는 말투로, 정성을 다해 그를 섬기겠노라고 말했다.

그러자 그는 "그대의 말은" 하고 말을 이었다.

"내 마음속에 선명한 인상을 남겼으니 레테[18]도 그것을 지우거나 흐리게 하지는 못하리라.

그러나 방금 한 그대의 말이 진실이라면

그대 어찌하여 그처럼 나를 경애하고 있는지 알려 주오.

그대의 호의가 그대의 눈과 말에 잘 드러나 있나니."

내가 말하기를

"당신의 아름다운 시 때문이나니, 아마도 근대의 시풍이 계속되는 한 당신의 시는 한결같이 애송될 것이니이다."

"형제여, 저기 앞서 가는 분은,"

하고 그는 한 망령[19]을 가리키면서 말하였다.

"살아 있을 때 모국어를 더욱 아름답게 다듬은 시인이었소.

사들에게 란지아 샘을 가르쳐 주고(제22곡) 왕자를 풀밭에 버리고 갔기 때문에, 그 아이가 뱀에게 물려 죽었다. 화가 난 왕이 힙시필레를 죽이려고 할 때, 그녀의 두 아들 에우네오스와 토아스가 병사들 속에서 나타나 어머니를 구했다. 단테는 시인 구이도를 만난 기쁨을, 어머니를 만난 두 아들의 기쁨에 비유했다.

18) 죄의 기억을 씻어 없앤다는 강의 이름. 망각의 강.

19) 아르난도 다니엘로. 12세기 후반의 이탈리아 시인. 그에 대한 단테의 찬사는 지나치다는 평이 있다.

사랑의 시와 산문에서 그는 누구보다도 뛰어났었소.

리모즈의 시인[20]이 그를 능가한다고 생각하는 바보들은 제 마음대로 떠들게 내버려두시오.

어리석은 자들은 기법이나 이치를 무시하고 진실보다 평판 쪽에 쏠려 제멋대로 평가를 내리나니

이렇게 해서 한때 구이토네[21]가 호평을 받은 적이 있었지요.

사람들은 저마다 그를 칭찬했으나, 결국은 진실이 다수를 압도하고야 말았다오.

그대가 만일 특별한 은총을 받아, 그리스도를 원장으로 섬기는 수도원〔천국〕으로 가게 된다면

부디 나를 위해 〈주기도문〉[22]을 외어 주오.

다만 이곳에 있는 우리는 이제 죄지을 힘도 없으므로, 이와 관련된 것은 전혀 필요가 없을 것이오.[23]”

이렇게 말한 그는 아마도 자기 뒤에 다가오는 자에게 길을 비켜 주기 위해서인 듯, 마치 물밑으로 사라지는 물고기처럼 불길 속으로 자취를 감춰 버리고

나는 그가 조금 전에 가리킨 자 쪽으로 다가가 그 이름을 알고픈 내 마음을 말하였나니, 그는 쾌히 승락하여 말하기를,

“그대 그처럼 간절히 바라니 나 또한 신분을 감출 수 없고 또 감추고 싶지도 않구료.

내 이름은 아르난도, 울음 섞인 노래를 부르면서 이렇게 길을 가고

---

20) 프랑스 리모즈의 시인인 지로드 드 보르네유(1175~1220). 아르난도 다니엘로와 같은 시대의 사람.

21) 구이토네 다레츠.

22) 〈마태복음〉 6장 9절.

23) 〈주기도문〉에 들어 있는 “우리를 시험에 들지 말게 하옵시고 다만 악에서 구하옵소서”라는 대목은 이미 죄지을 힘이 없는 연옥의 영혼들에게는 불필요하므로 생략하라는 것이다.

있나니

  지난날의 어리석은 소행을 돌이켜보면 슬픔이 앞서고, 앞날의 밝은 소망을 내다보면 기쁨을 느끼기 때문이라오.

  그대를 이 층계 꼭대기[24]까지 인도한 힘을 믿고 그대에게 한 가지 부탁하는 건 부디 나의 외로움을 기억해 달라는 것뿐.”

  그는 이렇게 말하고 정죄의 불꽃 속으로 사라졌다.

제 *27* 곡

  천사가 나타나 시인들에게 불길 속을 지나가라고 말한다. 망설이던 단테는 불길만 지나면 베아트리체를 만날 수 있다는 베르길리우스의 말에 용기를 내어 불 속으로 뛰어든다. 이윽고 세 시인이 층계에서 밤을 새울 때, 단테는 꿈에 예언적인 환상을 보게 된다. 마지막 층계에 도달하자 베르길리우스는 안내자로서의 그의 역할이 끝난 것을 단테에게 말한다.

  태양이 그 창조주[1]가 피 흘린 땅을 비추기 시작할 때면

  에브로 강[2]은 천칭궁 아래로 흐르고 갠지스의 물결은 한낮의 햇살로 작열하나니

  해는 바로 그 위에 위치하여, 바야흐로 낮이 저물어 가려고 할 무렵

  그때 불꽃 바깥쪽의 길가에서 하느님의 다정스런 천사가 나타나 유

---

24) 연옥의 정죄산 꼭대기.

 1) 그리스도. 피 흘린 땅은 예루살렘을 말함.

 2) 스페인의 강 이름, 여기서는 스페인을 가리킨다.

한적 존재인 인간으로서는 낼 수 없는 낭랑한 목소리로,
　"마음이 정결한 자는 복이 있나니" 하고 노래하더니
　이르기를,
　"이 불꽃으로 죄를 씻지 않고서는 앞으로 나아갈 수 없으니,
　축복받은 영혼들이여, 이 불꽃 속으로 들어가라. 그리고 저쪽에서
들려 오는 노랫소리에 귀기울이라."
　우리가 다가갔을 때 들려 온 이 천사의 말에
　나는 마치 무덤 속에 누운 자처럼 얼어 버려
　두 손을 포개 쥐고 몸을 앞으로 내밀면서 불길 속을 바라보니
　거기 언젠가 본 적이 있는 까맣게 타 버린 사람의 모습이 펼쳐져 있
더라.
　내 숨결 높아짐을 알아차린 나의 자상한 호위자들이 나를 돌아보더
니 그 중 베르길리우스가 입을 열었다.
　"아들아, 저 불길 속에서 고통스럽기는 하겠지만, 거기 죽음은 없나
니 잘 생각해 보아라. 우리가 지나온 그 어두운 길을.
　게리온의 등에 올라탔을 때[3]에도 나는 너를 무사히 안내했다.
　이제 하느님께 한결 가까이 이르렀는데, 내 어찌 그보다 못할 수 있
겠느냐.
　설사 네가 이 불길 속에서 천 년을 보낸다 하더라도 머리칼 하나 상
하지 않으리라는 것을 믿어 의심치 말라.
　만일 내 말이 믿기지 않거든, 불 가까이 가서 네 옷자락을 잡고 한
번 시험해 보려무나. 자, 나의 아들아, 이제 모든 두려움을 떨쳐 버리
고 평화를 향해 안심하고 가라."
　그러나 나는 마음속의 갈등으로 여전히 그대로 서 있었으니
　완강하게 버티고 서 있는 나를 보고, 스승은 다소 못마땅하여

---

　3) 게리온의 등에 타고 지옥 제7원에서 제8원으로 내려갔을 때. 〈지옥편〉 제17
　　곡 참조.

"아들아, 이게 바로 너와 베아트리체 사이에 놓인 장벽이니라" 하고 일러 주셨다.

오디〔桑實〕가 빨갛게 물들 무렵 죽어 가던 피라모스[4]가 티스베의 이름을 듣자 눈을 크게 뜨고 그녀를 바라본 것처럼,

내 기억 속에 영원한 샘인 그 이름에 내 굳어 버린 마음 녹으니, 나는 현명한 안내자 쪽을 돌아다보았다.

그러자 그는 고개를 흔들며,

"이제 알겠느냐? 우리 무엇을 향하고 있는지?"

마치 능금 하나로 누그러진 어린이처럼 미소를 지었다.

그리고 그는 줄곧 우리 사이에 서서 걷던 스타티우스에게 맨 뒤에 따라오라고 말하고는 먼저 불 속으로 들어가시매

나도 따라 불 속으로 들어가니, 어찌나 뜨거운지 차라리 끓는 유리 속이라면 기꺼이 뛰어들어 헤아릴 수 없이 뜨거운 열을 식혔으리라.

자상하고 현명하신 나의 스승은 나의 용기를 복돋우기 위해 베아트리체를 입에 올리면서 말씀하기를,

"내겐 벌써 그녀의 눈동자 보이는 듯하도다."

저편에서 우리를 이끄는 찬미가 들려 와 그녀만을 생각한 채 맹렬한 불 속을 거쳐 드디어 언덕바지로 나왔나니

거기 빛나는 광채 펼쳐졌다.

---

4) 바빌로니아의 청년. 처녀 티스베와 서로 사랑하는 사이였음. 어느 날 뽕나무 아래서 만나기로 하여 티스베가 기다리고 있을 때 사자 한 마리가 나타났으므로, 티스베는 기겁을 하여 목도리를 떨어뜨리고 도망쳤다. 뒤에 온 피라모스는 피묻은 티스베의 목도리와 사자의 발자국을 보고, 티스베가 죽은 줄 알고 칼을 빼어 자살했다. 이때 숨어 있는 티스베가 나타나 이것을 보고, 피라모스를 부르고 또 자기 이름을 일러 주었다. 죽어 가던 그는 눈을 뜨고 티스베를 한 번 쳐다보더니 이내 숨을 거두었다. 그러자 티스베도 피라모스의 칼로 자살하니, 피가 높이 치솟아 뽕나무 가지까지 튀어 이때부터 오디가 붉게 물들었다고 한다. 오비디우스 《변신》 4권의 55 이하 참조.

"내 아버지께 복받은 자들아, 어서 오라."

눈이 부셔 우러러볼 수도 없는 빛 속에 울려 퍼지는 그 찬가는 이어

"해는 지고 밤이 드리우나니, 아직 서녘 하늘에 빛이 남아 있는 동안 너희 저 높은 곳을 향하여 발길을 재촉하여라."

길은 거대한 암석 사이를 지나 동쪽으로 곧장 이어지고

이미 기울어진 햇살은 내 앞에 그림자를 드리우나니

돌층계를 불과 몇 계단 오르기도 전에 나와 두 현인들은 바위에 떨어졌던 내 그림자가 사라지는 것을 보고 해 저문 것을 알았다.

한없이 넓은 지평선이 온통 일색이 되어, 밤이 사방을 어둠으로 휩싸기 전에

우리는 각자 돌층계를 잠자리 삼아 누웠나니

낮이 달아나자 이 산의 규칙[5]이 우리를 멈추게 하고 올라갈 희망 또한 소멸시켰기 때문이다.

푸른 풀을 발견하기까지는 춤추며 뛰어다니는, 바위 언덕의 산양들이 뜨거운 햇살이 내리쬐는 동안은 그늘에 들어 얌전히 되새김질을 하고

목자들은 지팡이에 몸을 기대고 그것들을 지키듯이,

들에서 밤을 새며 들짐승이 가축을 습격하지나 않을까 감시하면서 가축의 무리에게서 떠나지 않듯이

우리 세 사람은 거기 그렇게 높은 바위산 틈바구니 여기저기에 누웠나니, 나를 산양이라 한다면 스승들은 목자인 셈이었다.

그 좁은 바위 틈새로 별들을 바라보았나니, 그 별들은 지상에서 볼 때보다 훨씬 밝고 커 보였다.

나는 누워 여러 가지 생각을 되새김질하면서 별하늘을 바라보는데 잠이 찾아왔으니

그 잠이란 사건이 일어나기 전에 종종 일었던 계시의 잠이었다.

---

5) 밤에는 오를 수 없는 정죄산의 특성.

　끊임없이 타오르는 사랑의 불꽃인 샛별이 동녘 하늘에 떠올라 이 산에 비치기 시작할 무렵

　꿈속에서 아름답고 순결한 한 처녀를 보았나니, 꽃을 따면서 햇발 반짝이는 들판을 거닐고 있었다.

　노래를 부르고 난 그녀가 이렇게 말했다.

　"누군가 내 이름을 묻는다면 나는 레아[6]라고 답하지요. 난 꽃목걸이를 만들려고 가냘픈 손으로 꽃을 따면서 돌아다니고 있답니다.

　그걸로 거울[7] 앞에서 즐길 수 있도록 단장하기 위해서랍니다. 그러나 나의 아리따운 동생 라헬은 종일 거울 앞에 앉아 떠날 줄을 모르나니

　꽃 묶음이 나의 즐거움이듯이, 자기의 아름다운 눈을 끝없이 바라보는 것이 동생의 즐거움이죠.

　동생은 보고, 나는 움직이면서 즐겁게 살아가는 셈이죠."

　밤길을 걸어 타향에서 돌아오는 나그네가 고향에 가까운 숙소에 묵을 때면 한결 반갑게 생각되는 그 새벽빛에 어둠이 쫓겨 달아나 버리고 나의 잠도 달아나

　일어나 보니 두 스승들은 벌써 일어나 있었다.

　"오늘은 사람들이 그토록 애써 찾아 헤매는 황금 사과[8]가 네 굶주림을 채워 주리라."

　이것이 베르길리우스가 내게 한 첫 말이니, 내 가슴에 이보다 더 반

---

6) 라반의 장녀. 라헬의 언니로 라헬과 함께 야곱의 아내가 됨(〈창세기〉 29장 16절 이하 참조). 일반적으로 구약의 라헬과 레아는 신약의 마리아와 마르다에 상응하며 각각 관상적(觀想的)인 생활과 동적(動的)인 생활의 전형이다. 레아가 꽃목걸이를 만들어 몸을 장식하는 것은 선행으로써 덕을 쌓는 것을 의미한다.

7) 영적(靈的)인 거울.

8) 인생의 참된 행복. 구하는 길은 여러 가지여도 인간은 저마다 한평생 지상(至上)의 행복을 찾는다.

가운 선물은 없으리라.

　그러자 위로 올라가고픈 마음 더욱 간절하여

　그 후로는 한 걸음 한 걸음 옮길 적마다 날개가 돋아나 날아가는 것
만 같았다.

　우리가 층계를 다 올라가 맨 위에 섰을 때, 베르길리우스는 눈길을
내게서 떼지 않고 말하였나니

　"아들아, 너는 일시적인 불과 영원한 불[9]을 보았다. 이제 나[10]로서는
더 이상 분별할 수 없는 곳까지 이르렀구나.

　슬기와 재주의 은총으로 내 너를 여기까지 데리고 왔다만, 앞으로는
네 기쁨의 원천을 안내자로 삼거라.

　너는 이미 험하고 좁은 길을 통과하였나니

　보라, 네 이마 위에 쏟아지는 저 태양[11]을! 저 싱그러운 화초와 나무
숲을 보라.

　이곳에선 씨 뿌리고 쟁기로 갈지 않아도 저절로 열매를 맺나니

　눈물 글썽이며 나를 네게로 보내신 아름다운 눈을 가진 분[12]이 이곳
에 올 때까지

　너는 앉아 있어도 좋고 화초 사이를 돌아다녀도 좋으니라.

　앞으로는 나한테서 어떤 말이나 지시도 기대하지 말라.

　너의 의지는 자유롭고, 바르며 또 건전하리니[13]

　그 의지가 시키는 대로 따르지 않으면 잘못이 되리라.

　그러므로 나는 네 머리에 왕관과 성관(聖冠)을 씌워 주노라.

---

　9) 일시적인 불은 연옥에서 타오르고 있는 정죄의 불이며 때가 되면 그친다. 영
　　원한 불은 지옥의 책벌의 불로 영원토록 그치지 않는다.

10) 베르길리우스는 단테를 일시적인 행복에는 인도할 수 있어도 그 이상 영원한
　　행복에까지는 인도할 능력이 없다.

11) 4월 13일의 아침 해.

12) 베아트리체.

13) 영혼이 죄에서 벗어날 때 그 힘은 정결하고 자유롭게 된다.

제 *28* 곡

드디어 단테는 천국에 들어가 그곳의 아름다운 숲속을 소요한다. 맑은 냇물가에 걸음을 멈추고 보니, 한 아름다운 여인이 꽃을 꺾으며 노래를 부르고 있다. 단테가 말을 건네자 여인은 눈웃음을 치면서 맞은편 언덕에 와서 여러 가지 이야기를 들려 준다. 이 여인의 이름은 나중에 알게 되지만 마텔다이다.

그 새로운 빛에 한결 부드러워진, 늘 푸른 거룩한 숲[1]을
돌아보고픈 열망에 찬 나는 서슴지 않고 이 언덕을 떠나 천천히 들판을 거닐기 시작하였나니
가는 곳마다 흙에서는 달콤한 향기가 풍겨 나오고
상쾌한 산들바람이 솔솔 불어와 이마를 가볍게 어루만지더라.
바람결에 가지는 잔잔히 떨며 고요히 나부끼며, 성스러운 산이 아침 그림자를 던지는 쪽으로 기울어
휘기는 했으되 가지에 앉아 있는 작은 새들의 지저귐이 그칠 만큼 기울지는 않았으니
새들이 기쁨에 벅찬 노래로 아침의 산들바람을 푸른 잎사귀 속으로 불어넣으면 잎사귀도 한들거리며, 노랫소리에 장단을 맞추는데
아이올로스[2]가 시로코[3]를 보낼 때 키아시[4] 해변의 소나무숲 가지마

---

1) 지상 낙원. 옛날 교회에서는 지상 낙원이 지구의 동쪽 최고의 산꼭대기에 있다고 생각했다. 단테는 독창적으로 이것을 연옥의 정죄산 꼭대기에 설정하고 있다.
2) 풍신(風神)의 왕.
3) 이탈리아 남동쪽에서 불어오는 열풍. 사하라 사막에서 일어나 지중해 연안으로 불어닥친다.
4) 아드리아 해에 연해 있는 옛 항구 도시. 근처에 소나무숲이 있다.

다 울려 퍼지는 소리 같더라.

한 걸음 한 걸음 천천히 걸었는데도

어느새 나는 성스런 태고적 숲속으로 깊숙이 들어가 어느 쪽으로 들어왔는지 알아볼 수 없었다.

그때 한줄기 맑은 냇물이 앞길을 가로막았으니

그 잔잔한 물줄기는 마치 노니는 것처럼 내 왼편으로 흘러, 기슭에 나 있는 풀들을 기울게 하면서 흐르고 있었다.

이 냇물에 비하면 아무리 맑은 지상의 강물이라도 앙금이 가라앉았다 할 만큼 조금도 흐려 있지 않은 맑은 물이었으나

햇빛이나 달빛조차 비치지 않는 영원한 숲 그늘 밑으론 검은 냇물이 흐르고 있었다.

발길은 멈추되 눈길은 싱싱한 온갖 꽃들을 구경하기 위해 냇물 저편으로 건너가니

마치 갖가지 생각을 몰아내며 나타나는 놀라운 광경처럼

갑자기 한 처녀[5]가 눈에 띄었으니

그녀는 아롱진 꽃들로 뒤덮인 오솔길을

노래 부르며, 꽃을 꺾으며 홀로 걸어오고 있었다.

나 그녀에게 말하기를,

"오, 아름다운 숙녀여,

얼굴이 마음의 진정한 거울이라면 얼굴로 짐작컨대 당신은 사랑의 빛으로 자신을 불태우고 있음에 틀림없으리니

부디 이 맑은 냇가로 와 주시오. 내 귀로 당신의 노랫소리를 똑똑히 듣고 싶나이다.

---

5) 단테의 꿈속에(제27곡) 나타난 레아의 현신(現身)으로, 활동적인 생활의 상징이다. 여기서 단테는 지상의 행복은 선행으로 덕을 쌓는 데 있다는 자기 주장을 환기시키고 있다. 이 여인은 지상 낙원의 인격화 자체이며 지상 낙원의 정신을 상징하고 있다. 그녀의 이름은 마텔다(제33곡 참조).

당신은 내게 먼 옛날 페르세포네[6]의 어미가 그 딸[7]을 잃고 봄을 잃었을 때 어디서 어떻게 하고 있었던가를 떠올리는군요."

마치 무희가 재빨리 땅을 밟고 발끝으로 빙그르 돌아, 두 발을 나란히 모았다가 앞으로 나오듯

그녀도 빨간 꽃, 노란 꽃들을 밟고 내게로 다가왔나니

수줍은 듯 살포시 두 눈을 내리깔고 있더라.

이윽고 그녀의 아름다운 노랫가락뿐만 아니라 그 말의 의미도 똑똑히 알 수 있었으니 그녀는 내 청을 받아 준 것이다.

냇가의 빛나는 풀들이 맑은 물결에 씻기는 곳에 이르자, 그녀는 방긋 웃으면서 눈을 살짝 올려 떴나니

아마도 놀이하던 아들의 실수로 상처 입었을 때의 비너스의 눈일지라도 이처럼 빛나지는 않았으리라.[8]

그녀는 건너편 기슭의 높은 언덕에서 피어난 갖가지 꽃을 꺾으면서 미소짓고 있었으나

세 걸음 폭의 냇물이 우리 두 사람을 갈라 놓고 있었으니

아직도 인간의 자만심에 절실한 교훈이 되고 있는 크세르크세스[9]가

---

6) 주피터와 데메테르 사이에 태어난 딸. 들에서 꽃을 따고 있을 때, 더욱 아름다운 꽃인 그녀 자신이 그 어머니와 반려 앞에서 마왕 플루톤에게 납치되어 지옥의 여왕이 되었다고 한다.

7) 꺾은 꽃을 뜻함.

8) 사랑의 여신. 아들 에로스가 잘못 쏜 사랑의 화살을 맞아 아도니스를 사랑하게 되었을 때. 여기서는 비너스가 사랑에 빠지면 그 사랑은 남보다 깊을 것이며 눈도 유난히 찬란하겠지만, 이 여인의 눈빛보다는 못했을 것이라는 뜻.

9) 페르시아 제국 제4대 왕 다리우스 1세의 아들. B. C. 480년에 500만의 대군을 이끌고, 배로 다리를 만들어 헬레스폰투스(다다넬즈 해협)를 건너 그리스를 정복하려고 했으나 살라미스 해전에서 크게 패하여 간신히 몸만 빠져 나와 고깃배를 타고 바다를 건너 돌아왔다. 이 사실은 인간의 교만을 무색하게 한다.

건넌 헬레스폰투스는 세스토스와 아비도스 사이에 거센 물결을 이루기
때문에 레안드로스[10]의 미움을 샀거니와
　나는 이 냇물을 그보다 더 미워했다.
　그녀가 말했다.
　"당신은 처음 왔기 때문에
　인간을 위해 보금자리[11]로 선택된 여기 이곳에서 내가 웃는 것을 보
고 놀라워하고 이상하게 여길 것입니다마는,
　'당신이 나를 기쁘게 하셨도다'[12]라는 〈시편〉이 그대에게 빛을 주어,
당신의 지혜에 끼인 안개를 걷어 내 줄 것입니다.
　거기 앞에 서 있는 그대(단테)는 아까 나에게 청을 했는데,
　그 밖에도 듣고 싶은 말이 있으면 물어 보세요.
　나는 어떤 질문을 하더라도 만족스러운 대답을 해 드릴 수 있답니
다."
　그리하여 내가
　"이 냇물과 숲의 음악은 좀전에 내가 들었던 이야기[13]와는 다르기에
이상한 생각이 듭니다"
　하니 그녀가 대답하길,
　"당신을 놀라게 하는 이런 현상이 어디서 비롯되는지

---

10) 아비도스(헬레스폰투스 해협에 있는 고을로, 크세르크세스가 배로 다리를 놓은 곳)
　　의 청년으로 건너편에 있는 세스토스 마을에 사는 처녀 헤로를 사랑하여 밤
　　마다 헤엄쳐서 바다를 건너갔으나 하루는 물결이 너무 세차 다 건너지 못하
　　고 빠져 죽었다.
11) 원조(元祖)를 비롯한 인류의 요람.
12) 〈시편〉 92편 4절. 하느님의 위엄을 찬양한 부분. 여기서 마텔다는 하느님이
　　지상 낙원에 지어 주신 아름다운 경이를 노래한다.
13) 단테는 전에(제21곡) 스타티우스에게서 연옥의 정죄산 문안에서는 풍우상설
　　(風雨霜雪)의 변화가 없다고 들었는데, 지금 이 지상 낙원에 물과 바람이 있
　　는 것을 보고 의아하게 생각한다.

그 원인을 이야기하여 당신이 느끼고 있는 의문의 안개가 걷히도록
해 드리지요.

그 자체가 기쁨이신 지고(至高)의 선〔하느님〕은 인간을 선하게 지으
시고, 또 영원한 평화의 보증으로서 이곳을 인간에게 주셨답니다.

그런데 인간은 스스로 잘못을 저질러 더 이상 이곳에 머물러 살 수
없게 되었지요. 14)

죄로 말미암아 명랑한 웃음과 즐거운 놀이가, 눈물과 노고로 바뀐
것입니다.

물이나 땅에서 발산한 수증기가 태양열을 따라 힘껏 오르다가 열을
만나면 저 아래쪽에서는 때로 폭풍우를 일으키지만15)

그러한 변화로부터 인간을 지키기 위하여 이 산은 이렇듯 하늘 높이
치솟아 있나니

속죄의 문16) 위쪽은 그 영향을 받지 않지만

어떤 장애에 부딪치지 않으면, 원동천(原動天)17)과 함께 원을 이루고
지구 주위를 돌아가는 대기의 성질로 인하여

대기가 여기 순수한 땅으로 들어와 이 산의 잎과 부딪치면 그것은
음악이 되고

순수한 대기를 형성하는 특성이 있는 초목에

---

14) 인류의 조상 아담과 하와가 하느님의 명령을 어기고 죄를 범하여 낙원에서
    쫓겨나 눈물과 노동으로 살게 된 것을 말함. 〈창세기〉 3장 1절 이하 참조.

15) 물이나 뭍에서 발산하는 일종의 수증기가 있어 태양열을 따라 오르내리는데,
    이것이 지상과 연옥문 밖에서 볼 수 있는 풍우상설들의 변화 원인이다.

16) 빗장으로 잠근 정죄산의 문. 비바람의 변화가 이 문 안으로 들어오지 못한다
    는 말은 스타티우스의 말과 일치한다.

17) 단테에 의하면 모든 천구가 이 원동천을 따라 동쪽에서 서쪽으로 회전하며
    공기도 이에 따라 이동한다. 그런데 지구는 우주의 중심이며, 부동체이므로
    기압의 변화가 없는 정죄산 위에서는 언제나 동쪽에서 서쪽으로 흐르는 미풍
    이 있다. 그 때문에 지상 낙원에 바람이 생긴다.

대기는 회전하면서 사방에 바람을 일으키게 되지요.

그러나 저쪽 땅[18]에서는 토양과 천기에 따라 여러 가지 과실과 꽃들을 잉태하고 낳고는 합니다.

그 현상이 이해된다면 눈에 보이는 씨를 전혀 뿌린 일이 없는 이곳에 초목이 뿌리를 내리고 여기저기 자라고 있다고 해서 이상하게 생각되지 않을 겁니다.

그리고 당신이 지금 서 있는 이 신성한 땅엔 온갖 씨앗들이 가득 차 있어 지상에서는 딸 수 없는 열매가 열려 있지요.

당신이 보는 물은 불었다 줄었다 하는 강물처럼, 습한 증기에 의해 다시 채워져야 하는 수맥(水脈)에서 솟아나는 것이 아니라, 영원히 변치 않고 마르지 않는 샘에서 솟아나는 것입니다.[19]

그 샘은 하느님의 뜻으로 흘려 보낸 만큼의 물을 다시 얻게 되나니

이편에는 인간에게서 죄의 기억을 지워 버리는 강물이,

저편에는 모든 선행의 기억을 새롭게 하는 강물이 흐르지요.

이쪽 강물은 레테, 저쪽 강물은 에우노에라고 부르나니

반드시 먼저 이쪽 강물을 마시고, 다음에 저쪽 강물을 마셔야만 효력이 있답니다.[20]

그 물맛은 어느 맛보다 뛰어납니다. 더 이상 말하지 않아도 당신의 궁금증은 충분히 풀렸으리라 생각되지만

한 가지만 더 말하겠나니, 이건 내 호의입니다.

내 언약을 벗어난다 할지라도 이 말을 덧붙이지 않을 수 없나니 틀

---

18) 인간이 사는 곳. 즉 북반구.

19) 지상 낙원에 물이 흐르는 이유를 설명한다. 세상의 물은 수증기가 냉각하여 물이 되며, 이 물로 채워지기 때문에 때로는 넘치고 때로는 줄기도 하지만 낙원에 있는 물은 하느님의 뜻에 따라 샘솟고 또 그 뜻에 따라 채워지기 때문에 한결같아, 넘치거나 줄어드는 일이 없다.

20) 이 두 물을 마시지 않으면, 즉 죄를 씻고 덕을 새롭게 하지 않고서는 천국의 복을 누릴 수 없다.

림없이 당신의 기쁨이 되리이다.

먼 옛날 황금 시대와 그 행복한 광경을 찬양한 사람들[21]은, 아마도 파르나소스[22]에서 이 순수한 땅의 완전한 동산을 꿈꾸었을 것입니다.

이곳에서 인류의 뿌리[23]가 살았나니

아직 죄를 알지 못할 때 이곳은 언제나 봄이요, 온갖 과일이 무르익었지요.

시인들이 찬양한 넥타르[24]가 바로 이것이 아니고 무엇이겠습니까”

하고 그녀가 말을 멈추기에, 내가 몸을 돌려 두 시인들을 바라보았더니 그들은 미소를 지으면서 이 마지막 말을 듣고 있더라.

나는 다시 아름다운 은총의 여인을 향했다.

제 *29* 곡

단테는 노래를 부르면서 강둑을 따라 걷는 마텔다와 나란히 걸어간다. 이때 갑자기 숲속에서 번개와 같은 빛이 스쳐 가고 노랫소리가 들려 온다. 그리고 촛대 일곱 자루가 나타나고 24명의 장로가 그 뒤를 따른다. 이어서 세 마리의 짐승이 수레를 끌고 다가와, 이윽고 단테의 정반대 지점에 이르자 청천벽력이 울리고 행렬이 정지된다.

---

21) 특히 오비디우스를 가리킨다.
22) 시신(詩神)의 산 파르나소스에서 꿈을 꾼다는 것은 시인이 시상을 가다듬는 것을 뜻한다.
23) 아직 죄를 짓지 않고 에덴 동산에 살고 있을 때의 아담과 하와.
24) 신들의 음료.

말을 마치자 그녀는 사랑에 빠진 여인처럼 노래 부르기 시작했나니,

"허물의 사함을 받고 죄의 가리움을 받은 자는 복되도다."

어떤 자는 태양을 찾아, 어떤 자는 태양을 피해 짙은 숲 그늘을 홀로 사뿐사뿐 걸어가는 옛 님프들처럼

그녀는 냇물을 거슬러 둑을 따라 걷기 시작하니, 맞은편 둑의 나는 그녀와 보조를 맞추어 나란히 걸어갔다.

각자 자기 길을 50보쯤 걸었을 때 양쪽 기슭이 모두 꺾이어,

나는 동쪽을 향하게 되었나니

우리가 서로 얼마 가지 않았을 때 그녀가 나를 향해,

"사랑하는 형제여, 자, 잘 보고 들어 보세요" 하고 말하니

오, 보라! 갑자기 숲속 구석구석을 스쳐 가는 한줄기 빛을.

처음엔 번갯불이 아닌가 했으나 번개는 번쩍하면 금세 사라지는 것, 그 빛은 사라지지 않고 더더욱 찬란하게 빛나니

나는 두려움 속에서

"대체 이게 뭘까?" 하고 중얼거렸다.

그때 밝은 대기를 뚫고 아름다운 노랫소리 들려 오매

그 달콤한 멜로디는 내 가슴속에 하와의 돌이킬 수 없는 무모함에 대한 강렬한 의문을 불러일으키더라.

온 하늘과 온 땅이 전능하신 하느님의 뜻을 따르고 있을 때

갓 창조된 오직 하나의 여자인 하와가 너울[1] 밑에 머물러 있기를 거부하였으니

그녀가 믿음이 두터워 그 밑에 머물러 있었던들

나는 이처럼 형언할 수 없는 기쁨을 언제까지나 맛볼 수 있었으리라.[2]

---

1) 복종 혹은 무지를 상징함. 교활한 뱀이 하와를 유혹하여 이 복종과 무지의 너울을 벗겨 버렸다.

2) 하와가 에덴 동산에서 금단의 열매를 먹지 않았던들 인류는 이처럼 아름다운 낙원에서 영원히 살 수 있었을 텐데.

참 기쁨에 굶주린 나, 이 영원한 기쁨의 첫 열매[3] 를 거쳐, 더욱 큰 기쁨[4]을 찾아 나아가고 있을 때

눈앞에 펼쳐진 푸른 가지 밑에 대기가 반짝 빛나는가 싶더니

들려 오던 아름다운 소리는 어느덧 합창으로 울려 퍼지는구나.

오, 거룩하고 거룩한 처녀〔뮤즈〕들이여

나 그대들을 위해 굶주림과 추위와 불면을 참아 왔나니, 지금은 그 보답을 구할 때!

영감(靈感)의 샘물〔헬리콘〕을 모두 비우리라.

우라니아[5]여, 그대의 합창단과 함께 나를 도와 기막힌 시재(詩材)를 시로 읊게 해 다오!

저 앞쪽으로 —— 그 정도 거리에 그 정도 밝기면 흔히 잘못 보는 수가 있지만 —— 일곱 그루의 황금나무 같은 것이 보였다.

그러나 잠시 후 감각을 속여 비슷하게 보이게 함으로써 사물의 그 특징을 그르치지 않을 만큼 거리가 좁혀졌을 때,

이성(理性)의 식별 능력은 그것이 일곱 촛대[6]였다는 것과 그 합창이 호산나[7]의 찬송이었음을 밝혀 주는구나.

금 촛대 위로 너울거리는 불꽃은 맑게 개인 밤하늘의 만월보다 더 빛나 보이니

나는 몹시 놀라 마음씨 좋은 베르길리우스를 돌아보았다.

묵묵히 나 못지않게 놀란 표정으로 답하시매[8]

---

3) 천상의 행복을 마지막 열매라고 하면, 지상 낙원의 아름다움은 그 첫 열매가 된다.

4) 베르길리우스가 단테에게 말한(제26곡, 제27곡), 베아트리체를 만나 보는 기쁨.

5) 뮤즈의 하나로, 천체에 관한 일을 담당한다.

6) 성령의 7가지 은사(恩赦). 〈요한계시록〉 1장 12절, 4장 5절 참조.

7) '이제 구하옵소서' 라는 환호. 〈마태복음〉 22장 9절 참조.

8) 이 영계의 깊은 뜻은 단테와 마찬가지로 이교도인 베르길리우스도 알 수 없다.

나는 다시 눈을 들어 그 신성한 것을 바라보았나니.

촛대는 우리를 향해, 새 신부의 걸음걸이보다 더디게, 조용히 다가왔다.

이때 나를 꾸짖는 그녀의 목소리,

"어찌하여 당신은 불빛에만 정신이 팔려 있나요, 뒤따르는 것에는 눈길도 돌리지 않는군요?"

그리하여 나는 촛대에 인도되어 다가오는 흰 옷 입은 자들[9]을 보았나니, 지상의 어느 것도 그들이 걸친 옷[10]만큼 희지는 못하리라.

내 왼편으로 잔잔한 강물이 거울처럼 빛나고 있어 들여다보니 물에 가라앉은 내 좌반신(左半身)이 모습 그대로 보이는구나.

물줄기 폭만큼의 거리만 남긴 채 촛불 가까이로 다가갔을 때

나는 더 잘 보려고 발걸음을 멈추었나니

불꽃은 앞으로 나가고 채색된 공기는 뒤로 밀려 마치 작은 깃발이 나부끼는 듯하더라.

그리하여 대기는 일곱 가닥으로 갈라져 빛나고,[11] 아폴론의 활[12]과 디아나의 띠와 같은 빛깔로 반짝이더라.

그 깃발은 내 눈이 미치지 못할 만큼 먼 뒤쪽에서 나부끼고 있었으니, 좌우 양끝의 거리가 열 걸음쯤 되는 것 같았다.

이처럼 아름다운 하늘 아래 백합 화관[13]을 쓴 24명의 장로[14]는 두 사람씩 짝을 지어 다가와 한 목소리로 힘차게 노래 부르니,

---

9) 24명의 장로

10) 성경에는 이 옷을 '세마포'로 표시했다. 〈요한계시록〉 19장 8절 참조.

11) 일곱 촛대의 불꽃이 그 여광(餘光)을 뒤에 남겨 일곱 가지 색깔의 선(線)을 나타내는데, 그것이 마치 가늘고 긴 일곱 개의 깃발과 같다.

12) 무지개. 달의 띠는 달무리.

13) 신앙의 순수함을 표시함.

14) 하느님과 주님을 가까이서 섬기는 성도의 대표(〈요한계시록〉 4장 4절 참조). 구약 24권을 가리킨다는 주장도 있다.

"아담의 딸들 중에서 네가 복되도다. 네 아름다움이 언제까지나 복되도다." [15]

건너편 기슭의 꽃들, 푸르고 싱싱한 풀들로부터 선택된 무리들이 떠나자

마치 하늘에 별이 별을 따라 나타나듯이 그들 뒤로 네 짐승[16]이 각각 머리에 푸른 잎사귀[17]의 관을 쓰고 나타났다.

저마다 펼친 여섯 개의 날개[18]에는 아르고스[19]의 눈이 저러했을까 싶은 눈이 하나씩 달려 있었으니

독자여, 나는 그들의 형상을 묘사하기 위해 이 이상의 운율을 구사하려 하지 않겠노라.

이 밖에도 쓸 것이 많으므로. 상세히 알고 싶은 자 〈에스겔〉[20]을 읽어 보라.

그는 북방에 이는 폭풍과 큰 구름과 불 속에서 그들이 어떻게 나타났는가를 본 대로 묘사하고 있나니

여기 내가 본 광경은 그 책에 묘사된 모습과 같으니라.

다만 날개의 수에 대해서는 나는 그와는 다르게 요한[21]이 본 것과 같게 보았을 뿐

---

15) 천사 가브리엘과 엘리사벳이 성모 마리아에게 드린 인사말.

16) 하느님을 가까이서 섬기는 네 천사. 4복음서(마태·마가·누가·요한복음)를 상징한다는 주장도 있음.

17) 푸른 색은 소망을 상징함.

18) 복음의 전파가 빠른 것을 표시한다. 여섯 날개에 달린 눈은 복음의 진리가 일체의 사물에 통달한 것을 나타냄.

19) 주피터가 이오를 사랑하자 이를 시기한 주노는 아르고스를 시켜 암소로 변한 이오를 감시하게 했다. 그러자 주피터는 메르클리우스를 보내어 아르고스를 죽여 그 눈을 뽑아서 공작의 꼬리를 장식했다.

20) 〈에스겔〉 1장 4절 이하.

21) 〈계시록〉의 저자.

이들 네 짐승 사이로 두 개의 불바퀴가 달린 개선의 수레[22]가 거대한 그리폰[23]의 목에 이끌려 왔나니

빛무리를 향해 활짝 펼친 날개 끝은 하늘 높이 치솟아 있구나.

몸뚱이 중에서 독수리의 형상은 금빛[24]이요, 그 밖의 부분은 붉고 흰 (사자의)빛[25]이라.

아프리카누스[26]나 아우구스투스[27]라 한들 이처럼 화려한 수레로 개선한 적이 있으랴?

그 길을 벗어났을 때, 놀란 땅의 경건한 기도[28]를 듣고 주피터가 엄한 심판으로 태워 버린 태양의 수레도 이만은 못하리라.

이제 오른쪽 바퀴 옆으로 동그랗게 원을 그리며 세 숙녀[29]가 다가왔나니

첫번째 숙녀는 불 속에 있다면 가려내지 못할 만큼 붉고

두번째 숙녀는 살도 뼈도 녹옥(綠玉)으로 만들어진 듯하였으며

세번째 숙녀는 방금 내린 눈처럼 하얗더라.

---

22) 교회를 상징함. 두 바퀴에 대해서는 신·구약을 가리킨다고도 하고, 그 밖에 이설이 많음.

23) 머리·앞발·날개는 독수리이고 몸통·뒷발은 사자인 가공적인 동물. 신성(神性)과 인간성을 함께 지닌 그리스도의 상징이다. 그리프스 또는 그리핀이라고 함.

24) 신성을 상징함.

25) 인성을 상징함.

26) 한니발의 군사를 무찌른 로마의 장수. 스키피오 아프리카누스.

27) 카이사르의 조카. 본명은 카이아누스 옥타비우스, 최초의 로마 황제. 카이사르가 암살된 후 안토니우스, 브루투스, 카시우스, 폼페이우스, 클레오파트라 등을 무찌르고 내란을 평정하여(B. C. 31년) 로마로 개선함.

28) 파에톤이 길을 잘못 들어 불수레를 땅에 너무 가까이 몰고 왔으므로 땅(테라스)은 불에 탈 것을 두려워하여 주피터에게 기도하여 파에톤을 타죽게 했다.

29) 믿음(백), 소망(초록), 사랑(주홍)의 3덕을 상징함.

때로는 하얀 숙녀, 때로는 주홍빛 숙녀가 다른 두 숙녀를 이끌었고 때론 주홍빛 숙녀가 노래하면 다른 두 숙녀들이 혹은 빠르게 혹은 늦게 장단을 맞추어 춤을 추었다.[30]

왼쪽 바퀴 옆에서는 주홍빛 옷을 입은 네 명의 님프[31]가 그 중에 눈이 셋 달린 숙녀[32]에게 인도되어 자주빛 불길 속에서 춤을 추고 있었다.

이 일곱 명의 행렬 뒤로 두 노인[33]이 나란히 걸어오니, 옷차림은 다르지만 태도는 하나같이 엄숙하고 점잖았다.

한 사람[34]은, 특별히 사랑하사 만물의 영장(靈長)을 위해 자연이 낳은 가장 위대한 히포크라테스[35]의 후예인 것 같고,

그 동료인 또 한 사람[36]은 끝이 예리하게 번쩍이는 것을 들고 있었으니

동행과는 다른 생각을 나타내는구나.

그 모습은 냇물 건너편에서 보기에도 두렵더라.

---

30) 때로는 믿음에 사랑과 소망이 이끌리고, 때로는 사랑에 믿음과 소망이 이끌리지만, 소망은 믿음 혹은 사랑에서 비롯되는 것이므로 언제나 이것들에 의해 이끌리기만 한다.

31) 4 덕. 즉 예지, 정의, 절제, 용기를 상징한다. 주홍빛 옷은 4 덕이 사랑에서 비롯되기 때문에.

32) 지혜. 그 세 눈으로 과거·현재·미래를 보며 모든 덕행의 바탕이 되므로 4 덕을 이끈다.

33) 누가와 바울. 여기서는 이들의 저서 〈사도행전〉과 여러 '서신'을 가리킴.

34) 〈사도행전〉의 저자인 그리스 인 의사 누가.

35) 그리스의 명의(名醫).

36) 바울. 그가 칼을 들고 있는 것은 "구원의 투구와 성령의 검, 곧 하느님의 말씀을 가지라"(〈에베소서〉 6장 17절)에서 유래됨. '동행(누가)과는 다른 생각을 나타내는 것'이라고 한 것은 누가는 치료하려고 하는데, 바울은 반대로 타격의 표상인 검을 들고 있기 때문이다.

다음에는 초라한 차림을 한 네 명의 노인[37]이 보였고

이 모든 행렬의 맨 뒤에는 마치 졸면서 걸어오는 듯한, 그러나 날카
로운 얼굴을 한 노인[38] 한 명이 보였나니

이들 일곱 사람은 앞서 본 무리[39]와 같은 차림이되

백합꽃 화관이 아닌 장미와 그 밖의 붉은 꽃[40]으로 꾸며진 화관을 쓰
고 있었으므로

얼마간 떨어져서 보는 사람은 그들이 저마다 눈썹 위가 불타는 걸로
생각했으리라.

그 수레가 바로 맞은편에 다다랐을 때, 우렛소리 들려 오니

존귀한 이들은 마치 전진을 금지하는 신호이기라도 하듯

선두의 깃발과 함께 모두 그 자리에 멈춰 서더라.

제 *30* 곡

노랫소리가 들리더니 베아트리체가 꽃구름을 타고 내려온다. 단테는
옛 사랑의 불꽃이 세차게 타오르는 것을 느낀다. 그는 얼떨결에 스승
베르길리우스를 불렀으나 그 모습이 보이지 않는다. 베아트리체는 지

---

37) 야고보서·베드로서·요한서·유다서를 그 저자로 상징한 것임. '초라한 차
  림'을 한 것은 다른 책에 비해 규모가 작기 때문이다.

38) 〈계시록〉을 상징. 〈계시록〉은 신약전서의 끝에 있으며 그 얼굴이 날카로운
  것은 예리한 통찰력을, 졸리운 것은 명상에 잠긴 저자를 나타낸다.

39) 24명의 장로.

40) 백합의 흰빛은 구약의 정신인 그리스도의 내려오심에 대한 신앙을, 푸른 잎
  의 녹색은 4복음서의 정신인 소망이 채워진 것을, 지금의 붉은빛은 신약의
  정신이며 그리스도에 의해 계시된 사랑을 나타낸다.

난 10년 동안 자신의 뛰어난 자질을 유효적절하게 이용하지 않은 단테의 잘못을 어머니처럼 엄중히 꾸짖고, 그에 대한 자기의 사랑을 드러낸다.

지는 일도 돋는 일도 없고, 죄악이 아니고는 어떤 안개에도 가리우는 적도 없는 첫째 하늘의 일곱 별[1]은
마치 항구로 돌아가는 조타수(操舵手)를 인도하는 북두칠성처럼
모든 영혼들로 하여금 가야 할 진정한 길을 알게 하나니
그 일곱 별이 멈춰 서자, 그때까지 촛대와 그리폰 사이에서 걷고 있던 거룩한 예언자들은 마치 "아멘" 하고 외치듯이 수레를 돌렸다.
그들 중 하늘에서 파견된 자인 듯한 하나가
"나의 신부여, 레바논으로부터 나오라" 하고 세 번 노래 부르자, 다른 자들도 따라 합창하였나니
마치 마지막 나팔 소리[2]와 함께
복받은 자들이 재빨리 육신을 걸치고 하늘을 향해 할렐루야[3]를 부르며 무덤에서 일어나듯이
백(百)이 넘는 영원한 생명의 종들과 사자들이 장로의 목소리에 화답하여 성스러운 수레 위에서 일어나더라.

---

1) 첫째 하늘, 즉 엠피레오(empireo) 하늘의 일곱 별은 이 행렬을 인도한 일곱 촛대를 가리키며 이것은 또한 성령의 일곱 가지 은혜를 상징한다. 인간은 이 일곱 가지 은혜에 인도되며, 그것은 마치 세상에서 북두칠성이 사공들에게 방향을 알려 주는 것과 같다. 이 성령은 언제나 빛나 선한 자의 눈에 비치지만, 죄악이 이를 가려 볼 수 없게 한다.

2) 최후의 심판이 베풀어지는 날을 알리는 나팔 소리에 구원받을 모든 사람들이 할레루야를 외치며 무덤에서 일어난다.

3) 헤브라이 어 hallelu(찬미하라)와 jah(하느님)의 복합어로 기독교의 찬송가에 사용되며, 기쁨 또는 감사를 나타냄.

  저마다 "복되도다, 오시는 이여!"[4] 하고 말하고는

  곧 둘레에 꽃을 흩뿌리며 "오, 한 아름 가득 백합을 드려라"[5] 하고
외쳤다.

  때때로 새벽의 동녘 하늘이 붉게 물들고, 나머지 하늘은 맑게 개었
을 때

  보금자리에서 솟아오르는 해의 얼굴이 아침 안개의 너울에 가리어
잠시 육안으로도 볼 수 있었듯이

  천사들의 손에서 수레의 안팎으로 흩어지는 꽃구름 속에

  새하얀 면사포를 쓰고, 감람나무 잎사귀 관을 쓴 한 여인[6]이 나타났
으니

  그녀는 녹색 망토 밑에서 타는 듯 붉은 옷을 입고 있었다.

  나의 영혼은 떨면서 그녀 앞에 꿇어 엎드리지 않은 지 이미 오랜 세
월이 흘렀으나[7]

  내 유한한 눈으로는 볼 수 없는, 그녀에게서 풍기는 신비로운 힘에

  옛 사랑이 맹렬한 기세로 되살아나는 것을 느꼈나니

  순간 나는 내가 아직 어렸을 때[8] 이미 내 가슴으로 파고들었던 거룩
한 힘에 사로잡혔다.

  나는 마치 무서울 때나 혼이 날 때 뛰어가 어머니 품에 매달리는 어
린이처럼

  베르길리우스의 도움을 받으려고 왼쪽을 돌아보고 말했다.

---

  4) 예수께서 예루살렘에 들어가실 때, 군중은 "찬송하리로다, 주의 이름으로 오
    시는 이여……"하고 소리 높이 칭송했다. (《마태복음》 21장 9절 참조)
  5) 《아이네이스》 6권의 883 참조.
  6) 베아트리체. 그 옷은 3덕을 상징함. 즉 믿음(백색), 소망(녹색), 사랑(주홍색)
    의 세 가지 색깔이며 감람나무는 지혜와 평화를 상징함.
  7) 1290년 베아트리체가 죽은 후 10년 동안 단테는 그녀를 보지 못했다. 《새로
    운 삶》 30 참조.
  8) 9세 때.

"제 온몸의 피가 한 방울도 남김 없이 들끓고 있나이다. 옛 불꽃[9]의 여운이 되살아났어요."

그러나 그는 빛을 내게서 거두고 사라졌나니 그는 가 버렸다. 그리운 아버지 같은 베르길리우스는 이미 우리 곁에 없었다. 내가 언제나 의지해 온 베르길리우스는.

첫 어미[10]가 잃어버린 에덴 동산의 모든 것도, 이슬로 씻긴 내 뺨이 다시 눈물로 더럽혀지는 것을 막을 수는 없으리라.

"단테님, 울지 마세요. 베르길리우스가 가 버렸다고 해도 아직 울어서는 안 돼요. 이제 곧 또 다른 고통[11]이 당신을 울리리니 그 눈물은 훨씬 뜨거울 것입니다."

(여기 어쩔 수 없이 내 이름을 썼지만), 내 이름을 부르는 소리를 듣고 뒤돌아보았을 때

천사들이 뿌리는 꽃에 에워싸여 나타났던 숙녀가

마치 이물이나 고물에 서서 함대의 수병들을 바라보고, 격려하며 사기를 북돋아 주는 제독처럼

수레의 왼쪽에서 냇물 건너편에 있는 나를 쳐다보았으니

지혜로운 미네르바의 잎사귀[12] 관을 쓴 머리로부터 면사포가 드리워져 그 모습을 똑똑히 볼 수는 없었으나,

그녀의 엄하고도 당당한 태도는 나로 하여금 그녀의 다음 말을 떨리는 마음으로 기다리게 하였나니

마치 가장 심한 말을 아끼는 사람처럼, 이렇게 말을 잇더라.

"나를 똑똑히 보세요. 나 베아트리체랍니다. 당신은 어떻게 감히 이

---

9) 사랑.

10) 하와가 잃어버린 이 지상 낙원의 즐거움도 베르길리우스를 잃은 슬픔을 덜어 주지 못하고, 단테의 뺨으로 흘러내리는 눈물을 멈추게 하지는 못했다.

11) 단테를 꾸짖는 베아트리체의 말.

12) 지혜의 여신 미네르바에게 바친 감람나무 잎사귀.

높은 산에 올라올 수 있었나요?

복된 사람만이 여기서 은총 속에 살 수 있다는 것을 당신은 알지 못했나요?"

나는 고개를 숙이고 맑은 샘물 속으로 눈을 떨구었으나 거기 비친 내 모습을 보고는 수치심에 눈길을 초목으로 돌렸노라.

그녀는 자식을 나무라는 어머니처럼 나를 대했으니

엄한 자애의 정은 어느 정도 쓴 맛이 나는 법.

그녀가 말을 마치자 곧 천사들이

"오, 주여, 내 소망은 주께 있나이다" 하고 찬송하되 '내 발' 다음은 울리지 않더라.[13]

이탈리아의 등줄기[14]가 되는 숲 사이에 쌓인 눈이 스키아브니아[15]가 몰아치면 단단하게 얼었다가

그늘이 없는 땅[16]으로부터 솟아나는 더운 입김에, 불에 녹는 초처럼 녹아서 흘러내리듯

영원한 천체의 선율에 맞춘 그 합창이 들릴 때까지는, 나의 눈물과 한숨도 얼어붙은 듯 나오지 않더니

그 아름다운 노래 속에 섞여 있는 나를 위한 탄원이

"숙녀여, 그대는 어찌하여 그처럼 심하게 그를 꾸짖느뇨!"

하는 이상으로 간절하기에, 내 가슴에 얼어붙었던 얼음이 녹기 시작하였나니

가슴의 격정은 물과 숨결이 되어 입과 눈 밖으로 쏟아지더라.

---

13) 〈시편〉 31편 1~8절. '내 발'은 제8절에 나오는 말. 그 다음을 노래 부르지 않은 것은 이 경우에는 이미 필요하지 않게 되었고 어울리지도 않기 때문이다.

14) 아펜니노 산맥.

15) 달마티아 산맥에서 불어오는 바람.

16) 아프리카. 적도 바로 아래 있기 때문에 춘분과 추분의 정오에는 그늘이 지지 않는다.

여전히 수레의 왼편에 잠자코 서 있던 그녀는 그 노래에 마음이 누그러진 듯 경건하고 자비로운 천사의 무리에게 말했다.

"영원한 빛 속에 늘 깨어 있는 그대들에게, 세상에서 일어나고 있는 일을 사소한 것이라도 숨긴다는 것은 밤이나 잠이라 할지라도 할 수 없을 것이나

내가 바라는 것은, 저기서 울고 있는 자에게 내 말을 깨닫게 하여, 자기 죄에 대해 뉘우치게 하려는 거지요.

인간으로 하여금 그 운명의 별에 따라 일정한 목표를 향해 움직이게 하는 천체의 영향뿐만 아니라,

인간의 시력이 미치지 못하는 높은 곳에서 내리는 하느님의 풍성한 은총에 따라

이 사람은 젊은 시절에 뛰어난 재능을 갖고 있었나니

올바른 방향으로 나갔던들 훌륭한 행위로 나타났을 거예요.

그러나 나쁜 씨를 뿌려 싹트게 하고, 갈지 않은 채 방치하면 기름진 땅일수록 더욱 황폐해지는 법[17]

한때[18] 나는 내 빛나는 표정을 그와 함께하였나니

젊은날의 내 눈길을 그에게 돌려 그를 인도하여 함께 옳은길로 가게 했었지요.

그러나 내 인생의 제2기[19]에 이르러 삶을 바꾸게 되자, 그는 나를 버리고 다른 사람[20]에게로 가 버렸어요.

육신을 떠난 내 영혼이 하늘로 올라와 미와 덕이 더해지자

___

17) 재능이 뛰어날수록 그것을 썩혀 두거나 악용하면 그 죄도 크다.

18) 단테가 베아트리체를 처음 만났을 때부터 그녀가 죽었을 때까지.

19) 단테의 연령 구분에 따르면, 인생의 제1기는 발육 시대로부터 25세까지이고, 제2기는 25세부터 45세까지이다. 베아트리체는 25세 때 죽었기 때문에 제2기의 문턱에서 영원한 세계로 옮겨 간 것이다.

20) 베아트리체가 죽은 후 단테가 다른 여자에게 마음이 기울어져 타락한 생애를 보낸 것을 책하고 있다.

그는 나를 사랑하지 않았으며, 나를 기쁨으로 여기지 않았으니

그는 어떤 약속도 지킨 적이 없는 허망한 행복의 그림자를 좇아 곁길로 접어들었던 것이나이다.

나는 타고난 영감으로 그의 꿈[21]이나 환상 속에 나타나 그를 다시 불러내려고 했으나 모두 헛일이었으니

그는 전혀 돌아보려고 하지 않았던 거예요.

깊이 타락한 그를 구원할 방법으로는 죄 때문에 벌을 받는 자들을 보여 주는 것뿐

하여 나는 죽은 자들의 문[22]을 열고 들어가, 방금 이곳까지 그를 인도한 자에게 눈물로 간청했었더니이다.

만일 그가 회개의 눈물로 죄를 씻지 않은 채 이 레테 강을 건너 이 물[23]을 맛볼 수 있다면 하느님의 고귀한 율법을 어기는 셈이 될 거예요."

제 *31* 곡

단테는 베아트리체의 꾸지람을 듣고 그제서야 자기의 잘못을 뉘우친다. 베아트리체가 다시 단테의 과거를 엄하게 나무라자 그는 깊은 회한으로 말미암아 잠시 의식을 잃는다. 단테가 의식을 회복하자 마텔다가 그를 이끌어 레테 강물 속에 담근 후에 네 천사가 단테를 베아트리체에게 데리고 가서 그 아름다운 모습을 단테에게 보여 주기를 간청한다.

---

21) 《새로운 삶》을 보면 단테는 꿈에 베아트리체를 여러 번 보고 마음을 가다듬었지만 그것이 오래 가지 못했다.

22) 지옥의 문.

23) 레테의 물이 지닌, 죄의 기억을 지워 버리는 힘.

"오, 당신, 성스러운 강물 저편에 서 있는 이여"

하고 그녀는 날〔刀〕만으로도 아프게 느껴지던 말의 칼끝을 내 정면에 들이대면서 말을 이었나니

"말하세요. 이것이 사실인지 말해 주셔요. 이러한 책망에는, 마땅히 당신 자신의 고백이 따라야 하리니."

나는 온 정신이 마비된 듯, 뭐라고 말을 하려고 했으나 말이 나오기도 전에 목소린 목구멍에서 사라져 버렸다.

그녀는 잠시 후 조급한 듯

"무얼 생각하나요. 당신이 저지른 죄의 기억이 아직 이 냇물에 씻기지 않았다면, 말하세요."

나는 혼란과 두려움으로 인하여, 입술의 움직임을 보지 않고는 알아들을 수 없을 정도로 나직하게 "네" 하고 간신히 답하였나니

마치, 너무 잡아당기면 활이 망가지고 시위도 끊어져 과녁을 향해 날아가는 화살의 기세가 약해지는 것처럼

그녀의 책망 아래 산산히 부서져 버린 나는 눈물과 한숨만 쏟아 낼 뿐, 말은 목구멍 속에서 고스란히 지워졌다.

그러자 그녀가,

"더 이상 바랄 게 없는 행복[1]으로 충만케 하려고 당신을 이끌었거늘

그 길에서 어떤 구덩이, 어떤 사슬[2]을 보았건대 이렇듯 정진할 소망을 잃게 되었나요?

다른 사람들의 이마 위에서 어떤 유혹과 어떤 이득을 보았길래 연인의 창 밑을 걷는 사람처럼 그들 앞을 걸었던가요?"

---

1) 여기서는 하느님을 가리킨다. "지고의 행복이 지고하신 하느님 안에 있는 것은 필연적인 일이다."(보에티우스《철학의 위안》)

2) 이것은 두 가지의 장애물이다. 전자는 소극적인 것으로, 마음이 약할 때에 일어나며, 베아트리체에 대한 단테의 사랑이 식은 것은 이에 속한다. 후자는 적극적인 것으로 세상의 쾌락이 이에 속한다.

  괴로운 한숨만 새나올 뿐, 답변할 말이 없어 입술만 떨다가 울음 섞인 소리로 이렇게 말했다.
  "당신의 빛이 더 이상 내 길을 비출 수 없게 되자마자 눈에 보이는 모든 것이 허망한 쾌락으로 내 발길을 돌리게 했다오."
  그녀가 말하길,
  "당신이 고백한 것을 숨기든 부인하든 간에 당신의 죄는 조금도 감추어지지 않나니, 심판하시는 그분은 잘 알고 계시니이다.
  그러나 여기 우리의 법정에서는 죄지은 영혼이 진정한 뉘우침 속에 스스로의 죄를 꾸짖게 되면 둥근 숫돌도 칼날을 거슬러 돌아가나니[3]
  이제 당신이 자기 잘못을 깊이 뉘우쳤으니
  요부 세이렌[4]의 노래를 들을지라도 마음 더욱 굳세지도록 눈물의 씨앗[5]일랑 버리고, 내 말에 귀를 기울이세요.
  내 육신의 죽음이 당신을 어떤 방향으로 몰고 갔는지를.
  나를 에워싸고 있던 아름다운 육체만큼 당신의 눈을 기쁘게 해 준 것은, 자연에도 예술에도 없었나니
  애석하게도 그 육체는 땅속에서 티끌이 되어 흩어졌지요.
  나의 죽음으로 더없는 기쁨이 먼지가 되었을 때
  대체 현세의 다른 무엇이 당신의 마음을 끌 수 있었을까요?
  허망한 사물에서 쏘아진 첫 화살[6]을 맞았을 때
  당신은 이미 그런 부식하는 사물을 넘어 높이 오른 나를 따라 일어

---

 3) 죄인이 스스로 고백하고 참회하면, 하느님의 분노가 풀리고, 공의로운 심판 (칼)도 자비로써 둔화된다.
 4) 제19곡 각주 4) 참조. 그 소리를 듣는다는 것은 세상의 헛된 쾌락에 유혹된다는 뜻이다.
 5) 눈물을 흘리게 한 슬픔.
 6) 세상의 무상함을 깨닫고 받은 최초의 마음의 상처. 즉 베아트리체의 죽음으로 세상의 허망함을 깨닫고, 이제는 영원한 생명을 누리는 그 영혼을 좇아 두번째, 세번째의 상처를 입지 말았어야 했을 것을.

낳아야만 했어요.

비록 젊은 여자의 사랑이나 그 밖의 허망한 것으로부터 날아온 많은 화살에 상처를 입었을지언정

날개를 접는 일은 없어야 했어요.

갓난 새끼 때에는 두 번, 세 번 화살을 맞지만

날개가 완전히 자란 새의 둥지에는 그물을 쳐도 헛일이요, 활을 쏘아도 소용없으니까요.”7)

나는 꾸지람에 자기 잘못을 인정하고 부끄러움에 혀가 굳은 채 눈길을 아래로 내리까는 아이처럼 서 있었나니

“내 말이 당신을 슬프게 만들지라도 수염을 치켜올리고 이쪽을 똑똑히 보세요. 더욱 큰 슬픔의 원천을 보여 드리이다.”8)

그녀의 말에 고개를 든다는 것은, 우리의 땅이나 이아르바 왕국9)에서 불어오는 바람을 맞아 억센 떡갈나무가 쓰러지는 것보다도 내게는 더욱 큰 저항이었으며

더군다나 눈을 들라고 말하지 않고, 수염을 치켜올리라고 말했을 때 나는 그녀의 말에 가시가 돋혀 있음을 알아차렸다.

그러한 고통을 안고 눈을 들어 바라보니, 그녀의 주위에 비처럼 꽃을 뿌리던 천사들은 잠시 쉬고 있었고,

눈물이 어려 흐릿한 눈에 뚜렷하지는 않지만 베아트리체가 신성과 인성을 한몸에 갖춘 듯한 짐승10) 쪽을 향하고 있는 광경이 들어왔다.

---

7) 〈잠언〉 1장 17절 참조.

8) 베아트리체의 천상의 아름다움을 보면 지금까지 지상의 행복을 좇아 온 단테는 더욱 가슴아파할 것이다.

9) 야르바 왕이 다스리던 리비아. 여기서 부는 바람이란 아프리카 지방에서 불어오는 남풍을 가리키며, ‘우리의 땅에서 부는 바람’은 유럽 대륙에서 불어오는 북풍을 가리킨다.

10) 그리폰. 독수리와 사자의 모습을 한 짐승으로 그리스도의 신성과 인성을 상징한다.

살아 있을 때도 누구보다도 아름다웠지만 강 건너에서 면사포를 쓰고 있는 그녀는 옛날보다 더욱 아름다웠다.

그때 회한의 가시가 따끔하게 나를 찌르고, 내가 무엇보다도 애착을 가졌던 모든 것들이 가장 혐오스러워졌나니

죄의식이 내 마음을 파고들어 나 그 자리에 쓰러지고 말았다.

그때의 내가 어떤 상태에 있었는지, 그 원인을 안겨 준 그녀는 누구보다도 잘 알고 있으리라.

이윽고 내가 정신을 차렸을 때, 아까 홀로 나타났던 숙녀[11]가 내 머리맡에 보였다.

그녀는 "단단히 잡으세요. 오로지 나만 붙잡으세요" 하고 말하면서

이미 목까지 물에 잠겨 있는 나를 끌며 북[梭]처럼 가볍게 물 위를 걸어갔다.

내가 축복받은 기슭[12]에 가까이 갔을 때

"나를 정결케 하소서" 하는 소리가 들려 오니

상상할 수도 표현할 수도 없을 만큼 부드러운 목소리더라.

아름다운 숙녀는 두 팔을 벌려 내 머리를 껴안고 나를 정죄의 물속 깊이 담그니 나는 물을 마시지 않을 수 없었다.

이윽고 나를 꺼낸 그녀가 흠뻑 젖은 나를 아름다운 네 천사[13]가 춤추는 곳으로 데리고 가니 네 천사는 저마다 팔을 벌려 나를 얼싸안았다.

"우리는 여기서는 님프(요정)요, 하늘에서는 별이랍니다.

베아트리체가 세상에 내려가기 전[14]부터 이미 우리는 그녀의 시녀[15]

---

11) 마텔다.

12) 베아트리체가 서 있는 기슭이며, 또 단테가 레테의 물을 마시고 죄의 기억마저 다 씻어 버렸으므로 축복받은 기슭이라고 한다.

13) 4덕을 상징함.

14) 아직 태어나기 전. "이는 여자가 아니라 하늘에서 가장 아름다운 천사이다. 이것은 기적이다"《새로운 삶》 26편 43~44 참조.

15) 4덕은 지상의 덕으로서 이교의 나라에서도 숭상하며 교회 또는 신학을 위해

였나니

　우리가 당신을 그녀에게 인도하리로되, 그녀의 눈에 깃들인 환희를 볼 수 있도록 당신의 눈을 맑게 하는 것은 저기 통찰력이 더욱 깊은 세 분[16]이 하리이다.”

　이렇게 노래하고 나서 그들은 베아트리체가 서 있는 그리폰의 가슴 앞까지 나를 데리고 가더니 내게 한 목소리로 말하되,

　“마음껏 바라보세요. 우리는 당신을 녹옥(綠玉)[17] 앞에 모셔왔어요. 일찍이 당신 가슴에 ‘사랑’의 화살을 쏘았던 것이랍니다.”

　불길보다도 뜨거운 천 가지 열정으로

　내 두 눈은 그리폰 위에 고정된 그녀의 빛나는 눈동자에 박혔나니

　마치 거울 속에 비친 태양처럼 이중적 피조물은

　그녀의 눈 속에 때로는 신의 모습으로, 때로는 인간의 모습으로 빛나고 있었다.

　독자여, 실물 자체는 불변인데 그 영상이 변화에 변화를 거듭하는 것을 보았을 때 내가 얼마나 놀랐을지 상상해 보라.

　내가 놀라움과 기쁨 속에, 먹을수록 식욕을 돋우는 이 음식[18]을 맛보는 동안

　그 거동에서 절로 고귀한 기품이 느껴지는 세 천사가, 다른 천사들이 연주하는 축가에 맞춰 춤을 추면서 앞으로 다가와,

　“오, 베아트리체여, 그 은총의 눈길을 당신이 사랑하는 남자에게 돌리세요.

　그는 당신을 만나러 이처럼 멀고 먼 나그네 길을 왔나니

　　길을 닦는 시녀의 역할을 한다.

16) 믿음·소망·사랑의 3덕. 4덕은 인간으로 하여금 하느님의 진리를 인식할 수 있는 데까지 이르게 하지만, 3덕은 하느님 안에 깊이 들어갈 수 있게 한다.

17) 베아트리체의 눈.

18) 여기서는 베아트리체의 눈.

아무쪼록 우리들의 소원 들으사 당신의 입술을 드러내어
그로 하여금 당신이 숨겨 놓은 두번째 아름다움[19]을 보게 해 주세요”
하고 노래하는구나.
그 노래에 응답하여 은총을 내리시니
오, 장엄하도다. 영원히 살아 있는 빛이여!
파르나소스[20]의 짙은 산그늘에 창백해지고, 그 영감의 샘물을 깊이
들이마신 자라 할지라도
광활한 대기 속에 베일을 벗고 나타난 그대에게 하늘의 조화된 그림
자가 드리워졌을 때,
눈에 비친 그대의 모습을 그대로 묘사하려다가 곤혹을 느끼지 않을
자 과연 누가 있으리요![21]

제 *32* 곡

　　베아트리체의 웃는 얼굴이 하도 눈부셔 잠시 시력을 잃었던 단테는
이윽고 시력을 회복한다. 단테는 마텔다와 스타티우스와 함께 어떤 나
무 아래 이르러 노래를 듣다가 깜빡 잠이 든다. 단테의 꿈속에 독수
리, 여우, 용, 창녀, 거인 등으로 엮어지는 이해하기 어려운 이상한 일
들이 일어나 부패한 로마 교황청과 국가의 관계를 상징한다.

---

19) 입술. 4덕은 첫째 아름다움인 베아트리체의 눈으로 단테를 인도하고 3덕은
　　둘째 아름다움인 입술로 그를 인도한다.
20) 제28곡 각주 22) 참조.
21) 면사포를 벗은 베아트리체의 아름다움은 도저히 시인의 상상이 미치지 못하
　　며 글로도 그림으로도 표현할 수 없다.

10년 동안의 갈증[1]을 풀려는 열망으로

타는 듯 뜨거워진 나의 눈길은 고정되고 그 때문에 다른 감각은 모두 사라져 버렸다.

그토록 성스러운 미소 나를 옛 사랑의 보금자리로 이끄매

눈마저도 이쪽 저쪽에 무관심의 벽[2]을 쌓고 있었다.

그러나 그때 "너무 쳐다보는군요" 하는 천사들의 목소리가 들려 와, 눈길을 왼쪽으로 돌리지 않을 수 없었나니

햇빛을 직접 마주 쳐다볼 때 그 빛에 눈이 부셔 아무것도 보이지 않는 것처럼 나 또한 한동안 시력을 잃었다.

이윽고 시력이 회복되어 희미한 빛이 보이기 시작했을 때(약한 빛이라고 한 것은 나로 하여금 어쩔 수 없이 눈을 돌리게 하였던 강한 빛[3]에 비해 그렇다는 말이다)

나는 오른편으로 돌아가는 은총의 군단의 행렬을 보았나니

태양과 일곱 불꽃[4]이 그들을 정면으로 비추고 있었다.

마치 퇴각하는 장병들이 방패로 몸을 가리고, 대열 전체가 방향을 바꾸기 전에 군기를 앞세우고 돌아가는 것처럼

하늘나라의 선봉[5]들은 수레의 굴대가 채 돌기도 전에, 모두 우리 앞을 지나가고

천사들도 수레바퀴 가까이로 돌아오니

그리폰은 깃털 하나 움직이지 않고 축복받은 짐을 끌기 시작했다.

스타티우스와 나는 나를 얕은 여울로 인도했던 아름다운 숙녀(마텔

---

1) 베아트리체가 죽은 후 10년 동안 그녀를 보고 싶다는 간절한 소망을 품고 살아왔다는 뜻.
2) 눈으로 베아트리체의 미소만 보느라고 다른 것은 안중에 없다.
3) 베아트리체.
4) 일곱 촛대의 불꽃.
5) 24명의 장로

다)와 함께 작은 호를 그린 수레바퀴[6] 자국을 따라갔다.

그리하여 우리는 옛날 두 갈래로 갈라진 뱀의 혀를 믿은 여인〔하와〕으로 하여 황폐해진 성스러운 숲속을 헤치며 천사들의 노랫소리에 발맞추어 앞으로 나아갔다.

세 발짝쯤 걸어갔을까 베아트리체가 수레에서 내려서니

모두들 나직한 목소리로 "아담"[7] 하고 속삭이면서 그를 비난하더니

꽃이나 잎사귀라고는 전혀 달려 있지 않은 한 그루의 나무[8]를 에워싸매

그 나뭇가지는 숲속에 높이 사는 인도인[9]들이라도 혀를 내두를 만큼 위로 솟구쳐 있더라.

"복될지어다, 그리폰이여! 맛 좋은 이 나무를 부리로 쪼지 않았구나. 이것으로 배를 불린 자 큰 저주받으리라."

커다란 나무 둘레에서 다른 자들(24 장로)이 이렇게 외치자,

양성(兩性)의 짐승〔그리폰〕 되받아,

"이리하여 모든 정의의 씨가 보존되도다"

하더니 끌고 온 굴대로 돌아 이것을 헐벗은 나무에 매더라.

마치 거대한 빛이 천상의 쌍어궁을 따르는 빛나는 백양궁의 빛에 섞여 내리쬘 때

지상의 초목이 부풀어오르기 시작하여 태양이 천마(天馬)를 몰아 다음 별자리로 들어가기 전에[10] 그 색채가 모두 되살아나는 것처럼

그때까지 헐벗은 채 쓸쓸하게 서 있던 나뭇가지가 새로이 생기를 띠

---

6) 행렬이 오른쪽으로 돌아가므로 오른쪽 바퀴는 왼쪽 바퀴보다 작다.

7) 하와에게 이끌려 하느님의 명령을 거슬러 금단의 열매를 따먹은 아담의 죄(〈창세기〉 3장 6절 이하)를 책하는 소리다.

8) 선악과. 〈창세기〉 2장 9절 참조.

9) 인도에는 화살을 쏘아도 그 꼭대기에 닿을 수 없는 큰 나무가 있다는 말이 베르길리우스의 《전원시》 2권에 나온다.

10) 4월 하순경.

더니

장미보다는 엷고, 제비꽃보다는 진한 빛[11]의 꽃을 피우더라.

그때 축복받은 영혼들이 합창한 찬미가는 지상에서는 도저히 부를 수 없는 가락이요

나로선 이해할 수도 또 끝까지 들을 수도 없는 노래였나니

내 만일, 감시자의 대가를 그처럼 비싸게 치렀을 때[12] 시링크스[13]의 이야기를 들으면서 잠든 아르고스의 눈을 그릴 수 있다면

모델을 보고 그리는 화가처럼, 나는 내 잠든 모습을 정확하게 그려 보일 수 있었으리라.

그러나 뉘라서 제 잠든 모습을 교묘히 그려 낼 수 있으랴.

그러므로 잠에서 깨어났을 때의 이야기를 하리라.

빛이 내 잠의 장막을 찢으며,

"어서 일어나세요! 거기서 뭘 하고 있어요?" 하는 소리[14]가 들려 왔다.

능금나무[15] 열매는 천사들의 식욕을 돋우고, 천국에서 영원한 잔치를 베푸는 계기가 되나니

그 능금나무의 작은 꽃[16]을 보여 주시려, 베드로와 요한과 야곱을 인

---

11) 이 빛을 핏빛이라고 해석하면, 그리스도의 피로 로마 제국에 그리스도의 축복이 내렸다는 뜻이 될 것이다. 이 대목에 대해서는 해석이 구구하다.

12) 잠들었기 때문에 목숨을 잃게 되었다는 사실을 말함.

13) 목축의 신인 판의 사랑을 받은 님프. 주피터(제우스)로부터 아르고스를 죽이라는 명을 받고 파견된 메르클리우스는 시링크스와 판의 사랑 이야기를 들려 주어 아르고스를 잠들게 한 다음에 그의 목을 잘랐다고 한다. 오비디우스의 《변신》 참조.

14) 마텔다의 소리.

15) 그리스도(《아가》 2장 3절 참조). 열매는 하늘에서 누리는 그리스도의 영광. '영원한 혼인 잔치'는 어린양의 혼례(《요한계시록》 19장 7~9절 참조).

16) 제자들에게 잠시 보여 준 예수의 변화된 모습. 〈마태복음〉 17장 1~8절 참조.

도하였을 때[17] 정신을 잃고[18] 쓰러졌던 그들이

위대한 말소리에[19] 깊은 잠에서 깨어나 정신을 차리고 보니

그 동행이 줄어들고 모세와 엘리야도 사라지고, 스승인 그리스도의 옷도 달라져 있었던 것처럼

나 또한 제정신으로 돌아와 보니

개울을 따라 나를 인도하였던 자비로운 숙녀(마텔다)가 나를 굽어보고 서 있었다.

"베아트리체는?" 하고 내가 의혹에 사로잡혀 묻자 그녀가 대답하기를,

"보세요, 그녀는 저 우거진 숲속의 새 잎이 돋은 나무뿌리 위에 앉아 계셔요.

은총으로 눈부신 일곱 천사[20]가 그녀를 에워싸고 있고, 다른 자들은 그리폰을 따라 더욱 오묘한 노래를 부르면서 하늘로 올라갔답니다."

그녀가 말을 계속했더라도 나는 일체 듣지 못했으리니

내 눈길과 내 모든 감각은 베아트리체에게 고정되어 다른 것은 일체 알 수 없었으니

그녀는 그리폰이 매어 둔 수레를 지키기 위해 남기라도 한 것처럼, 혼자 맨땅에 앉아 있었으며

일곱 님프는 손에 손에 북풍이나 남풍에도 결코 꺼지지 않는 등불[21]을 들고 그녀를 둘러싸고 있었다.

"당신은 잠시 여기 이 숲의 사람이 되어야 합니다.

---

17) 예수를 따라 높은 산에 올라가.

18) "이는 내 사랑하는 아들이요, 내 기뻐하는 자니 너희는 저의 말을 들으라"(〈마태복음〉 17장 5절)는 소리에 제자들이 두려워 정신을 잃었다.

19) "일어나라, 두려워하지 말라"는 그리스도의 말씀.

20) 하늘의 3덕과 땅의 4덕. 그리폰〔그리스도〕은 이미 하늘로 오르고, 베아트리체〔신탁〕만 일곱 천사(3덕과 4덕)에게 에워싸여 수레〔교회〕를 지키고 있다.

21) 북풍도 남풍도 꺼뜨리지 못하는, 즉 지상의 풍파를 꺼려하지 않는 일곱 촛대.

그리고 마침내는 나와 함께 영원히 로마[22]의 백성이 되어야 해요.
그리스도께서도 바로 그 백성인 로마(천상의)에서 말예요.
그러니 저 수레를 주시하였다가, 지상에 돌아가 당신이 본 것을 정확하게 적는다면 어두운 세상에 빛이 될 것이리다.”
베아트리체가 이렇게 말하매 나는 그녀의 명령에 복종하려 그녀가 말한 곳으로 마음과 눈을 돌려 유심히 바라보았나니
먼 하늘에서 비가 올 때 먹구름 속에서 떨어지는 벼락이라 할지라도
그 나무를 향해 쏜살같이 내려온 주피터의 새[23]만큼 날쌔지는 못하리라.
꽃을 꺾고, 잎을 뜯고 나무 껍질을 마구 찢어 발기던 그 새가
이어 힘껏 수레를 들이받으니 수레는 마치 폭풍 속에서 거센 파도를 만난 배처럼, 이리저리 마구 흔들리더라.
그러자 맛난 음식[24]이라곤 한 번도 먹어 본 적이 없는 암여우[25] 한 마리가 개선의 수레〔교회〕 속으로 뛰어드는 모습 보였나니
나의 숙녀(베아트리체)가 그 더러운 죄를 꾸짖자, 암여우는 허겁지겁 줄행랑을 치고
이어 독수리[26]가 아까 날아왔던 곳에서 수레의 포장 속으로 날아들어 여기저기 깃털로 잔뜩 어질러 놓고 달아나는 것이 보였다.

---

22) 하늘의 도성(都城).
23) 독수리. 로마 제국의 상징인 독수리가 나무에 부딪친 것은 로마 황제(특히 네로, 디오클레티아누스 등)가 하느님의 율법에 복종하지 않음을 의미하며 수레를 들이받는 것은 그들의 교회에 대한 박해를 의미한다.
24) 건전한 교리.
25) 이단(異端)을 상징함.
26) 독수리는 황제를 상징하고 깃은 이욕(利慾)을 의미함. 콘스탄티누스 대제가 기독교로 개종하고 많은 영지를 교회에 바쳤다는 전설(〈지옥편〉 제19곡 각주 23) 참조)은 단테 시대에는 확실한 것으로 알려졌으나 15세기에 사실이 아니라는 것이 밝혀졌다.

그러자 가슴에 쌓인 온갖 비탄이 한 목소리로 우러난 듯한 한 소리
하늘에서 들려 왔다.

"오, 나의 쪽배〔교회〕여, 너는 고약한 짐을 실었구나."

그러자 바퀴와 바퀴 사이의 땅이 갈라지고 그리로부터 용[27] 한 마리
나타나 꼬리로 수레를 휘감더니

찔렀던 침을 움츠려 넣는 벌처럼, 악독한 꼬리로 수레 밑 한쪽을 떼
내고[28] 유유히 가 버리더라.

마치 옥토(沃土)가 무성한 풀을 남기듯이, 그 오점을 지워 버리려는
의도임에 틀림없는 깃털로써 거듭거듭 덮이고

양쪽 바퀴와 끌채도, 입을 벌려 한숨 한 번 쉴 동안 다시 깃털로 덮
였다.

성스러운 수레의 형체가 이처럼 변해 버린 다음 여기저기서 불쑥불
쑥 머리 나타나니

끌채 위에서 셋, 네 구석에서 각각 하나씩 솟되

세 개의 머리에는 황소의 뿔 같은 것이 돋아나 있고, 다른 네 개의
머리에는 이마에 뿔이 하나씩밖에 없었으니[29]

일찍이 그 누구도 이런 괴물은 본 적이 없으리라.

---

27) 종교 분쟁을 가리킴.

28) 728년 로마 교회에서 그리스 교회가 분리된 것을 의미한다는 해석도 있고,
〈계시록〉 12장 7절 이하에 나타나는 마귀로 세속적인 이익을 탐낸 교회를 가
리킨다는 해석도 있다.

29) 이 비유는 〈계시록〉 12장 3절 "붉은 용이 있어 머리가 일곱이요 뿔이 열이
라"에서 비롯되었다. 일곱 머리는 일곱 죄악을 가리키며 세속적인 이권의 증
대와 함께 교회 안에서 자랐다. 이 일곱 죄악 중에서 교만, 질투, 분노는 자
기와 이웃을 해치는 것이므로 각각 두 개의 뿔을 갖고 있으며, 인색, 음란,
탐욕, 나태는 자기에 대한 죄이므로 각각 뿔 하나씩을 갖고 있다. 또 일곱
머리는 7대 죄악을 나타내고, 열 개의 뿔은 십계를 어기는 것을 의미한다는
해석도 있다.

그 위에 방자한 창녀[30]가 마치 높은 산 위에 있는 성채처럼, 버젓이
도사리고 앉아 사방에 추파를 던지고

옆에는 계집을 빼앗기지 않으려는 듯이 거인[31] 하나가 서 있었나니

그들 서로 때때로 입을 맞추되 계집이 그 음탕한 눈을 내게 돌리자
포악한 정부(情夫)는 계집의 온몸을 채찍으로 마구 후려갈기더라.[32]

질투와 분노를 참지 못한 그 야수 괴물을 나무에서 풀어 숲 깊숙이
끌고 들어가자

숲 그늘에 가려[33] 창녀도 별난 괴물[34]도 보이지 않았다.

제 *33* 곡

일곱 천사가 노래를 마치자 베아트리체는 마텔다·스타티우스·단테
와 함께 나무 밑을 떠난다. 그녀는 앞으로 일어날 여러 가지 일들에
관해 예언한다. 이윽고 일행은 어떤 샘에 이른다. 그 샘으로부터 악을
잊게 하는 레테 강과 선을 상기시키는 에우노에 강이 흘러 나온다. 단
테는 에우노에 강의 물을 마시고 새사람이 된다.

---

30) 교황 보니파티우스 8세를 비꼬아서 말하는 것.

31) 프랑스 왕 필립 4세를 가리킴.

32) 교황 보니파티우스 8세가 프랑스 왕가의 간섭을 벗어나려고 하다가 오히려
   필립 왕에게 감금당했다. 창녀가 단테에게 눈길을 보내는 것은, 교회가 신도
   에게 도움을 구한다는 뜻.

33) 교회의 상징인 수레가 괴물로 변한 다음 숲속으로 들어가 단테에게 보이지
   않게 된 것은, 1304년 교황 클레멘스 5세 시대에 교황청이 로마에서 프랑스
   의 아비뇽으로 옮겨 간 것을 가리킨다.

34) 수레가 괴물로 변한 것을 말함.

"하느님이여, 이방인들이 왔나이다."[1]

일곱 천사들이 눈물을 흘리면서 때로는 셋, 때로는 넷씩 번갈아 아름다운 찬가를 부르고 있었다.

베아트리체는 십자가 밑에서 안색이 변한 마리아 못지않게 깊은 한숨을 지으면서 그 노래를 듣고 있었으나

천사들이 그녀의 응답을 기다리자 불덩이처럼 달아오른 얼굴[2]로 일어나 거룩한 열정으로 대답하매,

"사랑하는 자매들이여, 조금 있으면 너희가 나를 보지 못하겠고, 또 조금 있으면 나를 보리라."[3]

그녀는 일곱 천사를 앞에 나란히 세우고는, 가벼운 눈짓으로 나와 숙녀(마텔다)와 또 함께 남은 현자(스타티우스)를 뒤에 세우고 길을 가다가

열 걸음쯤 걸었을까, 그녀는 말하는 듯한 눈길로 나를 정답게 바라보더니 평온한 얼굴로 말하였다.

"제가 이야기하는 동안에 잘 들으실 수 있도록 제 가까이 오세요."

시키는 대로 내가 그녀 곁으로 다가서자 그녀가 말하기를,

"형제여, 당신은 나와 함께 걸어가면서 어째서 묻고자 하지 않나요?"

---

1) 〈시편〉 8편 1절 이하 참조. 이 시는 원수들이 성도(聖都)와 그 성전을 더럽히는 것을 슬퍼하는 말로 시작되지만, 하느님께서 반드시 그 백성을 회복하시리라는 신앙의 기도로 끝난다. 세 천사(하늘의 3덕)와 네 천사(땅의 4덕)가 번갈아 이 기도를 하면서 교회의 부패를 통탄한다.

2) 깊이 사랑하는 빛.

3) 〈요한복음〉 16장 16절에 보면 "조금 있으면 너희가 나를 보지 못하겠고 또 조금 있으면 나를 보리라"는 구절이 있다. 이것은 예수가 세상을 떠나려고 할 때 제자들에게 하신 말씀이다. 여기서는 교회의 부패로 인하여 한동안 영계에 대한 지식이 흐려졌으나 머지않아 그 영광을 회복한 확신을 말하며, 앞에 나온 〈시편〉의 애소(哀訴)에 대한 대답과 약속이다.

　상사(上司) 앞에 나가면 긴장한 나머지 말하려고 해도 말이 잘 나오지 않듯이

　나 역시 말이 제대로 나오지 않아 간신히 소리내어 말하기를,

　"나의 숙녀시여, 나에게 무엇이 필요하고 무엇이 좋은지는 당신이 잘 알고 있을 것입니다."

　그러자 그녀가 나에게 말하되,

　"내 소망은 당신이 수줍음과 두려움에서 깨어나, 꿈꾸는 사람 같은 말투는 더 이상 하지 않는 거예요.

　용이 망가뜨린 수레가 지금은 없다는 것을 알아야 해요. 그 죄를 범한 자에게 하느님은 반드시 벌을 내리실 겁니다.[4]

　수레에 깃털을 남기고, 그 수레를 괴물이 되게 하고 또 미끼로 변하게 한 독수리[5]는 언제까지나 후손이 없지는 않으리니

　내 눈에는 앞으로 일어날 일들이 분명히 보인답니다.

　그래서 당신에게 말하나니

　별들이 모든 장애물을 넘어서 이윽고 올라오려고 해요.

　때가 되면 하느님께서 보내신 오백과 열과 다섯[6]이 그 도둑[7]과 그

---

4) 용이 그 밑바닥을 깨어 버린 수레는 거인에게 끌려 멀리 옮겨졌으나, 이 거인에게 반드시 하느님의 형벌이 내릴 것이다.

5) 황제를 상징함. 단테는 프리드리히 2세(1250년 사망) 이후의 황제들은 1308년까지 진정한 로마 제국의 황제가 아니라고 보고 프리드리히를 후계자 없는 마지막 로마 황제라고 생각했다. 그러므로 교회를 바로잡고 제국을 확립할 황제가 반드시 나타난다는 것이다.

6) 로마 글자에 515는 DXV이다. 이것을 조금 바꿔 놓으면 DVX(dux), 즉 지도자 또는 수령이라는 뜻이 된다. 세상을 바로잡을 위인의 출현을 말하는 것이 분명한데, 이것은 "온 세상의 주 앞에 모셔 섰는" 신앙의 대표자인 감람나무(〈스가랴〉 4장 12절)를 가리키는 것 같다.

7) 교황 보니파티우스 8세. 교황의 자리를 빼앗았다고 해서 이렇게 부르고 있다.

공모자인 거인을 함께 죽일 거예요.

나의 예언이 테미스[8]나 스핑크스[9]의 그것처럼 애매하매 밝혀져야 할 것을 감추기 십상이라 당신이 납득하기 어려울지 모르겠으나

오이디푸스가 되살아난 것처럼 나이아데스[10]가 양(羊)과 곡식에 피해를 주지 않고, 이 어려운 수수께끼를 풀 수 있게 될 거예요.

내 말을 명심했다가, 죽음을 향해 달려가는 자들에게 마치 내가 말하는 것처럼 그대로 전해 주시고

그것을 글로 쓸 때에는, 이곳에서 두 번이나[11] 쥐어뜯긴 나무에 대해 당신이 본 것을 하나도 숨기지 마세요.

그 나무를 훔치거나 꺾는 자는 모독 행위로 하느님을 거역하는 것이 되나니

하느님께서는 자신만을 위해 쓰시고자[12] 나무를 성스럽게 만드셨으니까요.

단 한 입 베어 먹음으로써

---

8) 하늘의 신 우라노스와 가이아 사이에 태어난 딸. 아티카의 신탁(信託)으로 유명함.

9) 여자의 얼굴을 하고 새의 날개와 개의 몸뚱이와 사자의 발톱을 지닌 거물. 테베 부근에 살면서 지나가는 나그네들에게 "아침에는 네 발로 다니고, 한낮에는 두 발로, 밤에는 세 발로 다니는 짐승이 무엇이냐?"는 수수께끼를 풀라고 요구하면서 괴롭혔다.

10) 샘의 여신. 오비디우스의 《변신》 7권의 759을 보면 나이아데스가 수수께끼를 풀었기 때문에 테미스가 크게 화를 내어 사나운 짐승들을 풀어 양과 밭을 짓밟았다고 한다. 나이아데스는 오기(誤記)이며 라이아데스(Laiades)가 정확하다. 이 오기는 17세기에 이르기까지 정정되지 않았다.

11) 처음에는 독수리에게 다음에는 거인에게, (제32곡) 혹은 처음에는 아담에게, 다음에는 독수리에게.

12) 하느님의 권능을 나타내기 위해 사용하신다.

최초의 영혼들은 5천여 년[13]을 형벌과 갈망 속에 보내면서, 그 죄의 형벌을 살과 피로써 몸소 받으실 분을 기다려야만 하였지요.[14]

이 나무가 저렇게 높이 자라 가지를 뻗은 특별한 이유를 알지 못한다면, 당신의 분별력은 잠자고 있음이 분명해요.

만일 헛된 생각으로 그대의 머리가 엘사[15]의 물에 잠긴 것처럼 굳어 있지 않고

그대의 기쁨이 쾌락으로 말미암아 뽕나무의 오디를 붉게 물들인 피라모스[16]처럼 되지 않는다면

당신은 지금까지 보고 들은 것만으로도 이 나무와 관련된 계율에 따라 하느님께서 내리신 심판이 당연하다고 인정할 수 있을 겁니다.

그러나 당신의 지성은 돌처럼 굳어 버려 내 말의 빛에 눈이 먼 듯 어두워졌나니

종이에 기록하지 않더라도 부디 마음속에 잘 새겨 돌아가세요.

순례자들이 그 순례한 곳을 알리기 위해 종려나무 잎사귀를 감은 지팡이를 가지고 돌아가는 것처럼 말이에요."

내가 대답했다.

"마치 인장 자국을 그대로 간직하는 밀초처럼

당신의 말은 내 머리에 새겨져 있어요.

그런데 어찌하여 당신의 소망에 찬 말들은 이해하려고 애쓰면 애쓸

---

13) 아담은 지상에서 930년 동안 살았으며(〈창세기〉 5장 5절 참조) 4302년 동안 림보에 있었다(〈천국편〉 제20곡 참조).

14) 인류의 조상 아담은 금단의 열매를 먹었기 때문에 하느님을 뵙지 못하는 괴로움과 하느님을 뵙게 되리라는 소망 가운데 5천 년 동안 '형벌을 몸소 받으실 분', 즉 십자가의 피로 아담의 죄를 씻어 주실 그리스도를 기다렸다.

15) 콜레에서 샘솟아 아르노 강으로 흐르는 피렌체와 피사 사이의 작은 강. 이 강물에는 광물질이 많아 그 속의 물질을 모두 석화(石化)시킨다고 한다.

16) 제27곡 각주 4) 참조.

수록, 내 이해력을 넘어 먼 저편 하늘로 날아가 버리는 것일까요?"
그녀가 대답했다.
"그건 당신이 지금껏 배워 온 학문에 구애되어, 그 가르침과 내가
말하는 진실이 서로 부합되는가를 생각하기 때문이나니
보세요, 아무리 애써도 인간의 길과 하느님의 길은 하늘과 땅만큼
떨어져 있는 것을."
내가 그녀에게 대답했다.
"하지만 나는 한 번도 당신에게서 떠난 적이 없습니다. 또 당신에
게 양심의 가책을 받을 만한 짓도 하지 않았어요."
"만일 당신의 말처럼 기억나지 않는다면,"
하고 그녀가 미소를 지으면서 대답하기를,
"오늘 여기서 레테의 물[17]을 마신 사실을 기억하셔요.
아니 땐 굴뚝에 연기 나지 않듯 당신이 이처럼 잊게 된다는 것 자체
가, 한눈을 팔았던 당신의 죄를 입증 하는 것.
그러나 앞으로는 당신의 둔감한 지력으로도 명쾌하게 이해할 수 있
도록 가장 단순한 용어들로 말하겠어요."
더욱 눈부신 빛, 걸음도 한결 더뎌진 태양이 이리저리 온 세상 둘레
로 움직이며 자외선을 품고 앉았을 때
나그네 일행을 안내하여 앞서 가던 자가, 이상한 것을 발견하고 잠
시 발길을 멈추는 것처럼
일곱 천사는 계곡의 컴컴한 그늘 가까이에 멈춰 섰나니
그 그늘은 마치 알프스의 싸늘한 냇물 위에 드리워진 푸른 잎사귀와
검은 나뭇가지 그림자 같은 그늘이었다.

---

17) 이 강물은 죄의 기억을 씻어 버리게 한다. 레테의 물을 마시게 되었다는 것
　　은 단테에게 씻어야 할 죄가 있었다는 증거이며, 이것은 단테의 마음이 베아
　　트리체〔하늘나라의 일〕를 떠나 다른 데〔세속의 이욕〕에 쏠린 적이 있었다는 증
　　거이다.

　천사들 앞에는, 같은 샘에서 흘러 나와 이별을 아쉬워하는 다정한
친구처럼 흘러가는 힛데겔과 유브라데[18]인 듯한 두 강이 보였다.
　"오, 빛이여! 인류의 영광이여! 여기 한 샘에서 흘러 나와 양쪽으로
갈라지는 이 흐름은 무엇입니까?"
　나 부르짖었나니,
　"마텔다, 그녀에게 물어 보세요" 하는 대답이 돌아오더라.
　그 아름다운 숙녀는 비난에서 벗어나기 위해 해명이라도 하는 사람
처럼 대답하되
　"나는 이미 이 일과 다른 일에 대해서도 그에게 미리 말해 두었어
요.[19]
　설마하니 레테의 물이 그 기억조차 씻어 버릴 수가 있었을라구요."
　그러자 베아트리체가 말했다.
　"인간이란 마음에 걸리는 커다란 근심이 있으면, 가끔 그 기억을 빼
앗기기도 해요.
　아마도 그 일 때문에 그는 지혜의 눈이 흐려졌나 봅니다.
　그렇지만 저기 흐르고 있는 에우노에[20]를 보셔요.
　이 사람을 거기 데리고 가서, 여느 때와 마찬가지로 그의 둔해진 기
억력을 되살리셔요."
　그러자 마치 타인의 의지를, 거절하지 않고 그것을 기꺼이 자기의
의지로 만들어 버리는 상냥한 영혼처럼
　그 아름다운 숙녀는 내 손을 잡고 앞으로 나아가면서
　스타티우스에게도 얌전한 목소리로
　"함께 가실까요?" 하고 말하더라.
　독자여, 만일 지면(紙面)이 허락한다면, 나는 아무리 마셔도 싫증이

---

18) 에덴 동산에 흐르는 네 개의 강 중에서 셋째와 넷째. 〈창세기〉 2장 10절 이
　　하 참조.
19) 제28곡 참조.
20) 깨끗해진 영혼에게 선행의 기억을 회복하게 하는 강.

나지 않는 그 달콤한 한 모금의 물을 짧게나마 시로 노래해 보였을 것이다.

그러나 이 제2편[21]에 주어진 지면을 다 메웠나니, 예술의 고삐[22]가 나를 붙잡고 더 이상은 보여 주지 않는구나.

나는 겨울이 안겨 준 상처를 씻고 봄 이슬에 새 잎이 돋은 어린 나무같은 청순한 모습으로

성스러운 물결에서 돌아와, 별들을 향해 하늘로 올라가려 하노라.

---

21) 〈연옥편〉.

22) 〈지옥편〉〈연옥편〉〈천국편〉의 3편을 서로 조화시키는 예술의 법칙. 그것에 제한을 받아 더 길게 쓸 수 없다.

천국편

Paradiso

제 *1* 곡

단테는 〈천국편〉을 쓰는 데 있어 뮤즈의 도움뿐만 아니라 아폴론의
도움도 청한다. 그는 갑자기 주위가 찬란하게 빛나는 것을 느끼고 첫
째 하늘인 달을 향해 올라간다. 음악 소리가 들려 오더니 하늘이 온통
불꽃으로 빛난다. 넋을 잃고 있는 단테에게 베아트리체가 아리스토텔
레스와 토마스 아퀴나스의 학설에 따라 그가 하늘나라로 올라가는 이
유를 설명해 준다.

만물을 움직이시는 분의 그 영광 온 누리 두루 비추나니

그 광채 어떤 곳에는 강하고 어떤 곳에는 약하구나.

그 빛이 넘치는 하늘에 나는 있었다. 그곳에서 본 많은 것들을, 그
리로부터 피를 받은 몸으로서는 이야기할 기운도, 재주도 없으니

인간의 지력(知力)이란 스스로 원하는 것에 가까워질수록 오성(悟性)
깊숙이 들어가 기억이 이를 따라올 수 없기 때문이라.[1]

그럼에도 불구하고 내 마음에 간직된 그 성스러운 나라의 일을

이제 나의 시(詩)의 소재로 삼으려 하나니

오, 마음씨 좋은 아폴론이여!

이 마지막 과업[2]을 무난히 마칠 수 있도록, 이 몸을 월계관을 받기

---

1) 하느님의 인식. 인간의 지성이 알고 싶어하는 대상이 진리요, 하느님은 절대
   진리이므로 그 인식 안에 깊이 들어갈수록 다른 기억은 사라진다는 뜻.
2) 《신곡》의 마지막 편.

에 부족함이 없다고 생각되는 그릇으로 만들어 주소서.[3]

지금까지는 파르나소스의 한 봉우리로 족했지만[4]

다시 한 번 경기장으로 가는 데 있어 이 두 봉우리에 의지하여야 하리니

원컨대 내 가슴으로 들어와, 일찍이 그대가 마르시아스[5]의 가죽을 산 채로 벗겨 버렸을 때처럼, 뜨거운 정열의 입김 불어넣어 주소서!

오, 신성한 힘이여!

만일 그대의 도움으로 내 머리에 새겨진 축복된 나라의 인상을 선명하게 표현할 수만 있다면

그대는 그대의 사랑하는 작은 숲에서, 그 푸른 잎사귀 관으로 머리를 장식하는 나를 보게 되리니

드높은 시의 주제, 나에게 그 영광을 주리라.[6]

시인의 아버지여, 황제나 시인의 개가(凱歌)를 위해 월계수 잎사귀를 따는 일이 드물다면 그것은 유한한 인간 의지의 잘못이요 수치로다!

베네이오스[7]의 잎사귀가 인간의 마음에 영광에의 갈망을 불러일으킨

---

3) 나로 하여금 천국을 시로 읊어 계관시인이 되게 하라.

4) 〈천국편〉에 접어들기까지는 뮤즈의 도움으로 족했으나 이제부터는 시인 아폴론의 도움도 필요하다는 뜻이다. 파르나소스는 치르라와 엘리코나라는 두 봉우리를 가지고 있는데 전자는 아폴론의 것이고 후자가 뮤즈의 것이다. 〈지옥편〉과 〈연옥편〉의 서두에서 단테는 뮤즈들에게만 기원했으나, 여기서는 아폴론의 도움도 기원하고 있다.

5) 반인반양(半人半羊)의 괴물. 전설에 따르면 마르시아스가 아폴론과 겨루었다가 산 채로 살가죽을 벗기는 벌을 받았다고 한다. 시신(詩神) 아폴론이 마르시아스를 때려눕히던 당시의 정열을 자기에게 달라는 뜻.

6) 나의 시제(詩題)인 천국과 그대가 나에게 부여하는 시작(詩作)의 힘이 합쳐지면 나로 하여금 월계관을 받을 수 있는 시인이 되게 할 것이다.

7) 월계수로 변해 버린 다프네는 강의 신 베네이오스의 딸이기 때문에 이렇게 쓰고 있다.

다면 델포이의 신[8]은 더욱 기뻐하리라.

큰 불이 작은 불꽃 뒤에 일어나듯 더 훌륭한 목소리의 기도 나를 뒤따르리니, 치르라[9]는 그에 화답하리라.

세계의 등불〔태양〕은 온갖 곳에서 솟아올라 인간의 눈에 갖가지로 나타나거니와

네 원과 세 십자가로 연결되는 지점에서는 한결 복된 결합, 복된 길을 통해 솟아오르며

그 뜻에 따라 세계라는 밀초를 봉랍하고 덥히는구나.[10]

그 결합으로 거기[11]는 아침이고 여기는 저녁이 되나니, 남반구가 불타오를 때 북반구는 어둠에 싸이는 법.

그때 베아트리체는 왼편의 태양을 응시하고 있었으니, 일찍이 어떤 독수리도 이처럼 뚫어지게 응시한 적은 없었으리라.

제1의 광선에서 떨어져 내린 제2의 광선[12]이 언제나 퉁겨져 다시 위로 오르듯이, 나그네가 집을 그리워하듯이

---

8) 아폴론. 델포이에 아폴론 신전이 있다.

9) 아폴론에게 딸린 파르나소스의 한 봉우리. 단테는 엘리코나 뮤즈들의 영감으로 쓰인 시를 철학적 이성의 산물로 간주하고 치르라 정상(頂上)에서 아폴론의 영감으로 쓰인 시를 신학적인 시로 간주한다. 그는 자기 후대의 인사들이 카톨릭 신학의 무진장의 보고(寶庫), 특히 천국의 절대성을 시로 훌륭히 묘사하리라고 기대하고 있다.

10) 춘분이 되면 태양은 네 원, 즉 지평선·황도·적도 그리고 주야평분선(晝夜平分線)이 서로 어울려 세 개의 십자형을 이루는 지점에서 솟아오른다. 그리하여 태양은 백양궁에 있게 되는데 이 궁은 상서로운 궁으로서 천지창조와 그리스도의 수태(受胎)를 알린 것도 이때였다고 한다. 네 원은 카톨릭 신학상 지상의 4덕을, 세 십자가는 하늘의 3덕을 상징하므로 이때야말로 가장 좋은 절기다.

11) 남반구의 정죄산 꼭대기인 지상 낙원은 아침. '여기', 즉 북반구의 인간 세상은 저녁.

12) 반사 광선. 제1의 광선은 투사 광선.

그녀의 동작은 눈길을 통해 빛처럼 내 마음속에 스며들어 나로 하여
금 같은 동작을 하게 했으니

평소처럼 그렇게 여기의 태양을 응시했다면 내 눈은 멀어 버렸으리
라.

그러나 지상에서는 허용되지 않는 일도 거기서는 허용되었나니,

그곳은 인류 본래의 거처[13]로서 창조된 동산이기 때문이라.

오래 응시하지는 못했으나 짧은 순간 불 속에서 이글이글 끓는 무쇠
처럼 태양이 주위에 불꽃을 발산하는 것을 보았나니

갑자기 대낮의 빛에 대낮의 빛을 더한 듯, 마치 누군가 하늘의 영광
에 또 하나의 태양을 만들어 놓은 듯하였다.

베아트리체는 도취된 듯 영원한 천구(天球)를 응시하고 나는 태양으
로부터 시선을 옮겨 그녀를 바라보았나니

그녀를 바라보는 동안 내 마음에 움튼 느낌, 그것은 마치 글라우코
스[14]가 그를 바닷속 해신(海神)들의 벗으로 만들어 준 풀잎을 씹을 때
의 느낌과 같은 것이었다.

인간성이 인성(人性)의 한계를 넘어선다는 것을 어찌 말로 할 수 있
으랴. 하느님의 은총으로 이런 경험이 허용된 순수한 영혼에겐 이 예[15]
로써 충분하리라.

오, 하늘을 다스리는 사랑이여!

당신의 빛[16]으로 나를 위로 끌어올리셨으니

내가 당신이 맨 나중에 지으신 영혼에 불과한지 그렇지 않은지는 당

---

13) 아담과 하와가 원죄를 짓지 않았다면 길이 살았을 천국.

14) 보이오티아의 어부. 어느 날 물고기를 잡아 풀밭에 놓아 두었더니 물고기들
    이 다시 살아나 바닷속으로 들어갔다. 하도 신기하여 그 풀을 뜯어 맛보는
    순간 바다가 그리워져 물 속으로 뛰어들어 해신이 되었다고 한다.

15) 글라우코스의 예(例).

16) 피조물의 지성에는 하느님을 직관하는 능력이 없기 때문에 오직 하느님이 내
    리는 영광의 빛으로만 가능하다.

신이 가장 잘 아시리라.[17]

거대한 천체가 당신을 향한 그리움 속에 영원히 선회할 때[18] 그 회전은, 당신이 조율한 가락으로 내 마음을 사로잡았나니

나는 보았노라. 온통 태양의 불꽃[19]으로 이글거리는 하늘을.

일찍이 어떤 비나 강물도 이처럼 넓은 바다를 이룰 수는 없었으리라. 새로운 소리와 위대한 빛은 일찍이 느껴 본 적 없는, 그 원인을 알고 싶은 열망으로 나를 불사르니

내 모든 생각을 나 자신처럼 잘 알고 있는 베아트리체는 내 마음을 바로잡기 위해 내가 묻기도 전에 답하기를,

"당신은 허망한 생각으로 자기 자신을 혼미에 빠뜨려, 선입관이 없다면 명백히 알 수 있는 것도 파악하지 못하는군요.

당신은 스스로가 생각하고 있는 것처럼 지상에 있는 것이 아니니, 번개가 하늘에서 번쩍이는 것보다 더 빨리 당신은 본래의 거처를 향해 날아오르고 있답니다."

미소를 자아내는 그녀의 이 짤막한 말로 나의 첫째 의문[20]은 풀렸으나, 또 다른 의문의 실이 얽히기에 내가 말했다.

"크나큰 놀라움에 대한 의문은 이제 가라앉았지만 새로운 의문이 이니, 어떻게 이 무거운 몸으로 내가 이렇듯 가벼운 기체 속을 올라갈 수 있는지 궁금합니다."[21]

---

17) 나는 영혼뿐이었는지 아니면 육신과 함께 있었는지 알 수 없다. 〈고린도 후서〉 12장 2절(그가 몸 안에 있었는지 몸 밖에 있었는지 나는 모르거니와 하느님은 아시느니라) 참조.

18) 천체 운행의 원리는 하느님에 대한 동경에 있다.

19) 단테는 이제 화염대(火焰帶)에 이른 것이다.

20) 신기한 소리와 위대한 빛의 원인에 대한 의문.

21) 아리스토텔레스에 의하면 공기는 상대적으로 가볍고, 불은 무게가 전혀 없는 것이라고 한다. 단테는 여기서 무게를 가진 육신이 어떻게 공기와 불 속을 올라갈 수 있는지 의문이 생겼다.

그녀는 연민의 한숨을 내쉬고 나서 실없는 말을 하는 자식을 대하는
어머니 같은 눈길을 내게 돌리고,

"모든 사물은, 그 형태가 어떠하든 간에 일정한 내적 질서를 간직하
는 법이나니 이것은 우주로 하여금 하느님을 닮게 하는 형상이지요.

여기 있는 고귀한 피조물들[22]은 영원한 하느님의 손을 보나니,

이는 그들 규범의 목적입니다.

이 질서 내에 존재하는 모든 것은 각각 본성에 따라, 그 최초의 근
원[하느님]에서 가까워지기도 하고 멀어지기도 하는 것.

각자 주어진 본능에 이끌려 거대한 존재의 바다[23]를 건너 각자의 항
구[24]로 향하고 있지요.

이 본능이란 달에 대해서는 불을 이끌어 주며, 유한적 존재에서는
기동력이 되고, 땅을 응결시켜 하나로 만드는 힘이 되기도 합니다.

이 본능은 시위를 떠난 화살처럼 야수적 피조물뿐 아니라, 지성과
사랑을 지닌 자도 쏘아대니[25]

굶주린 모든 것을 빛으로 영원히 채워 주시는 하느님의 섭리는 빨리
도는 하늘[26]을, 안으로 감싸는 하늘[27]을 자신의 빛으로 언제나 잠잠하
게 한답니다.

이제 모든 화살들이 황금 과녁을 겨눠 일정한 장소로 쏘아지는 것처
럼 우리 또한 위로 솟아오르고 있어요.

그러나 쏘아졌을지라도 피조물에겐 여전히 빗나갈 수 있는 어떤 힘

---

22) 이성(理性)과 사랑을 지닌 천사와 인간.

23) 만물을 추상화한 말.

24) 만물이 저마다 지닌 개개의 목적.

25) 본능은 만물에게 그 목적을 향해 가도록 충동함.

26) 원동천(原動天). 구천(九天)의 맨 끝에 있어 속도가 가장 빠르다. 제10천으로
    부터 힘을 받아 하늘을 도는 원동력이 있다.

27) 원동천을 감싸 주는 지고천(至高天). 공간을 초월하여 오직 영원한 빛과 사랑
    속에 하느님의 보좌가 마련되어 있는 곳.

X.지고천(至高天)
천국의   백장미
IX.원동천 (原動天)
VIII.항성천 ★ (恒星天) ★
VII 토성천 ○ (土星天)
VI.목성천 (木星天)
V.화성천 (火星天)
IV.태양천 (太陽天)
III.금성천 ○ (金星天)
II.수성천 ○ (水星天)
I.월천 (月天)
불

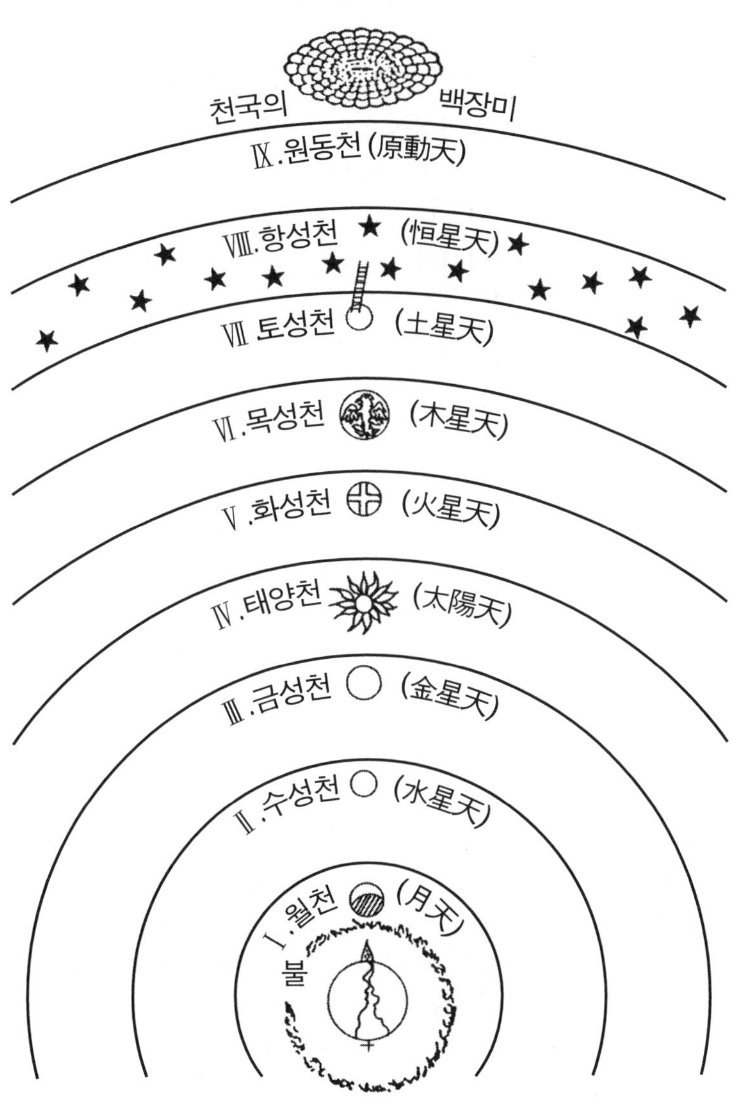

천국의 구조

이 남아 있으며, 또 재료가 좋지 않을 때 완성된 형태가 예술가의 의도와 맞지 않는 것처럼

피조물〔인간〕도 때로는 참된 길에서 벗어나게 되나니

그것은 본래는 똑바로 쏘아졌을지라도 피조물에겐 여전히 빗나갈 수 있는 어떤 힘이 남아 있으며 또 최초의 충동[28]은 거짓 쾌락으로 말미암아 비뚤어져 땅으로 빗나가 버릴 수 있기 때문입니다.

이것은 구름 사이에서 떨어지는 벼락을 보면 알 수 있을 거예요.

이제 당신은 당신이 하늘로 올라가는 것에 대해 놀라서는 안 되나니 그것은 마치 강물이 높은 산에서 계곡으로 흘러내리는 것과 마찬가지예요.

피가 완전히 씻겨 자유로워졌는데도 저 아래 남아 있어야 한다면, 그것이야말로 세찬 불길이 땅을 기는 것만큼이나 이상한 일일 겁니다."

이렇게 말하고 그녀는 다시 눈을 들어 하늘을 쳐다보았다.

제 *2* 곡

단테는 신학적인 교양이 없는 독자들에게 〈천국편〉은 〈지옥편〉과 〈연옥편〉에 비해 훨씬 이해하기 어렵다는 것을 귀띔하면서 한편으로는 그 새롭고 숭고한 점을 내세운다. 베아트리체와 단테는 첫째 하늘인 월천(月天)에 도달한다. 달의 검은 반점에 대해 단테가 의문을 품자 베아트리체는 그 의문을 풀어 주면서 천체의 특성에 대해 설명한다.

---

28) 최고선이신 하느님을 그리워하는 자연적인 성향.

오, 그대들, 천상의 이야기 듣고자 그렇듯 먼 길을 쪽배[1] 타고, 노래 부르며 항해하는 내 배의 뒤를 따라온 자들이여!

삼가 그대들의 기슭으로 되돌아가 깊은 바다에 빠지는 잘못을 범하지 말지니 필시 나를 잃고 모든 것을 잃으리라.

내가 가는 바다는 아직 아무도 건너간 적이 없는 미지의 바다. 미네르바가 바람을 보내 주고, 아폴론이 키를 잡아 주며 아홉 뮤즈가 북두칠성을 가리켜 주는도다.[2]

천사의 빵[3]을 먹고자 마음먹은 얼마 안 되는 그대들이여

지상에서도 누구나 그 빵으로 살고 있지만 아무도 배불러 본 적 없으니

그대들은 물결이 잔잔해질 내 뱃길의 뒤를 따라 그대들 배의 용골(龍骨)을 조심조심 다루어 나가시길.

콜키스[4]를 항해했던 영웅들이 농부로 변한 이아손[5]을 보았을 때에도 그대들처럼 놀라지는 않았으리라.

하늘나라를 그리워하는 우리들의 영원하고도 타고난 갈망은 하늘의 운행만큼이나 빠르게 우리를 싣고 갔나니

베아트리체는 하늘을, 나는 그녀를 바라보매 시위를 떠난 화살이 과녁에 닿을 즈음에

나는 이미 내 온 눈길을 사로잡을 만큼 괴이한 어떤 것이 있는 곳까

---

1) 교리에 대한 얕팍한 지식.
2) 예지의 신 미네르바로 돛을 삼고, 빛과 노래의 신 아폴론으로 키를 삼고, 예술의 신 뮤즈로 나침반을 삼는다. 즉 학문적, 예술적 재능을 발휘하여 걸작을 쓰겠다는 것.
3) 영(靈)의 양식.
4) 〈지옥편〉 제18곡 각주 11) 참조.
5) 아르고나우타이의 지휘자. 콧구멍으로 불을 뿜는 황소 두 마리로 들판을 경작하고 그 자리에 죽인 용의 이빨을 심었더니 거기서 사람들이 솟아나 모두들 깜짝 놀랐다.

지 이르렀으니

　내 마음을 꿰뚫어보는 그녀는 아름다우리만치 기쁜 얼굴로 나를 바라보고 말했다.

　"우리를 첫째 별[6]에 이끌어 주신 하느님께 감사하셔요."

　그것은 마치 햇살을 받은 금강석처럼 빛나는, 짙고 단단하고 윤기 흐르는 구름이 우리를 감싸는 듯하였나니

　이 영원한 진주[달]는, 물이 갈라지지 않고도 그 자체로써 광선을 받아들이는 것처럼, 우리를 자신 속으로 받아들였으니

　이 경우 하나의 부피가 다른 부피를 받아들임은 두 몸이되 하나이어야 하나니, 나는 이런 일이 어떻게 일어날 수 있는지 납득이 가지 않았다.

　내가 물체일진대, 신성(神性)과 인성(人性)이 하나가 된 결정체[그리스도]를 보고 싶은 욕구가 태양처럼 뜨겁게 끓어오른 것은 당연한 일.[7]

　그곳에서는 우리가 신앙으로써 파악하는 것들이 목격되리니

　이것들은 논리적으로 입증되지는 않으나, 사람들이 확신하는 공리(公理)처럼 자명해지리라.

　"나의 숙녀여, 나를 점토의 세계에서 이곳으로 끌어올려 주신 분[하느님]께 진심으로 감사를 보냅니다.

　그러나 말해 주소서, 이 빛나는 물체[달]의 검은 반점은 무엇입니까? 저 아래 사람들은 카인의 이야기[8]를 입에 올리고 있어요."

---

6) 월천(月天).

7) 단테는 육체를 지닌 채 달 속으로 들어갔다. 이것은 물리적인 법칙에 어긋나는 일이지만 사실 그렇게 되었으니 그는 이 경이에서, 신성과 인성이 결합하여 그리스도가 되신 신비가 문득 알고 싶어진다.

8) 한국인들이 달 속에 있는 검은 반점을 옥토끼가 방아를 찧는 것이라고 생각하듯이 그들은 동생을 죽인 카인(아담의 아들)이 서 있는 그림자라고 생각한다. 〈지옥편〉 제20곡 각주 25) 참조.

그녀는 가볍게 눈웃음 짓고 나서 나에게 대답했다.

"감각의 열쇠[9]로는 열리지 않는 분야이므로, 사람들의 추측이 틀렸다 할지라도 경이의 화살이 그대를 관통하지 못하리니

감각에 이끌릴 때 이성의 날개는 종종 진실을 향해 날지 못한답니다.

그러나 그 원인에 대해 당신은 어떻게 생각하고 있는지요?"

내가 대답하기를,

"우리가 보는 다양성은 물체의 밀도 때문이 아닌가 합니다."

"당신이 내 반론을 귀담아들으신다면,"

하고 그녀가 이어 말하기를,

"당신의 생각이 오류에 깊이 빠져 있다는 것을 확실히 알게 될 겁니다.

여덟째 하늘[10]은 수많은 별들로 반짝이고 있는데, 그 빛들은 질적으로나 양적으로 모두 다르게 나타나지요.

이 모든 원인이 다만 물질의 밀도 때문이라 한다면,

같은 정도로 빛나거나 서로 다르게 빛나거나 간에 이 모든 것 안에는 동일한 힘이 작용하고 있어야 할 것입니다.[11]

힘의 다양성은 오직 형상 원리[12]로부터 발생하는 것.

---

9) 스콜라 철학의 인식론에 따르면, 모든 인식의 출발은 감각에서 비롯된다고 보았다.

10) 항성천(恒星天).

11) 베아트리체는 달의 반점이 물질의 농도에 의존하지 않는다는 것을 입증하기 위해 항성천의 보기를 들고 있다. 말하자면 여러 가지 별들이 광도(光度)뿐만 아니라 질적으로도 서로 다르다. 만일 이 차이가 농도에서 비롯된다면 모든 별들의 작용은 한결같고, 다른 것은 다만 범위의 대소에 지나지 않아야 한다. 그러나 실제로는 그 작용이 다르다. 그러므로 그 원인도 여러 가지여야 한다.

12) 아리스토텔레스가 창시하고 스콜라 철학이 계승한 질료형상론(質料形相論)에

그러나 당신의 추론에 따르면, 하나 이외의[13] 다른 모든 원인은 모두 무(無)로 돌아가게 되지요.

밀도의 희박성이 방금 당신이 말한 바 반점의 원인이라면,

이 천체의 것들은 그 희박성으로 인해

어떤 부분은 투명하거나 혹은 인체를 이루는 기름기와 살 같은 것으로 이루어져야 할 것입니다.

말하자면 한 권의 책이 페이지를 달리하는 것과 같지요.[14]

그러나 일식(日蝕) 현상을 보면 첫째 추론은 진리일 수 없나니, 어떤 종류의 투명체라도 그 빛을 투사하는 태양빛은 그때에도 통과되어야 할 것입니다.

그러나 실제로는 그렇지 않으므로 우리는 이제 둘째 경우로 넘어가도 좋을 것입니다.

만약 이것마저 그릇된 것임이 입증된다면 당신의 생각은 전반적으로 틀렸다는 것이 확인될 겁니다.

어떤 물체가 그 속으로부터 표면에 이르기까지 완전히 희박한 물질이 아니라면, 거기엔 태양빛의 통과를 막는 어떤 농후한 부분이 있음

의하면, 모든 물체의 구성 원리는 두 가지인데, 하나는 질료요 또 하나는 형상이다. 질료는 수동성·부동성·불가분성(不可分性)·연장(延長) 등의 원리이고, 형상은 실체를 실체가 되게 하는 능동성·규정성(規定性)의 원리이다.

13) 매우 압축된 이 의론의 개요는 이러하다 —— 모든 별들은 그 빛의 질과 양에서 각각 다르다. 만일 이 차이의 유일한 원인이 그들 물체의 농도라면, 다만 하나의 힘을 제외하고는 모든 별들의 작용은 같을 것이다. 그런데 실제는 별들이 주는 영향은 다양하며 별들의 힘은 여러 가지로 다르다. 이들 갖가지 힘은 형상의 원리, 다시 말해서 그 질료적 물질의 형상 또는 특수한 존재를 결성하는 여러 가지 원리에서 비롯된다. 이처럼 그 별들의 여러 가지 힘이 다양하기 때문에 형상의 원리도 다양하지 않을 수 없다. 따라서 외관상의 차이가 단지 농도에서 비롯되는 것이라고 할 수 없다.

14) 달 속에 질이 희박한 부분과 짙은 부분이 층을 이루어 서로 접해 있다.

이 분명하리니

　그 부분을 통과하지 못한 빛은 맑은 유리[15] 뒤에 감추어진 납으로부터 빛과 색깔이 나오는 것처럼 그리로부터 반사될 겁니다.

　그러면 당신은 아비켄나의 이론에 따라 더욱 깊은 곳에서 반사하기 때문에 다른 부분에서보다 그곳은 어둡게 비친다고 말할지 모르겠지만

　그러나 이런 주장은 당신에게 의향만 있다면 즉각 실험을 통하여 의문을 풀 수 있을 겁니다.

　실험이야말로 학예(學藝)의 근원이니까요.

　맑은 거울 세 개 중 두 개를 당신에게서 같은 거리에, 그리고 나머지 하나는 둘 사이에 멀찍이 떼어 놓으셔요.

　그런 다음 당신이 그 거울과 마주볼 수 있도록 자리잡고, 당신의 뒤에서 빛을 보내도록 하면

　세 개의 거울에 비추는 빛은 반사되어 당신에게로 돌아옵니다.

　이때 당신은 멀리 떨어져 있는 거울에 비친 영상이 좀 작기는 하지만, 그 질〔반짝임〕만은 다른 거울의 빛과 같다는 것을 알게 될 거예요.

　겨울 땅 위의 눈이 따뜻한 햇살을 받아 그 색깔과 냉기를 잃되 그 질료[16]는 본래 그대로이듯이

　논파(論破)된 당신의 지성에 이제 나는 살아 있는 진리의 빛을 비추려 하나니, 그 빛은 당신을 전율케 할 것입니다.

　거룩하고 평화로운 하늘[17]에 한 물체[18]가 운행하고 있나니

　그 안에 포용되는 모든 것은 그 힘에 따르지요. [19]

---

15) 거울.

16) 물.

17) 지고천(至高天).

18) 원동천. 원동천은 지고천의 힘을 빌려 아래 여덟 하늘에 건네어 줌.

19) 원동천은 지고천에서 힘을 받아 이것을 항성천으로 전한다. 이 하늘에서 그 힘은 여러 가지 영향력으로 분할되어 그 아래 여러 하늘에 나누어 준다.

다음 천구는 수많은 별〔항성〕들이 빛나고 있어 그 원천적 힘을 여러 가지 본질로 나누나니, 자체는 아니로되 자체를 포용하고 있는 본질을 뜻합니다.

다른 천체들은 다양한 상태로 자체 내부의 특성을 지닌 채 그 목적인 동시에 원인이 되는 것을 향하고 있지요.[20]

거대한 우주의 기관(機關)[21]들은 당신이 보는 바와 같이 위의 하늘에서 받은 힘을 아래 하늘에 전하면서 여러 단계[22]를 거치게 되어 있나니

당신이 동경하는 진실을 향해 내 어떻게 이곳을 지나가는지 잘 지켜보신다면 당신 혼자 여울을 건너갈 경우에도 길을 잃지 않을 겁니다.

쇠망치의 힘이 대장장이에서 비롯되듯이 모든 천체의 운동과 힘은 축복받은 발동자[23]들에 의해 비로소 움직이지요.

그리고 수많은 별들로 반짝이는 하늘은 자신을 운행케 하시는 분[24]의 심오한 영(靈)을 아로새기며

인간의 티끌〔육체〕 속에 깃들여 있는 영혼이 그 의도에 따라 각각의 지체(肢體)에 작용하듯이

예지[25]는 그 능력을 별들에게 다양하게 전하되 자기의 단일성을 잃지 않고 운행한답니다.

이 다양한 힘은 천체에 갖가지로 흘러드나니

마치 인간의 육체에 흘러든 생명이 발산되는 것과 같지요.

---

20) 항성천 이하의 일곱 하늘은 모두 위에서 받은 힘으로 자기의 특수한 성질을 형성하고, 또한 그 특수한 존재를 유지하는 한편 다시 그 힘을 아래에 미치게 하여, 다음 결과를 가져올 원인을 제공한다. 그 형태도 과일의 씨앗처럼 인과(因果)를 함께 지녔다고 할 수 있다.

21) 여러 하늘.

22) 여덟째 하늘에서 첫째 하늘에 이르는 단계.

23) 모든 천사들. 따라서 하느님의 피조물 전체에게 예지를 전하는 중개자이다.

24) 여덟째 하늘을 맡아 움직이는 천사 케루빔.

25) 항성천의 천사들.

그 원천[26]으로부터 기쁜 성질을 부여받은 이 다면적인 힘[27]은 마치
살아 있는 눈동자를 통해 기쁜 영혼이 빛나듯 천체에 두루 빛나나니
별 하나하나가 다르게 보이는 것은, 그 힘에 유래되는 것이지 밀도
때문이 아니지요.
그 힘이야말로 그 자체의 특성에 따라, 어둠과 빛을 낳는 형상의 원
인이랍니다.”

제 3 곡

단테는 월천에 들어가 포레세 도나티의 누이동생인 피카르다를 만난
다. 그녀는 자기의 신상 이야기를 하고 정결을 지키기로 서원(誓願)을
하였으나 부득이 그것을 어긴 자들의 망령이 제일 낮은 이 천구에 배
당되었다고 말한다. 그리고 그녀는 수녀가 되었다가 환속한 황후 코스
탄체의 이야기를 단테에게 해 주고 나서 아베 마리아를 부르면서 사라
진다.

일찍이 내 젊은 가슴으로 사랑의 불길을 불어넣던 이 태양〔베아트리
체〕이 논증과 반증으로 아름다운 진리의 모습을 내게 보여 주시기에
잘못을 깨달은 내가 이를 고백하기 위해 눈을 들었으나
한마디도 꺼내지 못하였으니, 그때 나타난 한 그림자에 사로잡혀 그
녀에게 알리려던 내 생각과 고백을 잊었던 것이다.
투명하고 반들거리는 유리나, 바닥이 보이지 않을 만큼 깊지는 않으

---

26) 천사들을 기쁘게 해 주시는 하느님.
27) 천체와 결합하고 혼성된 예지의 힘.

나 청정(淸淨)한 수면에

우리들의 얼굴 윤곽이 어른어른 비칠 때면 희디흰 이마에 달린 진주
가 눈에 잘 띄지 않듯이, 말을 하고 싶어하는 듯한 여러 얼굴들을 보
았나니

나는 한 그리스 인을 샘물과의 사랑에 불타게 했던 착각과는 반대되
는 착각에 빠졌다.[1]

거기 비친 그 창백한 모습을 거울에 비친 모습으로만 여겨 누구의
얼굴인지 알고자 돌아보았으나…… 허공만이 눈에 들어올 뿐이었다.

그래서 마치 무엇엔가에 홀린 사람처럼 다시 눈을 앞으로 돌려 아름
다운 안내자의 빛나는 눈을 똑바로 바라보았더니

그 빛은 미소짓는 그녀의 거룩한 눈 속에서 더욱 찬란하더라.

"놀라셨나요?" 하면서 그녀가 말하길,

"저는 단지 그대의 어린이 같은 행동에 웃었을 뿐입니다.

당신은 아직도 진실 속에 발을 들여놓지 않고 허망한 생각을 곧잘
하시는군요.

당신이 보고 있는 것은 진정한 실체[2]들입니다. 그들은 서원을 어긴
죄로 이곳에 귀양 온[3] 것이지요.

그러니 그들을 맞아 그들의 말을 주의 깊게 듣고 믿으세요.

그들을 가득 채우고 있는 진리의 빛은, 그 빛살로부터 발길을 돌리
는 어떠한 영혼도 용납하지 않으니까요.[4]"

---

1) 샘에 비친 자기 모습을 남인 줄 알고 거기에 넋을 잃은 나르시스와 정반대로
   착각함. 물을 보면서도 그것을 그림자[影像]로 착각함.
2) 스콜라 철학에 의한 독립적인 존재. 여기서는 영상이 아니라 사람들의 영혼
   이라는 뜻이다.
3) 천국에 왔으니 벌을 받아 귀양을 왔다는 말은 당치 않지만, '서원을 어겼기
   때문에' 더 좋은 하늘에 있지 못하게 된 것을 말한다.
4) 천국의 행복은 진리의 직관에 있으므로 그곳의 영혼들은 진리의 빛을 떠날
   수 없다.

나는 이야기를 무척이나 하고 싶어하는 듯한 창백한 영혼을 향해 마치 몸이 달아 어쩔 줄 모르는 사람처럼 말했다.

"오, 복되도다! 맛보지 않고서는 결코 알 수 없는 감미로운 맛을 영원한 생명의 빛에서 느끼고 있는 피조물이여.

그대의 이름과 신분을 내게 밝혀 준다면 내 기쁨은 더없이 클 것입니다."

그러자 눈웃음짓는 그 영혼 망설이지 않고 대답하길,

"우리를 채워 주시는 크신 사랑[5]은 정당한 열망은 언제나 받아 주시나니, 궁정[6]의 모든 것들로 하여금 당신을 닮도록 뜻하시는 그런 사랑입니다.

현세에서 나는 수녀였지요. 당신이 기억을 더듬어 본다면, 지금 내가 몰라보게 아름다워졌을지라도, 내가 누구인지 알 수 있을 것입니다.

내 이름은 피카르다[7], 나는 축복받은 다른 영혼들과 함께 이곳 운행이 가장 더딘 천계[8]에서 행복하게 지내고 있습니다.

우리의 소망은 오직 성령의 뜻 안에서만 타오르나니, 하느님의 질서에 따라 형성된 존재로서의 기쁨을 누리고 있답니다.

이처럼 낮게 보이는 월천의 운명이 우리에게 주어진 것은 하늘에 바쳤던 서원을 소홀히 여기고, 또 깨뜨렸기 때문이지요."

"당신의 얼굴에는 무언가 표현하기 힘든

---

5) 하느님의 사랑.

6) 천사나 축복받은 사람들로 이루어진 하늘나라의 궁전을 말한다.

7) 피렌체 명문인 도나티의 딸로, 코르소와 포레세의 누이이며 단테의 아내 젬마 도나티의 친척. 그녀는 성녀(聖女) 클라라회(會)의 수녀였으나, 오빠 코르소가 정치적인 이유에서 그녀를 억지로 환속시켜 마음에도 없는 결혼을 강요했다고 한다.

8) 월천. 땅에서 가까운 하늘일수록 더디 운행된다.

어떤 거룩한 빛이 비치어 내 기억 속의 당신 이미지[9]를 넘어서는 숭고함을 이루고 있군요.

하여 곧 알아보기 어려웠나 봅니다. 그러나 이제 그대의 말로 회상하기 한결 쉬워졌나이다.

그러나 한 말씀만 하소서. 여기 행복하게 지내고 있는 당신들은 더 많은 것을 보고[10] 더 많은 동료를 얻기 위해 더욱 높은 곳으로 오르기를 원하십니까?"

그녀는 다른 영혼들처럼 미소짓더니 첫사랑에 불타는 듯 기뻐하면서 대답했다.

"형제여, 우리의 행복인 사랑의 힘이 우리의 모든 의욕을 진정시키기에 우리는 오직 우리가 가진 것만을 바랄 뿐 그 어느 것도 바라지 않습니다.

만일 우리가 더 위로 오르기를 원한다면, 그것은 우리를 이곳에 있게 하신 하느님의 뜻에 어긋나는 것이지요.

그 사랑 가운데 우리가 존재함을, 그 사랑의 본질이 무엇인가를 당신이 분명히 이해한다면

이 천구에서는 그런 어긋남이 일어날 여지가 없음을 잘 알 수 있을 겁니다.

이 축복받은 삶을 누리기 위해서는, 우리의 의지를 거룩한 하느님의 뜻에 맡겨 하느님의 뜻에 부합되게 하는 것이 첫째 요건이지요.

그러므로 우리가 이곳의 여기저기 층층이 존재하는 것은

모두 이 왕국과 그분[하느님]의 뜻에 부합되는 것.

그 뜻 안에 우리의 평안이 있고, 그 뜻이야말로 하느님께서 만드시고 자연이 이룬 만물이 흘러드는 바다입니다."

---

9) 지상에 살고 있을 당시의 모습.

10) 더 많은 천상의 행복을 보고 또 그 행복을 누리는 영혼들 중에서 동료를 얻는 것.

그리하여 나는 거기 영혼들에게 하느님께서 내리시는 은총이 한결같
지는 않지만, 그래도 천국은 어디나 낙원이라는 것을 분명히 알게 되
었다.

그러나 한 가지 음식을 실컷 먹은 뒤, 다른 음식에 구미가 당길 때
이 음식을 잘 먹었다고 인사하고 다른 음식을 청하듯

나도 그렇게 말과 몸짓으로 그녀에게 어떤 날실이 그녀로 하여금 서
원의 북을 끝까지 놀리지 못하게 했는가를 물었나니[11]

"완벽한 생애와 높은 덕으로 저 높은 곳에 모셔진 숙녀[12]가 계십니
다"

하고 그녀가 말을 잇기를,

"하계〔지상〕에는 그분의 본을 받아 수녀복을 입고 면사포를 쓰는 사
람들이 있나니

죽음이 찾아올 때까지 어떤 서원이든 그 뜻에 사랑으로 맞아 주시는
어진 신랑〔그리스도〕과 밤낮을 함께하기 위해서지요.

소녀의 몸으로, 나는 마지막 날까지 그녀가 걷던 길[13]을 걷고 그녀의
생활 규칙에 따르고자 서약했더이다.

그러나 사랑보다는 미움에 물든 자들이 몰려와 평안한 수도원에서
나를 끌어냈으니[14]

---

11) 서원을 소홀히 여기고 처음의 뜻을 완수하지 못한 것을 여자에게 어울리도록
　　베 짜는 일에 비유하여 물어 본 것이다.

12) 아시시(Assisi)의 성녀 클라라(1194~1253). 재색이 뛰어난 부유한 가문의 딸로
　　서 일찍부터 신앙이 독실하더니, 아시시의 성자 프란체스코의 감화를 받아
　　머리를 깎고 수도사가 됨. 1212년에 수도회를 세워, 많은 수녀들이 모여들었
　　다.

13) 프란체스코 파.

14) 피카르다의 오빠 코르소 도나티가 피카르다에게 정략 결혼을 강요한 사실을
　　말함. 상대는 성격이 사납고 파당성(派黨性)이 강한 로셀리노라는 사나이였
　　다.

그 뒤 나의 삶이 어떻게 되었는지는 하느님께서 알고 계십니다.

그런데 당신의 위치에서 내 오른쪽에 보이는, 우리의 천구에서 가장 눈부신 또 하나의 이 빛은 그녀의 신상을 이야기함으로써 설명이 되리니

그녀도 수녀였으나 나와 마찬가지로 머리에서 성스러운 면사포를 빼앗기고 말았지요.

그러나 그녀는 자기의 뜻과 양속(良俗)[15]에 거슬러 마지못해 환속했으되 마음의 면사포는 한 번도 벗은 적이 없었답니다.[16]

이분이 바로 콘스탄체 황녀[17]로서 슈바벤의 2대째 폭풍에게서 3대째 폭풍, 즉 마지막 권력을 낳았지요.”

이렇게 말하고 난 그녀는 아베 마리아[18]를 부르며 마치 깊은 물 속에 무거운 물체가 가라앉듯이 사라졌다.

시선이 닿는 데까지 그녀를 좇았으나 이윽고 보이지 않게 되매, 더욱 큰 소망이요 선의 표적인 베아트리체 쪽을 바라보았으나

그녀는 너무나 눈부시고 황홀하여 나는 눈도 제대로 뜨지 못한 채 말을 걸기조차 쑥스러웠다.

---

15) 수녀의 환속을 허용하지 않는 풍속.

16) 마음은 언제나 수녀로 있음.

17) 시칠리아 및 나폴리 왕 룻제로 1세의 막내딸. 프리드리히 1세(발바로사)의 아들 하인리히 6세의 아내요, 프리드리히 2세의 어머니. 단테는 수녀였던 그녀가 오빠의 강요에 못 이겨 환속, 마음에 없는 결혼을 하여 황후가 되었다는 전설을 따르고 있다.

18) ‘은혜를 받은 자여, 평안할지어다’ 라는 뜻.

제 4 곡

　단테는 두 가지 의문, 즉 영혼이 천국에서 차지해야 할 위치와 폭력에 의해 꺾인 수도 서원 때문에 하늘나라에서 감소되는 공덕에 대해 베아트리체에게 묻고 싶었지만 얼른 입 밖에 내진 못하고 있을 때, 그녀는 단테의 마음을 꿰뚫어보고 이 두 가지 의문에 대해 해명하고 절대적인 의지와 상대적인 의지의 차이에 대해 설명해 준다. 이어 두 사람의 질의와 응답이 계속된다.

　똑같이 구미를 돋우는 두 가지 음식 사이에서 자유로운 선택권이 주어진 인간은 그 하나를 입에 대기도 전에 굶어 죽을 것이다.

　두 마리 굶주린 늑대 사이에서 새끼양은 우열을 가릴 수 없는 두려움에 떨 것이며, 두 마리의 사슴을 쫓는 사냥개도 갈팡질팡하리라.

　마찬가지로 두 가지 의문에 똑같이 사로잡힌 나는 입을 다물고 말았나니[1]

　그것은 어쩔 수 없는 일이므로 칭찬받을 만한 일도, 비난받을 만한 일도 못 되리라.

　나는 잠자코 있었으나 내 얼굴에는 열망과 의문이 그려져 있었으니 말로 표현하는 것보다 훨씬 역력하였다.

　그러자 베아트리체는, 잔인무도한 느부갓네살의 분노를 가라앉힌 다니엘처럼[2] 내 마음을 진정시켜 주면서 이렇게 말했다.

---

1) 단테는 피카르다의 말에 의해 두 가지 의문이 생겼다. 하나는 영혼이 하늘나라에서 차지할 위치이고 또 하나는 폭력에 의한, 어쩔 수 없는 파계(破戒)에 대해서다. 단테는 이 두 가지 질문 중에서 어느 질문을 먼저 할까 하고 망설인다.

2) 바빌로니아의 왕 느부갓네살은 자기가 꾼 꿈을 잊어버려 그 해몽을 전국의

“나는 당신이 여러 가지 열망과 의문 때문에 생각이 뒤얽혀 말도 꺼내지 못하는 것을 잘 알고 있어요.

‘서원의 의지가 진실일진대 어떻게 타인의 폭력이 그 은총을 감소시킬 수 있을까’ 하고 생각하시는 거죠.

그리고 인간이 죽으면 그 영혼이 별나라로 되돌아간다는 플라톤[3]의 가르침도 당신을 혼란시키는 한 원인일 겁니다.

이 두 가지 의문이 똑같은 힘으로 당신을 잡아당기니 먼저 쓴맛이 많은 의문부터 설명해 보도록 하지요.

세라핌[4] 중에서 하느님을 가장 많이 닮은 자 —— 모세나 사무엘[5] 또는 어느 요한[6], 아니 성모 마리아 —— 라 할지라도

지금 당신 앞에 나타난 영혼들과 다른 하늘나라에 있는 것이 아니요, 하늘나라에서 사는 세월에 길고 짧은 차이가 있는 것도 아니니

모두 각자의 아름다움으로 첫째 하늘을 장식하되, 다만 영원한 숨결[7]을 느끼는 정도에 따라 영광스러운 삶에 차이가 있을 뿐이랍니다.

그들이 이곳에 모습을 나타내 보이는 것은, 이 천구가 그들의 몫이기 때문이 아니라 다만 하느님의 나라 중에선 이 천계가 가장 낮은 것임을 표시하기 위해서지요.

지성에 적합한 것도 감성을 통해서만 파악하는,[8] 인간의 불완전한

　　술사(術士)들에게 명했는데 한결같이 망설이자 화가 나서 그들을 모조리 죽여 버리라고 명령했다. 이때 선지자 다니엘이 하느님의 가르침으로 그 꿈을 해몽했다. 〈다니엘〉 2장 1~45절 참조.

3) 그리스 철학자. 그에 의하면 인간의 영혼은 별에서 나와 육체에 깃들고 죽음과 동시에 별로 돌아간다.

4) 하느님을 가장 가까이 섬기는 치품천사(熾品天使).

5) 구약성서에 나오는 이스라엘 최후의 선지자.

6) 세례자 요한과 사도 요한.

7) 하느님으로부터 비롯되는 복락(福樂).

8) 인간의 지성으로는 영적인 사물을 깨닫기 어려우므로 감성에 호소하여 얻은 인상을 지성에 전하는 방식을 취한다.

인식 능력에 따라 이렇게 말할 수밖에 없나니

그러므로 성서는 하느님에게도 손발[9]이 있는 것처럼 설명하여 인간에게 다른 뜻을 부여하고 있는 것이랍니다.

성교회 또한 가브리엘[10]과 미가엘[11], 그리고 도비아를 치료해 준 천사[12]를 인간의 모습으로 당신들에게 보여 주지요.

티마이오스[13]가 영혼에 대해 논한 것은, 문학적으로는 명쾌한 듯 보이지만 여기 우리가 보는 진실과는 전혀 달라요.

그[14]는 자기의 상상에 따라, 영혼은 그리로부터 나온 자신의 별을 찾아 되돌아가는 것이니

자연은 영혼에게 형체를 주고 인간으로 살도록 한 것이라고 말했지요.

그러나 그의 견해에는 또 다른 의미가 숨겨 있는 듯하니 이해할 수 있다면 누구도 무시 못 할 것입니다.

그가 만일 선악의 영향을 천구(天球)의 탓으로 돌렸다면 그의 화살은 아마도 진리를 조금은 꿰뚫었을 것이나

이 원리[15]는 잘못 이해되어[16] 온 세상이 거의 마르스나 메르쿠리우스

---

9) 〈역대, 하〉 30장 12절, 〈이사야〉 66장 1절 참조.

10) 마리아에게 수태를 알린 천사장.

11) 마귀를 멸한 천사장. 〈요한계시록〉 12장 7~9절 참조.

12) 경건한 이스라엘 인 도비아의 눈을 고쳐 준 천사장 라파엘.

13) 플라톤의 저서 《티마이오스》의 주인공. 피타고라스 학파에 속하는 그리스의 철학자이며 플라톤의 친구임.

14) 문맥상으로는 티마이오스지만, 내용상으로는 플라톤.

15) 별이 주는 영향의 원리.

16) 이교도들은 별의 영향을 지나치게 크게 보았기 때문에 그들은 신들의 능력이 별에 있다고 생각했다. 그래서 화성에는 무덕(武德)이 있다고 여겨 군신 마르스라고 부르기도 하고, 금성에는 연애의 덕이 있다고 여겨 사랑의 여신 베누스라고 부르기도 했다.

나 주피터라는 이름의 혹성으로 빠져든 것입니다.

당신의 마음을 현혹하는 또 하나의 의문은 그다지 해로운 것이 아니나니, 그 해독은 당신을 나한테서 떼어 암흑에서 헤매게 할 수 없기 때문이지요.

우리의 정의가 때로 인간의 눈에 불의로 보이는 것은 신앙의 증거이지 이단의 증거는 아닙니다.[17]

그러나 여기 가로놓인 진리는 인간의 지력으로도 충분히 알 수 있으리니, 원하는 대로 설명해 드리겠어요.

폭력에 대한 것부터 시작해 볼까요. 피해자가 가해자에게 아무 일도 하지 않았는데 폭력을 당했다 할지라도 피해자에게 전혀 책임이 없는 것은 아니지요.

의지란 자기가 원하지 않는 한 소멸될 수 없는 것.

천 번, 만 번 바람에 꺼일지라도 되살아나는 불길의 본성처럼 작용하기 때문입니다.

스스로 굴복함은 결국 폭력을 돕는 것과 같으니 그렇게 하지 않았다면 그들은 성스러운 향연의 자리로 돌아갈 수 있었을 겁니다.

만약 뜨거운 철판 위의 라우렌티우스[18]처럼, 스스로 제 오른손을 불 속에 집어넣었던 무키오스[19]처럼 열망과 결합된 그들의 의지가 강했던들

---

17) 하느님의 정의(심판)는 오묘하여 헤아릴 수 없다(〈로마서〉 11장 33절 참조). 그러므로 인간의 눈에 부정하게 보여도 이것은 오히려 신앙으로 나아가는 하나의 단계이지, 이단으로 가는 길이 아니다. 왜냐하면 부정하게 보이는 그 헤아리기 어렵고 오묘하게 여겨지는 것은 신앙으로 들어가는 근본이기 때문이다.

18) 성(聖) 라우렌티우스. A. D. 3세기경 로마 교회의 부사제로 발렐리우스 황제의 박해를 받아 철망 위에서 불에 태워졌으나 태연하게 죽어 갔다고 한다.

19) 로마의 청년으로, 로마를 포위한 포르센나 왕을 죽이려고 하다가 체포되었다. 그 실패의 원인이 자기의 오른손이라 하여 왕 앞에서 그 손을 불 속에 넣어 태웠다고 한다.

자유의 몸이 되는 순간 그들은 그들의 참된 길로 되돌아갔어야 마땅하지만, 그처럼 순수한 의지는 매우 드무나니 우리는 본받아야 할 것입니다.

당신이 그들의 숭고함을 가슴에 새겼더라면 당신을 자주 괴롭혔던 의문은 벌써 사라졌을 거예요.

그러나 또 하나의 난관이 당신 앞에 가로놓여 있나니

나의 도움 없이 당신 혼자서 이것을 제거하려 하면 도중에 지쳐 버릴 겁니다.

나는 이미 축복받은 영혼은 언제나 첫째의 진리〔하느님〕 안에 존재하므로 남을 속이지 못한다고 말했지요.

그리고 당신은 코스탄체가 면사포에 애착을 느끼고 있다는 말을 피카르다에게서 들었지요.

그 점에서 그녀는 나와 다른 것 같군요.

그러나 형제여, 인간은 위기를 벗어나기 위해 때로 불의는 아니지만 해서는 안 되는 일을 해 왔습니다.

아버지의 간청을 저버리지 않기 위해 어머니를 죽인 알메온[20]처럼 말이에요. 그는 불효에서 효를 찾으려 한 셈이나니

이 점에 대해 당신도 잘 생각해 보셔요. 폭력과 의지가 결합되면 그 잘못은 누구도 제지할 수 없게 된답니다.

절대적 의지[21]는 폭력에 굴하지 않습니다. 그런데도 굴하는 것은 더욱 큰 재난을 당할 것이 두렵기 때문이지요.

그러므로 피카르다는 절대적인 의지를 말한 것이고 나는 그것과 다른 의지[22]에 대해 말한 것이므로 결국 우리 두 사람의 말은 모두가 진

---

20) 〈연옥편〉 제12곡 각주 17) 참조.

21) 절대 의지는 폭력에 굴하지 않으며 상대 의지가 폭력에 굴한다. 만일 굴하지 않고 끝까지 저항하면, 크게 화를 입을 것이 두려워 굴하는 것이다.

22) 상대 의지.

실인 셈입니다."

모든 진리의 원천[23]에서 솟아나는 거룩한 흐름은, 이처럼 나의 두 가
지 의문을 풀어 주는도다. 이에 내가 말하기를,

"오, 주께 가장 사랑받는 고귀한 분이시여!

당신의 말씀은 이 내 몸에 넘쳐 흘러 그 따사로움으로 내게 활기를
주셨나이다.

이 내 사랑으로는 당신의 호의에 보답할 길 없나니,

전지전능하신 분께서 반드시 보답해 주실 것입니다.

이제 분명히 알게 되었답니다.

저 유일무이한 하느님의 진리에 비추이지 않으면

우리의 지성은 명료할 수 없다는 것을.

그 빛 안에서만이 진리에 도달할 수 있으며

들짐승이 그 보금자리에서 쉬듯 쉴 수 있나니,

그렇지 않다면 모든 소망은 헛일이 되고 말 것입니다.

인간의 의지란 마치 새 덩굴 순처럼 진리의 뿌리에서 움터

그것이 우리를 봉우리에서 봉우리로 밀어 올리고

마침내 가장 높은 꼭대기에 이르게 합니다.[24]

거룩한 숙녀여!

이 힘이 나를 부르고, 나를 담대하게 만들어

숨겨진 또 하나의 진리에 대해 당신에게 공손히 질문을 던지게 하나
니

한번 어그러진 서원을 어떤 다른 선행으로 당신들의 저울[25]에 모자

---

23) 축복받은 영혼들이 그 안에서 진리를 보는 하느님.

24) 앎은 다시 하나의 의문을 일으키고, 진리에서 진리를 향하며 마침내 궁극적
    인 진리이신 하느님께로 향한다.

25) 하늘의 저울.

람이 없을 만큼 보상할 수 있느냐 하는 것이랍니다.”
　베아트리체는 사랑의 불꽃으로 가득 찬 눈길을 내게 던지매
　그 황홀함에 온몸에서 힘이 빠지고 정신이 몽롱해진 나는 눈을 아래로 내리깔았다.

제5곡

　베아트리체는 새로운 빛이 어디서 나오는가를 단테에게 설명하고 제4곡에 이어 수도 서원(修道誓願)에 관한 단테의 의문을 풀어 준다. 다음에 그들은 둘째 하늘인 수성천(水星天)으로 올라갔다. 그곳에 있는 영혼들은 큰 뜻을 품고 세상을 떠난 자들로, 빛이 그들의 주위에 모여든다. 그들 중에 유스티니아누스 황제가 단테를 반가이 맞아들인다.

　“세상에서는 볼 수 없는 사랑[1]의 불길이 당신을 둘러싸 당신의 시력을 잃게 하는 일이 있더라도 놀라지 말지니
　그것은 선을 직관하시는 완전한 환영의 광채,[2] 한 걸음 한 걸음 직관하신 지고한 선〔하느님〕으로 나아가지요.
　나는 벌써 당신의 지성 속에서 빛나는 영원한 빛[3]을 볼 수 있나니, 언제까지나 사랑의 불길을 지피는 빛이랍니다.

---

1) 하느님의 사랑. 하느님의 빛이 베아트리체에게 반영된다.
2) 베아트리체의 시력을 말함. 그녀는 완전한 시력을 갖고 있기 때문에 하느님
　 의 빛에 접하여도 눈이 부시지 않고 오히려 더욱 그 빛 가운데로 들어간다
　 (하느님을 보고 하느님을 깊이 알수록 하느님에 대한 사랑이 깊어진다).
3) 영원한 진리와 최고선이신 하느님의 빛.

만일 그 밖의 어떤 것이 당신들의 사랑을 유인한다면,

형제여, 그것은 오직 오도(誤導)된 자취[4]일 뿐이리니, 다른 것을 통과한 빛입니다.

당신이 알고자 하는 것은

지키지 못한 서원을 다른 어떤 봉사로 보상하여, 그 영혼이 하느님의 심판에서 벗어날 수 있는가 하는 것이지요."

베아트리체는 이렇게 하늘의 근원으로부터 이 제5곡을 시작하며 조금도 쉬지 않고 그 성스러운 이야기를 이어 나갔다.

"하느님께서 우주를 창조하실 때 아낌없이 베풀어 주신 가장 큰 선물은, 하느님의 지선(至善)에 가장 합당하고 하느님께서 가장 소중히 여기시는 의지의 자유였답니다.

예나 지금이나 오직 이성을 가진 피조물에게만 이 자유의지가 부여되었나니

이로 미루어 그 서원의 가치는 명백해지리니, 서원이란 인간의 의지와 하느님의 의지가 결합될 때 이루어지는 것.

그러므로 하느님과 인간 사이에 계약이 맺어질 경우 인간은 내가 말한 그 거대한 보물[5]을 자발적으로 희생하게 되는 것입니다.

그럴진대 그 무엇으로 파계의 보상을 할 수 있겠습니까?[6]

당신이 드린 것으로 다른 선한 목적에 사용한다 할지라도 그것은 강탈한 것[7]으로 선한 일을 하려는 것과 같아요.

이만하면 당신에게 가장 큰 논점이 뚜렷이 밝혀졌을 겁니다.

---

4) 영혼은 본래 선(善)을 추구하지만, 죄를 범하게 되는 것은 선을 가장한 거짓 선에 속기 때문이다.

5) 자유의지. 서원을 하는 것은 자유의지에 따라 자유의지를 하느님께 바치는 것이다.

6) 그러므로 아무리 선한 일도 서원을 어긴 죄를 보상할 수 없다.

7) 일단 하느님께 바친 자유의지를 다시 사용하므로.

그러나 서원에 있어서 성교회(聖敎會)는 면제를 받고 있으므로 어쩌면 내 설명은 모순으로 생각될지 모르겠군요.

아무래도 당신은 잠시 더 식탁에 앉아 있어야 하리니

당신이 먹은 이 딱딱한 음식을 소화시키려면 아직 약간의 도움이 필요할 것입니다.

마음의 문을 열고 내가 들려 준 것을 받아들여 마음속 깊이 간직하셔요. 들은 것을 마음에 간직하지 않으면 참 지식이 되지 않으리이다.

이 희생적 서원의 본질은 무엇을 하는가와 어떻게 하는가의 두 가지 결합에 가로놓여 있나니, 하나는 서원의 내용이고 또 하나는 그 형식이랍니다.[8]

이 서원은 지켜지지 않으면 결코 해소되지 않는 것, 이에 대해서는 이미 앞에서 분명히 설명했지요.

그러므로 히브리 인들은 제물의 내용은 바꿀 수 있었지만 제사 자체는 회피할 길이 없었지요.

이른바 재료로서 또 다른 한 가지는,

아무 장애 없이 어떤 식으로든 바칠 수 있는 종류입니다.

그러나 금 열쇠와 은 열쇠를 들리지 않고서는[9] 아무도 어깨에 멘 짐[10]을 멋대로 바꿀 수 없지요.

적어도 취한 것이 버린 것보다 6 대 4 정도라도 크지 않다면, 그것은 어리석은 일이에요.

그러므로 저울이 모든 물체의 무게와 가치를 잰다 할지라도 지상의

---

8) 서원의 요소에 두 가지가 있다. 그 하나는 내용(서원의 대상인 동정[童貞], 단식 [斷食] 등)이고 다른 하나는 그 형식(자기의 자유의지를 드리는 것)이다.

9) 교회의 허가 없이는. 은 열쇠는 교회의 권위를 나타내고 금 열쇠는 교회의 기능을 나타낸다.

10) 제물. 〈레위기〉 27장 1절 이하 참조.

것으로는 결코 보상할 수 없는 것이 있는 것입니다.[11]

함부로 서원을 해서는 아니 되며 진실해야 합니다.

입다[12]가 첫 서원에서 한 것처럼 경솔해서는 아니 됩니다.

그는 그 서원을 지키느니보다는 차라리 '제가 잘못했습니다' 하고 아뢰었더라면 나을 뻔했지요.

마찬가지로 어리석은 경우는 그리스 장군[13]의 일이나니

그 일 때문에 이피게네이아는 자신의 미모를 한탄하였고,

이 비참한 의식과 그녀의 불행한 운명에 대해 전해 들은 세상 사람들은

현명한 자와 어리석은 자를 막론하고 그녀를 위해 누구나 눈물을 흘렸던 것입니다.

기독교도들이여! 신중히 처신하라.

그대들은 바람에 날리는 깃털과는 다르나니

물이라고 해서 다 깨끗이 씻을 수 있다고 생각지 말라.[14]

너희들에게는 신·구약 성경이 있고, 또 너희들을 인도하는 교회의 목자도 있으니 이것이 너희를 진리로 인도하는 모든 것.

고약한 탐욕이 다른 길로 가라고 외치더라도 미친 양이 아닌 인간이 되라.

---

11) 그러므로 서원의 내용이 매우 커서 이에 상당한 것이 없을 경우에는 어떤 선행으로도 보상할 수 없다. 동정(童貞)의 서원 등이 이에 속한다.

12) 하느님께 경솔하게 서원을 한 사례. 입다 장군은 전쟁에 이기고 개선하는 길에 맨 처음으로 만나는 자를 하느님께 번제로 드리겠다고 서원했다. 그런데 뜻밖에도 그의 외동딸이 춤을 추면서 마중 나와 할수없이 딸을 제물로 바쳤다.

13) 아가멤논. 트로이 전쟁 때에 역풍(逆風)을 막기 위해 그해에 난 가장 아름다운 것을 디아나 여신에게 바치겠다고 서원하여 결국 자기 딸 이피게네이아를 바치게 되었다.

14) 서원의 이행을 쉽사리 면제받을 수 있다고 생각해서는 안 된다.

그리하면 유태인[15]에게 비웃음 사는 일은 없으리라.
어미의 젖을 버리고 어리석게도 멋대로 뛰놀다가
스스로 상처를 입는 어린 양[16]처럼 되지 말라!"
이렇게 말한 베아트리체는 동경에 가득 차 진리의 빛으로 소생되는 우주를[17] 향해 얼굴을 돌렸다.

그녀가 입을 다물자 얼굴빛도 변하니[18]

나는 새로운 의문으로 질문할 것이 차례로 머리에 떠올랐으나 조급한 마음을 가라앉혔다.

그러자 활시위의 떨림이 미처 멎기도 전에 과녁을 꿰뚫는 화살처럼 우리는 두번째 빛의 왕국으로 날아 올라갔다.

그새 하늘의 빛[19] 가운데로 들어가니

베아트리체는 기쁨의 결정체인 듯 더욱 빛나고 그 별 또한 그녀로 하여 더욱 찬란히 반짝이는 것 같았다.

별까지도 변하여 눈웃음을 짓는데, 본성 따라 변하도록 만들어진 이 몸 어찌 변하지 않으리오.

잔잔한 맑은 연못에 먹이를 던지면, 물고기들이 모여들듯이 천도 더되는 빛이 우리를 향해 다가오더니

각각의 빛에서 이런 소리가 들려 왔다.
"보라, 우리들의 사랑을 키워 줄 분을."

---

15) 유태인들조차 하느님께 서원한 것을 잘 지키는데 하물며 기독교인이랴. 당시 유럽인들은 유태인을 무척이나 경멸하고 있었다.

16) 교회의 권위와 성서를 버리는 인간은 젖을 버리는 새끼양과 같이 방황하다가 자기 자신을 망치게 된다.

17) '동방'이라는 설, 위쪽인 '지고천(至高天)'이라는 설, 태양이 위치하는 '춘분점'이라는 설이 있다.

18) 베아트리체의 모습은 위로 오를수록 더욱 아름다워진다.

19) 하느님이 베푸시는 은총의 빛.

그 빛이 우리에게 다가오매 각각 발산하는 빛 가운데 환희에 넘쳐 있는 영혼들이란.

독자여, 생각해 보라. 만일 여기까지 이야기하고 더 계속하지 않는다면……

그러니 당신 자신도 알 수 있으리라. 그들의 이름과 본체를 알고 싶어하는 내 마음이 어떠했겠는가를.

"오, 복되게 태어나 전쟁[20]을 끝내기도 전에 영원한 승리의 보좌[21]를 보게 된 자여,

하늘에 널리 퍼지는 빛이 우리 안에 불타고 있나니

만일 그대가 빛을 원한다면, 원하라, 그러면 주어지리니."

경건한 한 영혼[22]이 나에게 이렇게 말하자 베아트리체가 내게 이르기를,

"말하셔요. 안심하고 말하셔요. 저들을 신처럼 믿고 의심하지 마셔요."[23]

"당신이 웃으면 두 눈이 반짝이고 새가 보금자리에 깃들듯이 당신 자신의 빛 속에 계심을 내 보고 있으나

오, 축복받은 영혼이여, 나는 당신이 누구인지는 알지 못합니다.

어떤 연유로 당신이 다른 별빛[24]에 가려 인간의 눈에 보이지 않는 이 높은 하늘에 와 있는지도 알지 못하나이다."

이렇게 앞서 내게 말한 빛을 향해 내가 말하니, 그 빛은 전보다 더욱 눈부시게 빛났다.

마치 태양빛이 두꺼운 안개층을 뚫고 비칠 때 광채가 넘쳐나 그 모

---

20) 지상의 생명. 〈욥기〉 7장 1절 참조.

21) 십자가를 지시고 승리하여 하늘에 오르신 주님의 보좌.

22) 유스티니아누스 황제.

23) 〈요한복음〉 10장 34~35절 참조.

24) 햇빛.

습이 보이지 않는 것처럼,

　그 거룩한 영혼은 기쁨에 넘쳐 자기 빛 속에 제 모습을 감춘 채 다음 곡에 이어지는 이러저러한 일들을 이야기해 주었다.

제 6 곡

　　유스티니아누스 황제는 단테에게 로마 제국의 건국을 위한 하느님의 섭리를 비롯하여 자기가 행한 법전 편찬과 역대 황제들의 공로에 대해 이야기하고, 기벨린 당과 겔프 당 사이의 당리 당략에 의한 투쟁을 비난한다. 이어서 그는 자기의 동료들에 대해 말하고, 많은 공을 세우고도 모함으로 궁전을 쫓겨나 걸인이 된 로메오에 대해 찬사를 보낸다.

　"라비니아[1]에게 장가든 옛 사람[2]의 뒤를 따라 일찍이 서쪽으로 날아온 독수리[3]의 날개를

　천체의 운행에 거슬러 콘스탄티누스[4]가 동쪽으로 옮긴 이래 백 년 또 백 년이 흘러[5]

---

1) 라티누스 왕의 딸 라비니아. 그녀에게서 로마의 창업자들이 태어남.

2) 라비니아를 약혼자 투르누스로부터 빼앗아 신부로 맞은 옛 사람은 아이네이아스.

3) 로마 제국의 기장(旗章)으로서 제국의 권위를 상징함.

4) 로마 황제. 그가 수도를 로마에서 비잔틴으로 옮겼으니 트로이에서 이탈리아로 온 아이네이아스의 길을 거슬러 '독수리'〔제국의 권위〕를 돌려 놓은 셈이다.

5) 수도를 비잔틴으로 옮긴 때(330년)로부터 유스티니아누스 황제에 의한 유럽 정복(536)까지는 206년이 지나고 있다.

하느님의 새는 그 옛날 떠나온 언덕 가까운 유럽 끄트머리에 머물고[6]
거기 바다와 육지 위에 성스러운 날개를 펼치고 대대로 그 세상을
지배해 왔나니

나는 황제 유스티니아누스[7], 성령의 뜻에 따라 법전을 다듬었나니,
엄한 벌은 감하고 필요없는 부분은 삭제했노라.

이 일에 착수하기 전에는 그리스도에 대해 하나의 본성만을 인정하
고,[8] 또 그런 신앙에 만족하고 있었으나

당시의 축복받은 교황 아가페투스, 참 신앙으로 이끄는 최상의 목자
가 성스런 말로써 내게 참된 길을 보여 주었나니

나 그를 믿고 그의 신앙에 담긴 진리[9] 분명히 알게 되었노라. 마치
그대가 모든 모순의 진실과 허망[10]을 확실히 아는 것처럼.

내가 참된 신앙과 발맞추어 나아가기 시작하자

하느님의 은총 내 마음을 움직여 나로 하여금 이 큰 일을 착수하게
하시매 나는 그 일에 몰두했노라.

창(槍)을 맡긴 벨리사리우스[11]가 하늘의 도움으로 잇달아 무공을 세

---

6) 일찍이 아이네이아스는 트로이에 있었는데, 그 산에서 비교적 가까운 곳에
유럽 끄트머리의 도시 콘스탄티노플이 있다.

7) 동로마 황제. 아프리카에서 반달 족, 이탈리아에서는 동고트 족을 무찌르고,
유명한 로마법전을 편찬했다. 일설에 따르면 성격이 난폭하고 무자비했다고
하며 단테가 좀더 로마 역사를 알았던들 이 폭군을 천국이 아니라 지옥에 집
어넣었을 것이라고 말하는 사람도 있다. 그러나 단테는 유스티니아누스 황제
를 이상적인 제국의 전형적인 군주요, 하느님의 섭리가 그 속에 나타나 있다
고 보았다.

8) 그리스도의 인성을 부정하고 오직 신성만 주장하던 그리스도 단성론자(單性論
者)인 에우티케스의 학설이 당시에 유행하였다.

9) 그리스도의 인성과 신성.

10) 긍정이 참이라면 부정은 거짓이요, 부정이 참이라면 긍정은 거짓이다.

11) 동로마 제국의 명장. 본래 미천한 출신이었으나 유스티니아누스 황제의 두터

운 것은 나에게 군사를 떠나라는 계시가 아니고 무엇이랴!

이것으로 그대의 첫째 물음에 대한 나의 대답은 끝난 셈이지만 몇 가지 덧붙일 말이 있으니

그것은 신성한 깃발[12]을 빼앗은 당[13]이나 이에 대적하는 당[14]이 거짓 맹세나 전복을 음모하는 데 있어 얼마나 그럴듯했던가를 그대가 보아 주었으면 하는 이유에서이니라.

생각해 보라. 팔라스[15]가 죽고 아이네이아스에게 왕위가 돌아갔을 때부터 수많은 영웅들의 위업으로 빛나던 깃발이 아니더냐.

그대 알고 있으리라. 세 사람과 세 사람[16]이 다투기까지는 그 독수리 깃발은 200여 년 동안 알바[17]의 땅에서 휘날렸음을.

운 신임을 받아 장군이 된 후 반달 왕국을 쳐서 그 왕을 사로잡았고 이탈리아의 동고트 왕국에 쳐들어가 나폴리·로마·라벤나를 점령하는 등 용맹과 충성이 지극했으나 말년에는 참소를 받아 벼슬과 재산을 모두 박탈당했으며 눈까지 멀어 비참한 종말을 맞았다. 단테는 이 말년의 비참한 처지를 모르고 있는 것 같다.

12) 독수리가 새겨진 로마 제국의 기장은 하느님의 뜻에 합당한 제국의 권위를 대표한다.

13) 기벨린 당. 황제의 편이다.

14) 겔프 당. 교황의 편이다.

15) 아르카디아의 왕 에반드란의 아들. 아이네이아스를 도와 투르누스와 싸우다가 죽었다. 얼마 후 팔란테의 띠를 두른 투르누스를 보고 아이네이아스가 격분하여 그를 죽였다. 이렇게 해서 토착 세력들을 물리친 아이네이아스는 라비니아를 왕비로 맞아 라티오의 왕이 되었다고 한다.

16) 로마의 명문 호라티우스 3형제가 알바의 명문 쿠리티우스 3형제와 패권을 다투어 마침내 승리했다는 고사(故事)에서.

17) 이탈리아 건설의 터전을 닦은 아이네이아스의 아들 아스카니우스가 세운 라틴 왕국의 옛 도읍 이름으로, 로마의 전신(前身)으로 생각되는 고장. 이곳에서 아이네이아스의 후손이 300년에 걸쳐서 왕 노릇을 했다고 한다.

그대 알고 있으리라. 그 깃발 아래 일곱 왕들이 잇달아 이웃 부족을 정복함으로써

사비니[18] 여인들의 재앙이 되고, 착한 루크레티아[19]의 슬픔이 되었던 것을.

그대는 또 알고 있으리라. 로마의 정예 부대가 그 깃발을 쳐들고 브렌누스[20]와 피루스[21]를 무찌르고 그 밖의 왕후와 왕국들을 제압한 것을.

이 전투에서 토르콰투스[22]와 곱슬머리 퀸티우스[23]와 데키우스 가(家)[24] 및 파비우스 가[25] 모두 명성을 드높였으니 내 그들의 이름을 영원토록 기억하겠노라.

그 독수리 깃발은 또한 한니발[26]을 따라 포 강의 원천인 알프스의 험한 산을 넘어 온 아라비아 인들의 교만한 콧대를 꺾었으며

그 아래에서 젊디젊은 스키피오[27]와 폼페이우스[28]가 승리의 월계관을

---

18) 중앙 이탈리아에 살던 고대 종족의 이름. 로물루스가 로마를 세우기는 했지만 여자들이 적었기 때문에 이웃에 살던 사비니 족을 초청하여 잔치가 무르녹을 때에 덤벼들어 처녀들을 납치해 갔다고 한다.

19) 콜라티누스의 아내. 시숙인 섹스투스에게 능욕을 당한 그녀는 치욕을 못 이겨 자살하고 말았다.

20) 골 족의 맹장. 카밀루스에게 패함.

21) 에피루스의 왕. 로마를 침범하려고 하다가, 한 여인이 던진 기왓장에 맞아 죽었다.

22) 로마의 영웅. 골 족 및 라틴 족과 싸워 이겼다. 그는 군기를 세우기 위해 명령을 어긴 자기 아들을 죽일 정도로 강직했다고 한다.

23) 로마의 영웅. 청렴한 무사.

24) 부·자·손(父·子·孫) 3대가 같은 이름을 가진 명문으로 B. C. 340년부터 280년에 걸쳐 국가를 위해 목숨을 바침.

25) 로마의 명문. 한니발을 괴롭힌 파비우스 막시무스도 이 가문 출신이다.

26) 카르타고의 명장.

27) 고대 로마의 장군.

28) 고대 로마의 장군. 정치가. 로마가 그를 위해 개선식을 올린 것은 B. C. 81

쓰게 되었지만 그 깃발은 그대 고향을 내려다보고 있는 산[29]에서 무섭게 나부꼈도다.

그 후 하늘이 온 세계를 자신의 거룩한 평화로 조화시키려는 세기가 동틀 무렵,[30] 로마의 뜻에 따라 카이사르가 그 깃발을 차지하니

그 깃발이 봐르 강에서부터 라인 강에 걸쳐 무엇을 성취했는가는 이사라(이젤), 에라(손), 센나(센) 강이 알고 있으며 로다노(론)으로 흘러드는 모든 지류 또한 알고 있도다.

이윽고 그 깃발이 라벤나를 떠나 루비콘 강을 건너 행한 작전은 필설(筆舌)로는 다할 수 없을 만큼 신속 과감한 것이었으니

그 깃발은 먼저 스페인을 향해 진격하다가 디라키움에서 방향을 바꾸어 파르살리아를 무찌르고, 열대 지방인 나일 강변에까지 타격을 주었으며

일찍이 첫 빛을 보았던 안탄드로스[31]와 시모엔타[32]와 그리고 헥토르[33]가 영원히 잠든 땅〔트로이〕을 다시 보았다.

그리하여 프톨레마이오스에게 화를 입히고[34] 나서 다시 번개처럼 이우바[35]를 향해 쳐내려갔다가

년, 그의 나이 25세 때였다.

29) 단테의 출생지인 피렌체를 내려다보는 피에졸레의 산. 유명한 음모가 카틸리나의 군대가 근거지로 삼던 곳이었으나 그가 죽은 후 로마 인에 의해 파괴되었다.

30) 그리스도가 탄생된 때.

31) 아이네이아스가 이탈리아를 향해 출범한 프리지아의 항구.

32) 트로이 부근을 흐르는 강의 이름.

33) 트로이의 왕. 트로야 전쟁에서 활약한 트로야 최강의 영웅임.

34) 율리우스 카이사르가 이집트 왕 프톨레마이오스를 폐하고 그 누이 클레오파트라를 세운 일을 가리킴.

35) 마우레타니아의 왕. 폼페이우스에게 가담하였으나 카이사르의 공격을 받고 자살함.

이어서 그대들의 서쪽(스페인)으로 진격하여 폼페이우스 잔당들의
나팔 소리를 듣게 되었다.[36]

그 독수리 깃발이 기수[37]의 손에 있을 때 한 일은, 지옥에 있는 브루
투스와 카시우스의 울부짖음으로 알겠거니와

그로 하여 모데나[38]도 페루지아[39]도 비참하게 되었으며 가엾은 클레
오파트라[40]는 지금도 울고 있나니

그 깃발에 몰려 도망치다 독사에 물린 그녀는 비참하게 급사했더니
라.

그 깃발은 기수와 함께 멀리 홍해의 해변까지 질주하여 야누스 신전[41]
이 문을 닫는 그런 세계 평화의 기틀을 마련했노라.

그러나 지금까지 열거한 바 이 깃발이 정복한 세계 곳곳에서 이룩한
사업과 그 후에 한 사업들은

밝은 눈과 순수하고 정직한 마음으로 셋째 황제[42]의 수중에서 한 일
에 비하여 살펴보면 실로 무색해지나니

그것은 나로 하여금 그분의 호흡 속에 지금 여기서 호흡하도록 하신

---

36) 이곳에서 폼페이우스의 두 아들과 잔당이 카이사르에게 대항했으나 패배함으
로써 내란이 평정됨.

37) 옥타비아누스 아우구스투스. 필립과의 전투에서 부르투스와 카시우스를 무찔
렀다.

38) 옥타비아누스가 안토니우스를 무찌른 곳으로 피렌체 북방 60마일 지점에 있
다.

39) 안토니우스의 동생 루티오가 옥타비아누스에게 사로잡힌 곳.

40) 〈지옥편〉 제5곡 각주 10) 참조.

41) 로마에 있던 야누스의 신전은 언제나 열려 있다가 평화시에만 닫혔다. 공화
정치 시대에 그 문이 닫힌 것은 두 번이고, 아우구스투스 시대에는 세 번이
었는데, 그 중 한 번이 바로 그리스도가 탄생할 때였다고 한다.

42) 티베리우스 황제. 그의 치세(治世) 중에 그리스도의 탄생과 죽음이 있었기에
단테는 이 시기를 가장 중요시한다.

하느님의 살아 있는 공의(公義)가 아담의 죄에 대한 분노에 보응하는
영예를 황제의 손에 부여하셨기 때문이다.

그대 내 이 일들을 되풀이 말함을 이상히 여길 것이나

그 후 그 깃발은 티투스와 함께 원죄의 복수를 앙갚음[43]하고자 달려
갔던 것이다.

그리고 롬바르디아[44]의 날카로운 이빨이 성스러운 교회를 물었을 때
에는 그 깃발 아래 샤를마뉴[45]가 승리를 거듭하면서 교회를 구하기도
했도다.

이제 그대는 내가 앞서 비난한 자들과 그들의 잘못을 진정으로 판단
할 수 있으리니

그것이 바로 지금 그대들이 겪는 모든 재난의 원인이니라.

겔프 당은 공기(公旗)에 황색 백합을 대립시키고 기벨린 당은 공기
를 사사로운 것으로 만들려 하니[46] 뉘라서 판단할 수 있으랴.

어느 쪽의 잘못이 더 큰지 분간하기 어려울 정도로다.

기벨린 당이여, 멋대로 음모를 꾸며라. 그러나 다른 깃발 아래서 하
라. 이 깃발 아래 불의를 행하는 자 모든 슬픔의 근원을 보리라.

---

43) 아담의 원죄에 대한 복수는 그리스도의 죽음으로 이루어지고, 그리스도를 죽
　　인 유태인에 대한 복수는 로마의 장군 티투스가 예루살렘에 방화하여 이루어
　　졌다는 뜻이다.

44) 테우톤의 장발족으로 북부 이탈리아에 침입하여 롬바르디아라는 지명을 남겼
　　다. 교황 하드리아누스가 샤를마뉴 대제에게 구원을 청하여 이들을 물리치게
　　했다.

45) 게르만 민족을 통합하고 영토를 확대하여 로마 교황으로부터 신성 로마 제국
　　의 제관(帝冠)을 받음.

46) 프랑스의 샤를 2세의 위세를 빌려 로마 제국에 거역하는 겔프 당도, 당리 당
　　략을 위해 제국을 차지한 기벨린 당도 다 잘못이다. '황색 백합'은 프랑스
　　왕가의 문장. 공기는 로마 제국 전체의 기장(旗章)인 '독수리'이다.

새로운 왕[47] 샤를로 하여금 겔프 당과 손을 잡고, 그를 제압하려 획책하지 못하게 하라. 그보다는 저보다 강한 사자의 껍질을 벗겨 버린 발톱[48]을 두려워하게 하라.

아버지의 죄로 인해 자식의 운명이 막혀 버린 일이 많았거니와[49] 그로 하여금 그의 백합[문장]으로 독수리 문장에 대신하게 하려는 생각을 하게 해서는 안 된다.[50]

이 작은 별[51]은 후세에 명예와 이름을 남기기를 열망했던 선한 영혼들의 빛으로 장식되어 있으니

참된 선에서 벗어나 욕심 쪽으로 기울면 진실한 사랑[52]의 빛이 약해지는 것은 당연한 일이로되[53]

공덕(功德)에 따라 보상이 주어짐은 우리들의 기쁨이나니, 그 보상에는 넘침이나 부족함이 없도다.

하느님의 공의가 이렇듯 우리들 의지를 향그럽게 해 주시니, 그 무엇도 우리를 탐욕이나 죄악에 빠뜨릴 수 없도다.[54]

지상에서 많은 이들의 여러 목소리가 서로 어울려 멋진 가락을 이루는 것처럼

---

47) 겔프 당의 수령, 샤를 2세.

48) 로마 제국의 세력.

49) 샤를의 많은 아들 중에 아버지 때문에 화를 입은 자가 있었음.

50) 독수리 기장은 하느님의 뜻에 따라 지상 영화를 가져오게 하는 사명을 띤 제국의 상징이므로 로마 제국의 대권이 샤를 2세에게 넘어가는 일이 있어서는 안 된다.

51) 수성(水星).

52) 하느님에 대한 사랑.

53) 선행을 하되 명예심이나 허영심 때문에 한다면 하느님 앞으로 나아가기를 망설이게 되며 따라서 하느님에 대한 사랑이 줄어든다.

54) 우리는 하느님의 과부족(過不足)이 없는 보상을 알기 때문에 마음이 깨끗해져서 더욱 큰 복을 얻기를 바라며, 이를 얻는 자를 질투하는 일도 없다.

우리들 세계에서도 각 자리[55]가 천구들 사이에 아름다운 조화를 이루나니

여기 이 진주[56] 안에는 로메오[57]의 영혼도 빛나고 있는데 그 공적은 썩 훌륭했으나 돌아온 보답은 초라했도다.

그를 모함한 프로벤차(프로방스) 인들은 웃음을 잃었으니

남의 선행을 자기의 앙화(殃禍)로 여기는 사악한 길을 걸었기 때문이라.

라이몬드 백작의 네 딸들은 모두 왕비가 되었으니[58] 이는 초췌한 순례자 로메오의 감사의 뜻이라.

그러나 모함에 솔깃해진 라이몬드 백작은

열의 원금을 열둘로 불리어 돌려준 이 충직한 영혼에게 청산을 요구했으니

이렇게 해서 로메오는 가난하고 늙은 몸으로 그곳을 떠나 한 조각의 빵을 구걸하면서 목숨을 이어갈 수밖에 없었도다.

그의 심정을 짐작한다면

틀림없이 그를 더욱 가상하게 여기리라.”

---

55) 하늘나라의 백성들 중에도 계급이 있으며, 이 계급에 따라 여러 영혼들의 목소리도 각기 다르지만 모두 잘 조화되어 아름다운 가락을 이룬다.

56) 여기서는 수성을 가리킴.

57) 행색이 초췌한 순례자 로메오는 프로벤차(프로방스)에 왔다가 라이몬드 백작의 총애를 받아 재정을 맡아 보게 되고 백작의 네 딸을 각각 왕비로 세우는 데 많은 공을 세웠다. 그러나 후에 시기심 많은 벼슬아치들의 참소(讒訴)로 라이몬드의 의심을 사게 되자, 나귀를 타고 표연히 사라졌다.

58) 네 딸 중 장녀 마르게르타는 1234년 프랑스 왕 루이 9세에게, 둘째딸 엘레노라는 1236년 영국 왕 헨리 3세에게, 셋째딸 산치아는 1243년 후에 로마 인의 왕이 된 헨리의 동생 리처드에게, 막내딸 베아트리스는 후에 시칠리아 왕이 된 샤를 당주와 각각 결혼했다.

제 7 곡

유스티니아누스와 동료 영혼들은 노래 부르고 춤을 추면서 수성천으로 올라간다. 인간의 속죄에 대해 의문을 품은 단테가 이를 말하기도 전에 베아트리체는 그 의문을 알아차리고 자세히 설명해 준다. 이어 그녀는 인류를 죄로부터 건지기 위해 그리스도의 탄생과 죽음이 왜 필요했는지에 대해 설명한다.

"호산나, 만군(萬軍)의 거룩하신 주여, 당신의 밝으심으로 하늘나라의 복된 불1)들을 내려주소서!"

두 겹 빛2)이 하나로 결합된 그 존재의 실체가 자기 노래에 맞추어 춤을 추며 나타나자

다른 모든 영혼들이 거룩한 춤을 추며 어울리더니, 마치 섬광처럼 저편 베일 뒤로 멀어지며 순식간에 사라져 버렸다.

나는 의문에 사로잡혀 마음속으로 중얼거리되,

'말하라, 말하라. 그 달디단 물방울로 내 목마름을 풀어 주는 너의 숙녀에게 말하라.'

그러나 그녀에 대한 경외심은 나로 하여금,

'베'라고 하려 해도, '리체'라고 하려 해도, 마치 졸리운 사람처럼 고개만 숙여지게 했다.

그러나 베아트리체는 쇠모루에 묶인 사람일지라도 행복하게 해 줄 수 있을 듯한 미소로 나의 의혹과 두려움을 어루만져 주었나니

"정확한 통찰력에 의하건대 틀림없이 당신은 어찌하여 정의의 보복

---

1) 천사와 성도들.
2) 황제로서 그리고 입법자로서 유스티니아누스가 갖는 이중의 영광을 가리킨다고 하지만 해석이 구구하다.

이 다시 정의에 의해 보복을 받게 되는가 하고 의문을 품고 있을 거예요.

이제 당신의 의문을 풀어 주리니 잘 들으셔요. 내 말은 당신에게 큰 가르침의 선물이 될 것입니다.

인간에게서 태어나지 않은 그 사람〔아담〕은, 자기의 이득을 위해 신의 재갈을 버림으로써 스스로 죄에 빠지고, 그의 자손들도 모두 죄에 떨어지게 했지요.

그리하여 수세기 동안 인류는 병들어 엄청난 거짓 속에 누워 있었나니

'하느님의 말씀'[3] 소멸하고 부식하는 저 하계에 몸소 강림하시어

오직 영원한 사랑의 작용만으로[4] 조물주로부터 떠나 있던 인성을 자신 속에 결합시키셨습니다.[5]

이제부터 내가 하는 말을 잘 들으셔요.

이처럼 그 최초의 근원과 다시 결합된 인성은, 창조되었을 때처럼 청순하고 선해졌지요.

그러나 인성은 생명의 길인 참된 길에서 벗어나 이탈했기 때문에 낙원에서 쫓겨나게 되었지요.

그러므로 그리스도께서 지니고 있던 인성에 비추어 보면 십자가의 형벌만큼 정당한 것은 없습니다.

그러나 다른 한편으로 인성과 결합된 신성을 생각하면, 이처럼 부당한 형벌은 없을 겁니다.

이렇듯 하나의 사건에서 다양한 결과가 생겨났으니

하나의 죽음으로 하느님도 기뻐하시고 유태인들 역시 기뻐했답니

---

3) 여기서는 그리스도를 가리킴. 〈요한복음〉 1장 1~3절 참조.
4) 성령에 의해.
5) 육신을 걸치고 인간의 모습으로 태어났음.

다.[6]

그 죽음으로 땅이 흔들리고, 하늘이 열렸답니다.[7]

이제는 당신도 이해하기 어렵지는 않겠지요. 하나의 정당한 복수가 훗날 정의에 의해 보복당한 것을.[8]

그러나 지금 당신은 머리 속이 온갖 생각으로 뒤얽혀 어떻게 해서든지 그 매듭을 풀고 싶어하는 것을 나는 잘 알고 있어요.

당신은 이렇게 생각하고 있지요.

'말은 잘 알아듣겠지만, 어찌하여 하느님께서는 우리들의 속죄를 위해 하필이면 이러한 방법[9]을 택하셨을까.'

지혜가 사랑의 불꽃 속에 무르익지 않으면 누구도 숨겨진 이러한 이치를 납득하지 못하나니[10]

실로 이 교리를 듣는 자 많으나 깨닫는 자 적지요.

이제 그 방법이 어찌하여 가장 옳았던가에 대해 말하겠어요.

자기 자신 속에서 모든 증오감을 몰아내는 '지선(至善)'[11]은, 영원한 은총처럼 스스로 빛을 발산하나니

---

6) 그리스도의 십자가 처형이라는 하나의 행위에서 두 가지 결과가 생겨났다. 하나는 하느님께서 인류를 죄에서 건져 낼 수 있어 기뻐하시고, 유태인은 자기의 원한을 풀어 기뻐했다.

7) 그리스도의 죽음으로 지진이 일어나고(〈마태복음〉 27장 51절), 성도들을 위해 하늘문이 열렸다.

8) 티투스에 의한 예루살렘의 파괴는 하느님의 뜻에 따라, 즉 하느님의 정의의 법정에 의해 보복을 당한 것임.

9) 그리스도의 죽음.

10) 체험을 통해 하느님의 사랑을 알고, 하늘의 일에 대해 정통한 자가 아니면 속죄의 오묘한 이치를 깨닫지 못한다.

11) 플라톤은 《티마이오스》에서 "신은 선하다. 이 선은 어떤 것에 대해서도 증오를 느끼는 일이 없다"고 말했다.

하느님으로부터 직접 만들어진 것[12]은 영원하며 하느님께서 새긴 도장은 지워지지 않습니다.

그 근원으로부터 직접 내리는 것은 완전히 자유롭나니 어떤 부차적인 것[13]에도 결코 복종하지 않도록 만들어졌기 때문이요,

만물을 비추는 성스러운 불꽃[14]은 하느님을 많이 닮은 것 속에서 더욱 활활 타오르기 때문이지요.

이 모든 것[15]은 인간에게 부여된 특권이니, 어느 한 가지만 모자라도 인간으로서의 품위를 잃게 됩니다.

오직 죄악만이 그 자유와 지선(至善)을 향한 열망을 해칠 수 있나니, 그로 인하여 성스러운 불꽃은 약해지고

사악한 쾌락에 정의의 형벌을 가하여, 죄악이 뚫어 놓은 공백을 메우지 않으면 인간은 타고난 그 존엄성을 잃게 되지요.

인성은 그 씨앗[16]이 죄악을 택했을 때 이미 전체적으로 죄에 물들어 낙원을 잃고, 이 존엄성도 잃게 되었던 것입니다.

잘 생각해 보면 알 수 있을 거예요. 이 두 여울[17]의 하나를 건너지 않으면 어떤 길로도 그것은 되찾을 수 없다는 것을.

이 두 여울이란, 오직 하느님의 자비로 그 죄를 용서받거나, 인간 자신의 고통을 수반한 속죄뿐.

이제 하느님의 영원한 섭리에 그대 눈길을 모으고, 그대 마음에 내 말을 새겨 놓으세요.

---

12) 하느님이 직접 지으신 것, 즉 천사 또는 인간의 영혼.

13) 제1원인인 하느님에 대해 제2원인을 가리킨다. '부차적'이라는 말은 변화하기 때문에 하는 말이다.

14) 하느님의 선. 하느님이 내리시는 사랑의 빛.

15) 불사(不死), 자유, 하느님을 닮는 것.

16) 인류의 조상 아담.

17) 죄에서 하느님의 은혜로 돌아가는 길.

복종의 피조물인 인간은, 스스로 보속을 할 수 없으니,

교만하게 하느님께 거역하면서 위로 올라가려 했던 것처럼 다시 복종하며 겸허하게 아래로 내려올 수는 없는 것.[18]

그리하여 하느님께선 인간을 완전한 삶으로 회복시키고자 하느님 자신의 길을 택할 수밖에 없었으니

그 길은 하나[19]라고도 할 수 있고 둘[20]이라고도 할 수 있지요.

모든 행위는 근원이 되는 마음의 선을 나타낼수록 남을 기쁘게 하는 법이라

우주 만물에 사랑의 빛을 쏟는 하느님의 지선도 모든 길을 택하여 인간을 구원하시는 것을 기쁨으로 여기셨으니

이 세상 첫날부터 끝날에 이르기까지 이처럼 위대하고 숭고한 행위 이루어진 적 없었으며 또한 앞으로도 없을 거예요.[21]

하느님께서는 몸소 죄를 사해 주셨을 뿐만 아니라 인간으로 하여금 다시 죄에서 떨쳐 일어날 수 있도록 자기 자신을 주셨으니[22]

하느님의 아들이 스스로 낮추어 육신을 입지 않고서는

다른 어떤 방법으로도 완전한 정의에 합당한 보상은 불가능했던 것이지요.

이제 당신의 소원을 위해, 다시 아까의 이야기로 되돌아가서 설명하

---

18) 인간이 하느님처럼 되려고 하느님의 명령을 어긴 것은 무한한 교만이며, 무한한 교만은 무한한 겸손에 의해 비로소 보상될 수 있다. 그런데 인간은 유한하고 불완전하기 때문에, 어떤 겸손과 순종으로도 그것을 보상할 수 없다. 그러므로 스스로 죄를 씻을 수 없다는 뜻.

19) 자비.

20) 인자와 진리. 〈시편〉 25편 10절.

21) 세상의 시작(하느님이 빛을 만드신 날)으로부터 세상의 종말, 즉 최후의 심판에 이르는 동안 속죄처럼 존귀한 일은 자비에 의해서나 정의에 의해서도 이루어지지 않는다. 속죄는 전무후무한 하느님의 거룩한 성업이다.

22) 하느님은 인류를 타락에서 구하기 위해 스스로 육신을 입고 고통을 당하셨다.

겠어요. 당신도 나와 마찬가지로 납득이 갈 거예요.

당신은 이렇게 생각하고 있어요.

'나는 물과 불과 공기와 흙을 본다. 그것들의 혼합물은 모두 썩어 버려 오래 가지 못한다.

그러나 이런 것도 분명 하느님께서 지으신 것, 그렇다면 이런 것들은 썩어서는 안 될 것이다.'

천사라든지 지금 당신이 서 있는 순결한 나라는, 지금의 상태대로 완전하게 만들어졌다고 할 수 있으나

여러 원소나 그것들의 혼합으로 된 물체는 하느님에 의해 창조된 천체의 힘으로 형성된 겁니다.

처음에 만들어진 것은 네 원소의 질료와 네 원소를 싸고 도는 별의 형성력뿐이었지요.

모든 동식물의 혼은 거룩한 별들의 빛과 움직임이 생명력을 띤 복합체에서 끌어낸 것이로되,

인간의 영혼만은 하느님이 직접 사랑을 불어넣어 만드신 것이기에, 언제나 그 사랑을 찾고 그리워한답니다.

그러므로 인류의 조상인 두 분이 창조될 때, 인간의 육체가 어떻게 해서 생겼는가를 생각해 보면 당신은 인간의 부활에 대해서도 확실하게 알 수 있을 거예요."

제 8 곡

단테는 베아트리체와 함께 셋째 하늘인 금성천(金星天)에 올라, 사랑에 치우쳤던 자들의 영혼과 만난다. 그들 중의 하나인 샤를 마르텔이 나타나 단테에게 자기 신분을 밝히고, 자기 동생 로베르가 다스리는

나폴리 왕국의 암담한 앞날을 예언한다. 그리고 단테가 그에게 위대한 아버지에게서 어떻게 못난 자식이 태어날 수 있는가를 묻자, 그는 자연의 능력에 대해 다양성을 중심으로 자세히 설명한다.

먼 옛날 세상에 위험이 도사리고 있는 동안[1]

사람들은 아름다운 치프리냐[2]가 셋째 주전원(周轉圓)[3]을 돌면서 미친 듯 애욕의 빛을 발산하여 인간을 유혹한다고 믿고 있었으니

옛 사람들은 그녀를 공경하여 번제의 연기와 서원의 찬가를 바쳤을 뿐만 아니라

그녀의 어머니와 아들인 디오네와 큐피드[4] 또한 공경하여

눈먼 사랑의 정열에 매혹되었을 때 디도[5]의 무릎 위에 앉았다고 주장하였으니

내 방금 노래하기 시작한 그녀의 이름을,

때로는 목덜미에서, 때로는 이마에서[6] 반짝이며 태양을 향해 열렬히 구애하는 별에게 붙이기도 하였다.

나는 그 별에 닿은 것을 의식하지 못했으나 베아트리체가 더욱 아름

---

1) 이교 시대. 즉 미신 때문에 영원한 형벌에 처해질 우려가 있을 당시.

2) 사랑의 여신 베누스(비너스). 치프로(키프러스)에서 태어났다고 하여 이탈리아에서는 이렇게 부름. 여기서는 금성(金星)을 가리킴.

3) 주전원(epilycle)이란 다른 원주 위에 중심을 가진 작은 원이며 셋째라 함은 달에서부터 세어 셋째, 즉 금성천을 말한다.

4) 전자는 비너스의 어머니이고 후자는 아들.

5) 페니키아의 티로스 왕 슈카이오스의 아내가 된 벨로스의 딸. 카르타고를 세워 왕이 되었으나 아이네이아스를 짝사랑하다 자결하고 말았다.

6) 저녁별이 되어 나타날 때에는 일몰 후이므로 목덜미라고 하고, 새벽별이 되어 나타날 때에는 일출 전이므로 이마라고 함.

다워진[7] 것으로 보아 금성천에 도달한 것은 분명하였다.

불길 속 불꽃처럼, 합창 속에서 한 목소리는 그대로인데 다른 한 목소리에 변화가 있을 때 구별되어 들리는 것처럼,

나는 그 빛[8] 속에 원을 그리면서 돌아가는 많은 빛[9]을 보았나니

서로 속도가 다른 것은 기쁨을 보는 영원한 시력[10]에 차이가 있어서인 듯 여겨졌다.

눈에 보이든 보이지 않든 싸늘한 구름[11]에서 발생하는 돌풍일지라도,

저 높은 곳 세라핌[12]의 무리로 이루어진 무도의 행렬을 떠나 우리를 향해 다가오는 거룩한 빛을 본 사람에겐 느린 동작으로밖에 보이지 않으리라.

제일 먼저 나타난 무리 속에서 들려 온 '호산나'의 찬송 소리가 어찌나 정결하던지 나는 지금껏 다시 한 번 들었으면 하는 마음 지울 수 없다.

그 중 하나가 앞으로 나서며 말을 시작했다.

"우리는 네게 도움이 되고 기쁨이 될 만한 일을 준비하고 있나니

우리는 지금 천상의 군주[13]와 함께 같은 원을, 같은 주기(週期)와 같은 갈망을 가지고 돌고 있도다.

너는 지상에 있을 때 그들에게 '그대들 예지로써 셋째 하늘을 움직

---

8) 금성의 빛.

9) 성도(聖徒)들.

10) 하느님을 보는 시력.

11) 아리스토텔레스에 의하면, 뜨겁고 건조한 공기가 상승하여 싸늘한 구름에 닿으면 바람을 일으킨다고 함.

12) 치품천사. 〈천국편〉 제4곡 각주 4) 참조.

13) 9천에는 그 운행을 맡아 보는 천사가 각각 원동천에 있는데 그 중에서 아래로부터 제3위에 해당되는 권천사(權天使)를 말함.

이는 자들이여' [14] 하고 외쳤었지.

그 사랑 우리에게 충만하나니, 너를 즐겁게 하기 위해 잠시 이곳에 머물러도 우리의 기쁨은 줄어들지 않도다."

나는 공손히 눈을 들어 성스런 빛, 나의 베아트리체를 바라보았다. 그러자 그녀는 질문하는 것을 허락했다.

그래서 나는 많은 것을 약속해 준 빛을 향해 넘칠 듯한 애정이 깃들인 어조로,

"실례지만 당신은 누구십니까?" 하고 물었다.

그러자 그의 기쁨에 새로운 기쁨[15]이 더해지더니, 더욱 크게 반짝였다.

그는 빛을 발산하면서 말했다.

"내가 지상에 있은 것은 잠시 동안뿐, 좀더 오래 살았던들 닥쳐온 커다란 재앙을 막을 수 있었으리라.

하늘의 은총인 황홀경이 마치 비단에 싸인 누에처럼 나를 가리고 있다.

너는 나를 무척 사랑해 주었으니 거기에는 그럴 만한 이유가 있는 것.

내가 지상에 살아 있었더라면, 나는 너에게 내 애정의 잎사귀뿐만 아니라 열매도 보여 주었으리라.

론 강이 소르그 강과 합쳐져 씻어 내리는 왼쪽 기슭[16]은, 때가 되면 내가 군주가 되기를 기다리고 있었으며

바리와 가에타와 카토나 세 도시가 솟아난 트론토와 베르데의 남쪽, 이탈리아의 뿔[17]도 마찬가지로 날 기다리고 있었다.

---

14) 금성천을 관리하는 천사.

15) 묻는 자에게 대답하여 만족을 주고 자기의 사랑을 나타내는 기쁨.

16) 프로방스. 나폴리 왕국의 영토였으므로, 샤를 2세가 죽은 후에는 당연히 마르텔로의 손에 들어왔어야 했다.

17) 나폴리 왕국.

도나우 강이 독일의 기슭을 떠난 후에 흐르는 나라[18]의 왕관 또한 벌써 내 이마 위에 빛나고 있었으며

남동풍에 시달리는 파키노와 펠로로의 두 곶〔岬〕 사이에서 티폰[19] 때문이 아니라 솟아나는 유황 때문에 늘 안개 자욱한 아름다운 섬 시칠리아도

악정 (惡政)[20]으로 도탄에 허덕인 시민들이 온 팔레르모의 거리로 떨쳐 일어나 '죽여라, 죽여라!' 하고 외친 사건이 없었던들,

샤를이나 루돌프의 핏줄을 이어받은 내 자손이 왕이 되기를 아직도 고대하고 있을 것이다.

그리고 내 아우[21]가 학정이 인간을 얼마나 파괴하는가를 내다볼 수만 있었던들

카탈로니아 출신의 탐욕스러운 가난뱅이 관리들을 멀리하였을 것이다.

사실 그에게나 다른 누구에게나 앞을 내다본다는 것은 요긴한 일이니, 이미 무거운 짐을 잔뜩 실은 배에 또다시 무거운 짐을 싣지 않기 위함이라.[22]

대범한 아버지에게서 탐욕스런 자식으로 태어났기에, 그에게는 오히려 축재에 관심이 없는 청렴한 관리가 필요했었다."

---

18) 헝가리.

19) 제우스의 벼락을 맞고 에트나 화산 밑에 묻힌 거인.

20) 샤를 당주 1세의 악정.

21) 로베르. 그는 1288년부터 1295년까지 카탈로니아 지방에 인질로 잡혀 있을 때 카탈로니아 인들과 사귀었는데, 후에 나폴리와 시칠리아의 왕이 되자 이들을 중용했다. 그러나 이들의 횡포와 학정 때문에 앙주 가로부터 민심이 점점 멀어져 갔다.

22) 악정으로 고달픈 나라가 다시 중세(重稅)의 고역을 치르지 말아야 했을 것이다.

"그 말씀으로 나를 채워 주시는 오묘함을, 모든 선이 시작되고 끝나는 곳[23]에서 당신 또한 느끼신다 함은 기쁜 일이오며

모든 사람을 내려보내시는 하느님 안에서 인식하심은 더욱 기쁜 일이외다.

당신은 나를 기쁘게 해 주셨지만 한 가지 의문을 심었나니, 달콤한 씨앗에서 어떻게 쓰디쓴 열매가 나올 수 있는지요?"

내 이렇게 물었더니 그가 대답하기를,

"지금 네가 등지고 있는 것에 눈을 돌린다면 너 능히 질문하는 바의 진리를 볼 수 있으리라.

네가 오르고 있는 천국을 기꺼이 회전시키는 하느님의 섭리는 언제나 예지의 빛으로 이 커다란 물체에 작용하시어

완전한 하느님의 뜻 가운데 모든 자연의 다양성을 마련하실 뿐만 아니라 선(善)과 조화도 마련하시니라.

그러므로 이 활은 어느 과녁이든 겨냥만 하면 그 목적한 곳에 어김없이 날아가 박히니

그렇지 않다면 지금 네가 걷고 있는 이 하늘은, 조화보다는 혼돈만을 일으켰으리라.[24]

그러나 별을 움직이는 천상의 예지와 또 그 예지를 만든 시초의 예지에 결함이 없는 이상, 그렇게 될 리 없는 것.

이 진리에 대해 설명을 더 듣고 싶은가?"

"아닙니다. 이제 나는 하느님의 완벽한 의도에 따라 창조되고 예정되는 자연[25]에 그 어떤 결핍도 있을 수 없음을 알게 되었습니다"

---

23) 하느님이 계신 곳.

24) 만일 제천(諸天)의 영향에 이런 목적이 없이 그 작용이 우연에 불과하다면 만물 사이에 조화가 이루어지지 않고 아름다움도 없을 것이며, 자연은 혼돈될 것이다.

25) 제천의 작용.

하고 내가 대답하자 그가 다시 묻기를,

"그러므로 지상의 인간들이 사회적 질서를 지키지 않는다면[26] 더욱 불행해지지 않을까?"

내가 대답했다.

"입증할 필요도 없이 물론 불행해질 것입니다."

"그렇다면 지상의 인간은 각자의 직무를 맡아 여러 모로 살아가지 않아도 훌륭한 시민이라 할 수 있을까. 너희들의 스승이 쓴 책[27]에 따르면 그렇지 않다고 되어 있다."

이렇듯 조목조목 따져 가던 빛나는 영혼은 결론짓기를,

"그러므로 너희들의 행위가 제각기 다름은 바로 그 뿌리가 다르기 때문이다.

그렇기에 어떤 사람은 솔론[28]으로 태어나고, 어떤 사람은 크세르크세스[29]로, 또 어떤 사람은 멜기세덱[30]으로 태어나며, 어떤 사람은 하늘을 날려고 하다가 자식을 잃은 자[31]로 태어나는 것이니

인간이라는 소멸될 밀랍 위에 그 인(印)을 새기는 자연의 조화 변화 무쌍하여도 각자가 태어나는 집에 차별을 두지 않나니.[32]

에서와 야곱[33]은 뱃속에 있을 때부터 성격이 달랐고

---

26) 한 사회를 형성하고 있는 시민들이 서로 돕지 않고 자기의 이득만 취한다면.

27) 아리스토텔레스의 〈정치학〉과 〈윤리학〉.

28) 고대 그리스 7현 중의 한 사람. 아테네의 입법자.

29) 페르시아 왕.

30) 구약시대의 대제사장. 〈창세기〉 14장 18~20절 참조.

31) 다이달로스. 자식은 이카로스. 〈지옥편〉 제1곡 참조.

32) 제천의 영향은 인간들에게 미쳐 여러 가지 성향을 나타내지만, 종족이나 가계 등의 구별을 하지 않으므로 아버지와 아들이 같지 않은 경우가 있다. 요컨대 삼라만상의 차이는 모두 하느님의 섭리에서 비롯되는 것이다.

33) 모두 이삭의 아들로 쌍둥이지만 성격은 서로 달랐다. 에서는 사냥을 좋아하

또 그토록 천한 혈통의 마르스로부터 로물루스[34]와 같은 자도 태어
난 것이다.

만일 하느님의 섭리에 힘이 없다면, 자식은 반드시 그 아버지를 닮
아 똑같은 길을 가게 될 것이 아닌가.

이제 네 뒤에서 빛나던 것이 네 앞으로 나섰구나.

내 기쁨이 얼마나 큰지 네가 알아 주었으면 하여 또 하나의 필연을
네 겉옷[35]으로 삼으려 하노라.

운명에 합당치 않은 천성은 땅에 맞지 않는 씨앗처럼 결과가 시원치
않는 법.

만일 지상에서 '자연'의 법칙에 유념하여 이에 따랐던들 사람마다
선량해졌을 것이건만

칼을 차게끔 태어난 자를 억지로 수도회에 틀어박는가 하면

설교를 하도록 태어난 사람을 국왕으로 삼았으니

그대들이 길을 잘못 들어서는 원인이 바로 거기 있는 것이다."

제 9 곡

샤를 마르텔은 단테에게서 멀어지고 쿠니차가 다가와 단테에게 베네
치아 시민의 부패상을 이야기한다. 다음에 마르세유의 시인 폴코가 자
기 신상에 대해 말한다. 마지막으로 피렌체의 금화를 비난한다. 교황
이 성지를 회복할 생각은 하지 않고 타락을 거듭한 것은 이 금화를 탐

고, 야곱은 평화를 사랑하여 천막에 살았다. 〈창세기〉 25장 21절 이하 참조.
34) 전설상 로마의 창시자. 그의 부친이 비천한 사람이었기 때문에 후세 사람들
   이 그를 노평 군신 마르스의 아들이라고 했음.
35) 외투를 입르면 옷차림이 끝나는 것처럼, 남은 말을 마저 들으라는 뜻.

내었기 때문이라는 것이다.

오, 아름다운 클레멘차[1]여!

너의 아버지 샤를은 자기 자손이 입어야 할 재난에 대해 말함으로써 나의 의혹의 안개를 거두시며,

"잠자코 세월이 흐르는 대로 내버려둬라"

하고 덧붙였나니 "나로서는 네게 화[2]를 입힌 자, 훗날 통곡하게 되리라는 말밖에는 할말이 없노라."

어느덧 그 거룩한 빛을 지닌 영원한 생명[3]은 만물을 충족시키는 지선(至善)으로 그[4]를 채워 주시는 태양〔하느님〕을 향해 다시금 돌아섰나니

오, 방황하는 영혼들이여, 경건치 못한 자들이여, 너희 정녕 이 지고한 사랑에서 마음을 돌려 헛된 것에 한눈을 파는가!

보라! 그 찬란한 빛의 무리 가운데 하나가 나에게 다가와 그 바깥쪽을 더욱 반짝이며 내게 기쁨을 주고 싶어하는 것을.

나를 지켜보던 베아트리체의 눈이 나에게 쏠리며 전과 마찬가지로 내 소원을 들어주니 내가 말하기를,

"복된 영혼이여, 내 소원을 빨리 이루어 주시기를. 당신이 내 생각을 거울처럼 볼 수 있다는 걸 보여 주시오."[5]

그러자 제 깊은 곳에서 노래 부르던 그 새로운 빛은 이윽고 완전한 기쁨을 기뻐하는 사람처럼 말했다.

---

1) 샤를 마르텔의 딸이며 프랑스 왕 루이 10세의 왕비.
2) 샤를 마르텔의 자손이 받게 될 재난.
3) 마르텔의 영혼.
4) 빛나는 생명.
5) 내 질문을 기다릴 것 없이 대답해 달라는 뜻.

"퇴폐한 이탈리아의 일부로, 리알토와 브렌타, 피아베의 수원(水源)
들과의 사이에 그다지 높지 않은 산이 하나 있지요.

일찍이 그곳에서 횃불[6] 하나 내려와 마치 해충처럼 일대를 짓밟았으
니

나는 그 횃불과 같은 뿌리에서 태어났어요.

내 이름은 쿠니차[7], 내가 이곳에서 찬란하게 빛나는 것은 이 별빛[8]
이 나를 감쌌기 때문입니다.

나는 이러한 운명의 인과(因果)를 기꺼이 받아들이고 그 안에서 기
뻐하나니[9]

이 말은 아마 세속의 여러분은 이해하기 어려울 거예요.

우리 하늘나라의 빛나는 귀한 구슬[10]인, 내 곁에서 빛나고 있는 영혼
은 지상에 훌륭한 명성을 남겼으니

그 명성은 앞으로 100년의 세월이 다섯 번[11] 흐르더라도 죽지 않으리
라.

첫째 삶[12]이 둘째 삶[13]에 이어지려면 인간은 스스로 얼마나 덕을 쌓
아야 하는지 잘 아실 테지만

---

6) 로마노의 폭군 에첼리노 3세. 〈지옥편〉 제12곡 참조.

7) 노래와 놀이를 즐기던 음탕한 여인. 단테가 이 여인을 천국에 올려놓은 것은
   만년에 자기 생애를 뉘우치고, 속세에서 바쳤던 사랑 이상으로 하느님을 사
   랑했기 때문인 것 같다.

8) 금성의 빛.

9) 천국에 있는 영혼은 과거의 죄악을 기억하지만 그 기억이 괴로운 것이 아니
   다. 오히려 그런 죄악에서 은총 가운데로 옮겨진 영광을 기쁘게 여긴다.

10) 마르세유의 시인 폴코. 개심하여 성직자가 되고 1205년에는 마르세유의 주교
    로 선출되었다. 이단자들을 몹시 박해하였다고 한다.

11) 500년. 오랜 세월을 가리킴.

12) 육체의 생명.

13) 사후에 남는 이름.

탈리아멘트 강과 아디제 강으로 둘러싸인 그 땅의 주민들은 그렇게 생각지 않나니

그들은 매를 맞고도[14] 여전히 뉘우치지 않고 있어요.

그러나 머지않아 자기 의무를 거부한 파도바[15]의 피가 비첸차를 적셔 주는 물을 피로 물들이고 진창으로 만들 겁니다.

실레 강과 카냐노 강이 합류하는 지점에서는 그곳을 다스리는 자[16]

권세를 부리며 거만하게 활보하고 있지만 그를 사로잡기 위한 그물[17] 이미 활짝 쳐져 있으며

펠트로 또한 그 무도한 사제[18] 의 배반으로 비통에 빠지리니

일찍이 말타[19]로 간 자라 할지라도 이처럼 큰 죄를 저지르지는 않았을 거예요.

이 사제가 선물로 삼은 페라라 인의 피는 아무리 큰 통이라도 한 번에 다 담지 못할 것이며, 한 온스씩 됫박으로 헤아리자면 지쳐 버리고 말리니

그가 자기 당에 대한 충성을 입증하기 위해 바친 선물, 그 고장에 참으로 어울리는도다.

이 하늘 위[20]의 보좌(寶座)라고 불리는 거울[21]에는 하느님의 심판이

---

14) 에첼리노 및 그 밖의 폭군들의 압제를 받고도.

15) 파도바가 제국에 복종할 것을 완강하게 거부했기 때문에 칸 그란데의 군대가 파도바 군을 비첸차에서 무찌른 사건을 가리킴.

16) 리카르도 다 카미노. 원한을 사서 장기를 두던 중 암살됨.

17) 리카르도가 집에서 장기를 둘 때 상대인 손님은 미리 리카르도의 가신(家臣) 과 짜고 그를 죽였다고 한다.

18) 펠트로의 주교 알렉산드로 노벨로. 1314년 페라라의 대관(代官) 피노 델라 토사의 청을 받고 페라라를 몰래 빠져 나와 자기에게 피신해 온 기벨린 당원 30명을 숨겨 주는 척하며 도로 피노에게 인도하여 모두 목이 잘리게 했다.

19) 볼세나호 근처에 있던 감옥.

20) 지고천.

환히 비치나니[22]

그 빛으로 이런 예언 또한 용납이 되는 거예요."[23]

이렇게 말하고 입을 다문 그녀는 다시금 윤무(輪舞)의 무리에 섞여 들어가 벌써 다른 생각에 빠진 것 같았다.

그러자 다른 영혼[24]이 햇빛에 빛나는 아름다운 홍옥처럼 반짝이며 눈앞에 나타났으니,

조금 전 쿠니차가 빛나는 귀중한 구슬이라고 말하였던 바로 그 영혼이었다.

천상에서는 희열이 광채를 만들고, 지상에서는 웃음을 주는 반면 지하에서는 지옥의 길고 어둔 밤, 비통함으로 그림자도 어두워지누나.

"복된 영혼이여, 하느님은 모든 것을 감찰하시나니, 당신의 통찰력이 그 은혜 안에 있는 이상 당신의 시야를 벗어날 수 있는 소망이나 생각은 없으리다.

세 쌍의 날개로 감싸인 경건한 불길[25]의 노랫소리에 맞추어 천상의 기쁨을 영원히 노래하시는 당신이 어찌 내 소원을 풀지 못하리오.

당신이 내 마음을 읽듯이, 나도 당신의 마음을 읽을 수 있다면 나는 당신의 질문을 기다리지 않았을 겁니다."

그러자 그는 이렇게 말했다.

"육지를 에워싼 저 바다[대양]를 제외하고는 최대의 물결이 출렁이는 골짜기가 마주보는 해안 사이로 태양의 길을 거슬러[26] 멀리 뻗어나

---

21) 제3위의 천사[座品天使]. 하느님으로부터 직접 빛을 받아 여러 성도들에게 전하기 때문에 거울이라고 함.

22) 하느님의 심판은 모두 이 천사를 통해 계시되기에 내 말은 사실이다.

23) 쿠니차의 말투는 악의에 찬 것같이 들리나 하느님의 공의에 맞기 때문에 용납되는 것이다.

24) 폴코의 영혼.

25) 세라핌을 가리킴.

26) 서쪽에서 동쪽으로.

갔으니,

처음 수평선 위의 지점에서부터 자오선 위의 지점까지 이르고 있소.

나는 이 골짜기의 기슭에 있는 에브로 강과, 길지는 않지만 제노바
와 토스카나를 갈라 놓고 있는 마그라 강 사이〔베르사유〕에서 살았으니

일찍이 카이사르가 피로 항구를 물들였던 내 고향은[27] 부지아와 해
가 뜨고 지는 시각이 거의 같은 곳이라오.

지상에서 나를 알고 있던 사람들은 나를 폴코[28]라고 불렀으니

이곳의 빛이 내 인생을 수놓았던 것처럼,

지금은 나의 빛으로 이 하늘에 수를 놓고 있소.[29]

머리를 길게 기른 나이에 불탔던 나의 뜨거운 사랑에 비하면

슈카이오스와 크레우사를 괴롭히던 디도의 사랑의 불길이나[30]

데모폰에게 속아 넘어간 로도페아[31]나, 이올레를 마음속 깊이 사랑
했던 알키데스[32]의 사랑은 아무것도 아니었소.

그러나 이 하늘에 후회란 없는 것, 오직 기쁨만이 우리의 모든 것이니

그것은 지난날의 죄과가 머리에 떠오르지 않기 때문이 아니라,

하느님의 섭리 안에 있기 때문이오.

---

27) 카이사르의 명을 받은 브루투스가 마르세유에서 폼페이우스를 무찔렀던 일을
    말하는 듯하다.

28) 프랑스 어로는 풀케(Foulquet).

29) 세상에 살 때에는 이 별의 기운을 받아서 내가 사랑에 빠졌으나, 지금은 내
    생활의 찬미를 이 별의 기운으로 돌린다는 뜻.

30) 〈지옥편〉 제5곡 각주 9) 참조.

31) 트라키아 왕 시톤의 딸 필리스. 테세우스의 아들 데모폰의 애인으로 결혼을
    굳게 약속했으나, 고향 아테네로 돌아간 데모폰이 기약한 때에 돌아오지 않
    자 절망하여 목매어 죽었다.

32) 헤라클레스의 다른 이름. 테살리아 왕 에우리스테우스의 딸 이올레를 사랑하
    다 질투심에 불탄 그의 아내 데이아네이라가 입힌 옷에 묻은 네소스의 독 때
    문에 죽었다.

이 하늘에서 우리의 생각은 오직 위대한 창조의 업적을 장식하시는 하느님의 사랑에 고정되고, 또한 하계[33]를 천상계의 뜻에 따라 행하게 하시는 하느님의 섭리를 느끼고 있소.

이 천구 안에서 움튼 당신의 소원을 모두 충족시키기 위해 나는 좀 더 말해야 할 것이오.

마치 맑은 물에 비치는 햇빛처럼, 내 옆의 반짝이는 빛 속에 있는 자 누구인지 그대 알고 싶어함을 내 아노니

이 빛 안에서는 라합[34]이 평화를 즐기고 있소. 그녀는 우리 성가대의 일원으로서 지복(至福)에 감싸여 있소.

지상의 그림자는[35]는 이 금성에까지 뻗쳤다가 사라지나니

그리스도에게 구원된 영혼들 중 그녀의 영혼은 이 하늘에 가장 먼저 부름을 받았다오.

우리를 위해 두 손바닥에 얻으신 고귀한 승리[36]의 표징(標徵)으로서

그녀를 하늘나라에 두는 것은 실로 합당한 일이나니

그것은 교황[37]의 뇌리에서 잊혀진 성지(聖地)에서 그녀가 여호수아를 도와 그에게 최초의 영광[38]을 안겨 주었기 때문이라오.

조물주에게 제일 먼저 등을 돌리고, 또 질투로 말미암아 그토록 비

---

33) 하느님의 뜻으로 지상의 사랑은 천상의 사랑으로 정화됨.

34) 창녀 라합은 여호수아의 두 첩자를 숨겨 주어 여호수아의 일을 도왔다. 〈여호수아〉 2장 1절 이하 참조.

35) 중세의 천문관(天文觀)에 따르면, 지구가 던지는 원추형의 그림자는 금성에까지 이른다고 했다.

36) 양손에 못박혀 죽음으로써 얻으신 그리스도의 승리.

37) 보니파티우스 8세. 그가 성지〔팔레스티나〕를 사라센 인의 수중에 내맡기고 돌보지 않은 것을 풍자하고 있다.

38) 여호수아의 최초의 영광은 여리고 성의 공략. 이것은 라합의 도움으로 가능했다.

통의 씨를 뿌린 자에 의해 세워진 당신의 거리[39]는

저주받은 황금 꽃[40]을 만들어 마구 뿌리나니, 그 꽃이 목자로 하여금 방향을 바꾸어 양과 새끼양도 길을 잘못 들게 했다오.

그 꽃으로 하여 복음서와 위대한 교부(敎父)들도 버림을 받고, 오직 교회의 법규만을 배우게 되었으니 그것은 그 여백에 써 넣은 방주(旁註)를 보면 알 수 있으리다.[41]

교황도 추기경도 이 꽃에 집착한 나머지, 가브리엘 천사가 날개를 편 나사렛[42]에 관심을 기울이지 않았소.

그러나 바티칸과, 또는 베드로의 뒤를 이어 순교한 자들의 무덤이 되어 준 로마의 선택된 자리들은 곧 이런 오욕에서 벗어나게 될 것이오.”

제 *10* 곡

단테는 베아트리체와 함께 넷째 하늘인 태양천에 오른다. 이곳에는 지상에서 신학으로 이름을 떨친 학자들의 영혼이 있다. 이들은 노래를 부르고 춤을 추면서 빙글빙글 돌고 있다. 그들 중에서 토마스 아퀴나스가 단테에게 나타나 원을 그리고 있는 열두 영혼을 차례로 소개한다. 이야기를 마치자 영혼들은 노래와 춤을 시작한다.

---

39) 피렌체. 탐욕과 질투 등의 악덕으로 가득 찬 곳.

40) 피렌체의 금화를 가리킴.

41) 성직자들이 성서나 교부(敎父)의 저작을 내팽개치고 오로지 이것에만 열중하는 것은 단지 그것으로 명예와 지위와 재물을 얻으려고 하기 때문이다. 그것은 그 여백의 페이지에 써 넣은 번거로운 방주(旁註)로도 알 수 있다.

42) 가브리엘 천사가 구세주의 탄생을 마리아에게 알린 곳.

창조주와 그 아들〔말씀〕로부터 영원히 샘솟는 사랑의 정수[1]로써, 그 아들을 응시하시면서

말로는 이루 다 표현할 수 없는 전능하신 태초의 힘께선 마음속과 공간을 운행하는 모든 것[2]을 창조하셨나니

그를 바라보는 자 그 완벽함과 오묘함에 탄복치 않을 수 없게 하셨도다.

독자여, 그러므로 그대 눈을 들어 저 반짝이는 천구를 지나 나와 함께 운행과 운행이 서로 맞닿는 곳[3]을 바라보고 그 오묘한 솜씨에서 기쁨을 맛보시기를.

하느님은 마음속 깊이 그것을 사랑하사 거기서 잠시도 눈을 떼지 않으시나니

보라, 모든 별들을 싣고 있는 비스듬한 띠[4]가 그리로부터[5] 갈라져 나가는 모습을.

오직 그렇게 함으로써 저들을 부른 세상을 만족시킬 수 있었으니

만일 그 별들의 궤도가 기울어져 있지 않았다면 천계의 많은 힘은 상실되고, 지상의 활력도 거의 스러졌을 것이

황도의 경사가 지금 위치에서 조금이라도 벗어나 있었다면 우주의 질서는 지상에서나 천계에서나 불완전했을 것이다.

독자여, 그대 너무 늦기 전에 기쁨을 맛보기 원한다면

조금만 더 식탁에 앉아 이미 맛본 것[6]을 생각해 보라.

그대 앞에 내놓은 그 음식을 그대 스스로 먹기[7]를 바라나니

---

1) 성령. 하느님과 그리스도에서 비롯됨.
2) 마음속에서 도는 것은 영의 세계, 공간을 도는 것은 실제의 세계.
3) 백양궁에 있는 태양이 춘분에는 황도와 적도가 맞부딪는 점에 위치함.
4) 12궁의 별들을 싣고 있는 황도를 가리킴.
5) 적도의 일점.
6) 하느님의 권능에 대해 내가 한 말.
7) 생각해서 깨닫다.

내 노래의 주제(主題)에 나는 나의 모든 주의력을 집중시켰노라.

자연의 당당한 신하로서, 하늘의 뜻을 땅 위에 새기고 그 빛으로 우리를 위해 시간을 측정하는 태양은 어느새 앞서 말한 바 백양궁의 별들과 합치려 하니

날로 더 빨리 제 모습을 나타내며 나선(螺旋) 모양의 궤도를 따라 계속 돌아갔다.

나는 이미 태양과 더불어 있었으되 그런 줄도 모르고 있었으니

이는 마치 생각이 그를 일깨우고 나서야 그곳에 있음을 아는 사람과 같았다.

우리를 선에서 더욱 큰 선으로[8] 인도해 준 사람은 바로 베아트리체, 그녀의 민첩한 동작은 잴 수도 없는 순식간의 일.[9]

내가 방금 들어온 태양, 그 안에서 색깔이 아닌 빛으로 드러나는 그들의 빛은 얼마나 강한 것이랴.

아무리 타고난 재주와 쌓아 온 기교와 숙련에 호소한다 한들 내가 본 것을 독자들 눈앞에 선명히 나타낼 수 있겠는가!

독자들이여, 차라리 이것을 믿도록 하라. 그리고 장차 (천국에서) 자기 눈으로 볼 수 있기를 원하는 편이 나으리라.

우리들의 상상력이 이런 높이에까지 이르지 못하더라도, 그것은 조금도 이상한 일이 아니리니 어떤 시선도 태양 저편에 닿은 적이 없노라.[10]

존귀하신 아버지의 제4의 가족[11]은 거기 그처럼 빛나고 있나니

아버지께서 어떻게 숨결을 불어넣으시고, 어떻게 낳으셨는가를 보여

---

8) 한 하늘에서 더욱 높은 하늘로.

9) 미처 생각도 하지 못한 사이에 금성천에서 태양천으로 옮아 감.

10) 인간은 아직 태양보다 강한 빛을 본 적이 없으므로 이런 빛을 상상할 수 없다.

11) 넷째 하늘(태양천)의 영혼들.

주심으로써 그들을 은총으로 채워 주시기 때문이다. [12]

나의 숙녀가 이르기를,

"감사드리셔요. 천사들의 태양〔하느님〕께 감사드리셔요. 은총으로 당신을 끌어올려 이것을 보게 하신 분께."

인간이 아무리 감사한 마음으로 하느님께 헌신하고 기꺼이 제 모든 것을 바친다 해도 그녀의 이 말을 들었을 때의 내 심정에는 미치지 못하리니

나는 내 모든 것을 바쳐 그녀의 존재조차 망각하여 버렸더니라.

그러나 그녀는 불쾌한 기색 없이, 기쁨에 찬 눈길로 오직 한 군데 쏠려 있는 내 마음을 꿰뚫어 다시 여러 가닥으로 풀어 주었다.

그때 싱싱하고 찬란한 장엄한 광채가 우리를 중심으로 왕관을 이루었나니, 보기에 찬란하기보다 그 소리가 더욱 감미롭더라.

때로 습기를 머금은 대기의 빛을

라토나의 딸〔달〕이 두르는 모습을 보게 되는데, 그들의 관은 이 달무리와 비슷했다.

내가 돌아본 천상의 궁정에는 그곳으로부터 빼낼 수는 없는[13] 아름답고 귀한 보석이 넘치고 있었나니

그 빛의 합창도 그러한 보석 중의 하나였다.

날개가 돋지 않아 그곳으로 날아오를 수 없는 자들은 천상의 소식을 벙어리한테서 들어야 하리라.

---

12) 숨결은 성령을 말하며 하느님과 그 아들에게서 비롯됨. 하느님은 삼위일체의 진리를 그들에게 직관하게 하시니, 여기에 천국의 지복이 있다. 지상에서는 현철(賢哲)도 삼위일체의 오묘한 진리를 터득할 수 없으며, 오직 천상에서만 이 하느님의 계시를 받고, 그것을 깨닫게 되어 만족을 느끼게 된다.

13) 단테 시대의 이탈리아 법에서는 보석이나 예술품 등을 국외로 반출하는 것을 금했는데, 단테는 이를 암시하여 말하는 것 같다.

이 불타는 태양의 무리는 마치 양극에 가까운 별들인 양[14] 노래 부르면서 우리들의 주위를 세 번 거듭 도니

그 모습은 마치 춤이 끝나지 않은 여인들이

새로운 곡이 들릴 때까지 귀기울이면서 조용히 머물러 있는 것처럼 보였다.

이윽고 그 빛 중의 하나로부터 말소리가 들려 오기를,

"진실한 사랑[15]으로 점화되고, 사랑함으로 해서 불꽃이 더욱 세차게 일게 하는 은총의 빛이 많은 사람 가운데 그대를 비추어

일단 오르면[16] 반드시 다시 오르지 않고서는 견딜 수 없는 저 층계 위로 그대를 인도하시나니

그러므로 그의 병에 들어 있는 포도주로 갈증을 푸는 것을 거부하는 자 바다로 흘러들기를 거부하는 물보다 더 본성에 거슬리는 일이 되리라.[17]

그대 천상을 향하도록 그대를 격려하는 아름다운 숙녀를 이토록 황홀하게 에워싸는 화환이 무슨 꽃으로 엮이었는지 궁금하리라.

나는 도미니쿠스[18]가 모든 풍요함으로 이끈 거룩한 양떼 가운데 한 마리 어린 양이었나니

그 길을 벗어나지 않는 한, 황량한 바위틈을 헤매지 않아도 되었도

---

14) 양극에 가까운 별들이 극을 중심으로 언제나 같은 거리를 유지하고 도는 것 처럼, 모든 영혼은 단테와 베아트리체를 중심으로 돈다.

15) 하느님에 대한 사랑.

16) 한번 천상의 행복을 맛본 자는 지상으로 돌아가더라도 쾌락에 미혹되지 않고 믿음이 독실하여 사후에 반드시 하늘나라에 오르게 된다.

17) 가르침으로 지적 욕구를 만족시키지 못하는 사람은, 마치 바다로 흘러가지 않는 물처럼 자기의 본성을 어기는 것이다.

18) 스페인의 성직자. 토마스 아퀴나스는 자기를 낮추어, "도미니크 수도회의 작 은 수도자였다"고 말한다.

다.

　내 오른편에 있는 분은 나의 형제이자 스승이던 콜로뉴(쾰른)의 알베르트[19]며 나는 토마스 아퀴나스.[20]

　만일 다른 사람들에 대해서도 알기 원한다면 말하는 순서대로, 이 축복받은 화환을 따라 시선을 돌리도록 하라.

　다음 불꽃은 그라치아노[21]의 상냥한 미소에서 비롯된 것이니

　그는 승속(僧俗)의 두 법류를 조화시켰으므로 천국에서 기꺼이 맞아들이게 되었노라.

　우리 성가대를 장식하고 있는 다음 불꽃은

　가난한 과부[22]가 했던 것처럼 그가 가진 모든 것을 성스런 교회에 바친 피에트로[23]이다.

　그리고 여기서 가장 아름다운 다섯번째 빛[24]은 숭고한 사랑[25]으로 충만해 있으므로 하계의 사람들은 그의 소식에 굶주려 있으리라.

　그 빛 속에는 깊은 지혜를 은총으로 받은 고귀한 마음이 깃들여 있나니

　진리가 진리일진대,[26] 그만한 현자 다시는 나타나지 않으리라.

　그 옆의 촛불[27]을 보라.

---

19) 알베르투스 마그누스. 중세 독일의 스콜라 철학자. 토마스 아퀴나스의 스승.

20) 이탈리아의 신학자이자 철학가로 주저는 《신학대전》.

21) 그라티아누스. 이탈리아의 법학자이자 신학자. 그라치아노의 사원법(寺院法)은 승속 두 법의 조화를 도모한 것이라고 함.

22) 동전 두 닢을 하느님께 바친 과부. 〈누가복음〉 21장 1절 이하 참조.

23) 피에트로 롬바르도. 이탈리아의 신학자.

24) 솔로몬. 이스라엘의 3대 왕.

25) 특히 〈아가〉의 저자로서.

26) 진리 자체인 성서에 오류가 없다면.

27) 디오니시오스. 아테네에 있던 아레오파고스 법정의 판사. 〈사도행전〉 17장 34절 참조.

  그는 일찍이 육신을 입은 자 가운데, 천사의 성질과 그 소임에 대해 가장 잘 알던 분이다.

  내 오른편의 더 작은 등불 속에서는 초대 교회 시대의 옹호자[28]가 빛나고 있나니

  그의 저술은 아우구스투스를 빛으로 이끌었노라.

  그대가 내 찬양의 말을 따라, 빛에서 빛으로 거쳐 왔을진대

  그대는 이미 여덟번째 빛에 대해 알고 싶어졌으리라.

  그 속에서 노래하는 거룩한 영혼[29]은 온갖 선(善)을 기쁨으로 삼으며 그의 말에 귀기울이는 자에게 세상의 허위를 지적해 주는도다.

  이 영혼으로부터 빠져 나간 육체는 하계의 치엘다우로 사원[30]에 누워 있으나

  그 영혼은 유랑 끝에 순교하여 이 안식에 이르렀노라.

  다음으로 이시도루스[31], 비드[32], 그리고 사변(思辨)에 있어서는 인지(人智)를 초월한 리카르도[33]의 뜨거운 숨결이 뿜고 있는 불길들을 보라.

  끝으로 그대의 시선이 내게로 돌아오기 전, 아직도 남아 있는 빛은 깊은 사색 가운데 죽음이 더디 온다고 본 영혼의 빛이나니

  그는 초라한 거리에서 진리를 논하다가 미움을 산 시지에리[34]의 영원한 빛이니라.”

---

28) 5세기경의 역사가이자 사제인 파울루스 오로시우스.

29) 보에티우스. 로마의 정치가 겸 철학자. 단테는 그의 저서 〈철학의 위안〉을 애독했다.

30) 성 베드로 성당.

31) 스페인의 세빌랴 대주교로 일종의 백과사전인 〈어원사전(語源辭典)〉을 저술함.

32) 영국의 신학자. 〈영국교회사〉를 저술함.

33) 스코틀랜드의 명상가. 신비신학자.

34) 벨기에 출신으로 파리 대학 철학 교수.

이리하여 하느님의 신부〔교회〕가 사랑스런 신랑〔그리스도〕에게 새벽 찬송을 들려 주고
　그 사랑을 얻기 위해 일어나는 시각에
　우리를 부르는 시계탑의 종소리 밀고 당기는 것처럼
　그 영광스러운 영혼의 무리 원을 그리고 돌아가면서 함께 노래 부르는 모습이 눈에 보이고 귀에 들려 왔나니
　그것은 환희가 그치지 않는 곳에서만 일 수 있는, 아름답게 조화된 맑은 소리였다.

제 *11* 곡

　단테는 토마스 아퀴나스의 말을 듣고 두 가지 의문을 느꼈다. 그러자 아퀴나스는 이것을 알아차리고 이에 대해 설명해 주고 프란체스코의 생애를 자상히 이야기하면서 그와 그의 제자들을 찬양한다. 그리고 자기가 속해 있는 도미니크회 수도사들의 타락과 부패에 대해 비난한다.

　오, 어리석은 현세의 몸부림이여, 너희로 하여금 땅속으로 날개짓치게 하는 저 논리는 얼마나 헛된 것인가!
　어떤 자는 법학을, 어떤 자는 격언을 익히고, 어떤 자는 성직을 노리고, 어떤 자는 폭력이나 궤변으로 다스리려 하고
　어떤 자는 약탈하려 하고, 어떤 자는 공직을 얻으려 하고, 어떤 자는 육신의 쾌락에 젖어 쇠약해지고, 또 어떤 자는 안일에 빠져 있구나.

　그러나 나는 이 모든 덧없음에서 벗어나 나의 베아트리체와 함께,
이처럼 영광스러운 하늘나라에 올라갔다.
　영혼의 무리는 저마다 춤추며 한바퀴 돌더니 본래의 자리로 되돌아
가
　마치 촛대에 꽂힌 봉헌의 촛불처럼 조용히 타오르고 있었다.
　그때 홀연 나에게 말을 건넸던 빛이 미소를 지으며 그 안으로부터
말하는 소리가 들려 왔다.
　"나의 빛은 저 높은 곳[1]에서 받은 것, 그 빛[2]으로 당신의 생각을 알
수 있나니
　앞서 말한 '모든 풍요함으로 이끈다'는 말과 '그를 따를 만한 현자
다시는 나타나지 않을 것'이라는 말 너무도 모호하여
　그 말의 속뜻을 자세히 풀어 주기를 바라고 있음이 분명하도다. 이
제 내 그 점을 분명히 밝혀 주려고 하노라.
　피조물로서는 헤아릴 길 없는 심사숙고로 온 우주를 다스리는 하느
님의 섭리는
　소리 높이 외치면서[3] 그의 축복받은 피로써[4] 맞아들인 신부가 안심
하고 더욱 충성하여 사랑하는 신랑에게 올 수 있도록
　좌우편에 두 귀공자를 보내시어 신부를 위해 안내자[5]로 삼으셨으니

---

　1) 하느님.
　2) 그 빛에 모든 것이 비치기 때문에.
　3) "예수께서 크게 소리질러 가라사대 엘리 엘리 라마 사박다니 하시니" 〈마태
　　복음〉 27장 46절 참조.
　4) "하느님이 자기 피로 사신 교회를 치게 하셨느니라" 〈사도행전〉 20장 28절
　　참조.
　5) 한 사람은 사랑으로 인도하고 한 사람은 지혜로 인도함. 프란체스코는 사랑
　　의 천사 세라핌의 불꽃을 받고 도미니크는 지혜의 천사 케루빔의 불꽃을 받
　　았다.

그 한 사람[6]은 세라핌처럼 사랑에 불타고, 또 한 사람은 케루빔〔智品天使〕처럼 지혜로 빛나는도다.

내 이제 그 중 한 사람에 대해 말하려 하나니

두 사람은 같은 목적을 위해 일했으므로 어느 한 사람에 대한 칭찬은 결국 두 사람에 대한 칭찬이 되리라.

투피노 강과, 성 우발도[7]가 택한 언덕에서 흘러내리는 시냇물 사이에 높은 스바시오 산의 비옥한 비탈이 펼쳐 있나니

페루지아는 태양문[8]의 방향에서 그 산의 더위와 추위를 느끼고

산 뒤쪽의 노체라와 구알도[9]는 무거운 멍에로 신음하누나.

그 산비탈이 완만해지는 곳에서, 때로 태양이 갠지즈 강에서[10] 솟아나듯이 한 태양〔프란체스코〕이 태어났으니

그러므로 이곳을 일러 아세시라고 하기보다는 차라리 오리엔트(동방)라고 하는 것이 마땅하리라.[11]

떠오른 지 얼마 되지 않아서부터 이 태양은 자신의 위대한 덕으로 따사로운 빛을 대지에 비추기 시작했으니[12]

아직 젊은 나이에 한 여인으로 인해 아버지의 노여움을 사게 되었노

---

6) 프란체스코. 1182년 아시시의 부유한 상인 피에트로 베르나르도네의 아들로 태어남. 청년 시절에 한때 방탕한 생활을 하다가 25세 때 중병에 걸린 것을 계기로 신앙을 갖게 되어, 사랑과 청빈과 노동의 수행에 힘썼고 프란체스코 교단을 세웠다.

7) 우발도 성인(聖人), 굽비오의 주교.

8) 페루지아시의 동쪽 문. 거기서부터 아시시를 멀리 바라볼 수 있다.

9) 스바시오 산 뒤쪽에 있는 작은 마을들.

10) 천지창조, 수태고지(受胎告知) 등이 있었던 춘분에 태양은 동쪽, 즉 오리엔트에서 솟아오른다. 이것은 당시의 지리학에서 인도의 갠지스 강으로 표현되었다. 아세시(ascesi)는 아시시(Assisi)의 옛 이름으로 '솟아오른다'는 의미를 지닌 ascendere에서 비롯된 것이다.

11) 동방이라는 말은 프란체스코의 태양과 같은 인격을 암시하는 것이다.

12) 그를 본받아 사람들이 덕을 숭상하게 된다.

라.

　죽음의 신을 대하듯 아무도 자진하여 문을 열고 맞이해 주지 않던 여인[13)

　그는 사교(司敎) 법정과 아버지 앞에서 그 여인과 가약(佳約)을 맺고[14) 날이 갈수록 그녀를 더욱 사랑했노라.

　첫 남편〔그리스도〕을 잃은 후 그를 만나기까지 그녀는 천백여 년[15)을 모멸과 냉대 속에 사람들에게 외면을 당해야만 했었나니

　아미클라테[16)의 침대 곁에 있던 그녀가, 세상을 뒤흔드는 목소리에도 의연했다는 소문이나

　마리아가 아래[17) 남아 있을 때에도, 그녀는 그리스도와 함께 그 고통을 나누기 위해 십자가에[18) 오를 만큼 강직하고 의연했다는 소문도

　사람들이 그녀를 돌아보게 하는 데엔 도움이 되지 못했다오.

　여기서 내 말이 너무 모호하게 들리지 않도록 하기 위해 밝혀 두려

---

13) 청빈.

14) 1207년 봄에 프란체스코가 쓰러져 가는 다미안 성당을 개수하기 위해 상점의 옷감과 아버지의 말을 팔자 아버지 피에트로 베르나르도네는 격분하여 아들을 끌고 아시시의 주교 구이도에게 왔다. 프란체스코는 아버지와 주교와 사람들 앞에서 입고 있던 옷을 벗어, 아버지에게 돌려주면서 말했다. "지금까지 당신을 아버지라고 불렀지만, 앞으로는 마음놓고 하느님을 아버지라고 부르게 되었어요." 청빈과의 신비로운 결혼은 이때 이루어졌다.

15) 그리스도 이후 청빈을 실천한 성도들이 어찌 없을까마는 단테는 프란체스코처럼 철저히 청빈을 지킨 사람이 없다고 단언한다.

16) 달마티아 해변의 가난한 어부. 오두막과 배 한 척이 그의 전재산이었다. 카이사르가 폼페이우스와 싸울 때 아드리아 해를 건너기 위해 어느 날 그의 오막살이에 들러, 자기 신분을 밝히고 도항의 편의를 청했으나 그는 청빈을 즐기면서 좀처럼 응하지 않았다.

17) 〈요한복음〉 19장 25절 참조.

18) 모든 사람들이 골고다에서 처형된 그리스도의 곁을 떠났으나, 청빈만은 그리스도와 함께 있었다.

니와, 내가 말해 온 바 두 연인이란 바로 프란체스코와 청빈(淸貧)이라
오.

그들의 화목하고 환희에 찬 모습은 세상 사람들로 하여금 애착과 경
이를 느끼게 하여 거룩한 마음을 갖게 하였으니

그리하여 유서 깊은 가문의 베르나르도[19]는 신을 벗고 그 위대한 평
안[20]을 향해 달리면서 발길이 더딘 것을 안타까워했도다.

오, 아직 알려지지 않은 부(富), 이 풍부한 재물이여!

에지디오[21]도 실베스트로[22]도 신을 벗어 버리고 그 신랑을 따랐으니,
신부도 그것을 기쁘게 생각했도다!

이리하여 아버지요 행복한 스승인 프란체스코는

아내와 함께, 초라한 새끼줄[23]로 허리를 동여맨 가족을 거느리고 길
을 떠났으니[24]

베르나르도 가문의 아들이라는 것도, 넝마 같은 옷차림도 그를 슬프
게 하지는 못했다오.

오히려 그는 당당하게 그 장한 의도를 이노센트[25]에게 고하였으니,

---

19) 아시시의 부유한 가정에서 태어난 그는 프란체스코가 밤마다 눈물을 흘리며
"나의 전부이신 하느님!" 하고 기도하는 것을 보고 깨달은 바 있어 그의 첫
제자가 되었다.

20) 청빈에서 오는 평안.

21) 프란체스코의 세번째 제자. 둘째 제자인 피에트로에 대해 언급하지 않은 이
유는 분명치 않다.

22) 아시시의 사제. 탐욕한 인간이었으나 어느 날 밤 꿈에 프란체스코의 입에서
금십자가가 나와 그 끝이 하늘에 닿은 것을 보고 크게 뉘우치고 그의 제자가
되었다 함.

23) 프란체스코 파의 수도자가 맨 허리띠. 당시에 다른 교단에서는 가죽띠를 맴.

24) 교황 이노센트 3세에게 교단 인가를 받으러 로마로 갔다. 그 인준은 1209년
에 있었다.

25) 교황 이노센트 3세.

그로부터 처음으로 교단의 승인을 받게 되었다오.

빛나는 그의 생애, 세라핌의 찬가로 찬양받으려니와 그의 뒤를 따르는 가난한 사람들의 수가 늘어나자

성령을 받은 교황 오스리오의 눈을 거쳐 이 단주(團主)의 성스러운 의지는 두번째 면류관[26]을 받게 되었소.

그 후 순교의 열정으로 오만한 술탄에게 가 그리스도와 사도의 가르침을 전했으나[27]

개종을 시키기에는 너무나 무지한지라 노고를 낭비하기보다는 이탈리아 동산에서 전도의 열매를 따는 것이 나으리라 보고 다시 돌아왔다오.

그리고 테베레 강과 아르노 강 사이의 험한 바위산[28]에서, 사랑과 기쁨의 눈물을 머금고 그리스도의 마지막 인준인 상흔(傷痕)을 받고, 2년 동안 이것을 몸에 지니고 있었으니

그에게 이처럼 큰 축복을 베푸신 하느님께서, 청빈한 영혼들이 그 보상을 받는 하늘나라로 그를 끌어올리셨을 때

그는 상속자에게 하듯이 자기 형제들[수도사들]에게 그가 깊이 사랑하던 여인[청빈]을 진심으로 사랑하라고 유언했다오.

그의 고귀한 영혼, 그녀 품을 떠나 오직 하늘나라로 돌아가기만을 원하매

---

26) 교황 호노리우스 3세가 1223년에 프란체스코 수도회를 인준한 사실을 말함.

27) 1219년 제자들을 거느리고 다섯째 십자군을 따라 이집트에 가서 회교 군주 술탄에게 복음을 전함.

28) 테베레 강 상류와 아르노 강 상류 사이에 있는 나카센티노의 아르베르니아 산. 프란체스코는 1224년 이 산에서 그리스도에게 기도하여 자기 몸에 수난의 고통을 알게 해 달라고 간구했는데, 그때 그리스도가 세라핌의 모습으로 나타나 프란체스코의 몸에 자신과 같은 상흔을 새기게 했다고 한다. '마지막 인준'이라는 말은 앞의 두 교황에게 받은 인준과 대비시킨 것.

육신을 담을 관(棺) 한 쪼가리도 바라지 않았으니

이제 생각해 보시오.

베드로의 배〔교회〕로 하여금 위험한 바다를 건너 바른길을 가도록
한 또 한 사람이 누구였던가를.[29]

그는 우리 교단의 창시자[30], 그대 알다시피 그를 따라 그 가르침을
지키는 자마다 천국의 과실을 얻을 것이로되

새로운 먹이[31]를 탐낸 그의 양떼들이 골밭에서 뿔뿔이 흩어져 버렸
으니

길을 잃고 그로부터 멀리 떠나갈수록 젖에 굶주려 우리로 되돌아오
는 것이었다오.

물론 그들 중에는 그들을 에워싼 어둠 속에 이리가 울부짖음을 알고
목자에게서 떠나지 않은 자도 없지 않았으나

그들의 수는 약간의 천으로 법의(法衣)를 만들기에 충분할 만큼 극
히 적었다오.

만일 내 목소리가 막히지 않고 전해졌다면 그대가 내 말에 귀를 기
울이고 또 마음속 깊이 되새겼을진대

그대의 소원은 어느 정도 충족되었으리라.

그대는 훌륭한 나무가 어떻게 꺾였는가[32]를 볼 수 있을 것이며

또 ‘모든 풍요함으로’와 ‘황량한 바위’라는 말의 의미도 알 수 있을
것이다.”

---

29) 프란체스코의 인품으로 미루어 보아, 그와 함께 교회의 지도자였던 도미니쿠
　　스의 인품을 알 수 있다.

30) 도미니크 교단을 세운 도미니쿠스.

31) 세속적인 이욕, 즉 부귀영화.

32) 지금까지 한 이야기의 원목(출처, 즉 도미니크 파 수도자의 타락). 그러나 이에
　　대해서는 이설(異說)이 많다.

제 *12* 곡

토마스 아퀴나스의 이야기가 끝나자 복받은 영혼들이 둘째 원을 이루면서 단테와 베아트리체를 둘러싼다. 이 또한 열두 사람의 영혼으로 이루어졌는데, 그 중에서 프란체스코 파를 대표하는 보나벤투라가 도미니쿠스의 생애와 업적을 찬양하고 프란체스코 수도회의 회원이 두 파로 분열된 것을 개탄한다. 이어서 그는 둘째 원을 이루고 있는 사람들을 소개한다.

그 축복받은 불꽃[1]이 말을 마치자, 거룩한 맷돌은 다시 우리 주위를
선회하기 시작하매

채 한 바퀴를 돌기도 전에 또 하나의 동그라미가 그것을 에워싸더니
가락에 가락을 맞추고 율동에 율동을 맞추는구나.

그 노랫소리는, 마치 원래의 빛이 반사되는 빛보다 더 강한 것처럼
뮤즈나 세이렌을 무색케 하였으니

주노가 안쪽 띠에서 바깥 띠가 생기는 모습을 보기 위해 그녀의 시
녀[2]를 부르면

엷은 구름과 안개를 뚫고 같은 빛깔로 나란히 휘어진 한 쌍의 무지
개[3]로 나타나니

안쪽 활에서 바깥 활이 생기는 광경이란,[4] 여름 볕의 이슬처럼 스러

---

1) 토마스 아퀴나스의 영혼.
2) 이리스. 타우마스와 엘렉트라의 딸로 무지개의 여신. 여러 신들, 특히 주노 여신의 시녀였다고 함.
3) 이중의 무지개.
4) 이중의 무지개 중에서 바깥쪽의 큰 무지개는 안쪽의 작은 무지개의 반영이라고 보았음.

지는, 방랑하는 님프[5]의 목소리 같았다.

그것으로써 사람들은 하느님께서 노아에게 언약하신 바[6] 다시는 큰 홍수가 일어나지 않으리라는 조짐으로 삼듯이

이와 마찬가지로 영원히 시들지 않는 이 장미 화환[7]이 우리 주위를 돌고

바깥 원은 사랑의 목소리로써 안쪽 원에 호응하였다.

환희와 자애의 빛이 서로 달콤한 노래 부르고, 서로 반사하면서 흥겹게 춤추는 찬란한 축제가

마치 우리의 두 눈이 그 소유자의 뜻대로 동시에 떴다 감겼다 하는 것처럼 한순간 뜻을 같이하여 일시에 멈추었나니

새로운 빛 안에서 한 목소리 들려 오고 성좌(星座)의 바늘[8]을 향해 북극성이 움직이듯 내 영혼은 그 찬란한 불길을 향하였다.

그 목소리가 말하기를,

"나[9]를 반짝이게 만드신 사랑이 나로 하여금 또 다른 인도자(도미니쿠스)를 언급치 않을 수 없게 하는구나.

지금 그분 때문에 내 스승이 그처럼 칭찬을 받게 되었으니

한 사람이 있는 곳에 또 한 사람을 이끄는 게 마땅하리라.[10]

일찍이 두 사람이 한마음으로 싸웠듯이,[11] 똑같은 영광으로 빛나는 것은 당연한 일.

---

5) 에코. 나르시스(〈지옥편〉 제30곡 각주 19) 참조)를 연모한 나머지 나중에는 뼈와 바위가 되어 소리만 남아 오늘에 이르렀다고 함. 이것은 요컨대 도미니크 파와 프란체스코 파의 성도들로 이루어진 이중의 원을 표현한 것이다.

6) 〈창세기〉 9장 9~17절 참조.

7) 이중의 원을 이룬 성도들.

8) 북극성을 가리키는 자침(磁針).

9) 보나벤투라.

10) 한 사람에 대해 말할 때는 다른 사람에 대해서도 말하게 됨.

11) 이단과의 싸움.

그처럼 값진 대가[12]를 지불하고 출전한 그리스도의 군대가 성스런 기치[13] 뒤에서 공포와 탈진에 빠져 몸부림칠 때

영원히 다스리시는 하느님께선 위험에 처한 당신의 군대를 생각하사 은총을 주셨으니

그들에게 결코 그만한 가치가 있어서가 아니라.

앞서 말했듯이 당신의 신부[교회]에게 두 사람의 용사[14]를 보내셨으니

믿음이 흔들리던 자들이 이들의 언행을 보고 바른길로 되돌아가게 되었다오.

상쾌한 서풍[봄바람]이 불어와 새 잎이 돋아나면 유럽은 다시 신록에 감싸이고,

태양은 때로 그 서풍이 불어오는 곳[이베리아 반도], 파도치는 만(灣) 저편으로 총총히 모습을 감추나니

그 만에서 그리 멀지 않은 곳에, 복종하고 복종시키는 두 마리 사자[15], 방패의 보호 아래 복된 마을[16]이 있으니

그 성벽 안에서, 그리스도 신앙을 뜨겁게 연모하여

동료에겐 부드러운 빵이요, 적[이단]에게는 돌이 되는 성스러운 투사[17]가 태어났다오.

그의 영혼은 실로 탁월하게 창조되었기에 어머니의 뱃속에 있을 때

---

12) 십자가의 유혈.

13) 십자군의 깃발.

14) 프란체스코와 도미니쿠스.

15) 성(城)을 복종시키고 또 그것에 복종하는 사자. 카스틸랴 왕가의 문장은 두 마리의 사자와 두 개의 성으로 되어 있음. 그 절반은 사자가 성 아래 있고 (복종한다) 절반은 사자가 성 위에 있다(복종시킨다).

16) 칼라로가. 카스틸랴의 옛 도시. 도미니쿠스가 태어난 곳이므로 복된 마을이라 함.

17) 도미니쿠스. 투사라는 이름은 이단을 쳐부수는 데 헌신했기 때문임.

이미 어머니에게 예언의 능력[18]이 주어졌소.

　그와 그의 여인[신앙]은 성수반(聖水盤)[19] 앞에서 혼인하고

　신랑과 신부는[20] 서로의 구원을 선물로 교환하였으니

　그의 혼인을 동의한 부인[21]은 그 자리에서 그와 그의 후예[22]들이 이루어 놓을 훌륭한 열매를 꿈으로 보았다오.

　이름과 사람됨이 부합되도록 여기 하늘로부터 하나의 영감(靈感)이 내려가, 그의 전부를 바친다는 의미의 소유격인 도미니쿠스[23]라는 이름이 주어졌나니

　나는 그를 그리스도께서 가꾸신 과수원[교회]의 농부에 비유하려고 한다오.

　성실한 심부름꾼이자, 그리스도의 전령으로서

　그의 첫사랑[24]의 연인은 가난이었으니

　그리스도께서 주신 최초의 가르침[25]을 행한 것이라오.

---

18) 꿈으로 아들이 보통 사람이 아님을 알게 됨. 도미니쿠스가 어머니의 뱃속에 있을 때, 어머니 꿈에 강아지를 낳았는데, 흑백 반점이 있고 입에는 타오르는 횃불을 물었다고 한다(흑백 반점은 도미니크 교단의 법의를 나타내고, 횃불은 성자의 정열을 나타낸다).

19) 세례에 쓰일 물을 담는 그릇. 세례를 통해 신앙과 인연을 맺게 된다.

20) 도미니쿠스와 신앙.

21) 교모(教母). 어린이를 대신하여 세례를 주는 사제에게 대답하여 의식을 마치게 하는 부인. 이 교모는 꿈에 어린 도미니쿠스의 이마에서 빛나는 별을 보았다고 함.

22) 교단의 수도자들.

23) 'Dominicus'는 하느님의 소유라는 뜻.

24) 처음으로 나타낸 이웃 사랑. 그는 젊었을 때 책을 모조리 팔아서 가난한 사람을 도와 주면서 이렇게 말했다고 한다. "사람을 굶겨 죽이면서 죽은 가죽[양피지, 책]을 연구하고 싶지 않다."

25) 〈마태복음〉 19장 21절에 보면 "네가 온전하고자 할진대 가서 네 소유를 팔아

그의 유모는 종종 한밤중에 깨어 차가운 마룻바닥에서 말없이 명상에 잠긴 그의 모습을 자주 보았는데

마치 '이것이 나의 소명(召命)'이라고 말하는 것 같았다오.

아, 그의 아버지 펠리체[26]는 실로 복되도다!

그의 어머니 지오반나[27]는 실로 은총을 입었도다!

아, 이름대로라면, 사람들은 오스티아 인[28]과 타데오[29]의 뒤를 따라 세속의 부와 명성을 추구하기에 급급하겠지만

그는 오직 참된 만나[靈의 養食]를 위해 위대한 스승이 되었으니

거대한 포도밭을 가꾸는 자 밭을 돌보지 않는다면

포도는 곧 시들어 버려 자랄 수 없었으리라.

옛날에는 가난한 사람들을 돌보아 주던 교황의 자리가

지금 자리 자체 때문이 아니라 그 자리에 앉은 자 때문에 타락했지만

도미니쿠스는 여섯[30]에서 둘이나 셋을 면제하거나 성직록(聖職祿), 그리고 가난한 자를 위해 마련한 십일조(十一租)[31]를 거두는 데 관심을 가지지 않았다.

오히려 그릇된 세상과 싸워 씨앗[신앙]을 지키게 해 달라고 간구하였으니,

그 씨앗에서 지금 그대를 에워싼 스물네 그루의 초목[32]이 비롯된 거

가난한 자들을 주라"고 씌어 있다. 최초란 중요하다는 뜻으로, 토마스 아퀴나스도 청빈을 그리스도가 주신 최초의 가르침이라고 보았다.

26) Felice(복된). 아버지는 이름 그대로 이런 아들을 가져 복되다.

27) Giovanna(하느님의 사랑). 어머니는 이름 그대로 이런 아들을 가졌으니 하느님의 사랑을 많이 받은 것이다.

28) 엔리코 디 수사. 오스티아의 추기경.

29) 타데오 달레로토. 당시의 유명한 의사.

30) 부정한 소득을 구하는 것(즉 3분의 1, 또는 2분의 1을 선용한다는 조건으로).

31) 신도로서 수입의 10분의 1을 하느님께 바치는 것.

요.

　그리하여 그는 사도적 임무[33]의 빛 속에서

　교의(敎義)와 강한 의욕을 함께 지니고 높은 수원지에서 쏟아져 내리는 분류처럼 치달아 이단을 물리쳤으니

　저항이 집요하고 끈질긴 곳에서는 공격도 과감하고 격렬했었소.

　그로부터 많은 지류〔유파〕가 생겨나 카톨릭의 동산을 촉촉히 적셔 주니 어린 나무들이 푸르게 자랐지요.

　이렇듯 거대한 수레의 한쪽 바퀴로 교회가 자신을 지키고, 또 그 내분(內紛)에서 승리를 거둘 수 있었을진대

　다른 한쪽 바퀴〔프란체스코〕가 어떠했는가도 분명해질 것이니 그에 대해서는 이미 토마스 아퀴나스가 상세히 말했지요.

　그러나 그 바퀴의 거대한 자국 아무도 돌보지 않아

　술통은 비어 술이 가라앉았던 곳에 곰팡이가 피어 있다오.

　그의 발자국을 곧장 따르던 가족[34]들은 나중에 방향이 바뀌어 그의 발뒤축이 밟은 자국에 그들의 발끝을 놓을 지경이었으니[35]

　이런 잘못된 경작(耕作)이 어떤 수확을 올리게 될지는 곧 보게 되리니 곳간에도 들이지 못할 가라지만 자라 눈물 흘리리라.[36]

　만일 우리의 책을 한 장 한 장 넘기면서 살펴본다면

　당신은 틀림없이, ‘나는 지금도 예전 그대로의 나다’라고 써진 쪽을 볼 수 있을 것이오마는[37]

---

32) 두 개의 원을 그리고 단테와 베아트리체를 에워싼 24 영혼.

33) 교황이 그에게 준 권한. 도미니크 교단이 호노리우스 3세로부터 정식으로 인준을 받은 것은 1226년이다.

34) 프란체스코 교단의 수도사들.

35) 창시자의 길을 역행함을 말한다.

36) 프란체스코 교단의 분열. 이 교단의 강경파는 1317년과 1318년 교황 조반니 22세의 교서에 의해 교회에서 추방됨.

37) 프란체스코 교단에 속하는 자를 한 사람 한 사람 살펴보면, 지금도 옛날과

그것은 카살레나 아콰스파르타의 도배는 아니니[38]

그들은 교단의 규율을 지키되

한쪽은 느슨하게, 다른 쪽은 바짝 죄어 엄하게 했다오.

나는 보나벤투라[39]의 영혼, 출생지는 바뇨레지오라오.

중임(重任)을 맡고 있을 때 나는 사소한 일들을 언제나 뒤로 미루었었소.

일루미나토와 아우구스티누스[40]가 이곳에 있으니

처음 맨발의 가난한 동료로서 허리에 새끼줄을 두름으로써 하느님의 벗이 된 이들이오.

여기엔 산 비토레의 우고[41]와

피에트로 망지아도레[42]의 불멸의 빛과

열두 권의 저술로 아직도 그 이름을 빛내고 있는

피에트로 이스파소[43]도 있소이다.

예언자 나단[44]과 대사교 크리소스토무스와[45]와 안셀무스[46], 첫째 학예[47]

마찬가지로 이 교단의 규율을 잘 지키는 사람이 있다.

38) 프란체스코 교단이 우벨티노 디 카살레와 마테오 디 아콰스파르타의 두 파로 분열된 일을 말함.

39) 프란체스코 교단에 가입한 후 교단의 총장이 되고(1256) 추기경 및 알바노의 주교가 됨.40) 두 사람 모두 프란체스코의 제자. 여기서 말하는 아우구스티누스는 〈고백록〉의 아우구스티누스와는 다른 사람이다.

41) 성 비토레 수도원장.

42) 프랑스의 신학자.

43) 리스본의 피에트로디 쥴리아노. 교황 요한 21세. 단테가 천국에서 만난 그의 동시대인(同時代人)으로서는 유일한 교황.

44) 다윗 왕의 죄악을 꾸짖은 이스라엘의 예언자.

45) 안티오키아의 요한 주교 신학자.

46) 이탈리아 출생의 영국 스콜라 철학자. 캔터베리의 대주교.

47) 삼문사수(三文四數) 중의 첫째인 문법(文法).

에 기꺼이 힘을 기울인 도나투스[48]와 라바누스[49] 또한 여기 있으며

　예언의 은총을 받은 칼라브리아의 수도원장 지오아키노도 내 옆에서 빛나고 있소.

　형제 토마스 아퀴나스의 뜨거운 온정과 사려 깊은 말이 나를 감동시켜 이처럼 위대한 용사[도미니쿠스]에 대한 찬사를 보내게 하였나니

　토마스의 말은 나뿐만 아니라 여기 있는 모든 동료들에게도 깊은 감동을 주었다오.”

제 13 곡

　　보나벤투라가 말을 마치자 24영혼들이 원을 그리면서 춤을 춘다. 토마스 아퀴나스는 단테의 마음속에 아직도 남아 있는 의문을 알아차리고 친절하게 설명해 준다. 그는 솔로몬의 지혜가 역대의 어느 왕보다도 뛰어난 사실을 지적하고, 사람이 옳고 그른 것을 판단할 때는 신중한 태도를 취해야 한다면서 경솔히 판단하는 위험성에 대해 경계한다.

　내가 지금 묘사하고 있는 그 하늘의 광경을 더 자세히 알고 싶은 자 마음속으로 그려 보라.

　그리고 그 영상을 단단히 쥐고 있으라.

　열다섯 개 별들이 반짝이며 온 하늘을 빛내고 있는 광경을 그려 보라.

　안개 짙은 대기를 뚫고 여전히 찬란하게 빛나는 그 별들을.

　또 마음속에 그려 보라.

---

48) 아에리우스 도나투스. 4세기의 뛰어난 문법학자.

49) 라비누스 마우루스. 마인츠의 대주교.

하늘의 품안에 밤과 낮을 채우고 수레채를 돌리면서 꺼질 줄 모르는 북두칠성을.

저 뿔피리 주둥이[1]를 그려 보라.

차축(車軸)의 한 끝[2]에서 나와 그를 중심으로 첫째 천륜(天輪)이 돌고 있다.

생각하라. 마치 저 미노스의 딸[3]이 죽음의 한기(寒氣)를 사무치게 느꼈을 때처럼, 이 모든 별들이 두 성좌를 만들었음을.

한 성좌의 빛이 다른 성좌를 에워싸는 두 개의 성좌가 동심원(同心圓)을 그리되 방향은 서로 반대가 되니[4]

그대 참된 성좌와, 내가 서 있는 곳을 에워싼 빛무리의 이중 무도의 행렬을 희미하게나마 짐작할 수 있으리라.

그 광경은 우리들의 인식을 넘어서는 것이니

대단히 빠른 이 천체의 움직임이 키아나 강의 느린 흐름[5]을 능가하는 것과 비교할 만하다.

거기서는 바쿠스나 아폴론을 찬양하지 않고[6]

---

1) 작은곰자리의 별들 중에 마지막 두 개를 가리킴.

2) 곰자리.

3) 아리아드네. 그녀는 애인 테세우스 (〈지옥편〉 제12곡 각주 4) 참조)에게 버림을 받았으나 후에 주신 바쿠스의 아내가 되었다. 죽은 뒤 그녀의 관을 하늘에 올려 성좌로 만들었다고 함.

4) 독자가 만일 24성도들의 영혼이 두 개의 원을 이루고 빛을 발산하면서 춤추는 광경을 알려고 한다면, 하늘에 나타나 강하게 반짝이는 15개의 별과 큰곰자리의 7개 별과 작은곰자리의 두 별을 합친 24개의 별이 두 원형의 성좌를 이루어, 크고 작은 이중의 원을 그리면서 돌아가는 광경을 머릿속에 그려 보라는 뜻.

5) 단테 시대에 아레초 지방에 있던 강으로 늪지대를 지나기 때문에 아주 느리게 흘렀다고 한다.

6) 이교도가 바쿠스나 아폴론과 같은 옛 신들을 찬미하는 데 대해.

하나의 신성(神性)을 지니신 삼위[7]와, 한몸 안에 신성과 인성을 지니신 분을 찬양하나니

노래에 맞춰 한바탕 춤을 추고 나자, 그 거룩한 빛[8]은 기쁨에서 새로운 기쁨을 만나듯[9] 우리 위에 머물렀다.

그리고 앞서, 하느님께 사랑받는 가난한 사람[프란체스코]의 빛나는 생애를 말하였던 그 빛이

화기애애한 성도들의 침묵을 깨고 말했다.

"한 다발을 타작하여 그 알곡을 곳간에 넣고 나니 향기로운 사랑은 다른 한 다발의 이삭도 타작하라시는구려.[10]

그릇된 입맛으로 온 인류를 절망에 빠뜨린 여인[11]의 아름다운 뺨을 만들기 위해 갈빗대[12]를 뽑힌 사나이의 가슴과

또한 창에 찔려 인류의 과거와 미래의 모든 죄를 보상하신 그리스도의 가슴에

전능하신 하느님께서는 인간이 지닐 수 있는 모든 지혜의 빛을 불어넣으셨다고 그대 생각하리라.

그리하여 그대는 앞서 소개한 다섯번째 빛 속에 있는 자[솔로몬]를 따를 만큼 지혜로운 자 없으리라던 내 말에 어리둥절했을 것이오.

이제 내가 이 점에 대해 말하려 하니, 눈을 크게 뜨고 잘 들어 보오. 그러면 그대의 생각과 나의 말이, 마치 원의 중심처럼 하나의 진실을 이루는 것을 알 수 있으리라.

---

7) 성부·성자·성신은 각각 다르면서 일체이다.

8) 프란체스코의 이야기를 한 토마스 아퀴나스.

9) 노래나 춤에서 관심을 돌려 단테의 소원을 들어주려고 한다.

10) 내 말에 의해 네 의문 중 하나가 풀리고 그 이치를 깨닫게 되었으므로 나는 이제 너의 다른 의문을 풀려고 한다.

11) 하와. 금단의 열매를 먹었기 때문에 전인류를 죄에 빠지게 함.

12) 하느님이 아담의 갈빗대를 빼내어 하와를 만들었다. 〈창세기〉에서.

필멸(必滅)의 모든 것과 불멸(不滅)의 모든 것들은 오직 우리 아버지의 사랑에서 비롯되는 이데아의 빛에 지나지 않는 것.[13]

빛나는 본원(本源)[14]에서 흘러나오되 그로부터 분리되지 않고, 또 삼위이면서 일체인 사랑〔성령〕으로부터도 분리되지 않는 살아 있는 빛〔그리스도〕은

영원히 하나로서 존재하는 아홉 천사[15]를 통하여 자신의 지선의 빛을 마치 거울에 비추듯 비추고 있소.

그리로부터 모든 물질에까지 이르매, 작용을 거듭할수록 점점 힘이 미약해져 나중에는 우연적인 것만을 생성하나니

이 우연적인 것이란, 회전하는 천구가 씨앗에 의해 혹은 씨앗에 의하지 않고 생성한 모든 것[16]을 뜻하오.

이런 것들의 밀랍[17]과, 이 밀랍에 형태를 부여하는 작용이 각기 다르므로 이데아의 각인(刻印)을 받아 스스로 빛나는 정도에 차이가 있으니[18]

그 때문에 같은 종류의 나무라도 열매에 좋고 나쁜 것이 생기고 같은 인간이되 각기 다른 재질을 타고 태어나는 것이라오.

만일 밀랍이 불순물 없이 완전하고 천체가 강력한 영향을 미친다면

---

13) 모든 피조물. 즉 천사나 유령의, 따라서 필멸하는 피조물의 원형〔관념〕은 태초에 하느님의 말씀〔그리스도〕 안에 있었으며, 하느님은 그리스도의 사랑〔성령〕 가운데 이 원형을 심어 넣었다.

14) 하느님.

15) 원문은 아홉 실재. 9천을 관장하는 9계급의 천사.

16) 동물이나 식물. 씨앗에 의하지 않는 것은 광물류.

17) 물질. 이것을 원료로 천사들이 하늘의 힘을 빌려 피조물을 만든다.

18) 이런 원료와, 이 원료를 사용하여 피조물을 형성하는 제천(諸天)의 힘이 일정불변한 것이 아니므로 피조물로서 하느님의 빛〔관념의 빛〕을 받지 않는 것이 없지만 빛을 받음에 다소 차이가 있다.

그 각인의 빛은 완전한 것이 될 것이건만[19]

기법에는 능하나 붓끝이 떨리는 화가처럼 자연은 언제나 그 빛을 충분히 발휘해 주지 않는 법.

그러나 만일 뜨거운 사랑〔성신〕께서 최초의 힘〔성부〕의 그 선명한 광선〔성자〕으로 직접 새기신다면 완전한 창조가 이루어질 것이니[20]

이리하여 일찍이 흙은 완전한 생물을 생성할 수 있었으며

이렇게 해서 처녀의 몸으로 잉태를 할 수 있었던 것이오.[21]

그러므로 나는 인성이 이 두 사람[22]에게만큼 완벽했던 예는 전에도 없었고 앞으로도 없으리라는 그대의 견해에 동의한다오.

그러나 더 이상 설명하지 않으면, 그대 이렇게 질문하리라.

'그렇다면 왜 그 사람〔솔로몬〕과 견줄 자 없다고 말했을까?'

이제 아직도 분명치 못한 점이 명백해지도록

그가 어떤 사람인가, 하느님께서 '구하라'[23]고 말씀하셨을 때 그가 무엇을 구했는가를 생각해 보오. 내 말을 그댄 분명히 알게 되리라.

그는 왕이었으며, 자기 백성과 영토를 다스리기 위한 지혜를 구했나니

이 하늘을 움직이는 자〔천사〕의 수를 알기 위함이 아니요,

---

19) 만일 재료가 모든 면에서 갖춰져 있고, 또한 여기 미치는 천구의 영향이 극히 강하면, 하느님의〔관념의〕 빛은 모두 나타날 것이다.

20) 그러나 삼위일체이신 하느님께서 직접 그 작용을 미칠 때에는 피조물이 모두 완전하게 될 수 있다.

21) 하느님의 권능에 의해 흙(아담의 육체가 된)은 생물〔인간〕을 완전하게 하기에 적합한 재료가 되고, 또 같은 작용으로 처녀 마리아는 그리스도를 잉태하였다.

22) 아담과 그리스도.

23) 어느 날 밤 하느님께서 솔로몬의 꿈에 나타나셔서 "내게 구할 것이 무엇이냐" 하고 물었을 때 솔로몬은 백성을 다스리는 데 필요한 선악을 분별하는 지혜를 달라고 했다. 그리하여 그는 지혜로는 견줄 만한 사람이 없을 만큼 뛰어난 현군(賢君)이 되었다. 〈열왕기, 상〉 3장 5절 이하 참조.

전제된 우연[24]이 논리 속에서 필연으로 귀결되는지 아닌지를 알기
위함도 아니며

제1운동[25]이 있느냐 없느냐를 알기 위함이 아니요

반원에서 직각이 끼지 않은 삼각형을 만들 수 있는가 없는가를 알기
위함도 아니었다오.

그러므로 앞서 내가 말했던 비교할 수 없는 지혜란

왕자(王者)로서의 깊은 사려를 의미한다는 것을 알 수 있으리라.

그리고 '나타나지 않으리라'는 말에 주의해 본다면

이 말이 오직 국왕만을 들어서 한 것임을 알게 되리니

국왕은 많되 참으로 훌륭한 국왕은 보기 드문 법이오.

이처럼 내 말을 가려서 듣는다면

첫 아버지〔아담〕와 지고의 기쁨〔그리스도〕에 대한, 그대의 믿음과 내
말이 일치할 수 있으리라.

나의 말을 그대 발의 납덩이[26]로 삼아

납득이 가지 않는 일에 대해 '예' '아니오'를 말하는 데 있어, 지친
사람처럼 신중할지니

숙고하지 않고 긍정하거나 부정하는 사람이야말로 가장 어리석은 자
니

성급한 판단은 인간의 생각을 오류와 편견으로 이끌기 때문이라오.

진리를 구하려고 하는 자 그 방법을 모른다면 떠날 때와 돌아올 때

---

24) 윤리학의 문제. 필연과 우연의 두 가지 전제에서 비롯되는 결론이 필연이냐
　　아니냐 하는 문제에 대해, 아리스토텔레스는 필연적 결론을 부정했다. 그러
　　니까 솔로몬은 백성을 잘 다스릴 지혜를 원했지 논리학적인 지혜를 원하진
　　않았다.

25) '움직여진 처음 것이 있을 수 있느냐' 하는 형이상학의 문제로서 원인이 없
　　는 운동이 가능한가에 대한 논의.

26) 속단을 버리고 조심성 있는 태도를 취하라는 뜻.

의 처지가 다르리니, 어찌 헛되이 떠나는 데 그치겠소.[27]

파르메니데스[28], 멜리소스[29], 브리손[30], 그 밖에 목적지를 모른 채 길을 떠난 많은 사람들이 이 사실[31]을 세상에 분명히 입증하고 있소.

사벨리우스[32], 아리우스[33]를 위시하여 칼날이 얼굴을 뒤틀리게 비추듯 성서를 왜곡한 그들 학파 또한 그러하니

여물기도 전에 이삭을 세어 보는 자처럼 성급하게 남을 판단해서는 안 되나니

나는 겨우내 딱딱하고 가시투성이이던 가지가 봄이 되어 장미꽃을 피운 모습을 본 적이 있으며

긴 항로를 곧장 달려온 배가 항구 어귀에 다다라 가라앉는 것을 본 적도 있소.

도둑질하는 자와 온 재산을 하느님께 바치는 자에 대한 하느님의 심

---

27) 물고기를 낚으려고 하면서 그 방법을 모르면, 그는 빈손으로 집에 돌아올 뿐만 아니라 집을 나설 때와는 달리 피로와 실망을 느끼게 된다. 진리를 구하는 사람도 이와 마찬가지다. 아무 준비 없이 진리를 구하는 것은, 차라리 구하지 않는 것만 못하며, 자신이 찾는 진리를 얻지 못할 뿐만 아니라 뜻하지 않던 오류를 범하게 된다.

28) 고대 그리스의 철학자. 엘레아 학파의 대표자로서 인간은 태양에서 생겨났으며, 태양은 그 뜨겁고 차가움에서 만물을 생성한다고 주장했다.

29) 파르메니데스의 제자로서 엘레아 학파 최후의 주요 인물. 그는 우주가 무한하며 영원불변한 것이며, 인간은 신에 대한 분명한 지식을 가질 수 없으므로, 신을 논해서는 안 된다고 주장했다.

30) 고대 그리스의 철학자. 그는 원을 4각형으로 볼 수 있다고 주장했다.

31) 진리를 구하다가 오류를 얻는 것.

32) 3세기의 리비아의 신학자. 삼위일체설을 부정하고 양태적(樣態的) 일위설을 주장함.

33) 알렉산드리아의 사제. 성자(聖子)의 성신(聖神)과 성부(聖父)와의 동일성을 부정함.

판을 베르타 아주머니와 마르티니 영감[34]이 안다고 생각지 마오.
　전자가 구원받고 후자가 멸망에 이르는 경우도 있나니[35]."

제 *14* 곡

　베아트리체가 수성천에 있는 축복받은 영혼들에게 부활 후의 상태에 대해 묻자, 이 하늘에서 가장 거룩한 빛을 띤 솔로몬의 영혼이 대답한다. 단테와 베아트리체는 다섯째 하늘, 곧 화성천으로 오른다. 이 하늘에는 신앙을 지키기 위해 싸우다 죽은 자들의 영혼이 빛나고 있다. 단테는 영혼들의 합창에 황홀감을 느낀다.

　둥근 그릇 속의 물을 안에서 치느냐 밖에서 치느냐에 따라
　그 파동은 가운데서 가장자리로, 가장자리에서 가운데로 향하게 마련이라.
　영광에 빛나는 토마스 아퀴나스의 영혼이 말을 마치자 문득 내 골몰한 마음속에 바로 그런 광경이 떠올랐으니[1]
　그것은 토마스 아퀴나스와 베아트리체 간의 대화의 흐름이 이러한

---

34) 단테 시대의 이름으로 비천한 여자와 비천한 남자라는 뜻으로 사용된 것 같다.

35) 도둑질을 한 자가 회개하여 구원을 얻고, 헌금한 자가 죄를 범하여 멸망할 수도 있다.

1) 축복받은 영혼들은 단테와 베아트리체를 중심으로 원을 이루었다. 그러므로 토마스 아퀴나스의 말은 원주에서 중심으로 향하게 되고 베아트리체의 말은 중심에서 원주로 향하게 된다.

움직임과 흡사했기 때문이다.

그녀가 말하기를,

"이분은 아직 거기까지 생각이 미치지 않아 질문하지 않지만 그를 위해 또 하나의 진리를 그 근원으로부터 밝혀야 하리니

당신들의 실체를 장식하고 있는 빛은 지금 그대로 영원히 당신들과 함께 있게 됩니까?

만일 함께 있다면, 당신들이 육체를 입고 부활한 후에 당신들의 소생한 눈은 어떻게 그 빛을 견뎌낼 수 있는지 그(단테)에게 설명해 주십시오."

마치 원무(圓舞)를 추는 무희들이 기쁨에 겨워 그 소리 더욱 높이고 그 몸짓 더욱 흥겹게 짓듯이

고리를 이룬 성스런 영혼들은, 베아트리체의 시기 적절하고 겸손한 청원에

그 춤 동작이나 그윽한 가락에 커다란 기쁨을 나타내었으니

천상의 삶을 위한 죽음을 슬퍼하는 자들은

이곳의 영혼을 촉촉이 적셔 주는 영원한 은총의 비를 아직 보지 못했기 때문이다.[2]

저 '하나이면서 둘이요, 셋인 것'[3]은 '셋이면서 둘이요, 하나인 것' 안에 영원히 살면서 그 영혼들은 스스로 한정되지 않고 만물을 한정하시도다.

이 삼위(三位)를 찬양하는 두 환(環)의 영혼들의 찬가는 실로 어떤 공덕의 보답으로도 부족함이 없는 가락이었다.

그때 작은 원을 그린 거룩한 빛 가운데서 감미로운 목소리가[4] 들려

---

2) 사람이 땅에서 죽는 것은 하늘에서 다시 살기 위해서이다. 그러므로 땅에 죽음이 있다고 해서 비탄에 빠지는 자는, 하늘의 축복이 얼마나 큰지 모르는 자이다.

3) 성부와 성자와 성신.

4) 솔로몬의 목소리.

왔으니

마리아에게 계시하던 천사의 목소리가 그러했을까.

그 목소리가 이르기를,

"천국의 향연이 계속되는 한 우리로부터 발산되는 이 사랑의 빛은 우리의 옷이 되리라.

옷자락마다 사랑의 열정을, 그 사랑의 열정은 영안(靈眼)[5]을 말미암나니

그 공덕을 초월하여 받는 은총에 따라[6] 우리를 내리비추느니라.

우리의 육신이 심판의 자리에서 영예롭고 거룩한 옷 다시 입게 될 때,[7] 우리의 육신은 보다 완전한 존재로서 더욱 훌륭해지리니

지선[하느님]이 허용하신 은총의 빛은 더욱 광채를 발하고

그 빛으로 하느님의 영광을 품을 수 있는 것.

그리하여 영안이 밝아지고 영안으로 말미암는 열정 더욱 불타게 되며 그 사랑에서 비롯되는 광채도 더욱 찬란해지는 것이니라.

그러나 불꽃을 발산하는 숯이 제 자신의 살아 있는 백열(白熱)로써 이를 이기고 스스로의 모습을 간직하는 것처럼

우리를 싸고 있는 이 빛도 오랜 세월 땅 밑에 묻혀 있는 육신의 빛에 압도되리니.[8]

부활한 육체의 모든 기관은 기쁨을 늘려 줄 온갖 것들 속에서 강해

---

5) 여기서는 하느님을 보는 신령한 눈.

6) 하느님을 보는 시력의 다소(多少)는 하느님의 은혜의 다소에 준하고 은혜의 다소는 각인(各人)의 공덕에 준한다. 아무리 덕망이 높은 사람이라도 하느님의 은총이 아니면 하느님을 볼 수 없다.

7) 부활했을 때를 말함.

8) 숯이 불길을 발산할 때 그 불길 때문에 숨겨지는 것이 아니라 오히려 형체를 나타내는 것처럼, 부활된 육신은 그 빛 때문에 숨겨지기보다는 그 빛을 뚫고 드러나게 된다. 지금은 흙에 묻혀 있어도 부활한 후의 육신의 빛은 지금 영혼이 지니고 있는 빛보다 더욱 눈부실 것이다.

지리니, 이 빛에 압도되지 않으리라."[9]

그러자 두 원의 영혼들이 한 목소리로 "아멘"[10] 하고 외쳤나니

죽은 육신을 다시 한 번 입고 싶은 열망으로 가득했다.

그 열망은 그들 자신을 위해서라기보다는 어머니와 아버지 그리고 그들이 영원한 불꽃이 되기 전에 가까이 지내던 영혼들을 위한 것이리라.

그러자, 오, 보라! 동틀녘의 지평선처럼, 일순간 그 빛 너머로 똑같은 밝은 빛[11]이 나타난 것을.

초저녁 하늘의 별처럼 보일락말락, 그 두 환(環)의 바깥에서 새 동그라미를 만들어 빙빙 돌고 있는 빛을.

오, 성령의 진실한 불꽃이여! 그것이 너무나 순간적으로 빛나매 내 두 눈은 기능을 잃었으나

베아트리체는 아름답게 미소지어 보이니, 그것은 인간의 상상이 미치지 못할 만큼 찬연한 것.

그녀로부터 시력을 회복하여 위를 바라보니, 나는 어느새 그녀와 단둘이 보다 높은 지복(至福) 속에 옮겨 와 있었으니

나는 별[12]이 여느 때보다 붉게 타오르는 것을 보고 내가 더 높이 화성천에 오른 것을 깨달았다.

나는 진심으로, 그리고 모든 사람에게 통하는 말로,

이 새로운 은총 앞에서 하느님께 내 영혼을 바치는 번제[13]를 올렸다.

---

9) 이상(以上) 첫째 의문에 답하여 천상의 여러 성도는 영원히 빛날 뿐만 아니라, 육신의 부활과 더불어 더욱 아름다워진다. 또한 여기서는 둘째 질문에 답하여, 부활 후의 육신은 모든 기관이 완전해지기 때문에 이런 빛이 눈을 해치지 않을 뿐만 아니라 모든 장해물을 감당할 만큼 강하다는 뜻이다.

10) '그렇게 될지어다' 라는 뜻.

11) 제3의 원이 나타난 것이다.

12) 화성.

13) 하느님께 감사함을 말한다.

내 가슴속 제헌(祭獻)의 불길이 다하기도 전에,

나는 하느님께서 이 감사의 제사를 받아 주셨음을 알 수 있었으니

그것은 나도 모르게

"오, 이렇듯 저들을 아름답게 장식하시는 엘리오스[14]여!"

하고 외칠 만큼 찬란한 붉은 빛이 두 줄기 광선 안에 빛났기 때문이다.

마치 우주의 양극(兩極) 사이에 강하고 약한 빛의 별들로 이루어진 은하가 뻗어 있어, 학자들 사이에도 의문을 일으키고 있는 것처럼

화성 깊숙이 위치한 그 빛은, 두 지름의 4분원에서 존귀한 표지(標識)[15]를 이루었으니

여기서 나의 시재(詩才), 기억을 따를 수 없구나.[16]

그 십자가에 떠오른 그리스도의 모습을 내 어찌 표현할 수 있으며 어떤 은유가 그 광경을 묘사해 낼 수 있겠는가.

그러나 자기 십자가를 지고 그리스도를 따르는 자 광명 속에 빛나는 그리스도를 보게 될 때, 여기서 내 말문이 막힌 것을 용서하리라.

십자가의 오른쪽 끝에서 왼쪽 끝으로, 그리고 뿌리로부터 왕관으로 움직이는 빛은 서로 만나고 스칠 때마다 더욱 찬란하게 반짝였으니

마치 지상의 인간들이 온갖 재주를 부려 그늘을 만들지만

때때로 스며드는 햇빛 속에 직선과 곡선을 그리면서

혹은 더디고 혹은 빠르게 끊임없이 모습을 바꾸는 미분자들의 움직임과 흡사했다.

여러 음색을 뒤섞은 비올라나 하프 소리가

---

14) 태양을 뜻하는 그리스 어로 정확하게는 헬리오스이다. 단테는 하느님을 이렇게 부르지만 헤브라이 어를 잘 모르는 그가 엘리온〔至尊者〕을 이렇게 엘리오스로 잘못 쓴 것이라고 해석하는 사람도 있다.

15) 십자가상.

16) 자기의 시재가 둔하여 기억에 남은 것을 뜻대로 묘사하지 못함.

음계를 모르는 사람에게도 아름다운 가락으로 들리는 것처럼

내 앞에 나타난 빛의 무리로부터 울려 퍼지는 선율의 아름다움, 그 것이 어떤 찬송인지 말할 수는 없으나

나는 황홀감에 빠져 있었다. 그것은 거룩한 찬송임에 분명하였으므로.

"일어나 쳐부숴라"는 노랫소리, 말뜻도 모르면서 듣는 사람의 귀에 울리듯 들려 와

내 영혼은 그 가락에 정신없이 귀기울였나니

이처럼 아름다운 사슬에 사로잡혔던 적은 지금껏 없었다.

내 모든 열망의 안식처를 주는 저 아름다운 베아트리체의 눈을 저버렸으니, 나의 이 말은 너무 지나치게 들릴지도 모르겠다.

그러나 온갖 아름다움의 싱싱한 표지는 저 높은 곳을 향하여 더욱 빛나며 내 아직 그분들을 보지 못한 것을 생각한다면

나의 변명과 자책[17]을 용서하고, 내 말의 진실 헤아려 주리니

그 거룩한 기쁨[18]은 여기서 끊긴 것이 아니라 위로 오를수록 더욱 순수해지기 때문이다.

제 *15* 곡

십자가의 모습을 이루고 있던 영혼들 중에서 하나가 유성처럼 아래로 달려 내려온다. 그는 단테의 고조부인 카치아구이다인데 단테의 물음에 대해 자기가 살고 있던 12세기의 피렌체 시민들의 검소한 생활에 대해 자세히 설명하고, 십자군 원정 때 황제 코르라도 3세를 따라 공

---

17) 베아트리체의 아름다운 눈을 바라보는 기쁨을 뒷전으로 돌린 것.

18) 베아트리체의 눈을 바라보는 기쁨.

훈을 세우고 순교하여 이 화성천에 오게 된 경위를 이야기한다.

모든 불의로부터 이기적 사랑이 싹트는 것처럼

정의의 사랑이 무르녹는 선의(善意)가 저 감미로운 하프를 그치게 하고[1]

하느님의 손이 켜는 성스러운 현(絃)[2] 또한 잠잠해지니

내가 간구를 할 수 있도록 일제히 소리를 멈추고 기다리는가? 어찌 이 영혼들이 정당한 간구에 귀기울이지 않을 수 있으리오.

덧없는 것에 대한 애착으로 이 사랑[3]의 희망을 영원히 잃어버리는 자

끝없이 한탄함은 지극히 당연한 일.

마치 평화스러운 밤, 맑게 개인 하늘에 때때로 느닷없는 불길이 지나가 조용히 바라보던 눈을 놀라게 하고

자리를 옮기는 별처럼 그것이 시작된 곳에서 빛이 사라지지 않고 지나간 불길이 금세 사라지는 것처럼

그 거대한 십자가의 오른팔에서 발치에 이르기까지 반짝이던 별[4] 하나가 달음질쳐 내려왔다.

그 구슬[5]은 장식 끈[6]에서 떨어지지 않고, 마치 설화석[7] 뒤에서 반짝

---

1) 화성천에서 성도들의 노래가 그쳤다.

2) 성도들.

3) 하느님을 동경하는 사랑.

4) 성도.

5) 구슬처럼 빛나고 있는 천국의 영혼들.

6) 십자가.

7) 빛나는 십자가를 따라 내려오는 성도의 빛이 보이는데, 마치 투명하게 빛나는 설화석 뒤에 움직이는 불을 보는 것 같았다.

이는 불처럼 빛줄기를 따라 내려왔으니

　우리의 위대한 뮤즈〔베르길리우스〕의 말을 믿을진대,

　오, 그 모습이란 안키세스[8]의 영혼이 극락에서 아들을 만났을 때와 같다고나 할까.

　"오, 나의 핏줄이여, 넘쳐 흐르는 하느님의 은총이여! 너말고

　다른 누구에게 천국문이 두 번[9]이나 열린 적이 있었더냐?"

　그 빛이 이렇게 말했으므로 나는 눈을 크게 뜨고 베아트리체에게로 얼굴을 돌렸나니

　이쪽을 보나 저쪽을 보나 어리둥절할 뿐.

　그녀의 눈 속에서 타오르는 사랑의 불길은 나로 하여금 내게 주어진 은총과 천국의 깊이[10]를 다 안 듯 느끼게 했기 때문이다.

　보기에도 듣기에도 은총으로 빛나는 그 영혼은 처음 말에 두세 마디 덧붙였나니, 그것은 나로서는 이해할 수 없는 심원한 것.[11]

　그러나 그 영혼이 부러 교묘한 말을 썼다기보다는 그의 생각이 인간의 범주를 초월해 있다는 편이 옳으리라.

　불붙는 듯한 열정의 활이 늦춰져, 인간의 지력이 이해할 수 있는 곳으로 내려왔을 때, 내가 알아들은 첫마디는 이러했다.

　"축복받으소서. 이처럼 극진히 저의 후손을 돌보시는 삼위이면서 일체(一體)이신 당신(하느님)이여!"

　계속하여 말하기를,

　"그대는 이 빛 안에서 점점 더해 가던 나의 오랜 허기를 풀어 주었나니

---

　8) 〈아이네이스〉에 안키세스가 자기 아들 아이네이아스가 걸어오는 것을 보자 손을 벌리고 눈물을 흘리면서 반가이 맞는 대목이 있다.

　9) 지금과 사후.

　10) 천국에서 누리는 행복의 극치.

　11) 카치아구이다의 말은 알아들을 수 없는 천상의 언어인 만큼 지상의 인간의 지혜로는 이해할 수 없기 때문이다.

백으로나 흑으로도 고칠 수 없는 그 위대한 책[12]을 읽고 나서부터 느껴 온 즐거운 허기이니라.[13]

그것은 드높이 날아오를 수 있도록 네게 날개를 달아 준 그녀(베아트리체)의 덕택.

하나를 알면 다섯이나 여섯을 차례로 알게 되는 것처럼

너의 생각이 일체이신 하느님을 통하여 나에게 전해짐을 너 믿고 있구나.[14]

그래서 너는 내가 누구이며, 어찌하여 이 기쁨에 찬 무리 가운데 내가 누구보다도 유난히 즐거워하는지를 묻지 않고 있다.

네 생각은 옳다.

여기 천국의 무리는 복이 적은 자나 많은 자를 막론하고 생각이 떠오르기도 전에 그 생각을 비춰 주는 천상의 거울을 보고 있기 때문이다.

그러나 나로 하여금 영원한 실체를 향해 깨어 있고, 감미로운 목마름을 느끼게 하는 그 거룩한 사랑이 더욱 충만하도록

두려움 없이 망설이지 말고, 명랑한 목소리로 네 소원을 말하라. 이에 대한 내 대답은 이미 준비되어 있노라."

이에 내가 베아트리체를 돌아보자 그녀는 내가 할말을 생각하는 동안 이미 알아차리고[15] 동의하는 웃음으로 내 소원에 날개를 달아 주었다. 그래서 나는 입을 열었다.

---

12) 하느님의 지혜가 담긴 책. 이 책의 글자는 변하지 않는다. 백이 흑으로 변하는 것은 더하는 것이고, 흑이 백으로 변하는 것은 빼는 것이다.

13) 미래의 일을 하느님의 거울에 비춰 보고, 네가 이곳에 올 것을 알고 오랫동안 기다리고 있었다.

14) 모든 수가 다 하나로부터 시작되며, 다른 모든 수는 다 하나로 귀일한다. 즉 하나를 알면 다른 모든 수를 알게 된다. 이와 같이 우리 성도는 절대적으로 하나이며 모든 생각의 근원인 하느님을 봄으로써 인간의 생각을 알아낼 수 있다.

15) 천상의 성도들은 그들이 누리는 축복에 크고 작은 차이는 있지만, 모두 하느님(거울)에 의해 사람이 생각하고 있는 것을 알게 된다.

"최초의 평등자〔하느님〕가 당신들에게 빛을 주셨을 때[16] 각자의 사랑과 사랑을 표현하는 힘의 무게는 같았나니

그것은 당신들을 따뜻이 비추고 있는 태양[17]의 열과 빛이 그 무엇과도 비교할 수 없을 만큼 균등하기 때문입니다.

그러나 현세의 사람들은 느낌과 표현력이 서로 다른 날개를 갖고 있지요. 그 이유를 당신들은 잘 알고 있을 것입니다.

현세의 인간인 나는 그러므로 그 불균형의 혼동 속에 아버지와 같은 당신의 환대에 대해서도 오직 마음속으로만 감사할 수 있을 뿐이니

이 보석〔십자가〕으로 단장한 살아 있는 황옥(黃玉)[18]이신 당신에게 간청하노니

부디 당신의 이름을 나에게 밝혀 내 허기를 달래 주소서."

"오, 나의 잎사귀[19]여, 예견만으로도 나는 기쁨에 겨웠나니 나는 너의 뿌리였노라."

그는 우선 이렇게 대답하고 나서 말을 이었다.

"너의 성(姓)[20]을 부르기 시작한 자[21]가, 벌써 100년 이상이나 저 산[22]

---

16) 천국에 들어왔을 때.

17) 하느님. 사랑의 열기로 데워 주시고 지혜의 빛으로 밝혀 주신다.18) 옛날부터 황옥에는 두 가지 색깔이 있으며, 여러 가지 미묘한 마력이 있다고 전해져 왔다. 여기서 단테가 황옥을 사용한 이유는 다음과 같은 상징적 의미에서일 것이다. 즉 황옥은 진실한 사랑을 나타내며 특히 황금색은 이웃에 대한 사랑을, 하늘색은 하느님에 대한 사랑을 나타낸다는 것이다.

19) 카치아구이다를 뿌리라 하면 고손자 단테는 잎사귀에 해당됨.

20) 알리기에리. 이탈리아에서는 사람을 성이 아니고 이름으로 부르는 습관이 있다. 단테는 이름이다.

21) 카치아구이다의 아들 알리기에리를 가리킨다. 단테의 증조부 알리기에리는 1201년까지 살아 있었는데, 그가 1200년 이전에 죽은 줄로 알고 있는 단테는, 그가 벌써 100년 이상이나 연옥의 정죄산 둘째 언덕에서 교만의 죄를 씻고 있다고 쓰고 있다.

22) 연옥의 정죄산.

의 첫째 언덕길을 돌고 있나니

　그가 바로 나의 아들이자 너의 증조부이니

　너는 경건한 기도로써 그의 오랜 노고를 덜어 줘야 하리라.

　피렌체 시민들은 예로부터 지금도 9시와 3시를 알려 주는 성벽에 에워싸여 평화롭고 순박하고 정결하게 살아갔나니

　그 땅을 짓누르는 금목걸이나 왕관 따위는 없었으며

　장식이 달린 구두를 신거나 옷에 돋보이는 띠를 장식하는 여인도 없었노라.

　당시에는 딸을 낳았다 해서 그 아버지가 당황하는 일도 없었나니 혼기나 지참금이 정도를 넘는 일이 없었기 때문이니라.

　큰 집이 빈 채로 서 있는 일도 없었으며,

　거실과 침실에서 행해지는 것들을 공개하는 사르다나팔루스도 그때에는[23] 오지 않았었다.

　당시 몬테말로는 유첼라토이[24]에 압도되지 않았다.

　그러나 로마는 그 영화에 있어서 뒤지지 않는 것 못지않게 앞으로 몰락에 있어서도 나을 것이다.[25]

　나는 친구 벨리치온 베르티[26]가 가죽과 뼈[27]를 걸치고 다니는 것과 그의 아내가 화장기 없는 얼굴로 경대에서 떠나는 것을 보았노라.

　또 나는 보았노라.

-----

23) B. C. 7세기의 아시리아 왕. 사치와 음탕으로 유명함. 그가 오지 않은 것은, 이런 악습이 아직 피렌체에 들어오지 않은 것을 말함. '방안에서 하는 일'은 실내에 금은주옥을 장식하는 것.

24) 몬테말로는 로마 교외의 산 이름이고, 유첼라토이는 피렌체 교외의 산 이름이다. 이 산에서 로마와 피렌체를 각각 한눈에 바라볼 수 있었는데, 12세기에는 로마 쪽이 피렌체보다 번영했다는 것이다.

25) 그러나 피렌체는 몰락에서도 로마보다 빠를 것이라는 예언이다.

26) 피렌체의 무사.

27) 뼈단추와 가죽띠로 몸을 동여매고 옷치장을 하지 않았음.

네를리 가문의 주인도, 베키오 가문[28]의 주인도 털이 없는 거친 가죽
옷으로 만족하고, 그 집안 여인들은 아침부터 밤늦게까지 물레질하고
있는 것을.

오, 복되도다 여인들이여, 죽어서 이국 땅에 묻히는 것을 두려워하
지 않았구나.[29]

프랑스 때문에[30] 혼자 쓸쓸하게 독수공방을 지키는 여자는 한 사람
도 없었다.

어떤 여인은 요람을 지켜보며 부모들을 제일 먼저 즐겁게 하는 아기
의 서투른 말씨를 흉내내 아기를 얼러대고[31]

어떤 여인은 물레로 실을 자으면서 식구들에게 트로이 병사의 무용
담이며 피에졸레와 로마의 이야기를 들려 주기도 했더니라.

당시에 치안겔라[32]와 라포 살테렐로[33] 같은 자가 있었다면 당치도 않
는 악인으로 여겼으리라.

지금 피렌체에서 친친나토[34]나 코로벨리아[35]를 보고 신기해하는 것처
럼.

그처럼 평안하고 명랑하게 살아가는 시민들 중

---

28) 둘 다 피렌체의 이름난 가문. 생활이 검소하기로 이름이 높았음.

29) 추방, 또는 남편이 상인으로서 외국에 머물러 동행한 아내들이 죽어 이국 땅
   에 묻히는 것을 두려워하지 않았다.

30) 피렌체가 상업 도시로 발전하여, 이곳 상인이 주로 프랑스와 무역을 많이 했
   다.

31) 유모나 하녀 없이 명문 출신의 주부들이 직접 요람 옆에서 아기를 돌본 미풍
   을 말함.

32) 토사의 치안겔라. 평생을 사치와 음탕과 교만으로 살던 과부.

33) 피렌체의 시인. 법률가. 낭비가로 알려졌음.

34) 로마의 성실하고 검소한 집정관.

35) 로마의 현부인. 귀부인들이 금은보석을 자랑할 때, 그녀는 두 아들을 가장
   값진 보석이라고 말했다. 〈지옥편〉 제4곡 각주 22) 참조.

그처럼 믿음직스럽고 단란한 가정에, 탄생의 진통을 겪는 높은 목소
리로 불린 마리아 나를 점지해 주셨으니[36]

너희들의 오래 된 세례당에서 그리스도인으로 세례를 받고 카치아구
이다라 불리게 되었노라.

모론토와 엘리제오가 나의 형제요, 내 아내는 포 강의 골짜기에서
시집을 왔으니

네 성[37]은 바로 거기서부터 비롯된 것이니라.

후에 나는 성스런 땅에서 코르라도 황제를 섬겨 기사(騎士)의 호칭
을 받게 되었으니

황제는 그만큼 내 무훈을 존중하셨던 것이다.

나는 황제를 따라, 교황의 죄로 하여 너희들의 영지를 침범하는 사
악한 자들을 무찌르기 위해 나의 검(劍)을 높이 들었노라.

거기서 나는 철면피하고 간악한 무리들에 의해 내 육신을 빼앗겼나
니

그리하여 드높은 소망을 갖추었던 많은 영혼들이 집착으로 더럽혀진
거짓 세상에서 해방되어 순교자로서 이 평안한 곳에 이르게 되었노
라.”

제 *16* 곡

단테는 혈통에 대하여 자기의 소신을 말하고, 카치아구이다에게 자

---

36) 카치아구이다의 어머니가 해산할 때 진통의 신음 속에서 마리아의 이름을 부
　　르자, 마리아가 도와 주어 순산을 했다.
37) 알리기에리는 성이다. 페라라에 있는 알리기에리 가문의 딸을 아내로 맞음.

기 조상들과 피렌체에서 뛰어났던 시민들에 대해 묻는다. 카치아구이다는 단테의 질문에 대해 상세히 대답하고 훌륭한 가문이 망하게 되는 것은 지방에서 들어온 사람의 피가 섞였기 때문이라고 말한다. 그는 이어 피렌체의 분열과 내분의 원인에 대해 이야기한다.

오, 보잘것없도다. 혈통의 존귀함이여!

영혼이 병들고 선(善)이 쇠퇴하는 여기 이 하계에서 혈통을 자랑한다 하더라도 나에겐 결코 놀라운 일이 아니나니

욕망이 정도(正道)를 벗어날 리 없는 천상에서도 나는 네 몸 속에 흐르는 나의 핏줄을 찬양했다.[1]

그러나 혈통은 쉬이 수축되고 닳아 버리는 옷,

나날이 새 옷을 보충[2]하지 않으면 시간이란 가위는 그 옷자락을 잘라 버릴 것이다.

로마 인들 사이에서 먼저 쓰이기 시작했으되, 그 후손들에겐 거의 남아 있지 않은 경어인 Voi(당신들)[3]로써 내가 말을 다시 시작하매

조금 떨어져 있던 나의 숙녀는 그 말에 미소를 지었나니, 마치 기니비어[4]의 첫 실수를 보고 기침을 하던 여인처럼 보이더라.

나는 말을 시작했다.

"당신은 나의 아버님, 나에게 허물없이 말할 수 있는 용기를 주시

---

1) 미혹이 없는 하늘에서도 나는 이 혈통의 존귀함을 자랑스럽게 느꼈다. 그러니 미혹이 많은 세상 사람들이 이 혈통을 자랑하는 것은 당연한 일이다.

2) 후손의 덕에 의해.

3) 복수 대명사인 Voi(너희들)를 단수 대명사 tu(너) 대신에 사용하여 경의를 표시함.

4) 란첼로토가 왕후 기니비어에게 입맞추려 했을 때 시녀인 말레오가 이것을 보고 기침을 하는 장면이 있다. 베아트리체는 혈통 따위에는 흥미가 없어 조금 떨어져 있다가 단테가 Voi라는 경칭을 쓰자 빙그레 웃었다.

고, 나를 나 이상으로 높여 주셨기에

행복의 여울이 내 마음속에 흐르나니, 이를 받아들여 품을 수 있음을 기쁨으로 삼고 있나이다.

그러므로 경애하옵는 혈통의 원천이시여, 한 말씀만 하소서.

당신의 조상은 누구입니까?

당신은 어느 해에 태어나셨으며, 소년 시절 피렌체에서는 어떤 일들이 벌어졌는지요.

당시에 요한5)을 따르던 영혼의 수는 얼마였는지요.

그리고 그들 중 높은 자리에 있었던 분은 누구누구였습니까?"

마치 바람을 받은 숯이 불길을 일으키며 활활 타오르는 것처럼 그 영혼의 빛은 나의 청원을 듣고는 더욱 반짝였으니

스스로의 빛으로 생생히 빛나는 광선을 발산하며, 달콤하고 부드러운 목소리로 요즘 말이 아닌 옛말6)로 말씀하셨다.

"아베(Ave)가 울려 퍼지던 날7)로부터 지금은 성녀이신 내 어머니가 나를 잉태하여 낳으시던 날까지

이 불길8)은 오백 오십하고도 서른 번9)이나 사자좌(獅子座)로 돌아와 그 발치에서 활활 타올랐노라.

나의 조상과 나는, 해마다 축제일에 벌어지는 경주에 참가하는 자들이 그 마지막 제6구10)로 돌기 시작하는 그 어귀에서 태어났나니

내 조상에 대한 이야기는 이 정도에서 만족하라.

---

5) 구세주의 길잡이 세례자 요한은 피렌체의 수호 성인이다. 세례자 요한의 백성의 수란 피렌체 시의 인구를 말한다.

6) 피렌체의 옛 방언.

7) 마리아의 수태고지. 〈누가복음〉 1장 28절 참조.

8) 화성.

9) 580년. 686일 22시간 24분에 한 바퀴씩 도는 화성이 580번을 도니 1900년 하고 몇 달이 된다. 그때 카치아구이다는 59세.

10) 당시에 피렌체 시는 6구로 나뉘었으며, 제6구는 그 마지막 구역이다.

그들이 누구이며 어디로부터 피렌체로 들어왔는지는 말하기보다는
침묵하는 편이 훨씬 나으리라.

당시에 마르스와 세례자 요한 사이[11]에서 무기를 잡을 수 있었던 사
람들은 지금 살고 있는 사람들의 5분의 1에 지나지 않았으니

지금이야 캄피, 체르탈도, 피키네[12]의 피가 뒤섞여 버렸지만

당시에는 가장 비천한 직인(職人)에 이르기까지 모두 순수한 피렌체
시민이었노라.

앞서 말했던 고을들을 이웃으로 대하고, 갈루초와 트레스피아노[13]를
너희들의 국경으로 삼았다면

그들을 받아들여 아굴리온[14]의 농부나 시냐[15]의 촌뜨기 냄새를 참는
것보다 훨씬 좋았을 것을.

저들은 벌써 뇌물을 노려 눈을 번뜩이고 있었노라.

만일 세상에서 가장 비열한 자들[16]이 탐욕스런 황제나 계모의 얼굴
처럼 그렇게 쌀쌀맞게 보이지 않고 자애로운 어머니의 얼굴로 보였다
면

지금 피렌체 인으로서 장사하고 거래하는 사람들은 자기 조부들이
구걸하고 다니던 시미폰테[17]로 되돌아갔을 것이다.

그리고 몬테무를로[18]는 옛 그대로 곤티 가문에 속해 있었을 것이며

---

11) 군신 마르스의 상이 있는 폰테 베키오와 시의 북쪽에 있는 세례자 요한 성당
    사이. 피렌체 시 전체.
12) 모두 피렌체에 가까운 고을 이름.
13) 피렌체에서 가까운 지명.
14) 피렌체에서 가까운 고을 이름.
15) 피렌체에서 가까운 고을 이름.
16) 교황을 비롯한 성직자들.
17) 1302년에 피렌체 인들이 점령한 성 이름.
18) 백작 구이도 일가가 피스토이아 인의 공격을 받고 이 성을 지킬 수 없어 피렌
    체 인들에게 팔았다(1254년). 오늘날에도 피스토이아 동쪽에 그 폐허가 있다.

체르키[19]는 아코네의 영지에, 부온델몬티[20]는 발디그리에베[21]에 있었
을 것이다.

이러한 피의 뒤섞임은 우리 몸을 해치는 과식처럼 언제나 이 시에
화근의 시초가 되었다.

눈먼 암소는 눈먼 새끼양보다 먼저 쓰러지며 때로 한 자루의 칼이
다섯 자루의 칼보다 더 많이 자를 수 있음은 수차의 전쟁에서 입증된
터,

네가 만일 루니와 우르비살리아[22]가 어떻게 멸망하고 키우시와 시니
갈리아[23]가 어떻게 멸망했는가를 생각한다면

가문이 사라져 버린다는 말이 이상하다거나 이해하기 어렵지만은 않
으리라.

도시도 제 명이 다하면 멸망해 버리나니

인간의 사물[24]이란 무엇이든 그 수명이 있는 것. 더러 오래 가는 것
도 있으나 인간의 수명은 짧은 것이로다.

달의 운행이 바닷가에 끊임없이 만조(滿潮)와 간조(干潮)를 일으키는
것처럼

피렌체의 성쇠도 운명의 여신에 좌우되나니

그러므로 시간의 쉼없는 흐름 속에 명멸해 버린 피렌체의 명사들에
대한 이야기 또한 별로 놀랍지 않을 것이다.

나는 우기, 카텔리니, 필립피, 그레치, 오르만니, 알베리키 가문이
몰락해 가는 것을 당시에 이미 목격했으며

---

19) 아코네 교구에서 피렌체에 쳐들어와 백당의 두목이 된 집안.

20) 몬테부오니 성에서 쫓겨난 후 피렌체로 들어와 세력을 잡은 가문.

21) 전자의 성.

22) 단테 시대에 이미 폐허가 된 두 옛 도시.

23) 당시에 폐허가 된 두 도시.

24) 현세의 사물.

또 보았노라. 그 조상과 마찬가지로 유서 깊은 고귀한 문벌로서 산넬라, 아르카, 소르다니에라 가문과 아르딩키, 보스티키 가문을.

가까운 장래에 배가 파선될 만큼 무거운 새로운 죄악[25]을 받치고 있는, 그 대문[26]에서 멀지 않은 곳에 옛날에는 라비냐니[27] 가문이 살고 있었다.

그리로부터 구이도 백작과 훗날 고귀한 벨리치오네 성(姓)을 가진 사람들이 태어났느니라.

당시에 프레사 가문에 속한 사람들[28]은 이미 통치법을 알고 있었으며 갈리가이오[29]는 벌써 도금한 칼자루[30]를 갖고 있었다.

봐이오의 원주[31]도 사케티도, 지우오키도, 피판티도, 바룩치도, 갈리도[32]

그리고 됫박질을 속인 일로[33] 얼굴 붉히던 자들도 당시에는 당당했었다.

칼푸치 가문이 파생한 뿌리[34]는 당시에 이미 굵게 자라 있었고 시지이 가문과 아르리국치 가문도 이미 높은 관직에 있었다.

아, 교만 때문에 멸망한 가문들이여, 피렌체의 위대한 공적 속에 황

---

25) 1303년 백당을 추방한 죄.

26) 베드로의 문. 1300년 그 위쪽에 체르키 일가가 살고 있었다.

27) 피렌체의 명문.

28) 기벨린 당에 속했던 귀족 일당.

29) 기벨린 당에 속했던 가문.

30) 칼자루를 도금하는 것은 기사에게만 허용되었다. 그러므로 이런 칼자루를 가졌다는 것은 기사가 되었다는 뜻.

31) 가문의 문장이 붉은 방패에 흰 원주가 그려진 것이었던 명문 필리.

32) 피렌체의 명문들.

33) 겔프 당 카아라몬테시 가(家)로서, 이 집안에서 당시에 소금을 팔 때 됫박을 속인 적인 있었다.

34) 도나티가.

금 구슬[35]은 얼마나 빛났던가.

주교의 자리가 빌 때마다 이른바 회의로써 몸을 살찌우던 쟈들의 조상들도 예전에는 마찬가지로 번영을 누렸더니라.

도망치는 자를 쫓을 때에는 용같이 사납고, 이빨이나 전대를 보여 주는 자에게는 어린 양처럼 온순하던 자가

당시에 이미 고개를 쳐들고 있었으나 졸부들이매 우벨티노 도나토[36]는 훗날 장인이 그와 그들을 연결시켜 친척으로 삼은 것을 그렇게도 불쾌해했던 것이니라.

그때 이미 카폰사키 가문은 피에졸레에서 장터로 내려와 있었으며, 쥬라와 인팡가토와 구이디는 선량한 시민으로 자리잡았나니

나는 여기서 잘 알려져 있지 않은 믿기 어려운 사실을 한 가지 말하려 하노라.

지금은 허물어져 없으나 예전에 성벽 안으로 드나드는 문이 있어 페라 가문[37]의 이름으로 불렸나니

성 토마스의 축제일이 되면 그 이름과 공덕이 되살아나는 위대한 남작[38]의 훌륭한 문장을 받은 자들은 모두 기사의 자격과 특권을 동시에 받게 되었건만

---

35) 피렌체의 명문 람베르티 가. 이 가문의 문장은 방패 위에 황금 구슬이 그려진 것이었다.

36) 베르린티오네 베르티의 사위인 우벨티노 도나토는 자기 처제가 후에 비천한 아디마리 가에 출가했기 때문에 그 가문과 사돈이 되기를 꺼렸다.

37) 페래(배나무 꽃)를 문장으로 한 가문. 본래는 명문이었으나 단테 시대에는 이미 망해 버려 작은 성문에 살고 있었다.

38) 황제 오토 2세와 3세 시대에 걸쳐 토스카나 주의 황제 대리인으로 '위대한 남작'이라고 불리던 우고 후작. 1001년 토마스의 축제일인 12월 21일에 죽은 그는 그의 어머니가 세운 수도원 성당에 매장되었다. 해마다 이날에는 일곱 개의 붉고 흰 '아름다운 휘장'을 달고 기념제전을 지낸다.

오늘날은 그 문장에 금띠를 두른 자[39]가 서민과 함께 어울리고 있도다.

구알테로티 가문과 임포르투니 가문은 이미 융성해 있었나니

몬테부온으로부터 새 이웃을 받아들이지만 않았더라도 보르고 땅은 여전히 평화로운 땅이었으리라.

너희들의 슬픔과 투쟁의 근원이 된 그 가문[40]은 의분에 못 이겨 너희들을 파괴하고 너희들의 즐겁고 화평한 생활에 종지부를 찍게 했으나

당시에는 그 가문과 일족 모두가 존경을 받고 있었다.

아, 부온델몬티여, 남의 설득[41]에 의한 너의 파혼 얼마나 큰 재앙이 되었던고!

네가 도시를 향해 떠나던 첫날, 하느님이 너를 에마 강에 빠져 죽게 하셨던들 지금 비탄에 빠진 많은 사람들이 행복했을 것이다.

그러나 그 평화가 드디어 깨졌을 때, 피렌체는 다리를 수호하는 저 이지러진 석상[42]에 제물을 바쳐야만 했노라.

당시의 피렌체는 이런 가문들이 그 밖의 가문들과 함께 평화롭게 살고 있었나니, 비탄에 빠져 허덕일 이유가 전혀 없었노라.

이런 가문들의 사람들은 자랑스럽게 정의감에 불타 있었으니

백합꽃[43]이 깃대에 거꾸로 달리는 일도,

---

39) 벨라. 서민들과 함께 귀족에게 대항하다 쫓겨나 프랑스로 망명했다.

40) 아미디 가문. 이 가문이 부온델몬티의 모욕에 격노하여 그를 죽였으며, 그 때문에 피렌체 시의 황제당과 교황당의 분열과 내란이 일어났다.

41) 파혼의 원인이 된 미소녀의 어머니의 설득.

42) 몬테베키오 다리에 서 있는 군신 마르스의 상이 이지러져 있었는데 그 아래서 부온델몬티가 아미디 가문 사람들에게 살해됨. 이 사건으로 피렌체의 평화가 깨짐.

43) 피렌체의 기. 이 기폭은 붉은 바탕에 백합화를 그린 것으로 1250년 기벨린이 추방되자 겔프 당이 이 깃발의 바탕을 흰 것으로 바꾸었다. 그 후로 이것이 피렌체의 휘장이 됨.

분열로 말미암아 붉게 물드는 일도 없었노라.”

제 *17* 곡

단테는 고도우 카치아구이다에게 간청하여 자기가 앞날에 직면하게 될 운명에 대해 가르쳐 달라고 요청한다. 그러자 그는 단테가 불원에 겪어야 할 유랑 생활의 고난에 대해 상세히 이야기해 준다. 그리고 베로나의 칸 그란데가 단테를 도와 줄 것을 예언하고, 단테에게 지옥·연옥·천국에서 보고 들은 것을 시로 쓰라고 전한다.

제가 들은 바가 사실인가를 어머니 클리메네[1]에게 캐어 물음으로써
그 아비로 하여금 자식 앞에서 쉽사리 털어놓지 않도록 만든 아이처럼
나도 아까 들은 말뜻을 꼭 알고 싶었나니
베아트리체와 그 거룩한 불(카치아구이다)은 이러한 나의 의중을 곧 알아차리는구나.
그 불은 나를 위해 십자가에서 자리를 바꾸니
베아트리체가 나에게 이르기를,
“당신의 간절한 소원을 분명히 말하셔요. 마음속의 각인(刻印)을 뚜

---

1) 파에톤의 어미. 제우스의 아들 에파포가 파에톤에게 “너는 아폴론의 아들이 아니다” 하고 말하므로, 그는 자기 어미 클리메네에게 가서 사실 여부를 물었다. 그리고 자기가 태양신 아폴론의 아들임을 입증하기 위해 태양의 수레를 타려고 했으나 떨어져 죽었다. 이때부터 부모들은 자식의 요구를 들어주는 데 인색했다는 것이다.

렷이 찍어서 불길처럼 밖으로 내뿜어 버리셔요.

당신의 말에 의해 우리가 배우는 것은 없지만 당신은 마음의 갈증을 호소하여 물을 받는 일에 익숙해져야 합니다."

"오, 친애하는 내 존재의 뿌리시여, 당신은 하늘 높이 오르셨으므로

마치 지상의 인간들이 하나의 삼각형 속에 두 개의 둔각(鈍角)이 들어가지 못한다는 것을 아는 것처럼

모든 시간이 나타나는 일점〔하느님〕을 바라보면서, 우연한 일들이 일어나기 전에 뚜렷이 보고 계십니다.

제가 베르길리우스를 따라 저 영혼을 치유하는 산〔정죄산〕에 오르고 있던 때나, 죽음의 세계〔지옥〕로 내려갈 때에도

저는 이미 앞날에 대해 심각한 예언을 들었거니와

운명이 아무리 강하게 저를 때리더라도 요동하지 않을 마음의 준비를 갖추고 있습니다.

그러므로 어떤 불행이 저에게 닥쳐올 것인가를 아는 것만으로 만족하리니

날아오는 것이 보이는 화살은 더디 오기 때문입니다."

나는 앞서 나에게 말한 빛에게 이렇게 말하면서 베아트리체의 소원대로 나의 소원을 고백하였다.

하느님의 어린 양이 우리 죄를 씻기 위해 십자가의 고난을 당하기 전에

저 어리석은 이교도를 현혹시킨 애매한 말씨[2]가 아니라

명확하고 순박한 말로써 대답할 때,

자신의 미소 가운데 싸이기도 하고 나타나기도 하면서 비로소 아버지의 사랑은 대답하시나니

"물질계 밖으로 나가는 일이 빚어 내는 우연한 일들은, 모두 하느님의 영원한 눈에 고스란히 비쳐지고 있노라.[3]

---

2) 신들의 신탁.

3) 하느님은 너희들의 세상에서 일어나는 모든 일들을 알고 계신다.

그 일들이 필연적으로 일어나는 것은 아니다.

그것은 이를테면 강물을 따라 떠내려가는 배[4]가, 눈에 보이기 때문에 떠내려가는 것이 아닌 것과 같도다.

마치 감미로운 화음이 악기에서 흘러나와 우리 귀에 들려 오는 것처럼

네가 직면하게 될 미래의 시간이 영원한 하느님의 눈에서 나와 내 눈으로 들어오나니

히폴리토스[5]가 그 무자비하고 사악한 계모 때문에 아테네에서 쫓겨 방랑해야 했던 것처럼, 너는 피렌체와 집과 친구들을 떠나게 되리라.

날마다 그리스도가 매매되고 있는 곳[6]에서 모의하는 자[7]에 의해 뜻해지고 꾸며지고 있나니, 머지않아 행해지리라.

세상일이 언제나 그렇듯이 너희 패한 쪽[8]이 크게 비난받을 것이나

올바른 형벌[9]은 진실에 대한 증거가 되리라.

무엇보다도 너는 사랑하는 것[10]들을 모두 버려야 하리니,

이것이 추방의 활이 쏘는 첫 화살이니라.

---

4) 배가 강물을 떠내려가기 때문에 사람들은 이것을 보고 떠내려가는 것을 알 수 있다. 그러나 사람의 눈에 보이기 때문에 배가 떠내려가는 것은 아니다. 이와 마찬가지로 하느님은 전지전능하시기 때문에 세상에서 일어날 일들을 미리 아시지만, 예지하기 때문에 그 일이 반드시 일어나는 것은 아니다. 여기서는 까다로운 신학 문제를 시적으로 교묘히 표현하고 있다.

5) 테세우스와 아마존의 여왕 히포리테 사이에서 태어난 아들. 그의 계모 파에드라가 그를 유혹했을 때 이에 응하지 않자, 앙심을 품은 파에드라는 도리어 그가 자기를 유혹했다고 죄를 뒤집어씌워 아비 테세우스에게 고자질하므로, 히폴리토스는 억울하게 아비의 미움을 사게 되어 아테네에서 쫓겨났다.

6) 성직 매매를 예사로 하고 있는 교황청.

7) 교황 보니파티우스 8세.

8) 단테가 속해 있던 교황당인 백당.

9) 하느님의 형벌.

10) 고향, 가족, 친지 등.

너는 남의 빵이 얼마나 입에 쓰고, 남의 계단을 오르내리기가 얼마나 괴로운 일인가를 알게 되리라.

그리고 너의 어깨에 가장 무거운 짐은, 너와 함께 이 골짜기로 내려가는 비열하고 어리석은 동료들일 것이니[11]

그들은 은혜를 저버리고 포악하게 너를 배반할 것이다.

그러나 얼마 안 가서, 그 일로 하여 얼굴 붉힐 자는 네가 아니라 바로 그들일 것이다.

그들의 짐승과 같은 본성은 소행으로 드러날 것이니 너 홀로 외로이 남아 있어야 너의 명성 더욱 빛나게 되리라.

네 첫 은신처, 첫 숙소는 위대한 롬바르디아 인[12]의 온정이리니

그 가문(家紋)은 층계 위에 거룩한 새가 앉아 있는 그림이로다.

그 보호와 명예로 그는 너를 품어 주리니

너희 두 사람 사이는 다른 사람들과는 달리 용건을 부탁하기도 전에 이미 해결되는 사이가 될 것이다.

너는 그의 곁에서 빛나는 무훈을 세울 사람을 보게 될 것이니 그[13]는 이 힘센 별[화성]에서 태어나 그 덕을 내리받은 자이니라.

그의 나이 아직 어리기 때문에 사람들이 아직 잘 모를 것이니 불과 아홉 해의 세월이 그의 주위를 돌았을 뿐이다.[14]

그러나 저 가스코뉴 사람[15]이 지체 높은 아르리고 7세를 꾀어내기[16]

---

11) 너에게 가장 큰 고통을 줄 자는 너와 함께 추방당할 백당 사람들이다.

12) 베로나의 영주 발톨로메오 델라 스칼라.

13) 발톨로메오의 동생 칸그란데 델라 스칼라. 그는 화성 아래 태어나 1312년 베로나의 영주가 되었다. 단테를 많이 도왔으며 시인은 〈천국편〉을 그에게 바쳤다.

14) 9세이다.

15) 교황 클레멘스 5세, 교황청을 프랑스의 아비뇽으로 옮김.

16) 아르리고 7세를 로마에 불러 그를 속였다는 것인데, 사실과는 다르다.

전에

사람들은 돈을 거들떠보지 않고 노고를 아끼지 않는 그의 높은 덕을 칭송하기 시작하리니

그의 고매한 인품은 곧 세상에 널리 퍼져 그의 적대자들까지도 입을 다물지 않을 수 없게 되리라.

그와 그의 선정(善政)을 지켜보아라.

그에 의해 많은 사람들의 운명이 달라지리니 부자와 거지의 처지가 서로 뒤바뀌게 되리라.

그를 네 마음속에 깊이 새겨 두되 이에 대해서는 섣불리 남에게 말하지 말라.”

이렇게 그는 듣는 사람에게 믿기 어려운 일에 대해 말하고 나서 덧붙이기를,

“아들아, 이것이 지금까지 너에게 말한 예언에 대한 주석(註釋)이니 몇 해 지나지 않아 덫[17]은 놓아질 것이다.

그러나 이웃을 증오하지 말라.

너의 미래는 그들의 배반에 벌이 내린 후에도 오래도록 뻗을 터이니.”

축복받은 영혼 입을 다묾으로써, 내가 그를 향해 자아낸 날실[18]에 그의 검은 북에서 꺼낸 씨실을 모두 엮었음을 명백히 밝혔으나

나는 마치 이해하지 못한 자가, 지혜와 덕과 사랑을 겸비한 분에게 조언을 바라는 것처럼 말하기 시작했다.

“아버님, 마치 가장 느슨한 것에 가장 세게 불어 내려오는 바람처럼, 시간이 저를 공격하기 위해 급히 다가오고 있는 것이 실로 보이는 듯합니다.

그러므로 예견으로 스스로를 무장하여 가장 사랑하는 고장〔피렌체〕

---

17) 단테에 대한 추방령. 1302년에 있었음.

18) 날실은 질문, 씨실은 답변을 의미함.

을 잃을지라도, 저의 시를 위해 은신처를 잃지 않겠나이다.

저 쓰디쓴 비통의 세상〔지옥〕과 나의 숙녀〔베아트리체〕의 아름다운 눈에 이끌려 올랐던 저 꽃 만발한 산〔정죄산〕을 통하여 별에서 별로 오를 때마다 많은 것을 배웠습니다.

그것을 말하게 되면 살아 있는 사람들의 귀에 몹시 거슬릴 것이나

제가 진실의 벗이 되는 데 비굴하여 나의 시(詩)를 멀리한다면

오늘의 상황을 옛이야기로 여길 사람들 사이에서 생명을 잃게 되지 않을까 두렵습니다."[19]

저기 나의 보물〔카치아구이다〕을 에워싼 빛은

햇살을 받은 황금 거울처럼 빛나더니 이윽고 대답하기를,

"자기 자신이나 남에 대한 부끄러움으로 양심이 흐려진 자들은, 물론 네 말을 당돌하다고 생각할 것이다.

그러나 너는 모든 허위를 물리치고 너의 시구(詩句)로써 눈으로 본 것을 모조리 드러내 보이고 가려운 데가 있는 사람은 긁게 내버려두어라.[20]

네 말은 처음에는 구미에 쓸 것이다만 일단 새겨서 알아듣게 되면 생명의 양식이 될 것이다.

너의 외침은 높은 산꼭대기를 강타하는 질풍과 같은 것, 그것이 어찌 작은 영예이랴.

그러므로 이 천구에서나, 그 정죄산에서나, 또 저 처참한 골짜기〔지옥〕에서나 네가 본 영혼들은 모두 세상에 이름이 알려진 자들뿐이니

그것은 예를 들더라도 그 근원이 분명치 않거나 말을 하더라도 분명치 않은 논거에 의해서는

---

19) 그러나 만일 진실을 말하지 않으면, 이름이 후세에 남지 않을 것이다.

20) 너의 말을 듣고 괴로움을 느낄 만한 약점이 있는 사람에게는 그 괴로움을 느끼게 하여라.

듣는 사람의 마음이 평안치 못하고 믿을 만하지 못하기 때문이니
라."[21]

제 *18* 곡

　단테는 카치아구이다의 말에 의해 화성천의 십자가 속에 있는 많은
영혼들의 이름을 알게 된다. 이곳에는 지상에서 용맹을 떨친 하느님의
전사(戰士)와 십자군 용사들의 영혼이 있다. 이윽고 단테는 베아트리체
와 함께 여섯째 하늘인 목성천(木星天)에 오른다. 이곳에는 지상에서
정의를 사랑하던 사람들의 영혼들이 모여 그 빛으로 여러 가지 형태를
나타낸다.

　그 복된 거울[1]은 이제 자기 생각에 잠기고 나는 나대로 자신의 미래
의 괴로운 일과 즐거운 일들을 생각하고 있었나니
　나를 하느님께 인도한 베아트리체가 이르기를,
　"당신의 생각을 행복한 방향으로 돌리셔요. 그리고 기억하셔요. 모
든 비행(非行)의 짐을 덜어 주시는 분[하느님]의 곁에 우리 있다는 것
을."
　나는 내 영혼의 길잡이의 이 사랑스러운 목소리를 듣고 그녀를 돌아

---

21) 단테가 지옥·연옥·천국에서 만나 본 영혼들은 모두 저명인사들이었다. 이
　　것은 단테가 지상에 돌아가 이야기할 때에 듣는 사람에게 더욱 큰 감동을 주
　　기 위해서였다. 누구나 근거 없는 애매한 이야기는 믿어 주지 않는다.
1) 카치아구이다. 축복받은 영혼은 하느님의 영광과 하느님의 뜻 가운데 찾아볼
　　수 있는 모든 것을 반영하기 때문에 이렇게 말함.

보았나니, 거룩한 눈동자 속에 감도는 사랑이야 어찌 말로 표현할 수 있을까.

　나 자신의 말을 믿을 수 없을 뿐만 아니라 다른 분〔하느님〕의 은총어린 인도가 없이는 기억력 또한 거기까지 도달하지 못하나니

　그 순간에 대해 내가 말할 수 있는 것은 다만 이것뿐,

　즉 그녀를 보는 순간 나의 의지는 다른 어떤 소망에도 이끌리지 않았노라.

　베아트리체에게 내리비치는 영원한 기쁨[2]은 그녀의 아름다운 얼굴로부터 그 반영[3]인 내게로까지 비치어 내 영혼을 기쁘게 하였기 때문이다.

　그녀는 내 눈길을 압도하는 미소를 띠며 나에게 말했다.

　"돌아서 들으셔요. 내 눈 속에만 천국이 있는 것은 아니니."

　지상에서도 그 열망이 강하게 타오르면 때로 인간의 얼굴에까지 떠올라

　마음이 온통 거기 쏠리듯이

　내가 돌아본 거룩한 빛의 불꽃 속에서도 무언가 이야기를 나누고 싶어하는 열망을 읽을 수 있었나니, 그 빛이 말했다.

　"왕관을 쓴 영혼들이 사는 이 다섯째 자리에서 나무[4]들은 영원히 열매맺고 잎을 떨구지 않나니

　천상에 오르기 전, 하계에서 이들이 누린 명성이란 뮤즈의 노래로써도 부족함이 없는 것.

　저 십자가의 양팔을 자세히 보라.

---

　2) 성도의 영원한 기쁨인 하느님의 빛.

　3) 반영된 빛. 단테는 하느님의 빛을 직접 본 것이 아니라, 베아트리체의 눈을 통해 보았으므로.

　4) 천국을 나무로 상징함. 이 나무는 하느님으로부터 생기를 받기 때문에 위에 계신 하느님에 의해 살며, 새로운 성도를 얻어 언제나 열매를 맺고, 그 축복이 영원히 지속되므로 결코 잎사귀가 시들어 떨어지는 일이 없다.

내가 호명하는 영혼의 불길마다, 구름을 찢는 번개처럼 저 십자가
위를 재빨리 달릴 것이다."

그가 여호수아⁵⁾의 이름을 부르자, 곧 빛 하나가 십자가 위를 달리는
것이 보였나니

그 호명하는 소리가 미처 내 귀에 들리기도 전인 것만 같더라.

이어서 위대한 마카바이오스⁶⁾의 이름이 불리자

열락에 젖어 팽그르르 돌면서 달려가는 또 하나의 빛이 보였다.

샤를마뉴⁷⁾와 오를란도⁸⁾의 이름이 불렸을 때에는

마치 매를 쫓는 사냥꾼처럼, 나는 시선을 모아 두 빛의 뒤를 쫓았으
며

구리엘모⁹⁾, 리오나르도¹⁰⁾, 고티프레디¹¹⁾ 및 로베르토 구이스카르도¹²⁾
의 이름이 불릴 때마다 내 시선은 십자가를 향해 쏠렸다.

이윽고 나를 맞았던 그 영혼은 다른 빛을 통과하여

천상의 가인(歌人)들 틈에 끼여들더니 제 목소리를 들려 주매

나는 오른쪽을 돌아보았나니, 내가 어떻게 해야 할지, 베아트리체의
눈짓과 몸짓에서 알고 싶었던 것이다.

그녀의 눈은 유난히 맑고 자못 기쁜 듯했으며, 그 모습은 여느 때보
다 더욱 아름다워 보였나니

---

5) 모세의 후계자로, 가나안 복지에 들어간 이스라엘 민족의 통솔자.

6) 유대의 용장.

7) 찰즈 대제. 신성 로마 제국 초대 황제. 〈지옥편〉 제31곡 각주 4) 참조.

8) 찰즈 대제 시대의 용장.

9) 오란제의 대공(大公).

10) 사라센 왕 데스라메의 아들로, 포로가 되어 프랑스에 왔다. 오란제 대공은
    그의 비범한 완력에 감탄하여 그에게 성례를 주고, 질녀와 결혼시켰다. 사라
    센과의 싸움에서 용맹을 떨침.

11) 예루살렘의 라틴 왕국의 첫 임금, 제1차 십자군 전쟁에서 공을 세움.

12) 노르망디의 용장. 〈지옥편〉 제28곡 각주 5) 참조.

마치 사람들이 선행의 기쁨이 커지는 것에서 자신의 덕성의 향상을
스스로 느끼게 되는 것처럼

나는 그녀의 본래의 아름다움을 훨씬 능가하는 기적을 보고

그녀와 함께 돌아야 할 천구의 호(弧)[13]가 한층 더 커진 것을 감지할
수 있었다.[14]

그리고 마치 얼굴을 붉게 하는 수줍음에서 벗어난 여자의 얼굴이 금
세 희어지는 것 같은 그런 변화가 눈앞에 펼쳐졌으니

그것은 나를 맞아들인 여섯째 하늘에 떠 있는 별의 순수하고 흰 빛
때문이었다.[15]

나는 이 목성천 안에 우리 말[16]을 사용하는 사랑의 반짝임[17]이 있는
것을 보았나니

마치 늪가에서 날아오른 새들이 먹이를 발견하고 기뻐하며 원을 그
리기도 하고, 혹은 실타래처럼 길다란 열을 짓기도 하는 것처럼

밝은 빛에 싸인 성도들은 이리저리 날아다니며 노래하면서 혹은 D
자, 혹은 I자, 혹은 L자 형[18]을 이루는 것이었다.

처음에는 자기들의 가락에 맞춰 노래하며 날아다니던 그들은 이윽고

---

13) 하늘나라는 높아질수록 광대하다. 따라서 목성천은 화성천보다 그리는 호가
　　커진다.

14) 베아트리체가 점점 더 아름다워지는 것을 보고 우리가 더욱더 높은 하늘나라
　　에 도달한 것을 알게 되었다. 오르는 것을 오름세로 아는 것이 아니라, 결과
　　적으로 그녀의 아름다움이 더해지는 것으로 안다. 이것은 덕이 나아감을 덕
　　으로 아는 것이 아니라, 결과적으로 기쁨이 더해지는 것으로 아는 것과 같
　　다.

15) 수줍음을 타는 여자의 얼굴이 금방 붉었다 희어지는 것처럼 단테는 순식간에
　　화성천의 붉은 빛에서 목성천의 흰 빛 속으로 들어왔다.

16) 하계의 인간들이 쓰고 있는 글자.

17) 목성천에 있는 영혼들.

18) 라틴어 동사 복수 2인칭 Diligite(너희가 사랑하라)의 첫 세 글자.

다음과 같은 글자 모양을 이루자 잠시 멈춰 서서 침묵을 지켰나니

오, 시의 여신 뮤즈여, 그대 시인들의 시어(詩語)를 신성하게 하고 그대의 힘으로 나라와 도시 이름을 길이 빛낼 시인들에게 장수를 주시는 분이여![19]

부디 그대의 빛으로 나를 채워 나로 하여금 그들의 모습을 내 마음에 새겨진 그대로 그릴 수 있게 해 주시기를.

이 짧은 시구 속에 그대의 힘을 불어넣어 주시기를.

그 빛의 무리는 모음과 자음을 섞어서 일곱을 다섯 곱한 글자를 나타내었으니, 마치 그 글자마다 내게 말하는 듯 나는 차례대로 마음에 새겼노라.

DILIGITE IUSTITIAM(정의를 사랑하라), 이것이 내 앞에 펼쳐진 첫 글귀였으며

QUI IUDICATIS TERRAM(땅을 심판하는 자들이여), 이것이 끝 글귀였나니

빛들은 다섯째 글자의 꼬리인 M자[20] 주위에 가지런히 머물러 은빛의 목성은 그 부분만 황금으로 씻은 듯 보였다.[21]

그러자 더 많은 빛들이 내려와 M자 꼭대기에 자리잡고 은총을 내려 주시는 지선(至善)에게 바치는 듯한 찬가를 불렀나니

불붙은 통나무를 살짝 치기만 해도 수많은 불꽃이 흩어지는 것처럼

그곳에서 천도 넘는 불길이 일었다. 그들을 빛나게 하시는 태양[하느님]이 정하는 대로 혹은 높게 혹은 낮게 하늘거리다가 각각 제자리

---

19) 시인의 재능은 그대의 도움으로 여러 나라와 도시의 일을 노래하여 이름을 오래도록 후세에 전한다.

20) terram의 끝 글자인 M자.

21) 황금은 성도의 영혼. 은빛이란 화성의 열과 토성의 냉기의 중간에서 '온유한' 별이라고 일컬어지는 목성이 흰 빛을 나타냄.

1. 빛들의 움직임이 끝나자
이윽고 M자형이 나타난다.

2. M자의 꼭대기에 빛들이 모여든다.

3. 그 빛들은 독수리의 목과 볏을 이룬다.

4. 다른 기쁨의 빛들은 M자의
아랫 부분에 모여 백합 모양을 이룬다.

5. 미미한 움직임 끝에 빛들은
거대한 독수리 형상을 이룬다.

에 앉았을 때 그 불길들이 얽혀 한 마리 독수리[22]의 머리와 날갯죽지 형상을 그려 냈나니

그 독수리를 그리시는 이는 인도하는 스승이 없이도 스스로를 인도하나니[23]

그로부터 새가 둥지를 만드는 힘이 비롯되는 것.[24]

그 밖의 불꽃들은 처음에 M을 백합[25] 모양으로 바꾼 데에 만족한 듯하더니

이내 조금 움직여 그 독수리의 모양을 만들었다.

오, 아름다운 별(목성)이여, 왕관들은 지상의 정의(正義)가 하늘로부터 우리에게 흘러 내려오는 것임을 잘 알려 주는구나.[26]

그러므로 나는 그대의 움직임과 그대 능력의 근원이신 하느님께 간구하려니

그대의 빛을 가로막는 연기(죄악)의 원천을 잘 살피사,

피와 순교의 고통 위에 세워진 신전(교회)에서 매매가 이루어지고 있는 것을 다시 격문하시기를.[27]

아, 천상의 용사들이여!

바라건대 죄악에 빠져 방황하는 지상의 수많은 사람들을 위해 기도해 다오.

---

22) 로마 제국의 표상.

23) 독수리의 모습을 그리는 것은 하느님이다. 이때 하느님은 아무것도 모델로 하지 않는다. 모델이 없기 때문이다.

24) 자연 속의 창조력을 새가 둥지를 만드는 것으로 상징함. 새는 둥지를 만드는 재능을 갖고 있으며, 이 재능은 하느님으로부터 비롯된다. 여기서 둥지를 예로 든 것은 독수리에 빗대어 한 말이다.

25) M자가 문장(紋章)으로 사용된 백합 모양과 비슷하여 이렇게 말함.

26) 영혼들이 나타낸 글자와 형태에 의해 지상의 정의가 목성천의 영향의 결과임을 알게 됨.

27) 〈마태복음〉 21장 12절 이하 참조.

옛 시대에는 검으로 싸웠건만, 오늘날에는 아버지 하느님께서 고루 베풀어 주시는 빵[28]을 놓고 싸우나니

오직 지우기 위해 기록하는 자[29]여, 네가 짓밟는 포도밭[교회] 때문에 죽은 베드로와 바울이 지금도 여전히 너를 비웃으며 포도밭을 지키고 있음을 명심하라.[30]

물론 너는 큰 소리로 말할 수 있다.

"내 마음은, 독신으로 지내셨으며[31] 춤[32] 때문에 순교한 자의 영상 위에 한결같이 기울어 있나니, 어부[베드로]나 늙은 폴로[바울] 따위는 내 알 바 아니다"[33]라고.

제 *19* 곡

수많은 성도의 영혼으로 이루어진 독수리의 모습에서 하나의 목소리가 들려 와 이처럼 영광된 자리에 올라오게 된 까닭을 설명한다. 단테는 독수리에게 그리스도를 믿지 않는 자가 구원을 받을 수 있는지를

---

28) 하느님의 은총. 교황은 파문을 무기로 하여 싸우고 사람들로 하여금 성 만찬의 성례에 참석하지 못하게 함.

29) 교황은 다만 나중에 취소해 주는 조건으로 금품을 얻기 위해 파문 징계 등의 영지(令旨)를 내린다. 여기서는 요한 22세를 풍자한 것 같다.

30) 로마에서 순교한 베드로와 바울은 지금도 천국에서 너희들의 행실을 지켜보고 있다.

31) 광야에서 혼자.

32) 헤롯의 딸이 추는 춤. 〈마태복음〉 14장 1절 이하 참조.

33) "나는 세례자 요한의 초상이 새겨진 피렌체의 금화를 탐내고 있으므로 베드로나 바울을 알 바 아니다."

질문한다. 이에 대해 독수리는 하느님의 공의(公義)가 헤아릴 길이 없
음을 말하고 여러 나라 왕들의 부정을 규탄한다.

기쁨에 넘치는 영혼들로 이루어진 아름다운 독수리의 모습이 날개를
펴고 내 앞에 나타났다.

저마다 마치 하늘에 박힌 작은 홍옥(紅玉)처럼 반짝이는 햇빛을 받
아 내 눈에 곧장 반사하는 것처럼 보였나니

일찍이, 지금 내가 회상해야만 하는 광경은 어떤 목소리도 말한
적 없고, 어떤 잉크도 기록한 적 없으며, 아니 상상해 본 적도 없는
것.

나 독수리의 부리를 보았고, 그 부리로 말하는 소리 들었나니

그 부리는 당연히 "우리" "우리의"라고 말해야 할 것을, "나" "나의"
하고 단수로 말하고 있었다.[1]

"생전의 의(義)와 믿음으로 나는 이 영광스러운 곳에 오를 수 있었
나니

인간의 의지만으로는 어느 누구도 오를 수 없는 곳이니라.

내가 지상에 남긴 빛나는 추억은, 비록 본받지는 않고 있으나 악인
들도 찬양하는 것."

마치 숯덩이를 활활 태우는 수많은 불길이 하나의 열을 발하는 것처
럼, 사랑으로 불타는 이 많은 영혼들로부터는 오직 하나의 목소리만
들려 올 뿐이었다. 하여 나 외치기를,

"아, 영원한 환희의 꽃이여, 각자의 온갖 향기들을 단 하나로 합치
하신 그대들이여.

내 영혼의 오랜 굶주림〔의문〕을 당신들의 입김으로 채워 주시기를.
지상에는 그 굶주림을 채워 줄 만한 음식이 없나이다.

---

1) 독수리가 많은 영혼들로 이루어져 있지만, 마치 하나의 인격체처럼 말한다.

하느님의 정의가 다른 왕국을 비춰 보는 성스런 거울[2]을 가졌을진
대, 당신들의 눈 또한 거침없이 비춰 보리라고 믿나니

내가 당신들의 이야기를 얼마나 듣고 싶어하는지, 그리고 그토록 오
랫동안 내 마음속에 걸려 있던 의문이 무엇인지 당신들은 알고 있을
것입니다."

덮개와 젓갖[3]을 벗어 버린 매가 머리와 목을 힘차게 뻗치고 날개를
퍼덕이면서 소원을 알리고 그 위용을 과시하는 것처럼

하느님의 은총을 찬미하는 영혼의 무리가 이룬 이 기장(旗章)으로부
터 천상에서 희락을 맛보는 자에게만 들리는 찬가 울려왔나니

그 기장은 이렇게 말했다.

"컴퍼스를 돌려 우주의 끝을 정하시고 그 안에 보이는 것과 보이지
않는 것을 이처럼 많이 분포하신 분께서는[4]

당신께서 창조하신 말씀이[5] 무한을 넘는 것이기에 그 권능과 속성을
그 우주 안에 다 아로새기실 수는 없었나니[6]

이것은, 피조물 중에서 가장 뛰어난 자이면서 가장 교만한 자[7]가 태

---

2) '보라'라는 이름의 천사들(〈천국편〉 제9곡 각주 21) 참조). 그 천사들은 직접 하
　느님의 빛을 받아 다른 하늘에 전하기 때문에 금성의 여러 영혼들도 하느님
　의 정의를 알 수 있다. 그러므로 정의로 말미암아 이 하늘에 있는 너희가 하
　느님의 정의를 희미하게 알 리가 없다.

3) 중세기에는 매사냥을 나갈 때, 사냥터에 가기까지 매의 머리를 덮어씌우고
　발을 묶어 가만히 있게 했다.

4) 마치 컴퍼스로 원을 그리는 것처럼 우주의 범위를 정하고, 우리가 아는 것과
　알지 못하는 것을 그 속에 널리 분포하시는 하느님.

5) 하느님의 예지.

6) 하느님의 힘은 전우주에 미친다. 그러나 어떤 피조물도 완전무결하지 못하기
　때문에 받는 하느님의 힘에 한도가 있지만, 하느님의 예지는 모든 피조물의
　지혜를 초월한다.

7) 마왕 루치페로.

양빛에 익기를 기다리지 않음으로 해서 시고 떫은 채 떨어진 사실만으
로 충분히 입증되리라.[8]

그러므로 그보다 못한 모든 피조물들은, 스스로 자기를 헤아리시는
무한한 하느님을 받아들이기에는 너무나 작은 그릇인 것은 말할 나위
가 없는 것.[9]

그러므로 너 이해할 수 있으리라, 우리의 시력〔지혜〕은 만물을 채워
주는 하느님의 빛 가운데 하나에 불과한 것임을.

그 본질상 우리의 지혜에 비추는 것을 훨씬 넘어서, 그 근원을 알
수 있을 만큼 강력하지는 못한 것이노라.

그러므로 너희들의 시력으로 영원한 하느님의 정의를 헤아리려 함은
흐린 눈으로 바다를 살펴보려는 것.

바닷가에서는 바닥을 볼 수 있지만, 바다 한가운데서는 바닥을 볼
수 없나니

그곳에 바닥이 없어서가 아니라 바닷물이 깊어서 볼 수 없는 것이니
라.

저 신선하고 맑은 할키온〔하느님〕으로부터 나오는 빛을 제외하면 세
상에 빛이 있을 수 없나니

있다면 오직 어둠과, 육체의 독(毒)과 그림자뿐이라.[10]

이제 네가 수없이 자문자답해 온 의혹들이

---

8) 그가 겸손하게 하느님의 은총을 기다렸던들 그 지혜가 깊어지고 의지가 굳어
   져 하느님의 뜻에 합당하게 되었을 텐데 그의 교만으로 말미암아 하느님을
   배반하여 의지가 굳어지기 전에 하늘에서 떨어졌다. 모든 피조물의 우두머리
   인 루치페로도 그 지혜가 부족하거늘, 다른 피조물이야 말해 무얼하겠는가.

9) 하느님은 지고선으로 달리 유례를 찾아볼 수 없다. 그러므로 하느님을 헤아릴
   수 있는 것은 오직 하느님뿐이다.

10) 참된 빛, 참된 지혜는 하느님으로부터 온다. 그 밖의 빛은 빛으로 보여도 어
    둠이다. 관능은 지혜를 어둡게 하고(육체의 그림자) 죄에 빠지게 한다(그 독).

살아 있는 하느님의 정의에 의해 네 앞에 숨겨져 있던 미로(迷路)의 어귀가 활짝 열렸도다.

너는 이렇게 생각했었다.

'어떤 사람이 인더스 강가에 태어났다. 그곳에는 그리스도에 대해 가르쳐 주는 사람도, 읽는 사람도, 쓰는 사람도 없었다.

그의 사고와 행동은 인간의 이성이 미치는 한도 내에서는 모두 합당했으니, 한평생 말과 행실로 죄를 지은 적이 없었다.

그가 세례를 받지 못하고 신앙도 갖지 못한 채 죽었을 경우, 그에게 벌을 내릴 수 있는 정의는 무엇인가. 그에게 믿음이 없었던 것이 그의 잘못일 수 있는가?' 하고.

그러나 너는 또 누구더냐? 한 뼘 밖을 보지 못하는 시력으로 천리 밖을 판단하려고 하느냐?

너희 머리 위에 너희 정신을 인도하는 성서가 없었다면

나와 더불어 머리칼을 나눈 너희로서는 결코 많은 의문들을 풀 수 없으리라.

오, 지상의 동물들이여, 통나무처럼 거친 마음이여!

스스로 선이신 태초의 뜻은, 그 자체이신 지선(至善)에서 벗어난 적이 없나니[11]

오직 그 뜻에 부합되는 것만이 정의,[12] 창조된 선을 향해 동요하지 않으며 그 빛을 보냄으로써 모든 선을 창조하시니라.[13]"

마치 새끼에게 먹이를 주고 나서 원을 그리며 둥지 위를 맴도는 황새처럼, 먹이를 먹는 새끼가 어미새를 올려다보는 것처럼

---

11) 하느님의 뜻은 언제나 지선으로 변하지 않는다.

12) 옳고 그름은 하느님의 뜻에 합당한가의 여부로 결정된다. 하느님의 뜻이 정의의 유일한 표준일진대, 그 뜻이 정당한 것은 말할 필요가 없다.

13) 피조물의 선이 하느님의 뜻을 움직이는 것이 아니라, 하느님의 뜻이 발산하는 지선의 빛이 근원이 되어 다른 선이 생긴다.

그 축복받은 독수리의 형상은 많은 영혼들의 의지에 힘입어 그 거대한 날개를 유유히 펼치고

나는 눈을 들어 독수리를 바라보았으니

하늘을 맴돌며 노래하고 나서 말하기를,

"내 노래가 너의 이해력을 초월하는 것처럼 하느님의 정의는 인간의 이성을 초월하는 것."

로마로 하여금 먼 세계에 걸쳐 그 명예를 떨치게 한 그 기장을 여전히 형성하면서 성령의 빛나는 불꽃이 가라앉더니

"그리스도께서 십자가에 못박히기 전에도 그 후에도,[14] 그를 통하지 않고는 누구도 이곳 하늘나라에 온 적이 없었노라.

그러나 보라, 지금 주여! 주여! 하고 외치는 자가 심판의 날에 그리스도를 몰랐던 자들보다 그이한테서 얼마나 더 멀리 떨어지는가를.[15]

이러한 그리스도 신자들은 왼편과 오른편으로 나누일 때에 에티오피아 인[16]에 의해 벌받으리니

영원한 축복과 영원한 폐허[17]의 두 무리로 갈라질 것이다.

너희 왕들의 죄악이 모두 적힌 책[18]이 펼쳐질 때, 페르시아 인[19]들은 대체 무어라고 말할 수 있겠는가.

그 책에는 알베르트[20]의 소행 가운데서도 특히 보헤미아를 폐허로

---

14) 그리스도 이전에는 그리스도의 강림을 믿고, 그리스도 이후에는 강림한 그리스도를 믿는다.

15) 믿노라 하고 내실이 없는 그리스도 교도는 이교도보다도 오히려 죄가 많다. 〈마태복음〉 7장 21절 이하 참조.

16) 이교도를 대표함.

17) 하느님의 은혜로 풍족하고 하느님의 은혜가 없어 가난하다. 〈마태복음〉 25장 31절 이하 참조.

18) 〈요한계시록〉 20장 12절 참조.

19) 에티오피아 인과 마찬가지로 이교도를 대표함.

20) 〈연옥편〉 제6곡 각주 23) 참조.

만든 일[21]이 적혀 있으리니

머지않아 그 일로 하느님의 붓이 움직일 것이며

거리에서 멧돼지에게 덮쳐 죽게 될 자[22]가 가짜 돈을 만든 죄로 하여 센 강가에 끌어들인 재앙도 적히리라.

또 미친 스코틀랜드 인과 어리석은 영국인을 정복욕에 몰아넣어 자기 영토 안에 안주하지 못하게 한 교만도 적히리라.

그리고 일찍이 덕을 모르고 알려고 한 적도 없는 보헤미안[23]과 스페인 인[24]의 음탕하고 나약한 생활도 적히게 되리라.

예루살렘의 절름발이[25]가 행한 선은 I로, 악은 M[26]으로 적힐 것이며 안키세스[27]가 그 오랜 생을 마감한 불의 섬[28]을 지키던 자의 탐욕과 비열도 적히리라.

그가 얼마나 옹졸한 인간이었던가를 밝히기 위해, 그의 기록에는 약자(略字)를 사용하여 좁은 지면에 많은 사항이 기록될 것이다.

그리고 그 책에는 그의 숙부[29]와 그의 형제의 부정한 행실이 뚜렷하게 적히리니 그들은 훌륭한 가문과 두 왕관[30]을 더럽혔노라.

---

21) 황제 알베르트의 침입으로 보헤미아 왕족이 쇠망한 것은 1304년.

22) 프랑스의 필립 4세. 1314년 사냥을 하다가 그가 타고 있던 말을 멧돼지가 들이받는 바람에 떨어져 죽음. 전쟁 조달비로 화폐를 마구 찍어 프랑스(센 강)에 재화를 입혔다.

23) 벤체슬라오 4세.

24) 카스틸랴의 왕 페르디난도 4세.

25) 다리를 절던 나폴리 왕 샤를 2세. 예루살렘의 명목상의 왕이기도 함.

26) 로마 숫자의 1과 1000으로서 그의 선이 1이라면 악은 1000이라는 뜻.

27) 아이네이아스의 부친.

28) 에트나 화산이 있는 시칠리아 섬.

29) 프리드리히 2세의 숙부. 아라곤의 피에트로 3세의 형제로 프랑스 왕 필립 3세와 결탁하여 피에트로 3세에게 대적함. 이 형제 싸움을 여기서 '불미스러운 행실'이라고 말함.

30) 마요르카와 아라곤의 왕관.

그리고 포르투갈의 왕[31]과 노르웨이의 왕[32]도 그 책에 적힐 것이며, 베네치아의 금화를 모조하여 화를 불러들인 러시아 인[33]도 적히게 되리라.

오, 헝가리[34]여, 만일 더 이상의 학정에 시달리지 않았더라면 얼마나 다행한 일이었으랴.

나바라[35]가 만일 주위의 산들로 방비를 튼튼히 했더라면 얼마나 다행한 일이었을까.

그리고 이것의 전조로서 니코시아와 파마구스타[36]가 지금 그 짐승에게 짓밟혀 비탄에 빠져 있나니

그는 다른 짐승[37]과 함께 그곳에서 조금도 물러나려 하지 않는구나."

제 *20* 곡

여섯째 하늘에서 독수리가 잠시 침묵하자 영혼들은 다시 노래를 부른다. 독수리가 자기 눈 부위에 자리잡고 있는, 영광으로 빛나는 여섯

---

31) 디오니시오스 아그리콜라 왕으로 탐욕스러웠음.

32) 아코네 7세.

33) 세르비아 인 스테파노 우로시오 2세.34) 헝가리에서는 왕위 계승을 둘러싸고 분쟁이 그치지 않았다.

35) 나바라 왕국의 사비(嗣妃) 지오반나는 필립 4세의 비(妃)로서 죽을 무렵에 나바라 왕위를 아들 루이에게 물려주었다. 그는 후의 루이 10세로 프랑스를 지배하게 되자 나바라를 융합시켜 버렸다.

36) 키프로스 섬의 두 도시. 여기서는 섬 전체를 말함. 1300년 루시냐노라는 자〔짐승〕가 왕이 되어 이 섬에 폭정을 자행했다.

37) 여기 열거한 여러 왕들과 마찬가지로 악한 자를 가리킴.

영혼이 누구인가를 단테에게 말하고, 그 중에서 그리스도를 믿을 기회가 있었을 것 같지 않은 트라야누스와 리페우스가 어떻게 해서 이 목성천에 와 있는지에 대해 단테가 품고 있는 의문을 해명하고 영원히 변치 않는 하느님의 뜻은 인간의 지혜를 초월한다고 말한다.

온 누리를 고루 비추는 태양이 북반구의 지평선 너머로 떨어져 육지의 경계마다 낮이 사라지고 밤이 오면

지금까지 오직 태양 홀로 빛나던 하늘은 갑자기 형태를 바꾸며 태양으로부터 빛을 받은 수많은 별들이 찬란하게 반짝이게 되나니

세계와 그를 다스리는 자의 기치가 성스러운 부리를 통한 말을 멈추었을 때, 천상의 변화란 바로 그러했다.[1]

살아 있는 모든 빛들이 더욱 반짝이면서 인간의 기억에 품을 수 없을 만큼 달콤한 찬미가를 부르기 시작했나니

오, 희열의 빛에 싸인 하느님의 사랑이여!

오직 거룩한 충동으로만 숨쉬는 저 플루트[2] 안에서 당신은 얼마나 뜨겁게 타오르는가.

여섯째 하늘의 별[3]들에 빛을 아로새기는 순수한 빛을 지닌 고귀한 보석,[4]

그들의 천사 같은 화음이 멀어져 갈 때 그 수원의 풍부함을 과시하려는 듯 바위에서 바위로 흘러내리는 맑은 물줄기의 속삭임 들리는 듯

---

1) 해가 지고 별이 반짝이는 것을 독수리가 침묵하고 많은 영혼들이 노래를 부르는 것에 비유하고 있다.

2) 노래하는 많은 영혼들. 불어넣은 입김에 의해 플루트가 아름다운 소리를 내는 것처럼, 하느님의 사랑은 성스러운 생각을 일으켜 많은 영혼들로 하여금 노래를 부르게 한다.

3) 목성천.

4) 많은 영혼들.

하였나니

비파(琵琶)의 가락이 그 목에서 울리는 것처럼, 플루트의 가락이 그 빈 속으로 빨려드는 숨결로 이루어지는 것처럼

그 독수리의 속삭임은 순식간에, 속이 빈 듯싶은 그 목을 거쳐 위로 올라와

목에서 소리로 변하고 부리를 거쳐 말이 되어 터져 나왔으니

그 고고한 울림은 지금도 내 마음속에 새겨 두고 있는 말, 기다리던 말이었다.

"자, 이제 내 몸에서 하계의 독수리가 태양을 볼 수 있는 부분[5]을 자세히 살펴보아라"

하고 그 기치가 말하기 시작하되

"나의 형체[6]를 이룬 수많은 불꽃[7] 중에서 눈을 이루어 내 머리에서 반짝이는 빛들은 이 모든 축복받은 영혼 중에서도 지위가 아주 높나니

복판에서 눈동자가 되어 빛나는 것은, 온 거리에서 거리로 궤[8]를 옮기던 성령의 가인(歌人)[9]

이제야 제 노래에 생명을 불어넣었도다.

그 노래는 자기 의사[10]에 의한 것이었으므로, 그 공덕에 어울리는 보상을 받은 것이다.

내 눈썹을 이루고 있는 다섯 불꽃 중 내 부리에서 가장 가까운 불꽃은

---

5) 눈.

6) 독수리.

7) 반짝이는 성도의 영혼.

8) 하느님의 언약궤. 〈사무엘, 하〉 6장 1절 이하 참조.

9) 다윗. 이스라엘 2대 왕.

10) 다윗의 시는 왕 자신의 생각(자유의지)과 영감(靈感)으로 이루어진 것이다. 전자의 덕은 남에게 돌아가고, 후자의 덕은 성령에게 돌아간다.

자식을 잃은 가엾은 과부를 위로한 자[11]이니

그는 비록 지금은 이 아름다운 삶을 배우고 있지만 쓰디쓴 형극의 삶을 체험했으며,

그리스도를 따르지 않는 자에 대한 형벌이 얼마나 큰가를 알고 있다.

그리고 같은 편 눈썹에서 그 다음에 있는 불꽃은

참된 회개로 죽음을 연장받은 자[12]이니

그는 이제야 깨닫게 되었노라.

참된 기도로 오늘의 일을 내일로 미룰 수는 있을지라도 하느님의 영원한 심판[13]에는 변함이 없다는 것을.

그 다음 옆에 있는 불꽃은, 나[14]와 법전을 가지고 교황에게 로마를 양도하기 위해 그리스 인이 된 자[15]이니, 뜻은 좋았으나 결과는 좋지 않았다.

그는 이제야 알게 되었노라. 선행에서 비롯된 나쁜 결과는 세계를 멸망시킬지라도 본인의 영혼을 해치지 않는다는 것을.

그리고 눈썹 아래쪽에 보이는 것은 구리엘모[16]로, 샤를르와 프리드리히[17]가 태어난 것을 개탄하고 있는 땅에서는 그의 죽음을 한탄하고 있나니

---

11) 트라야누스 황제.

12) 히브리 왕 히스기야. 선지자 이사야가 다가온 그의 죽음을 알리자, 울며 빌어서 15년 연장된다는 말미를 받았다.

13) 하느님은 진실한 기도에 응답하여, 오늘로 정한 일을 내일로 미루어도 그 공의로운 심판은 여전히 변함이 없다.

14) 로마 제국의 상징인 독수리의 깃발.

15) 콘스탄티누스 황제. 그는 로마 제국의 독수리의 기치를 들고, 법전을 가지고 그리스의 콘스탄티노플로 천도했다.

16) 시칠리아의 두번째 왕. 매우 어진 임금이어서 당시 사람들은 시칠리아에 사는 것은 곧 지상 낙원에 사는 것이라고 말했다.

17) 안지오의 샤를 2세와 아라곤의 프리드리히 2세. 이 두 사람은 구리엘모와 정반대로 폭정을 자행했다.

그는 하늘이 올바른 왕자를 얼마나 사랑하는가를 이제야 알게 되었
으며, 빛나는 모습으로 지금도 그것을 입증하고 있노라.

저 몽매한 하계에서야 누가 생각이나 했겠는가, 트로이의 리페우스[18]
가 이 둥근 호에서 다섯째로 거룩한 빛이 되었음을.

지금 그는 세상의 얄팍한 이해력으로는 파악할 수 없는 하느님의 심
오한 은총에 대해 많이 알게 되었지만

그의 시력으로도 아직 그 심오한 내막을 꿰뚫을 수는 없으리라.”

무한한 희열에 휩싸여 하늘로 날아오른 종달새가 노래하고 그 마지
막 가락의 여운에 도취되어 침묵하는 것처럼

만물을 뜻대로 행하시는 하느님의 영원한 은총이 새겨진 듯한 그 형
상도 그처럼 보였다.

그리고 나의 의혹[19]들은 마치 맑은 유리알 너머로 비치는 색깔처럼,
내 얼굴에 그대로 드러나매[20] 침묵을 지킬 수가 없었나니

“어떻게 그럴 수가 있습니까?” 하는 말이 터져 나왔다.

그만큼 나는 내심 의혹의 무게에 짓눌려 있었다.

그러자 영혼들은 새로운 열락으로 반짝이며

그 축복받은 기치는 내 의혹을 풀어 주기 위해 눈을 더욱 빛내면서
나에게 대답하기를,

“너는 내 말을 듣고 이런 일들을 믿고는 있지만 그 이유는 아직 모
르나니, 믿기는 하되 그들의 신앙은 알지 못하는구나.

너는 사물을 명칭으로만 알고 누군가 해명해 주지 않으면, 그 본질
을 알지 못하는 사람과 같도다.

하늘나라는 열렬한 사랑과 하느님의 뜻을 이기는 간절한 소망에 의

---

18) 트로이를 함락시킬 때 그리스 군과 싸워서 죽은 용사.

19) 그리스도를 믿지 않고서는 천국에 들어갈 수 없는데, 그리스도를 믿지 않고
    달려가 죽은 리페우스와 트라야누스가 천국에 있으니 웬일인가 하는 의문.

20) 단테의 말을 듣기 전에 성도들은 그의 의문을 알아차림.

해서만 침노[21]를 받게 되나니

인간이 하느님의 의지를 이긴다기보다는

하느님의 뜻이 스스로 지시기[22]를 원하시기 때문이요, 그 하느님의 뜻은 인자함으로 말미암는 것.[23]

너는 그리스도의 선물과 천사들이 살고 있는 하늘나라를 장식하는 자들 중, 첫째나 다섯째[24] 같은 영혼들이 눈썹 위에 있는 것을 보고 놀라고 있지만

그들이 육체를 떠날 때, 그들은 네가 생각하듯 이교도가 아니라 독실한 그리스도 신자였나니 한 사람은 '발'이 상할 것을, 다른 사람은 '발'이 상한 것을 굳게 믿었느니라.[25]

즉 그 한 영혼(트라야누스)은 선의(善意)로 돌아오는[26] 자가 없는 죽음의 비탈, 지옥에서 살로 돌아왔나니[27]

이는 살아 있는 소망[28]의 보상이었노라.

---

21) "천국은 침노를 당하나니, 침노하는 자가 빼앗느니라"〈마태복음〉 11장 12절 참조.

22) 하느님이 지신다 함은, 인간이 간곡히 기도할 때 들어주심을 말한다.

23) 하느님의 의지에는 두 가지가 있다. 절대적인 의지와 상대적인 의지이다. 전자는 움직일 수 없으며, 여기서는 후자를 말한다. 사랑과 소망이 하느님의 의지를 이기는 것은, 인간이 인간에게 이기는 것처럼 강자가 약자를 제압하는 것이 아니라, 하느님의 의지 자신이 그 자비로 말미암아 지기를 원하시기 때문이다. 그러므로 이 경우에 지는 것은 그 사랑의 승리를 의미한다.

24) 트라야누스와 리페우스.

25) 그리스도를 믿지 않고서는 구원이 있을 수 없으니, 리페우스는 장차 수난하실 그리스도를 믿고, 트라야누스는 이에 수난하신 그리스도를 믿어 구원받았다는 뜻이다. 여기서 '발'은 그리스도를 가리킴.

26) 회개하다.

27) 영혼이 다시 육체와 결합함.

28) 그레고리우스의 소망. 하느님이 반드시 그 기도를 들어주심을 굳게 믿어 의심치 않는 것.

이 살아 있는 소망이야말로 하느님께 드린 기도에 힘을 더하게 되나
니

그리하여 영혼은 소생되고 의지는 선의를 향할 수 있는 것.

방금 말한 영예로운 영혼은 육체로 돌아가 거기 오래 머물러 있지
않았으나

자기를 구해 줄 수 있는 분〔그리스도〕을 믿었노라.

그리하여 믿으면서 참사랑의 불길에 불탔으니, 두번째 죽을[29] 때에
이 기쁨의 나라로 올 수 있었던 것이니라.

또 하나의 영혼〔리페우스〕은, 하계에 있을 때 피조물의 눈으로는 도
저히 헤아릴 길 없는 깊은 샘[30]에서 흘러내리는 은총에 의해 정의를 위
해 그의 사랑 전부를 바쳤나니

하느님께선 더욱 많은 은총으로 그로 하여금 미래의 구속(救贖)이
무엇인가를 알게 하셨노라.

그리하여 그는 속죄를 믿게 되었고, 그 후로 이교(異敎)의 썩은 냄새
를 더는 참을 수 없어 이교를 믿는 자들의 잘못을 꾸짖었다.

저 수레의 오른쪽 바퀴 근처에 있는 세 숙녀[31]는 세상에 세례의 은총
이 알려지기 1000여 년 전[32]에 그에게 세례의 구실을 해 주었던 여인들
이나니

오, 영원한 예정[33]이여, 당신의 뿌리 얼마나 심원한가!

---

29) 〈요한계시록〉 2장 11절 참조.

30) 하느님의 예정.

31) 개선차(凱旋車)의 오른쪽 바퀴 근처에 서 있는 숙녀. 즉 교리의 3덕인 믿음,
소망, 사랑.

32) 트로이 성이 함락된 것은 B. C. 1184년이다. 그 이전 세례 의식이 아직 없을
때 믿음, 소망, 사랑의 3덕이 그를 위해 세례를 대신하여 그를 천국에 들어
갈 수 있는 인간으로 씻어 줌.

33) 인간 구원에 관한 하느님의 예정.

제1원인〔하느님〕을 볼 수 없는 피조물의 눈에.
현세의 인간들이여, 경솔하게 판단하지 말라.
하느님을 뵐 수 있는 우리도 열락으로 초대될 자들을 알지 못하나니
하느님께서 원하시는 것을 우리 또한 원하는 축복 속에, 우리의 복락이 이루어지나니
그러한 앎의 부족은 오히려 우리의 기쁨이노라."[34]
이러한 말로써 그 거룩한 형상[35]은 흐려진 나의 눈을 치유하기 위해 좋은 약을 주셨다.
그리고 마치 능숙한 하프 연주자가 현을 뜯어 훌륭한 가수의 반주를 함으로써, 노래를 더욱 흥겹게 하는 것처럼
이제 돌이켜보니, 이 천상의 언어가 내게 울릴 때에 축복받은 두 빛[36]이 화음을 넣어 주었나니
두 눈이 어조에 맞춰 깜박이는 듯했다.

제 *21* 곡

단테와 베아트리체는 일곱째 하늘인 토성천(土星天)에 오른다. 그곳에 걸려 있는, 끝이 보이지 않는 금빛 사다리를 복된 영혼들이 오르내리고 있다. 명상 가운데 일생을 보내면서 조용히 살던 사람들의 영혼

---

34) 하느님의 뜻과 우리의 생각이 일치하는 것은 우리의 복을 증대시키는 것이 된다. 그러므로 우리는 하느님의 예정의 깊은 내막을 알 수 없어도, 이것은 알려 주시지 않으려는 하느님의 뜻에서 비롯된 것이니 모르는 데 만족하고 굳이 알려고 하지 않는다.
35) 하느님께서 그리시는 독수리.
36) 트라야누스와 리페우스.

이다. 단테의 질문에 성 피에트로 다미아노가 대답하고, 이어서 예정론의 깊은 뜻에 대해 설명한 뒤 부패한 성직자들의 타락상을 규탄한다.

나의 시선은 다시 베아트리체의 얼굴에 집중되었나니

눈과 함께 내 온 마음에서 그녀가 아닌 다른 일체의 생각들은 흔적도 없이 사라졌다.

"내가 만일 웃으면," 하고 그녀는 웃지도 않고 말을 잇기를,

"당신은 주피터의 위엄을 보았을 때의 세멜레[1]처럼 재로 변하고 말 거예요.

당신이 보다시피 나의 아름다움은 영원한 궁전의 계단[2]에 한 걸음 한 걸음 오를수록 더욱 찬란한 불꽃으로 타오르나니

알맞게 다루지 않으면, 그 빛은 당신의 인간적 힘을 벼락으로 산산이 부서지는 나뭇가지처럼 만들 거예요.

우리는 이제 일곱째 빛[3] 속에 있나니 이 별은 불타는 사자좌의 가슴 아래 자리잡고 그 빛과 결합하여 하계를 비추고 있어요.

온 정신을 당신의 눈에 집중시켜 당신의 눈을 거울로 삼아, 당신에게 나타나 보이는 모습을 비춰 보아요."

내가 그녀의 지시에 따라 다른 데로 주의를 돌리려 했을 때

그녀의 얼굴에서 본 축복받은 목초지가 어떠했을까를 상상할 수 있

---

1) 테베 왕 카드모스의 딸. 주피터를 사랑하여 주피터의 아내 주노의 시기로 꾐에 빠져 주피터에게 그 충만한 위엄의 빛을 보여 달라고 하였다. 이에 주피터가 빛을 보여 주자 세멜레는 그만 재가 되어 버렸다.

2) 제천(諸天). 이곳을 지나 엠피레오의 하늘(궁전)에 이른다.

3) 일곱째 하늘인 토성천. 《신곡》의 연대인 1300년 봄에 토성은 사자궁에서 서로 빛을 땅에 비쳤다. 즉 차디찬 토성과 뜨거운 사자궁의 빛이 서로 합쳐진다.

는 사람이라면,

이 천상의 안내자에게 복종하는 기쁨이 어느 정도의 것인지 이 두 가지를 비교해 봄으로써 짐작할 수 있으리라.[4]

그 치세하에서 악의 깃발이 펄럭이지 못하도록 했던 저 황금 시대의 왕[5]의 이름을 딴 수정체[6] 속에 사다리가 하나 보였나니

그 사다리는 햇살에 반짝이는 황금빛을 띠고 내 시력이 닿을 수 없을 만큼 높이 솟아 있었다.

나는 또 무수한 빛이 그 가로대를 따라 내려오는 것을 보았나니 그 수가 하도 많아 온 하늘의 별들이 그리로 빛을 내리비치는 것으로 여겨졌다.

새벽 첫 햇살을 맞은 찌르레기들이 본능적 충동에 따라 밤의 냉기로 언 날개를 녹이려고 마치 한 마리처럼 떼지어 날아갈 때

어떤 놈은 날아간 채 돌아오지 않고, 어떤 놈은 제자리로 되돌아오고, 또 어떤 놈은 맴돌면서 같은 지점에 머물듯이

떼지어 내려온 저 빛의 무리에게도 그러한 충동이 작용하는 듯 어느 단계에 머물자, 그 찌르레기들처럼 보였다.[7]

우리가 서 있는 곳에서 가장 가까이 있던 빛이 스스로를 더욱 찬란하게 하매, 나는 속으로 뇌까렸다.

'나는 당신이 나에게 보여 주시는 사랑을 알 수 있나이다.'[8]

---

4) 단테에게 있어 베아트리체의 명령에 따르는 것은, 그녀의 아름다운 모습을 바라보는 것보다도 더 즐거운 일이다.

5) 사투르누스. 신화에 따르면 황금 시대를 지배한 자. 그 이름을 따서 토성을 사투르누스라고 부른다. 〈지옥편〉 제14곡 각주 21) 참조.

6) 사투르누스의 유성, 즉 토성.

7) 사다리를 내려오는 성도들은 어느 계단에 이르면 혹자는 올라가고, 혹자는 내려가고, 혹자는 멈춰 선다.

8) 나는 그대의 빛이 증가되는 것을 보고, 그대가 나와 이야기하여 내 의혹을 풀어 주려고 하는 것을 알 수 있다.

그러나 내게 언제 어떻게 말해야 하는지, 침묵을 지켜야 하는지를 지시해 주는 베아트리체가 잠자코 있었나니 목타는 나의 갈증에도 불구하고 질문하지 않는 것이 좋으리라고 나는 생각했다.

그러자 그녀는 만물을 감찰하시는 분(하느님)의 눈빛으로, 내가 말하고픈 열망을 억제하고 있음을 알아차리고는

"당신 영혼의 충동의 날개를 펼치세요"

하고 말했다. 그리하여 나 공손히 묻기를,

"아, 스스로의 은총의 빛 속에 숨어 있는 축복받은 생명이여, 나는 당신에게 간구할 만한 위인이 못 되오나, 내게 질문을 허락한 그녀를 보아 부디 말씀해 주시기를.

어찌하여 이 모든 성스러운 무리 가운데 오직 당신만이 이렇듯 내게 가까이 오셨는지 알고 싶습니다.

그리고 더 낮은 천구에서도 울려 퍼지던 천국의 아름다운 화음이 어찌하여 이 천구에서는 들리지 않는지 알고 싶습니다."

"너의 귀는 너의 눈과 마찬가지로 유한한 인간의 것"

하고 그 빛이 내게 답하기를,

"그러므로 우리는 베아트리체가 너를 위하여 미소를 자제하는 것과 같은 이유로 우리의 노래를 부르지 않고 있다.

내가 성스러운 사다리를 타고 이렇듯 아래로까지 내려온 것은

오직 나를 에워싸고 있는 빛과 나의 말로 너를 반가이 맞아 주기 위함이니라.

내가 서둘러 온 것은 내 사랑이 월등하기 때문이 아니다.

그것은 불꽃이 명백히 입증하려니와, 여기 각 영혼은 모두 나와 같거나 아니면 더한 사랑으로 불타고 있나니

우리로 하여금 오직 세계를 다스리는 섭리에 복종토록 하는 높으신 사랑에 의해, 네가 보는 바와 같이 여기 배치되었노라."

"오, 성스러운 등불이여" 하고 내가 말을 이었다.

"나는 이제 이 궁전에서는 자유로운 사랑[9]만 있으면, 지시 없이도 영원한 섭리를 따를 수 있다는 것을 알았습니다.

그러나 내가 이해하기 어려운 점은, 어찌하여 당신의 동료들 중에서 당신만이 미리 이 소임에 예정되었는가 하는 점입니다."

그러자 그 은총의 빛은 내 말이 끝나기도 전에, 자기의 중심을 굴대로 삼아 맷돌처럼 돌기[10] 시작했다. 그 안에 있던 사랑[11]이 대답하기를,

"나를 에워싸고 있는 빛을 뚫고 하느님의 빛이 내 위에 비추고 계심을 느끼나니

그 힘이 나의 힘[12]과 결합되어 훨씬 위로 끌어올려 나로 하여금 하느님의 빛이 근원이 되는 피상의 본질을 보게 하시나니라.

그리하여 하느님이 넘치는 기쁨으로 내 눈에 환히 비치는 것처럼 나도 내 불꽃을 환하게 불태우고 있다.

그러나 온 천상에서 가장 밝게 빛나는 영혼은 물론이요, 하느님을 가장 가까이서 지켜보는 저 치품천사라 할지라도 네 질문에 흡족한 대답을 하지 못하리라.

네가 질문한 것은 천명(天命)의 심연 깊숙이 들어 있나니

모든 피조물의 눈에서 벗어나 있는 것이니라.

네가 지상으로 돌아가면 내 말을 널리 알려 세상 사람들로 하여금 감히 이 심오한 길[13]을 향해 접근할 엄두를 내지 못하게 하라.

여기서 찬란하게 빛나던 지혜도 지상에서는 흐려지게 마련이거늘,[14]

---

9) 하느님께서 명령하시는 것을 기다리지 않고 자기 속에 깃들여 있는 하느님의 사랑에 의해 각각 그 역할을 알고 또 기꺼이 이것을 준행한다.
10) 기쁨을 나타냄.
11) 하느님의 사랑에 불타는 영혼.
12) 인간은 자기의 지력만으로는 빛의 근원인 하느님을 알 수 없다.
13) 이처럼 깊은 이치를 감히 알려는 것.
14) 하늘에서는 피조물의 지혜가 하느님의 빛을 받아 빛나지만, 지상에서는 미혹과 오류 때문에 어두워진다.

이 천상의 노래로도 풀 수 없는 일을 어떻게 지상에서 할 수 있겠느냐?"

그의 이 말이 나를 제지했으므로, 나는 더 이상 묻지 않고 그저 공손하게 그가 누구냐고 묻는 데에 만족해야 했다.

"너의 고향에서 그다지 멀지 않은 이탈리아의 남북 해안 사이에, 천둥 소리가 저 밑에 들릴 만큼 높이 치솟은 바위산이 솟아 있나니

카트리아[15]라 불리는 그 봉우리 기슭에 오직 명상과 기도만을 위한 수도원이 서 있노라."

이렇게 그 은총의 영혼은 나에게 세번째 말을 하기 시작했다.

"그곳에서 나는 오직 하느님만을 섬기면서 묵상하는 생활에 만족하고,

오직 감람나무 즙[16]만을 마시면서 더위나 추위도 아랑곳하지 않고 평안하게 살았었다.

전에 그 수도원에서는 하늘나라의 열매를 많이 수확했었으나 지금은 허무하게 변해 버렸으므로, 곧 정당한 판결이 내리리라.[17]

나는 거기서 피에트로 다미아노[18]라고 불렸으며 아드리아 해안의 '성모의 집'[19]에서는 죄인 피에트로[20]라고 불렸느니라.

---

15) 아펜니노 산맥의 봉우리. 그 기슭에 성 십자가의 수도원이 있다.

16) 감람나무 열매의 기름으로 양념을 한 음식.

17) 수도원에서는 전에 많은 영혼들을 하늘나라에 보냈으나, 지금은 부패하여 그렇지 못하다. 이 부패상에는 반드시 형벌이 내릴 것이다.

18) 1007~1072. 카트리아 수도원에 수도사로 있다가 후에 오스티아의 주교, 추기경이 됨. 그러나 얼마 후 모든 성직을 사퇴하고 수도원으로 돌아감. 교회법, 신학에 관해 귀한 문헌을 남김.

19) 라벤나의 북방 코마키오 부근에 있는 마리아 폼포자 수도원. 피에트로는 이 수도원에 2년 남짓 머문 적이 있음.

20) 피에트로는 평생 자기를 말할 때에는 즐겨 '죄인 피에트로'라 불렀다고 한다.

내 인간으로서의 생이 얼마 남지 않았을 때, 부름을 받아 감투를 쓰게 되었나니 계승될 적마다 점점 더러워진 감투이니라.[21]

게바〔베드로〕와, 성령의 큰 그릇〔바울〕은 일찍이 여윈 몸에 맨발로 걸어다니면서 끼니를 얻어먹고 요기를 했었건만

지금 너희들의 성직자들은 좌우에서 부축하고, 앞에서 손을 잡아 이끌고, 뒤에서 옷자락을 들어 줘야 할 만큼 뚱뚱해졌도다.

그들은 그들의 말까지 망토 자락으로 덮고 있나니

하나의 모포 아래서 두 마리의 짐승[22]이 가고 있는 셈이로다.

오, 하느님의 인내여, 이것을 얼마나 더 참으시려 하나이까.”

그의 이 말에 더욱 많은 불꽃들이 계단을 내려오는 것이 보였나니 맴을 돌 적마다 아름다움이 더해졌다.

그[23]의 둘레에 와서 멈춰 선 그들은 사랑으로 일치되어, 큰 소리로 외쳤나니

그 외침 소리에 비견할 만한 것은 현세에서는 찾아볼 수 없으리라.

그 우렛소리에 압도된 나는 그 울림이 무엇을 말하고 있는지 알 수 없었다.

제 *22* 곡

어리둥절하여 기가 죽은 단테에게 베아트리체가 그런 함성이 일어난 이유를 설명해 준다. 성 베네딕투스가 단테에게 나타나 자기의 신상

---

21) 고위 성직자들이 점점 세속에 젖음.

22) 말과 성직자.

23) 피에트로 다미아노.

이야기를 들려 주고 요즘의 수도 생활의 부패와 타락상을 비난한다. 단테는 베아트리체의 안내를 받아 여덟째 하늘인 항성천으로 올라가, 지금까지 자기가 거쳐 온 일곱 천구를 내려다보고 멀리 아득한 지구를 내려다본다.

나는 놀란 나머지 걸핏하면 어머니에게 매달리는 어린애처럼 안내자를 돌아보았다.

그녀는, 새파랗게 질려 숨도 제대로 쉬지 못하는 자기 아이를 토닥거려 달래 주는 어머니 같은 목소리로 나에게 말했다.

"당신은 자신이 하늘나라에 있다는 것을 잊었나요? 하늘나라에서는 모든 것이 성스러우며, 이곳의 모든 것들이 천상의 사랑에서 비롯된다는 것을 잊었나요?

그 함성만으로도 당신이 어리둥절했을진대 그들의 노랫소리와 내 새로운 열락의 웃음소리가 들렸다면,

어떤 일이 벌어졌을지 당신도 이제는 알았을 거예요.

당신이 만일 그 함성 속에 깃들여 있는 기도 소리를 알아들었더라면,

당신이 죽기 전에 보게 될 하느님의 형벌[1]이 무엇인지 당신은 알 수 있었을 겁니다.

이 하늘나라의 검(劍)은 그 내리침에 있어서 서둘지도, 늑장을 부리지도 않나니, 다만 이를 바라거나 두려워하는 자에게 그렇게 느껴질 뿐입니다.[2]

이제 다른 영혼들을 바라보셔요.

---

1) 성직자들의 부패에 대한 하느님의 형벌.

2) 하느님의 형벌은 절대로 때를 어기지 않는다. 다만 이것이 남에게 내리기를 바라는 자에게는 더디게 생각되고, 자기에게 내릴 것을 두려워하는 자에게는 빠르게 생각될 뿐이다.

내 말대로 당신이 눈길을 돌리신다면, 당신은 유명한 영혼들을 많이 볼 수 있을 거예요."

그녀의 지시대로 따랐더니 내 눈앞에 백 개가 넘는 구체(球體)[3]가 서로의 빛으로 서로를 비추면서 더욱 아름답게 펼쳐졌나니 나는 질문해도 될까 하는 두려움에 호기심을 마음속에 가둔 채 갈망과 망설임 사이에 서 있었다.

그런데 그 진주들[4] 중에서 가장 크고 가장 빛나는 것이 앞으로 나와 나의 의혹을 풀어 주었나니

"네가 만일 우리 영혼을 태우는 사랑을 나처럼 볼 수 있다면 너는 서슴지 않고 네 소원을 말했을 것이다.

궁극적인 목적지[5]에 이르는 것이 늦지 않도록, 나[6]는 네가 궁금하게 여기는 점에 대해 알려 주려 하노라.

중턱에 카시노[7]가 있는 저 산꼭대기에는, 옛날 이교의 미망에 사로

---

3) 빛나는 구체, 즉 빛에 에워싸인 여러 성도들.

4) 빛나는 성도들.

5) 하느님의 곁에 이르는 것.

6) 베네딕투스. 480년에 태어나 494년에 속세를 버리고 수비아코 가까이 있는 굴 속에 은신했다. 1년 남짓 그에게 음식을 날라다 준 로마노 수도사 이외에는 아무도 그의 존재를 아는 사람이 없었으나, 이윽고 차츰 사람들에게 알려져, 그를 모셔다가 수도원장으로 추대했다(510년). 그러나 그가 정한 규칙이 너무 엄하여 저들은 도리어 그를 죽이려고 사약을 넣은 술잔을 몰래 그에게 올렸다. 성인이 다시 굴 속으로 돌아가자 그의 덕을 흠모하는 사람들이 몰려들어, 그는 수도원을 세웠다. 피렌체의 고약한 사제 한 사람이 그를 모해하니, 523년 카시노로 가서 거기 있던 아폴로 신전을 헐고 그 자리에 서방에서 제일 큰 수도원을 세웠다. 그의 수도원 규칙은 모든 수도원의 규범이 되었다.

7) 같은 이름의 산중턱에 있는 지명. 이곳에 아폴로의 신전이 있어 이교 신앙의 중심이 되었다.

잡힌 많은 사람들이 자주 오르내렸나니

우리를 이처럼 높이 끌어올린 저 진리를 지상의 인류에게 전해 주신 그리스도의 이름을 처음으로 저 산봉우리에 전한 것은 바로 나였노라.

온 골짜기마다 사람들에게 경고하는 하느님의 은총이 내 위에 넘치도록 내리비치고 있었으므로

나는 세상을 미혹하는 이단의 우상숭배를 너끈히 이겨낼 수 있었노라.

이곳에 있는 다른 빛들은 모두, 거룩한 꽃과 열매[8]를 맺게 하는 저 사랑의 열정에 불타는 영혼들로 묵상을 즐기고 있나니

여기 마카리오[9]와, 로모알도[10]가 있으며, 또 한 번도 수도원 밖으로 나가지 않았으며 그 마음이 흔들린 적이 없는 나의 형제들이 있노라."

"당신이 말씀하실 때에 나타내 보이시는 온정과 당신의 불꽃에서 볼 수 있는 인자한 표정은" 하고 내가 말했다.

"마치 장미가 햇빛을 담뿍 받아 활짝 피어난 것처럼 신뢰감을 더해 주셨읍니다.

그러므로 아버지시여, 당신에게 청하노니 가르쳐 주십시오.

이 내 인간적 눈으로 당신의 분명한 모습을 볼 수 있는 저 높은 은총의 하늘에 오를 수 있겠는지를?"

"형제여, 너의 높은 소망은" 하고 그가 대답하였나니,

"마지막 천구[11]에서 이루어지리니, 그곳은 나의 소원을 포함하여 다른 모든 사람들의 소원도 이루어지는 곳.

그곳에서는 모든 소망이 무르익어 완전히 이루어지나니

---

8) 생각과 행위, 그것을 '맺게 하는 사랑'은 하느님에 대한 사랑.

9) 알렉산드리아의 성 마카리오로 보는 견해가 유력하다. 그에게서 수도한 수도사가 500명에 이르렀다고 함.

10) 카말둘레 수도원의 창립자로 성 로모알도.

11) 엠피레오의 하늘, 즉 시간과 공간을 초월한 부동의 천계.

오직 그곳에서만이 모든 부분이 본래의 자리에 있게 된다.

그곳은 공간적 개념을 넘어서며 또 축(軸)도 없으므로[12]

우리의 금빛 사다리가 그곳에 도달하면 네 눈에 보이지 않게 되리라.

족장 야곱이 그것을 보았을 그때에 그는 그것이 인간의 헤아림을 초월하는 수많은 천사들로 뒤덮여 있는 꿈을 꾸었건만[13]

지금은 그 사다리에 오르기 위해 땅 위에서 발을 떼는 자조차 없나니,[14] 나의 계율이 적힌 양피지는 오직 휴지로 남아 있을 뿐.

일찍이 돌담으로 에워싸였던 수도원은 이제 짐승들로 가득하고 수도사의 성스럽던 옷은 썩은 가루 가득 찬 자루로 변해 버렸구나.

수도사의 마음을 이토록 뒤틀리게 하는 열매[15]에 비하면

아무리 지독한 고리대금업일지라도 하느님의 뜻에 거슬린다고 말할 수 없으리라.

교회의 모든 재물은 하느님의 이름으로 간구하는 사람들의 것이지, 성직자의 친척이나 그 밖의 악한 자들을 배불리기 위한 것은 아니니라.

인간의 육신이란 너무나 연약하여, 지상에서 행한 선은 떡갈나무에 싹이 돋아 도토리가 열리기까지도 유지하기 어려운 것.

베드로[16]는 금도 은도 없이[17] 전도를 시작했고,

나는 기도와 단식으로, 그리고 프란체스코 형제는 겸손한 가난으로

---

12) 그 천구는 다른 천구와 달라서 시간과 공간을 초월한다. 그리고 다른 천구처럼 축이 있어서 회전하는 것이 아니다.

13) 〈창세기〉 28장 12~13절 참조.

14) 세상의 잡념을 버리고 하늘나라를 생각하는 자가 없다.

15) 수도원의 수입.

16) 예수의 수제자.

17) 〈사도행전〉 3장 6절 참조.

그 교단을 가꾸기 시작했노라.

네가 이들 교단의 기원을 알아보면 너는 언제, 어떻게 백이 흑으로 변했는지 알 수 있으리라.

하느님의 뜻대로 요단 강[18]이 거꾸로 흐르고 홍해(紅海)가 갈라진[19] 것은,

아직은 여기서 구원을 찾아보는 것보다 더 큰 기적이라 할 수 없으리라."[20]

이렇게 말하고 동료들에게로 멀어져 갔나니

그들은 서로 접근하여 마치 회오리바람처럼 위로 올라가 버렸다.

아름다운 나의 베아트리체는 신호를 보내 나로 하여금 그들을 따라 사다리를 오르게 했나니

이처럼 그녀의 신성은 나의 본능[21]을 제압하는도다.

그러나 나의 비상(飛翔)에 견줄 수 있을 만큼 빠른 움직임은 자연 법칙하에 오르내리는 하계에서는 그 유례를 찾아볼 수 없는 것.

독자여, 그 거룩한 승리의 나라로 다시 돌아가고파 나 자주 죄를 깊이 뉘우치면서 가슴을 치나니

당신이 손가락을 불 속에 집어넣었다 미처 빼내지 못할 그 짧은 순간에 금우궁을 뒤따르는 천궁[22]으로 진입했더니라.

---

18) 이스라엘 백성들이 건너가게 하기 위해 이 강물이 역류함. 〈여호수아〉 3장 14절 이하 참조.

19) 〈출애굽기〉 14장 21절 참조.

20) 성직자들이 이처럼 타락하여 옛날의 모습을 찾아볼 수 없으나, 하느님의 구원의 손길에 의해 다시 구원을 받을 가망이 없는 것이 아니다. 그러므로 설사 이런 일이 있더라도 기적처럼 생각할 일이 못 된다.

21) 육체의 무기. 단테는 아직 육신을 갖고 있으나, 베아트리체의 힘으로 위로 재빨리 올라감.

22) 쌍어궁.

오, 영광의 별이여, 위대한 힘을 지닌 빛이여, 나의 시적 재능은 모두 그대들의 빛에서 비롯된 것.[23]

내가 처음 토스카나의 공기를 마셨을 때,[24] 모든 생명의 아버지[25]는 그대들과 함께 나고 그대들과 함께 졌나니

이윽고 내가 하느님의 은총을 입어 그대들의 거대한 천구로 들어갔을 때에도 그대들의 영역으로 배치되었노라.

이제 내 영혼이 앞에 남아 있는 거대한 길[26]을 통과할 수 있도록 그대들에게 모든 것을 바쳐 간구하노라.

"마지막 구원[27]의 하늘이 가까워졌어요"

하고 나의 베아트리체가 말하기 시작하였다.

"눈을 예민하고 맑게 하여 지선(至善)을 응시해야 하리니 더 깊이 들어가기 전에 아래를 내려다보셔요.

얼마나 거대한 세계가 당신의 발 아래 놓여 있는가를 알 수 있을 거예요.

그러므로 당신의 충만한 환희의 빛을 밖으로 나타내 보이면 승리의 궁정이 기꺼이 이 둥근 하늘의 경계를 지나 당신을 반기러 올 거예요."

나는 눈길을 아래로 돌려 일곱 천구를 바라보았나니, 지구의 너무나 작고 초라한 모습에 웃지 않을 수 없었다.

나는 우리의 지구가 하늘에서 가장 보잘것없다는 견해를 옳다고 보

---

23) 당시 쌍어궁의 별은 그 하계에 미치는 영향으로 재능이 계발된다고 여겨졌다. 단테는 그 별들의 영향 아래 태어났기 때문에 그 시재(詩才)를 그 별의 영향으로 생각하고 있다.

24) 처음 태어났을 때.

25) 태양. 불멸의 생명(인간의 영혼)은 하느님께서 직접 지으신 것이므로 멸망하는 생명의 아버지라고 함.

26) 천국 여행의 나머지 장면. 특히 숭고하여 표현하기 어려운 장면.

27) 하느님.

나니

오직 그 마음을 다른 데[28]로 돌리는 자만이 진정으로 지혜로운 사람이리라.

나는 거기 빛나고 있는 라토나의 딸〔달〕을 보았나니, 나로 하여금 밀도가 고르지 못한 부분 탓이라고 오해하도록 했던 흑점[29]은 보이지 않았다.

오, 히페리온[30]이여, 여기서 나는 너의 아들〔태양〕을 분명히 볼 수 있었노라.

나는 또한 마이아와 디오네[31]가 그 주위를 가까이 돌고 있는 것을 보았으며

다음에 목성이 자기 아비와 어미 사이에 들어가 자리잡고 있는 것을 보았나니, 그들의 위치[32]가 변하는 원인을 분명히 알 수 있었다.

그리고 일곱 개의 유성들은 모두 크기와 속도와 위치가 분명히 표시되었다.

거기 영원한 쌍어궁의 별들과 함께 하늘을 돌면서 나는 인간들로 하여금 미친 듯한 죄로 허덕이게 만든, 먼지투성이의 좁디좁은 탈곡장[33]을 보았나니

산맥에서 강 어귀까지 모두 보고 나서

나는 곧 베아트리체의 아름다운 눈을 돌아보았다.

---

28) 하늘나라.

29) 지구에서는 볼 수 없던 달의 다른 쪽을 단테가 항성천에서 굽어본다. 이 다른 쪽은 흑점이 없이 맑게 비치고 있다.

30) 태양의 아버지. 우라노스와 대지의 여신 텔루스 사이의 아들.

31) 전자는 베누스〔금성〕의 어미, 후자는 메르쿠리우스〔수성〕의 어미. 여기서는 수성과 목성을 가리킴.

32) 화성·목성·토성이 때로는 태양에서 가깝게 보이고, 때로는 멀리 보임.

33) 인간 세계.

제 *23* 곡

　　단테는 여덟째 하늘인 항성천에서 그리스도가 내려오시는 것을 본다. 시
인은 그 휘황찬란한 빛에 황홀해진다. 이어 성모 마리아의 장미와 사도들
의 백합이 나타난다. 어느덧 그리스도는 지고천(至高天)으로 오르시고, 가
브리엘 천사가 내려와 성모 마리아에게 면류관을 씌운다. 모든 성도들이
마리아를 찬양하는 사이에 마리아도 아들의 뒤를 따라 지고천으로 오른다.

　만물이 자취를 감추는 밤 내내 귀여운 새끼를 품고 정든 나뭇가지의
둥지에 깃들이는 어미새,
　새끼들에게 먹이를 찾아 주기 위해 고달픈 노고도 즐거워라.
　나뭇가지에 앉아 불타는 애정을 품고 해뜨기를 기다리며 먼동이 터
오는 것을 응시하나니
　마치 그 어미새처럼, 꼿꼿이 서서 기다리고 있던 베아트리체는 태양
의 발걸음이 느려지는 부분의 하늘¹⁾을 찬찬히 바라보았다.
　황홀한 예감으로 충만한 그녀의 모습에 내 마음은 소원을 채 이루기
도 전에 벌써 희망으로 가득 차는 듯했다.
　그러나 내가 이처럼 기다린 것과 하늘이 새로운 빛으로 밝아 온 것
은 거의 동시의 일이었다.
　베아트리체가 나에게 말하기를,
　“보셔요, 당신 앞에 나타난 그리스도의 개선군²⁾을. 천구의 회전이
거둔 수많은 열매³⁾와 함께 오고 있어요.”

---

1) 정오의 태양이 있는 곳에 해당하는 하늘.
2) 그리스도의 피에 의해 구원받은 성도들.
3) 개선군은 모든 천구의 좋은 영향으로 믿음을 키워 구원을 얻었으므로 그 영
　향의 열매에 해당한다.

그녀의 얼굴은 찬란하게 빛나고, 두 눈은 말로는 표현할 수 없는 희열로 넘쳐 있었나니

맑게 개인 보름 밤의 고요, 그 빛으로 온 하늘을 물들이는 영원한 님프들 사이에서 미소를 짓는 트리비아처럼

수천의 등불〔성도〕 위에 모든 것을 비추는 태양〔그리스도〕이 빛나고 있었으니

마치 모든 빛을 주는 것처럼 보였다.

그리고 찬란한 실체〔그리스도〕가 살아 있는 빛으로 얼굴이 환히 비치니 나는 눈이 부셔서 감당할 수 없었다.

오, 나의 베아트리체, 아름답고 사랑스러운 길잡이여!

그녀가 나에게 말했다.

"당신을 압도하는 저 힘은 무엇으로도 막아낼 수 없으며, 그 무엇도 저것으로부터 숨을 수 없나니

그것이 바로 길고 긴 밤 동안 사람들이 애타게 기다리던 하늘과 땅 사이의 황금의 길[4]을 열어 준 지혜와 힘입니다."

마치 구름 속에 갇혀 있을 수 없을 만큼 팽창한 불길이 드디어 구름을 뚫고 그 본성[5]에 거슬려 지상으로 떨어지는 것처럼

이 은총의 향연[6]으로 부푼 내 마음도 점점 넘쳐나 자신을 초월했으므로, 지금은 어떤 일이 있었던지 기록조차 할 수 없구나.[7]

"눈을 뜨고 나를 보셔요. 당신이 방금 보았던 여러 광경이 당신으로 하여금 나의 황홀한 미소를 견딜 수 있게 힘을 주었나니."[8]

---

4) 인간이 하늘로 오르는 길.

5) 화염계를 향해 올라가야 할 본래의 성질.

6) 그리스도의 개선을 보는 것.

7) 내 마음은 천상의 환락으로 넘쳐나 자기 자신에게서 떠났으므로 당시의 기억이 남아 있지 않다.

8) 베아트리체의 웃는 얼굴을 볼 수 없게 된 단테도(제21곡 참조), 그리스도의 개선을 보고 시력이 강해져 그녀를 보게 되었다.

나는 마치 꿈에서 깨어나 사라져 버린 형상을 되살리려 애쓰는 사람
같았으니[9]

이 고마운 말을 들은 것은 바로 그때, 비망록(備忘錄)에 영원히 살아
있을 고마운 말이었다.

설사 폴리힘니아[10]가 그 자매[11]들과 함께, 저들의 달디단 젖[12]으로 더
욱 살찌게 된 모든 혀들[13]이 한 목소리로 노래한다 해도

그녀의 성스러운 미소와, 그녀를 더욱 빛나게 하는 영광을 찬양하지
못하리니

그러므로 천국을 그리려는 나의 신성한 시[14]는 끊어진 길을 가는 나
그네처럼 중간중간 뛰어가지 않을 수 없도다.[15]

그러나 주제(主題)는 거대하고 그것을 짊어진 인간적 어깨는 약한
것, 그 무게에 나의 어깨가 흔들린다고 뉘라서 비난할 수 있으랴.

나의 과감한 뱃머리가 파도를 헤쳐 나가는 뱃길은, 두려움에 굴복하
여 뒤로 물러서는 사공이나 작은 배가 지나가는 그런 항로가 아니로
다.

"당신은 어째서 그렇듯 내 얼굴에 넋을 잃고

---

9) 마음에 남은 인상(기쁨이나 슬픔)에 의해 꿈의 내용을 상기하려고 하지만 되지
　　않는 사람처럼 단테는 마음의 환희를 더듬어 그 개선군의 위용을 상기하려고
　　했으나 불가능했다.
10) 서정시를 관장한 예술의 여신으로 찬가와 무악의 여신이라고도 불린다. 뮤즈
　　의 아홉 여신 중의 하나.
11) 뮤즈의 다른 여덟 여신들.
12) 호메로스를 가리켜 "뮤즈에게서 가장 많은 젖을 빨아먹은 그리스 인"이라고
　　했음.
13) 모든 시인들.
14) 소재를 신성한 사물에서 취한 시.
15) 천국의 모습을 표현함에 있어, 말이 모자라는 부분을 생략하고 펜을 놀리기
　　를, 마치 사람들이 개천이나 도랑으로 끊긴 길을 뛰어넘듯 한다.

그리스도의 은총의 빛으로 꽃 만발한 저 아름다운 정원을 바라보지 않나요.

그 정원에 핀 장미,[16] 그 안에서 하느님의 말씀[17]이 육(肉)을 입게 되었지요.

또 백합화[18]의 향기는 사람들을 바른길로 인도했어요."

베아트리체의 이러한 말에 따라, 나는 나의 얇은 눈꺼풀을 들어 다시 한 번 가냘픈 눈싸움[19]을 시작했다.

나는 전에 구름 사이로 내리쬐는 햇살을 받고 있는 꽃밭을 그늘 속에서 바라본 적이 있나니

그와 마찬가지로, 빛을 발산하는 근원은 보이지 않지만

저 높은 곳으로부터 빛을 받아 타오르는 수많은 무리가 보였다.

오, 저들에게 이처럼 빛을 쏟으시는 자비로운 힘[20]이여!

당신은 움츠러드는 나의 약한 시력에 힘을 주기 위해 스스로 높이 오르셨습니다.

아침 저녁으로 부르며 기도하는 아름다운 꽃(장미)[21] 이름, 이 마음을 사로잡아 무리 중에서 가장 빛나는 빛 위로 머물게 하니

지상에서 뛰어났던 것같이 천상에서도 이 생기에 가득 찬 별[22]의 빛과 크기가 내 눈에 비칠 때,

하늘에서 관(冠) 모양의 횃불[23] 하나가 내려와 그 별을 에워싸고 주

---

16) 성모 마리아.

17) 그리스도. 〈요한복음〉 1장 1절 참조.

18) 성도들.

19) 약한 시력으로 강한 시력을 보는 것.

20) 그리스도.

21) 장미〔성모 마리아〕.

22) 가브리엘 천사.

23) 성모 마리아.

위를 맴돌았다.

지상의 가락이 아무리 넋을 흘릴 만큼 아름답게 울릴지라도

맑은 하늘을 더욱 푸르게 물들이는 이 아름다운 벽옥(碧玉)[24]을 장식하는 가락에 비하면 구름을 뚫고 들려 오는 천둥 소리이리라.

"나는 사랑의 천사, 우리의 열망을 간직한 그 모태[25]에서 비롯되는 높은 희열을 에워싸고 돌고 있나니

나는 계속 돌리라. 하늘의 여인이여, 당신이 당신의 위대한 아드님을 따라 지고천으로 들어가 그곳을 더욱 거룩하게 할 때까지."

돌아가는 자들이 이처럼 노래를 마치자, 그 동산에 있던 다른 빛들이 일제히 마리아의 이름을 불렀다.

온 우주에 걸쳐 생기에 넘치는 왕자의 옷[26]은, 하느님의 입김을 받아 열렬하게 타올랐으니

그 안쪽은 내 서 있던 자리에서 훨씬 높은 곳에 있어 보이지 않았다.

그러므로 내 유한적 눈으로는 높은 천국에서, 자기 아드님과 만나기 위해 관을 쓴 그 불꽃이 하늘로 올라갔을 때, 그것을 좇을 수 없었다.

마치 젖을 다 빨고 난 아기가 어머니 쪽으로 팔을 뻗어 어머니를 향한 넘치는 사랑을 표하는 것처럼

이들 빛들은 모두 그 불길을 위쪽으로 높이 뻗쳐 마리아를 향한 그들의 존귀한 사랑을 보여 주었다.

그러고 나서 그들은 "오 하늘의 여왕[27]이여" 하고 노래 부르면서 내

---

24) 성모 마리아.

25) 마리아.

26) 아홉째 하늘, 즉 원동천. 그 이하의 여덟 하늘을 에워싸고 회전할 힘을 준다. 그 위 엠피오레의 하늘에서 직접 하느님의 성령을 받기 때문에 열도가 대단히 높고 생기가 충만하다. 단테는 '그 안쪽', 즉 여덟째 하늘에서 아홉째 하늘을 바라보았으므로 보이지 않았다.

27) 성모 마리아. '하늘의 여왕이여 기뻐하라'는 구절로 시작되는 찬가로, 부활절에 부르는 성모 찬가임.

가 볼 수 있는 곳에 멈춰 섰나니

　그 아름다운 노랫소리 기쁨으로 나를 충만케 하누나.

　오, 이 영원한 은총의 궤[28] 속에 거둬들인 부(富)의 풍요함이여! 지상에 있을 때 좋은 씨를 뿌린 덕이로다.

　그들이 바빌로니아의 유형지[29]에서 황금[30]을 버리고 울면서 거둔 그 보화를 지금 이곳에서 즐기며 참 삶을 살고 있나니

　여기, 하느님과 마리아의 존귀한 아드님 밑에서

　신구(新舊) 두 집회[31]와 함께 위대한 영광의 열쇠를 쥔 자[32] 그 승리[33]를 축하하고 있도다.

제 *24* 곡

　베아트리체의 요청으로 축복받은 영혼들이 단테를 기꺼이 맞아들이고, 베드로가 나와 베아트리체를 영접한다. 그는 단테에게 신앙에 대해 여러 가지 질문을 한다. 그리하여 두 사람 사이에 한참 질의응답이 계속된다. 끝으로 단테가 삼위일체의 기본 교리를 말하자 베드로는 만족하여 단테를 축복한다.

---

28) 성도들.

29) 지상의 생활. 옛날 이스라엘 백성들이 포로가 되어 바빌로니아에 끌려간 것처럼, 인간은 에덴 동산을 떠나 지상에 옮겨졌기 때문이다.

30) 부귀. 이것을 지상에서 구하지 않고 고뇌 속에 보화를 하늘에 쌓는다. 〈마태복음〉 6장 16절 이하, 〈누가복음〉 12장 32~34절 이하 참조.

31) 신약과 구약 시대의 성도들.

32) 베드로.

33) 악과 핍박에 대한 승리.

"오, 모든 굶주림을 영원토록 채우기 위해 당신들에게 음식[1]을 제공하는 어린 양[그리스도]의 거룩한 만찬에 선택된 영혼들이여!

하느님의 은총으로 이 사람[단테]은 죽음이 그 기한을 아직 정하기 전에 당신들의 식탁에서 떨어지는 음식[2]을 맛보고 있습니다.

그의 끝없이 불타는 갈증[3]을 헤아려 당신들의 풍요함으로 그를 적셔주시기 바라오니

그는 여러분이 마시는 샘물[4]을 목마르게 바라고 있습니다."

베아트리체가 이렇게 말하자 기쁨에 찬 영혼의 무리들은, 고정된 굴대의 주위를 맴돌면서 마치 혜성처럼 반짝였으니

시계의 톱니바퀴의 움직임을 가까이서 들여다보면 가장 안쪽 톱니바퀴는 거의 정지하고 있는 듯 보이고 가장 바깥의 톱니바퀴는 마치 날아다니는 듯 보이는 것처럼

이 춤추며 돌아가는 성도들의 원에도 빠르고 더딘 차이가 있었으니, 그것은 그들의 풍요[5]의 차이를 나타내는 것.

그들 중 내 보기에 가장 아름다운 원에서 하나의 불꽃[6]이 밖으로 빛을 발하였나니, 대단히 복된 불꽃으로 눈부시게 빛나고 있었다.

이 불꽃이 베아트리체의 주위를 세 번 돌면서 부른 노래는, 너무나 신성하여 나로서는 다시 상상조차 할 수 없는 것.

내 붓은 이 장면을 껑충 뛰어넘어 아무것도 쓸 수 없나니

---

1) 하느님의 은총. 이 은총은 한이 없기 때문에 성도의 소망이 언제나 충족된다.

2) 음식 찌꺼기. 이것을 모아 먹은 것은, 아직 성도가 되기 전에 분에 넘치는 하늘나라의 행복의 일부를 맛보는 것이 된다.

3) 앎에의 소원.

4) 앎의 샘.

5) 행복.

6) 사도 베드로.

하늘의 휘장[7]이 너무도 눈부셔 우리의 어떤 상상이나 우리의 어떤 말로도 그 진실을 그릴 수 없기 때문이다.

"오, 이토록 진심으로 우리에게 간청하는 자매여, 너의 뜨거운 애정이 나를 저 아름다운 원 밖으로 끌어내는구나."

그 사랑의 성화(聖火)는 멈춰 나의 숙녀에게 숨결을 보내어 내가 아래에 기록한 바의 말을 이었다.

"오, 주께서 이 기쁨의 향연의 열쇠를 맡기신[8] 위대한 분의 영원한 불꽃이여!

일찍이 바다 위[9]를 걸었던 당신의 신앙을 들어, 당신 뜻대로 이 사람을 시험해 보십시오.

그의 사랑과 소망과 믿음이 옳은지 그른지 당신은 잘 알고 계시리니, 당신의 눈은 만물의 형상을 보실 수 있으니까요.

그러나 이 하늘나라는 진실한 신앙을 가진 백성들로 이루어져 있으므로

이 사람에게도 당신과 함께 완전한 교리를 논할 기회를 주는 것이 바람직하리라 봅니다."

마치 학생이 학사학위 시험을 칠 때, 결론을 내리기 위해서가 아니라 논증하기 위해 마음의 준비를 하고 있으면서도, 교수가 질문할 때까지 발언하지 않는 것처럼

그녀가 말하는 동안 나는 상대방의 질문에 대한 답변으로 마음속에 온갖 이론을 준비하고 있었다.

"독실한 그리스도 신자로서 신앙이 무엇인지 네 생각을 말하라"

---

7) 이 비유는 분명치 않다. 그 의미는 이런 것이 아닌가 싶다. 즉 마치 너무 선명한 색채가 휘장의 주름을 그리는 데 적합하지 않은 것처럼, 인간의 상상이나 언어도 이 성가와 같은 환희를 충분히 표현할 수 없다.

8) 내가 천국 열쇠를 네게 주리니……. 〈마태복음〉 16장 19절 참조.

9) 〈마태복음〉 14장 29절 참조.

하는 말에 나는 눈을 들고, 이렇게 물은 불꽃을 바라보고, 이어서 베아트리체를 바라보았나니

그녀는 나로 하여금 내 마음속의 샘에서 물을 퍼내게 하려는 듯이 얼른 눈짓을 했다.

"위대한 백부장(百夫長)[10] 앞에서 말할 기회를 내게 주심이 크나큰 은총으로 압니다. 이 자리에서 저의 생각을 충분히 말할 수 있게 허용해 주시기 바랍니다"

하고 나는 말하기 시작했다.

"아버지시여, 당신과 함께 로마를 올바른 길[11]로 인도하신 당신의 친애하는 형제[12]께서 기록한 바와 같이

믿음이란 바라는 것들의 실상이요, 보지 못하는 것들의 증거입니다.[13]

저는 이것이 신앙의 본질이라고 생각합니다."

그러자 이런 소리가 들려 왔다.

"옳은 생각이다. 그런데 너는 어찌하여 그가 먼저 실체로 파악하고 그 다음에 증거로 분류하였는지 이해하고 있느냐?"

내가 대답하기를,

"이 천상에서 자유롭게 드러나는 온갖 심오한 사물들은

지상의 유한한 눈에는 전혀 보이지 않으므로

지상에서 그런 사물들은 오직 믿음 속에만 존재하며, 그 신앙의 기

---

10) 로마 군대의 100명으로 조직된 단위 부대의 장. 전쟁할 때 맨 앞에서 창을 휘두르는 자이다.

11) 로마 인을 그리스도에게로 인도하는 길.

12) 사도 바울.

13) 여기서 단테가 말하는 신앙의 정의는, 〈히브리서〉 11장 1절의 말씀이다. 즉 신앙이란 바라는 것에 대한 굳은 신념이며, 보지 못하는 것에 대한 굳은 믿음이라는 것이다.

반 위에 큰 소망이 서 있으니

그러므로 신앙을 실체라고 하는 것입니다.

그리고 더 이상의 가시적 증거 없이 오직 이 믿음에서 추론(推論)하지 않을 수 없기 때문에, 신앙을 증거라고 말하는 것입니다”

그러자 “만일 지상의 사람들이 모두 지상의 교육을 통해 이렇게 확고하게 이해한다면 궤변가의 잔재주는 쓸모 없게 될 것이다”

하는 소리 울려오더니 그 불타는 사랑이 다시 덧붙이기를,

“이 화폐[14]의 혼합물과 그 무게를 정확하게 검토했거니와 한 가지 묻겠는데, 너는 이 화폐를 갖고 있느냐?”

“네,” 하고 내가 대답했다.

“제가 갖고 있는 것은 둥글고 반짝이는 것으로, 거기 새겨진 것은 조금도 닳거나 변질될 여지가 없습니다.”

그러자 내 앞에서 반짝이던 그윽한 빛 속에서 다시 한 번 말이 울려 오매,

“모든 덕의 토대가 되는 이 귀중한 보석〔신앙〕은 어디로부터 너에게 온다고 생각하느냐?”

“신약과 구약에 끝없이 내리는 흡족한 성령의 비는, 나에게 분명한 진리를 가르쳐 주었나니

그 예리한 논리에 비하면, 다른 논증들은 모두 보잘것없고 혼란스러운 것으로 생각됩니다.”

그러자 이런 말이 들려 왔다.

“너에게 그런 결론을 내리게 한 신약과 구약을 너는 어떤 이유에서 하느님의 진리라고 받아들이는가?”

내가 답하기를,

“나에게 진리를 보여 주는 증거는

그에 따르는 여러 가지 사적(事蹟) 안에 존재하는 것이지 결코 대장

---

14) 신앙. 화폐에 위조 지폐가 있듯이 신앙도 자칫하면 거짓 신앙이 되기 쉽다.

간의 쇠처럼 달궈지고 다듬어지는 것이 아닙니다.”

그러자 상대방이 말했다.

“그렇다면, 이런 사적이 실제로 있었다는 것은 무엇으로 입증되느냐?

바로 그 존재를 입증할 대상이 그렇게 보증할 뿐이 아니냐?”[15]

“기적 없이 그리스도의 가르침이 온 세상에 널리 전파된다면”

하고 내가 대답했다.

“그것이 바로 기적, 다른 어떤 기적도 그것의 100분의 1이 못 될 것입니다.

당신은 가난하고 굶주린 몸으로 오직 신앙의 뒷받침만으로 밭에 나가 좋은 나무의 씨앗[신앙]을 뿌렸나니[16]

비록 지금은 가시덩굴이 되었지만 옛날 그 포도나무엔 열매가 많이 달렸습니다.”

내가 말을 마치자 거룩한 성도들이,

“하느님, 우리는 당신을 찬미합니다!”

하고 아름답게 노래 부르니 그 가락이 다른 천구에 온통 울려 퍼졌다.

그러자 가지에서 가지로[17] 데리고 다니며 내 믿음을 시험하던 그 남작은 마지막 잎새에 이르렀을 때 다시 물었다.

“네 마음에 깃들인 하느님의 은총이 아무 일 없이 여기까지 오르도록 너에게 허락하셨다.

그러므로 너의 대답은 그것으로 족하다고 생각한다.

그러나 너는 무엇을 믿고 있느냐? 그리고 그 신앙은 어디서 어떻게

---

15) 성서에 기록된 기적으로 성서의 가르침이 하느님의 계시임을 입증하는 것은 논리의 원칙에 어긋나기 때문이다.
16) 불우한 환경에서 전도에 힘썼음.
17) 질문에 이어 질문으로.

왔느냐? 이 점에 대해 말해 주기 바라노라.”

“오, 거룩한 아버지시여!

갈릴리의 무덤[18]을 향할 때에 젊은 요한보다 당신이 먼저 믿었던 것 같은 굳은 믿음을 지금 여기서 보고 있는 영혼이여!

당신이 내가 지닌 신앙의 본질과 그 유래에 대해 알기 원하시니 이제 그 물음에 대답하겠습니다.

저는 오직 한 분의 하느님을 믿습니다. 사랑과 소망으로 모든 천체를 움직이시되 당신 자신께선 움직이지 않는 유일하고 영원하신 하느님을 믿습니다.

이런 신앙에 대해서, 저는 형이하학적(形而下學的) 및 형이상학적인 논증[19]뿐만 아니라

모세와 예언자들, 시편 그리고 당신이 불타 오르는 성령의 이끌림을 받아 집필한 복음서를 통한 논증도 갖고 있습니다.

또한 저는 영원하신 삼위(三位)[20]를 믿사오니

이 삼위는 셋이면서 하나인 결정체이므로 그 안에 복수와 단수가 영원히 결합되어 있음을 믿습니다.

이 깊은 신비는 복음서의 가르침을 통하여 내 마음속에 마치 밀랍 위의 봉인(封印)처럼 새겨졌나니

그것은 근원이고, 그것은 꽃입니다.

그것은 살아 있는 불꽃 속에 활활 타올라서 마치 하늘의 별처럼 내 마음속에서 빛나고 있습니다.”

---

18) 〈요한복음〉 20장 1~10절의 내용. 막달라 마리아가 예수의 무덤을 찾아갔으나 시체가 보이지 않자 이 사실을 사도들에게 알렸다. 베드로가 요한과 함께 무덤으로 달려갔는데 그는 젊은 요한보다 늦게 도착했다. “베드로도 따라와서 무덤에 들어가 보니 세마포가 놓였고……그때에야 무덤에 먼저 왔던 그 다른 제자(요한)도 들어가 보고 믿더라.”

19) 아리스토텔레스의 〈물리학〉 및 〈형이상학〉을 가리킴.

20) 성부 · 성자 · 성신.

　마치 하인으로부터 기쁜 소식을 듣고, 그가 말을 마치자마자 얼싸안고 감사하는 주인처럼
　그 사도〔베드로〕의 빛은 내가 말을 마치자 찬가로써 나를 축복하고 내 주위를 세 번 맴돌았다.
　내 말이 그만큼 그를 기쁘게 했던 것이다.

제 25 곡

　단테는 시인으로서 고향 피렌체에서 영예의 월계관을 쓰는 날이 있기를 기약한다. 시인이 향수를 호소하니 야고보가 나타나 그에게 소망에 대해 세 가지 질문을 한다. 단테가 이에 일일이 대답하자 영혼의 무리가 만족하여 노래를 부른다. 이어 사도 요한이 찬란한 빛 가운데 나타나 단테는 눈이 부셔 베아트리체의 모습도 보지 못한다.

　하늘과 땅을 노래한 이 성시(聖詩)[1]를 위해 오랫동안 뼈를 깎는 듯한 고생을 거듭하여 몸도 여위었지만,
　만일 이 시가 내가 아직 어린 양으로 잠잘 때 저 아름다운 목양장[2]에서 나를 몰아냈던 흉악한 이리[3]들의 잔인함을 무찌를 수 있다면
　목소리 변하고 머리털 희어졌을지라도,[4] 나 시인으로서 나의 영세단

---

1) 신곡.

2) 고향(피렌체).

3) 피렌체의 시민.

4) 벌써 추방당할 당시와 같은 연애시의 시인이 아니라, 성시의 시인이 되어 있을 것이며, 젊은 날의 곱슬머리도 희끗희끗 변해 있을 것이다.

(領洗壇)[5]으로 되돌아가 영예의 월계관을 쓰게 되리라.

거기서 나는 하느님의 존재를 알리는 신앙을 갖게 되었으니

바로 그 믿음으로 앞서 말한 것처럼 베드로가 나의 둘레를 돌게 된 것이다.

그러고 나서 그리스도의 사제로서 지상에 처음으로 꽃을 피운 베드로가 나왔던 그 원에서 또 하나의 빛이 다가왔다.

베아트리체는 기쁨에 넘쳐 나에게 외쳤다.

"보셔요, 저 귀인[6]을. 그를 위해 지상의 사람들은 갈리시아[7]로 순례를 떠나고 있어요."

마치 비둘기가 짝을 찾아 날아다닐 때 상대방의 주위를 맴돌며 구구 울면서 애정을 표시하는 것처럼

이 여덟째 하늘에서도 새로 온 귀공자가 앞서 온 귀공자의 영접 아래 그들을 길러 준 하늘의 양식[8]을 찬양하는 모습이 보였다.

그들은 서로 반가이 인사를 마치고 내 앞에 말없이 멈춰 서서, 앞이 보이지 않을 만큼 눈부시게, 찬란하게 빛났다.

그때 베아트리체가 미소지으면서 말했다.

"우리의 전당의 은혜를 기록하신[9] 뛰어난 영혼이여! 소망이 이 높은

5) 피렌체 시의 요한 성당 안에 있음. 〈지옥편〉 제19곡 각주 5) 참조.

6) 예수의 제자 야고보.

7) 야고보의 육신은 스페인의 갈리시아 주 산티아고에 묻혀 있다는 전설이 있기 때문에 중세에는 이곳에 순례자가 많이 몰렸다.

8) 하느님의 은총.

9) 〈야고보서〉 1장 2절 및 17절의 말씀을 가리킨다. "내 형제들아, 너희가 여러 가지 시험을 만나거든 온전히 기쁘게 여기라" "각양 좋은 은사와 온전한 선물이 다 위로부터 빛들의 아버지께로서 내려오나니, 그는 변함도 없으시고 회전하는 그림자도 없으시니라." 단테는 여기서 스페인의 전설에 따라 각주 6)의 요한의 형제인 야고보(대야고보)를 〈야고보서〉의 필자로 보고 있다. 그러나 이 필자는 보통 〈사도행전〉 1장 13절에 나오는 알패오의 아들 야고보(소야고보)로 보고 있다.

하늘에 울려 퍼지게[10] 하소서.

그리스도께서 스스로 택하신 세 분[11]에게 자신을 가장 뚜렷이 나타내실 적[12]마다 당신의 소망[13] 체현(體現)되었음을 당신은 알고 계실 것입니다."

"머리를 들어 위를 보라, 두려워 말라.

지상에서 이곳에 올라온 자들은 모두 우리의 빛을 받아 성숙해지기[14] 마련이다."

이렇게 둘째 불꽃(야보고)이 나를 격려해 주기에 나는 그 당당한 산[15]의 무게에 아래로 내리깔았던 눈을 다시 들어 그 산들을 바라보았다.

"우리 주 하느님께서 은총을 베푸사, 너는 아직 살아 있는 몸으로 신비한 하늘나라의 궁전에서 성도들과 만날 수 있는 기회를 갖게 되었으니

이 궁전의 진리를 명백히 이해하여 지상에서 사랑과 선(善)을 불러일으키는 소망을, 너 자신과 다른 사람들의 마음속에 강화시키기 바라노라.[16]

말하라, 소망이란 무엇이며 그 근원은 무엇인지를, 그리고 그것이 네 마음속에 꽃피는 것을 어떻게 견디는지를."

---

10) 단테와 이야기를 나누어.

11) 베드로, 요한, 야고보.

12) 그 신인(神人)의 양성(兩性)을 세 사도에게 가장 잘 나타내심.

13) 야고보는 신학상 3덕 중에서 소망을 상징함. 이에 대해 베드로는 신앙, 요한은 사랑을 상징한다.

14) 눈이 밝아지고 힘이 솟아남.

15) 베드로와 야고보. 즉 앞에서 그 강한 빛으로 단테의 눈을 아래로 내리뜨게 한 사도. 산은 그 위치의 높이를 나타냄.

16) 〈신곡〉에서 단테는 미망에서 깨어나 구원의 길로 접어드는 인간을 상징함. 그의 지옥·연옥·천국의 편력은 자기 구제의 과정으로서, 그 시작(詩作)은 인류를 구원하기 위해서이다.

이것이 둘째 불꽃이 내게 두번째로 한 말이었다.

그러자 내 날개를 이끌어 이처럼 높이 오르게 한 자비로운 베아트리체가 나의 대답을 예견하고 먼저 대답했다.

"우리 군사,[17] 그 빛으로 고루 비추시는 태양[18]에 적혀 있는 것처럼 싸우는 교회[19]에는 그보다 더 소망에 찬 자녀가 한 사람도 없나니

그래서 그는 지상에서의 싸움이 끝나기 전에 이집트[20]를 빠져 나와 예루살렘(천국)을 구경하도록 허락받은 것입니다.

당신께서 하신 다른 두 가지 질문[21]은 당신이 알고 싶어서라기보다는 그로 하여금 당신이 그 덕을 얼마나 좋아하는가를 지상의 사람들에게 전하라는 말씀이리니

제가 이 일을 그에게 맡기겠습니다.

그에게 별로 어려운 일도 또 자랑의 이유도 되지 않을 것입니다. 그가 하느님의 은총으로 훌륭하게 대답할 수 있기를."

마치 생도가 잘 알고 있는 것에 대해, 자기 재능을 과시하기 위해 서둘러 교사의 물음에 대답하고 싶어하는 것처럼

"소망이란" 하고 나는 대답했다.

"미래의 영광에 대한 확실한 기대로써 그것은 하느님의 은총과 인간이 행한 공덕[22]에서 비롯되는 은총의 열매입니다.

---

17) 성도. 성도는 마귀를 무찌르기 위한 십자가의 군병이다.

18) 이 태양은 그 속에서 축복받은 사람들이 모든 것을 읽을 수 있는 거울이며 곧 하느님을 상징한다.

19) 지상의 신도. 천상의 성도를 '개선(凱旋)의 교회'로 부르는 데 대응함.

20) 인간 세상. 옛날 이스라엘 백성들이 이집트에서 노예 생활을 한 데 비추어 인간 세상을 이렇게 말함.

21) 앞에서 한 세 가지 질문 중에서. 첫째 "신앙이란 무엇인가?"와 셋째 "소망이 어디서 네게 왔느냐?".

22) 인간의 선행은 먼저 하느님의 은혜와 일치되지 않으면 그 소망은 헛된 것이다.

이 빛[23]은 많은 별[24]들에서 나에게로 내리비치지만, 처음으로 이것을 내 가슴에 부어 준 것은 궁극의 지도자〔하느님〕를 노래한 위대한 시인〔다윗〕이니

그는 하느님을 찬미하는 시에서

'주의 이름을 아는 자 주를 의지하오리니'[25] 하고 노래했습니다.

나처럼 굳게 믿는 사람 중에 이것을 모를 자 어디 있으오리까.

더욱이 당신의 사도서간[26]은 다시 한 번 촉촉한 이슬을 내려주심으로써 당신의 그 달콤한 비〔소망〕를 모두에게 넘치도록 해 주셨던 겁니다."

내가 말하는 동안에, 그 불꽃의 가슴속에서 갑자기 하나의 빛이 번개빛처럼 번뜩이더니

"종려(棕櫚)를 얻을 때에도[27] 행복한 죽음을 향해 싸움터를 떠날 때에도[28] 나를 떠나지 않았던 그 은총〔소망〕으로 아직도 내 안에 사랑의 불길이 타오르고 있나니

그 사랑에 의해 나는 너에게 좀더 말하고자 하노라.

너는 소망의 참된 모습과 그 영속적인 기쁨을 알고 있으니

내게 말해 다오, 소망이 너에게 무엇을 약속하고 있는지를."

"신구약 성서가 내포하고 있는 상징들은 나에게 소망을 제시해 주나니

하느님께서 택하신 모든 영혼들에 대해 이사야는 그들 모두 자기 고

---

23) 소망.

24) 성서의 저자.

25) 〈시편〉 9편 10절 참조.

26) 〈야고보서〉 1장 12절 참조("시험을 참는 자는 복이 있도다. 이것에 옳다 인정하심을 받은 후에 주께서 자기를 사랑하는 자들에게 약속하신 생명의 면류관을 얻을 것임이니라").

27) 순교할 때까지. '종려'는 승리를 의미함.

28) 싸움터인 세상을 떠날 때, 즉 죽을 때.

향에서 겹옷[29]을 입을 것이라고 했으니, 그 고향이란 바로 이 영화로운
생활을 뜻하는 것입니다.

그리고 당신의 형제[30]가 그토록 열렬하게 흰 옷에 대해 말한 대목에
서 이 계시는 한결 분명하게 우리에게 나타났습니다."

내가 말을 막 마쳤을 때 '주를 의지하오리니'라는 노랫소리가 머리 위
로부터 들려 오니, 원을 이룬 무리는 여기에 화답하여 일제히 합창했다.

이윽고 그들 사이에서 하나의 불꽃[요한]이 유난히 반짝였나니 만일
거해궁(巨蟹宮)에 이런 수정(水晶)이 빛났더라면 겨울철 한 달[31]은 아마
한나절 낮이었으리라.

그리고 순진한 처녀가 일어나 춤 속에 끼여드는 것은 오직 신부를
축하하기 위해서지 다른 목적을 위한 것이 아닌 것처럼

그 반짝이는 불꽃은 그들의 불타는 사랑에 어울리게끔 원을 그리며
돌아가는 두 불꽃[32]에 끼여들어

거기서 노랫가락에 맞추어 춤을 추기 시작했으니, 베아트리체는 마
치 꼼짝도 하지 않는 신부처럼 그들의 장관을 지켜보고 있었다.

"저분이 우리 펠리컨[33]의 품에 의지하고 있던 분입니다.

십자가에 묶이신 그리스도께서 저분에게 큰 소임[34]을 맡기셨지요."

베아트리체는 이렇게 말하고 나서도 여전히 그 빛에서 눈을 떼지 않

---

29) 지복(至福)과 육신의 부활.

30) 단테는 당시의 설에 따라 〈야고보서〉의 저자와 〈요한계시록〉의 저자 요한을
형제로 생각함. 흰 옷에 대한 말씀은 〈요한계시록〉 7장 9절 이하 참조.

31) 정확하게는 12월 21일부터 1월 21일까지이다. 이 기간 동안 태양은 마갈궁에
위치한다. 그러므로 만일 이러한 수정(요한의 영혼)이 거기서 빛났더라면 밤
도 낮과 같이 밝으리라는 것이다.

32) 베드로와 야고보.

33) 새 이름. 전설에 의하면 자기 피로 새끼를 먹여 살린다는 새. 그리스도를 상
징함.

34) 성모 마리아를 맡은 소임.

았으니

마치 부분 일식(日蝕)을 구경하기 위해 태양을 지켜보는 사람이 눈이 부셔 볼 수 없는 것처럼

이 마지막 불꽃을 보려는 나의 눈은 그만 캄캄해지고 말았다.

이윽고 그 불꽃이 말하기를,

"너는 어찌하여 여기 있지도 않은 것을 보려고 너의 눈을 부시게 하느냐?[35]

내 육신은 흙으로 되어, 지금 지상에 있나니 우리의 수[36]가 하느님께서 예정하신 몫에 찰 때까지 거기 다른 육신들과 함께 누워 있을 것이다.

오직 두 분만이 두 벌 옷[37]을 입고 이 축복받은 수도원〔천국〕으로 오르셨으니 너는 지상으로 돌아가면 이 사실을 사람들에게 전해 주기 바라노라."

이 말을 마치고는 불꽃은 갑자기 춤을 중단하고, 세 사도의 숨결과 어우러진 아름다운 합창도 뚝 그쳤으니

그것은 마치 험한 파도를 헤쳐 가던 노가 과로나 위험을 알리는 휘파람 소리에 일제히 멈추는 것과 같았다.

순간 베아트리체를 보려고 그 빛으로부터 돌아섰을 때

아, 이 천상에서, 그것도 그녀 곁에 있음에도 나의 눈은 너무도 강

---

35) 〈요한복음〉 21장 22절에 그리스도가 요한에 관해 "내가 올 때까지 그를 머물게 하고자 할지라도"라고 말씀하신 데 근거하여 요한은 육신을 입고 승천했다는 전설이 있다. 단테는 그 일의 진부를 확인하려고 요한의 영체를 주시했다.

36) 우리 선택받은 자의 수가 예정된 수 14만 4천이 되면(〈요한계시록〉 6장 11절 참조) 마귀를 능히 전멸하여(〈히브리서〉 10장 13절, 〈사도행전〉 7장 49절 참조) 주님이 재림하고 이윽고, 최후의 심판이 베풀어짐.

37) 영혼과 육체. 영혼과 육체를 지닌 채 승천하신 분은 그리스도와 성모 마리아 두 분뿐이다. 여기서 단테는 성모승천(聖母昇天)의 카톨릭 신앙을 고백한다.

한 빛에 그녀를 볼 수 없었으니
　내 마음을 뒤흔든 당황이야!

제 *26* 곡

　　요한은 사랑에 대해 단테에게 묻는다. 이에 대해 단테는 사랑의 대상이 무엇이고 사랑이 어디로부터 오며, 어떻게 성장하는가를 말하고, 하느님을 사랑해야 할 이유를 철학적인 추리와 계시의 두 측면에서 해명한다. 이에 대해 천상의 영혼들이 노래로 화답한다. 그때 베아트리체에 의해 단테의 시력이 회복된다. 그러자 시조 아담의 영혼이 보인다. 아담은 단테가 자기 신상에 대해 의혹을 느끼자 이를 해명한다.

　내가 시력을 잃지 않았나 하여 속으로 걱정하고 있을 때

　나의 시력을 잃게 했던 그 눈부신 불꽃에서 다음과 같은 목소리가 나를 부르더니

　"나로 인하여 잠시 잃었던 너의 시력을 회복할 때까지, 이야기[1]나 하여 보충하는 것이 좋으리라.

　그러므로 네 영혼을 가장 강하게 사로잡은 것이 무엇인지부터 말하라.

　그리고 네 시력은 잠시 흐려졌을 뿐, 아주 소멸된 것은 아니니 안심하라.

　이는 너를 이 하늘나라로 인도해 온 여인의 그 눈길 속에 아나니아[2]

---

　1) 사랑에 관한 문답.

　2) 사도 바울의 시력을 회복시켜 준 사람. 〈사도행전〉 9장 10절 이하 참조.

의 손길이 지닌 능력이 있기 때문이니라.”

내가 대답했다.

“바로 이 눈의 문을 통하여 언제나 내 안에서 타오르는 불을 가지고 그녀가 들어왔으니[3] 빠르건 늦건 그녀의 뜻대로 내 눈은 치유될 것입니다.

이 궁전 사람들의 기쁨인 지선〔하느님〕은 나로 하여금 때로는 강하게, 때로는 약하게 사랑을 읽게 하시는 성서의 알파요 오메가입니다.[4]”

내가 갑자기 시력을 잃고 두려워할 때, 나를 안심시켰던 바로 그 목소리는 계속 나의 관심을 이야기 쪽으로 돌리려고 했으니

“너의 생각을 좀더 고운 체〔櫛〕로 걸러야 하리니, 너로 하여금 이토록 숭고한 표적을 향해 너의 활을 쏘게 한 것이 무엇인지 설명하라?”[5]

“철학적 논증[6]에 의해” 하고 내가 대답하기를,

“그리고 이곳에서 내려온[7] 권위에 의해 그러한 사랑이 내 마음속에 뚜렷하게 새겨졌나니

선은, 그 자체의 선을 감지하는 한 곧 사랑에 불을 지피기 때문입니다. 그 사랑의 빛 밝을수록 우리는 선의 숭고함을 더욱 깊이 이해하게

---

3) 베아트리체는 사랑의 불을 가지고 단테의 눈으로 들어왔다. 즉 단테는 베아트리체의 거룩한 아름다움을 보고 사랑에 불탔다.

4) “네 마음이 어디에 초점을 맞추고 있느냐?”에 대한 대답으로, 단테의 사랑의 대상은 지고선인 하느님이며, 그에 모든 사랑을 하느님께 바친다는 것이다. 알파와 오메가는, 요한이 〈계시록〉에서 세 번 사용하고 있는데 그리스 어의 처음과 끝이라는 뜻.

5) 네 생각을 더욱 상세히 말하여, 누가 너로 하여금 하느님을 사랑하게 했는지 말하라.

6) 모든 사람이 하느님을 원한다는 철학적인 추리.

7) 하늘에서 내려온 권위 있는 말, 즉 성서에 나타난 하느님의 계시.

됩니다.[8]

그러므로 지선의 완벽함에서 유래되는 어떤 선도 모두 지선 자체의 한줄기 빛에 지나지 않습니다.

따라서 위대한 지선에 대해서는, 그 논증의 기초인 진실을 분간하는 사람이라면

다른 어떤 존재에 대해서보다 더 큰 사랑을 느끼지 않을 수 없습니다.[9]

이러한 진실을 내게 처음으로 이해시켜 준 분은, 모든 영원한 존재의 근원과 그 최초의 사랑을 입증한 분[10]이었습니다.

'나는 너에게 모든 선을 보여 주는 근원이니라'[11] 하고 모세에게 말씀하신 참된 창조자[하느님]의 목소리로 입증되었습니다.

그리고 당신의 고매한 계시[12]도 그 진리를 입증하나니

다른 어떤 계시보다도 명쾌하게 이 천상의 신비를 지상에 보여 주고 있습니다."

그러자 다음과 같은 목소리가 들려 왔다.

"인간의 이성이 성서와 조화를 이룸으로써 네 영혼의 최상의 열정을 하느님께로 향할 수 있는 것.

그러므로 너를 하느님께로 끌어올리는 그 밖의 다른 밧줄도 의식하

---

8) 사랑이 지향하는 것은 선이다. 그리고 선은 사랑을 자극한다. 즉 선이 클수록 사랑도 커진다. 하느님은 최고의 선이다. 그러므로 하느님은 사랑의 첫째 대상이다.

9) 하느님 이외의 선은 다만 지고선인 하느님의 한 표시, 하느님 영광의 한 광휘에 지나지 않는다.

10) 아리스토텔레스를 가리킨다고 한다. 그는 영원하고 부동인 제1원인이 천체 운행의 본원이라고 했다.

11) 〈출애급기〉 33장 19절 참조.

12) 〈계시록〉.

고 있는지 그 사랑이 몇 개의 이빨로 너를 물고[13] 있는지, 말해 보아
라.”

그러자 천상에서 그리스도의 독수리[14]가 그 성스러운 목적을 하나도
숨김없이 드러냈으니

오히려 나로 하여금 충분하고도 솔직하게 고백하도록 이끄는 것이었
다.

“인간의 마음을 하느님께로 향하게 하는 이빨들이 내 마음을 깨물
어, 하느님의 사랑을 향하게 합니다.

우주의 존재와 나 자신의 존재 및 나를 살리기 위해 그리스도께서
받아들이신 죽음, 그리고 내가 바라는 것처럼 모든 신자 또한 바라는
것(영생)들이

앞서 말했던 산지식과 함께, 나를 그릇된 사랑[15]의 바다에서 끌어내
어 올바른 사랑의 바닷가에 놓아 주었습니다.

영원한 동산의 작은 숲에 무성한 푸른 잎사귀[피조물]들을

저는 하느님께서 그들에게 베푸시는 빛과 이슬의 정도에 따라 사랑
합니다.”

내가 고백을 마치자 아름다운 노랫소리가 천상에 가득 울려 퍼졌으니

“거룩하시다, 거룩하시다, 거룩하시다!”[16]

나의 숙녀도 다른 영혼들과 함께 외쳤다.

매우 눈부신 빛이 잠을 깨울 때, 인간의 시력은 안막(眼膜)을 거쳐
들어오는 그 빛을 향하므로 눈이 퍼뜩 뜨이지만,

---

13) 이빨로 깨무는 것은 자극을 주는 것이다. 너의 사랑을 하느님께로 향하게 하
　　는 것은 이성과 계시 이외에 또 무엇이 있느냐라는 뜻이다.

14) 사도 요한. 〈요한계시록〉 4장 7절에 나오는 독수리를 요한의 상징으로 보고,
　　기독교 예술에서는 요한을 종종 독수리로 표현한다.

15) 지상에 속하는 것에 대한 사랑.

16) 〈요한계시록〉 4장 8절 참조.

너무나 갑작스러운 깨움에 혼동되어 그 기능을 회복할 때까지는 아무것도 분간할 수 없는 것처럼

천 마일 앞을 비추는 베아트리체의 눈빛으로 내 눈의 티끌이 말끔히 제거되고 나서야 비로소 나는 잘 보게 되었나니

얼빠진 사람처럼 우리 옆으로 보이는 저 넷째 빛[17]은 무엇이냐고 물었다.

"저 빛 속에는 첫째 힘〔하느님〕이 처음으로 창조하신 첫째 영혼〔아담〕이 기쁨에 찬 눈으로 그 조물주를 우러러보고 있습니다" 하고 베아트리체가 대답했다.

바람이 불어오면 나뭇가지 끝이 휘었다가 바람이 자면 제 힘에 제자리로 돌아오는 것처럼

나도 그녀의 말에 놀라[18] 고개를 숙이고 있었으나, 진정된 후에 말을 하고 싶은 마음이 간절하여 입을 열었다.

"오, 충분히 익은 몸으로 나온 최초이며 유일한 열매[19]시여.

모든 신부가 다 당신의 딸이요 며느리인 최초의 아버지시여.

진심으로 비오니 한 말씀만 하소서.

당신은 내 소원을 훤히 알고 계시므로, 사뢰지 않고 오직 말씀만을 듣고자 합니다."

거적에 싸인 짐승이 움직이면, 그 움틀거림대로 거적이 움직여 짐승의 뜻이 밖으로 드러나는 경우가 있다.

이와 마찬가지로 그 첫째 영혼도 그를 에워싼 빛의 움직임으로 그의 뜻을 나에게 보여 주었다.

"네가 구태여 말하지 않아도" 하고 그는 말했다.

"나는 네 소원을 잘 알고 있나니, 네가 확실하다고 생각하는 것을

---

17) 아담의 영혼.

18) 인류의 조상 앞에 자기가 서 있는 것을 알고 놀람.

19) 아담. 그는 지음을 받았을 때 이미 어른이었으므로 익은 과일이라고 표현함.

나는 너보다 더욱 확실히 알고 있노라.

너의 뜻은 진실의 거울[하느님]에 비치나니, 그 거울은 모든 피조물을 비추나 피조물로서는 그 무엇으로도 그 거울을 비출 수 없는 것.

네가 알고 싶어하는 것[20]은, 그녀가 너를 위해 마련한 층계를 오르면 도달하는 곳,

그 열락의 동산에 하느님께서 나를 창조하신 이래 지금까지 얼마나 경과되었는지,

나의 두 눈은 그곳에서 얼마나 오래 즐거움을 누렸으며, 크신 분노[21]의 참된 원인은 무엇인지, 또 나 자신 지어내어 쓴 말은 무엇이었는지 하는 것이다.

아들아, 그토록 오랜 추방의 원인이 단지 나무의 열매를 따먹은 데에 있는 것이 아니라 하느님의 법령을 위반한 데에 있음을 명심하라.[22]

너의 숙녀가 너를 돕기 위해 베르길리우스를 불렀던 그곳[23]에서 나는 천국의 모임을 동경하며 태양의 회전을 4302번이나 세었으며[24]

그리고 지상에 있는 동안에는 태양이 그 궤도에 있는 모든 별 위로

---

20) 아담은 단테의 마음속에서 네 가지 의문을 간파했다. 첫째 아담이 지음을 받아 지상 낙원에 있은 후 지금에 이르기까지 몇 해가 지났는가? 둘째 그가 낙원에 있은 기간은 얼마나 되는가? 셋째 원죄의 원인은 어디 있는가? 넷째 아담은 하느님으로부터 어떤 말을 받아 어떻게 사용했는가? 이다.

21) 인간의 죄에 대한 하느님의 분노.

22) 금단의 열매를 먹었다는 것 자체보다도 하느님이 인간에게 부여하신 능력의 한계를 뛰어넘어 아담과 하와가 하느님과 동등하게 되려고 한 것이 하느님의 분노를 사게 되었다. 즉 그들은 교만 때문에 낙원에서 추방되었다.

23) 베아트리체의 부탁을 받은 베르길리우스는 지옥의 림보에서 단테를 구하러 가기 위해 움직이기 시작했다.

24) 첫째 물음에 대한 대답. 아담은 지상에서 930년간 생존하고(〈창세기〉 5장 5절), 지옥의 림보에서 4302년간 있었으며, 그리스도의 죽음, 즉 아담이 림

930번 돌아가는 것을 보았다.[25]

　내가 쓰던 말은 니므롯[26]의 족속들이 그들의 능력을 넘어서는 일[27]을 시작하기 훨씬 전에 완전히 사라져 버렸으니

　인간의 성향이란 별의 반짝임에 따라 변하는 것. 이성(理性)의 산물[28]이 변화를 넘어 영원히 지속된 적은 일찍이 없었더니라.

　인간이 말을 하는 것은 자연스러운 일이지만, 그 말하는 방식은 자연이 인간에게 맞게끔 정한 대로 따라야 하느니라.

　내가 지옥의 격통 속으로 떨어지기 전, 나를 에워싼 희열의 근원이신 지선〔하느님〕은 지상에서 EL이라 불렸고, 이어서 J라 불렸으니[29]

　인간의 어법이란 마치 잎이 지고 나면 다시 새 잎이 돋아나는 것과 같도다.

　파도 위에 높이 치솟은 저 산[30] 위에 내가 머물렀던 시간은,

　순결했던 시간과 수치에 떨었던 시간[31]을 합쳐서 첫째 시간부터 해가 모습을 바꾸는 여섯째 시간 다음에 오는 시각까지였노라.[32]

　　보를 나와 신곡이 시현(示顯)된 해까지 1266년이므로 아담이 지음을 받은 이래 이때까지 6498년이 된다. 단테는 여기서 중세 사가(史家)의 주장에 따라 인류의 창조에서 그리스도의 죽음까지를 5232년으로 보고 있다.

25) 930세를 살았다.

26) 헤브라이 어로 영웅이라는 뜻. 함의 자손으로 바벨론 건설에 공을 세웠음. 〈창세기〉 10장 10절 참조.

27) 바벨론 탑의 건설. 〈창세기〉 11장 4절 참조.

28) 여기서는 언어를 가리킨다.

29) J는 히브리 사람들이 하느님이라고 일컫던 Jehovah의 첫글자이고, EL은 역시 하느님을 지칭하는 Elohim의 첫 두 글자.

30) 정죄산, 여기서는 그 꼭대기에 있는 낙원을 가리킨다.

31) 금단의 과일을 먹기 전과 먹은 후.

32) 아담이 지상 낙원에 있은 것은 오전 6시경부터 오후 1시경까지. 첫째 시간은 해뜰 때. '모습'은 4분의 1원(6시간). 그것을 바꾸는 것은 다음의 4분의 1원

제 *27* 곡

영광의 송가가 하늘에 울려 퍼지고 나서 베드로가 나타나 교회 목자들의 부패상에 대해 비난한다. 다른 성도들도 이에 동조하여 여덟째 하늘 항성천은 온통 저녁 노을처럼 물든다. 단테는 베아트리체의 지시대로 조그마한 지구를 굽어본다. 이어 두 사람은 아홉째 하늘인 원동천에 오른다. 베아트리체가 이 원동천의 구조에 대해 설명하고 바른길에서 벗어난 인간들의 탐욕을 탄식한다.

"성부와 성자와 성신께 영광 있으라!"
천국의 온 성도들로부터 울려 나오는 아름다운 노랫소리에 도취하여
마치 온 누리가 하나 되어 미소짓는 듯하니
듣는 것이나 보는 것 모두 나를 황홀경에 빠뜨리는구나.
오, 환희여! 형언할 수 없는 희열이여! 오, 오직 완전한 사랑과 평화로 이루어진 삶이여! 오, 더 바랄 것 없는 확실한 풍요함[1]이여!
거기 네 개의 횃불[2]이 타오르고 있었으니
맨 먼저 내게로 내려왔던 횃불[3]이 더욱 세차게 타오르기 시작했다.
그 모습이란, 흰 목성과 붉은 화성을 새라고 가정했을 때 그들이 서

에 이르는 것. 아담이 지상 낙원에 있은 기간에 대해서는 여러 가지로 상상하지만 단테는 6시간설을 채택하고 있다.
1) 천국에서의 복락. 천상의 성도들에게 내리시는 하느님의 은총은 지극한 것이므로 그 복락을 잃을 우려가 없고, 또 그 복락으로 모든 것이 충족되기 때문에 달리 바랄 것이 없다.
2) 베드로, 요한, 야고보, 아담.
3) 베드로.

로 깃털을 바꾼 것 같은 빛깔을 드러냈다.[4]

천상의 악대에게 각각 임무를 맡기시는 하느님의 섭리는, 이때 성도들의 합창을 중단시켰으니

그러자 다음과 같은 소리가 들려 왔다.

"내 빛깔이 변하더라도 이상하게 여기지 말라. 내가 말하는 동안 여기 모든 성도들 또한 빛깔[5]이 달라지는 것을 너는 보게 되리라.

내게, 내게, 내게 주어진 자리,[6] 하느님의 아들이 지상에 서시기 전까지는 비어 있는[7] 나의 그 자리를 빼앗은 자[8]가

내 무덤[9]을 피로 더럽히고 악취 풍기는 시궁창으로 만들어 버렸나니

이 천상에서 떨어진 사악한 자[10]가 저 하계[11]에서 기뻐하는구나."

뜨고 지는 태양이 맞은편의 구름을 아침 저녁으로 붉게 물들이듯이, 나는 그때 하늘이 온통 그런 빛깔로 물드는 것을 보았다.

그리고 흔히 정숙한 여인들이 자기 마음에 걸릴 것 없어도 남의 허물 들으면 얼굴빛이 붉어지는 것처럼, 베아트리체도 얼굴빛이 변했다.

그리스도의 수난 때에도 이처럼 하늘 빛이 변했을 것이다.[12]

그러자 베드로는 안색 못지않게 변한 목소리로 격정적으로 말을 이었다.

---

4) 목성과 화성의 빛이 섞일 때처럼 베드로의 흰빛이 붉은빛으로 바뀌었다.

5) 성도들의 마음은 같으므로 베드로와 마찬가지로 의분을 느껴 빛깔이 변한다.

6) 교황의 자리. 베드로는 지상에서 최초의 교황이다. 세 번이나 교황의 자리를 되풀이하여 말한 것은 베드로가 크게 분노를 느낀 것을 표시함.

7) 비었다는 말은 공석이라는 뜻이 아니라, 교황이 자기 본분을 다하지 않으므로 비어 있는 것이나 마찬가지라는 뜻이다.

8) 교황 보니파티우스 8세를 가리킴. 〈지옥편〉 제3곡 각주 11) 참조.

9) 베드로의 유해가 있는 로마.

10) 마왕 루치페로.

11) 지옥.

12) 〈마태복음〉 27장 45절 참조.

"그리스도의 신부[13]가 내 피와 리노와 클레토의 피를 흠뻑 마신 것[14]은

황금을 얻기 위한 수단으로 사용하기 위해서가 아니었으며

시스토와 피오와 칼리스토 그리고 우르바노가 심한 핍박 끝에 피와 눈물을 흘렸던 것은,

이곳의 이 축복받은 삶을 얻기 위함이었노라.

신도들 일부는 우리 후계자의 오른쪽에 앉고 일부는 왼쪽에 앉은 것은 결코 우리의 뜻이 아니었으며[15]

나에게 맡겨진 천국 열쇠 또한 세례를 받은 자들간의 싸움에서 기치가 되어 펄럭이라 함이 아니었노라.[16]

내 초상[17]을 도장에 새겨, 부당한 이득을 취하고 사람을 기만하는 특전으로 사용함은, 나를 부끄럽게 하고 분노를 일으키게 하는도다.

이 높은 천상에서 내려다보면, 목장마다 목자의 옷을 걸친 탐욕스러운 이리[18]가 널려 있으니

오, 하느님의 구원의 손길이여, 어찌하여 아직도 그 손을 뻗치지 않

---

13) 교회.

14) 나 베드로와 그 이후의 교황들이 순교함으로써 교회의 터전을 견고히 다졌다.

15) 같은 하느님을 신봉하는 백성이 분열되어, 하나는 교황의 오른쪽에 앉아 애호를 받고, 하나는 교황의 왼쪽에 앉아 미움을 받는 것은 내 뜻이 아니다. 단테 당시의 당파 싸움을 지칭한 것이다. 겔프 당이 교황의 애호를 받고, 기벨린 당은 미움을 받음.

16) 그리스도께서 나에게 맡긴 천국 열쇠를 기치로 삼아 같은 기독교도와 싸우는 것은 부당한 일이다. 13세기경 교황의 군사는 군기에 천국 열쇠를 새겨 사용했다.

17) 교황이 베드로의 초상을 새긴 도장을 문서에 찍고, 면죄부(免罪符)를 만들어 팔았음.

18) 악한 성직자. 〈마태복음〉 7장 15절 참조.

고 있는가.

카울사 인[19]과 가스코뉴 인[20]은 우리 피[21]를 마시려 하는데……

오, 훌륭했던 시작[22]이여, 너는 얼마나 처참한 꼴이 되어 버렸느냐.

그러나 스키피오[23]로 하여금, 로마와 더불어 세계의 영광을 수호하도록 도우실 하느님의 섭리가 머지않아 다시 한 번 오리니 너희 곧 보게 되리라.

그러므로 아들아, 네가 육신의 무게를 지닌 채 다시 지상으로 돌아가면, 내가 숨기지 않고 한 말들을 네 입으로 그대로 전하라.”

마치 하늘의 마갈궁[24]의 뿔이 태양에 닿으면,

얼어붙었던 수증기가 눈송이 되어 저 높은 하늘에서 송이송이 내리는 것처럼

거기 우리와 함께 머물러 있던 승리의 연무들이[25] 송이송이 장식된 정기(精氣)[26] 속으로 반짝이면서 오르는 것이 보였다.

내 눈은 공기층이 가로막지 않는 거리까지 그들의 뒷모습을 좇았으나 그 이상 멀리 뒤쫓을 수는 없었나니

내 눈이 뒤쫓기를 그만두자 베아트리체가 나에게 말했다.

“이제 눈길을 아래로 향하고, 당신이 얼마나 돌았는지 보셔요.”

나는 다시 한 번 아래를 내려다보았나니, 앞서 보았을 때[27]로부터 제

---

19) 교황 요한 22세. 카울사 출신으로 단테가 《신곡》을 쓸 때 재직하고 있었다.

20) 교황 클레멘스 5세. 가스코뉴 출신으로, 교황청을 아비뇽으로 옮김.

21) 우리의 피로 세운 교회를 횡령하여, 그 재산을 자기 소유로 만든다.

22) 창설 당시의 교회를 말함.

23) 로마의 장군. 한니발의 군사를 무찌르고, 로마가 세계의 패권을 잡는 데 큰 공을 세움.

24) 태양이 마갈궁으로 들어가는 것은 한겨울이다.

25) 승리의 빛으로 반짝이는 성도.

26) 성도의 빛으로 장식된 여덟째 하늘.

27) 단테는 앞서 여덟째 하늘에 도착한 직후에 일곱째 천구를 통하여 지구를

1대[28]가 중앙에서 끝까지 뻗친 호(弧)를 모두 돌았음을 알 수 있었다.

그리하여 나는 카디스[29] 저편, 오디세우스의 광적인 뱃길[30]을 보았으며 가까이로는 에루로페[31]가 아름다운 짐이 되었던 해안을 보았다.

만일 태양이 천궁(天宮) 하나를[32] 사이에 둔 내 발밑에까지 이르지 않았더라면, 이 탈곡장[33]은 더욱 멀리 보였으리라.

이때에 줄곧 베아트리체를 사모하는 내 사랑의 불길은 더욱 세차게 타오르매 나는 다시 그녀에게 시선을 돌렸나니

미소를 띠고 있는 그녀의 얼굴에서 내가 느낀 신성한 기쁨에 비하면,

사람의 눈을 끌고 마음을 사로잡기 위해 자연이나 인공(人工)이 만들어 내는 매력이란

인간의 육체를 본뜨건 그림으로 나타내건 그 모든 것을 합쳐도 미미한 것.

그녀의 아름다움이 내게 준 힘은, 나를 레다의 아름다운 보금자리[34]에서 끌어내어, 전속력으로 돌아가고 있는 하늘[35]로 밀어올려 주었다.

아보았다.

28) 옛날의 지리학자는 북반구를 7대로 나눔. 그 제1대는 적도 이북 12도 6분의 5에서 20도 2분의 1까지 사이를 폭으로 차지함. 단테가 지금 있는 쌍어궁은 이처럼 지구의 제1대에 해당되는 하늘의 일부에 있다.

29) 스페인 남부, 안달루시아 지방 대서양안의 항구.

30) 지브롤터 해협. 즉 오디세우스가 '노를 날개로 하여 미친 듯이 날아간' 곳.

31) 페니키아의 왕녀. 그녀를 사랑한 제우스가 암소로 변신시켜 등에 업고 지중해의 페니키아 바다 기슭으로 사라짐.

32) 단테는 쌍어궁에 있고 태양은 백양궁에 있어, 그 사이에 금우궁(金牛宮)이 있음.

33) 인간의 세계.

34) 쌍어궁. 주피터와 레다 사이에서 출생한 두 아들. 카스트로와 폴룩스가 쌍어궁의 별이 되었다는 전설에 의거함.

35) 원동천.

그 하늘의 높고 낮은 곳 모두 한결같이 찬란하게 빛나

나는 베아트리체가 어느 곳을 택하여 나의 거처로 삼았는지 알 수 없었나니

그러나 그녀는 내 소원을 알아차리고, 그녀의 그 희열에 찬 표정에 하느님이 보일 듯한 그런 미소를 지으면서 말하였다.

"중심이 고정되고,[36] 다른 모든 천체들이 그 주위를 돌고 있는 우주의 질서가 이 아홉째 하늘을 근원으로 하여 여기서 비롯되고 있지요.

이 하늘에는 하느님의 뜻이 아닌 공간은 존재하지 않나니 그 안에서 이 하늘을 회전시키는 사랑이 불타고,

모든 공간에 비처럼 내리시는 힘[37]도 비롯됩니다.

이 하늘이 다른 여덟 하늘을 뒤덮고 있는 것처럼 빛과 사랑[38]이 이 하늘을 뒤덮고 있으니 오직 하느님만이 그 경계를 아신답니다.

이 하늘 자체의 운행은 측정되지 않지만 그 운행이 이 하늘로부터 유래되는 다른 모든 하늘의 운행은[39] 마치 10이라는 수가 둘과 다섯으로 인수분해되듯이 정확하게 측정되나니

시간의 뿌리가 어떻게 이 화분[40] 안에 숨겨져 있으며 그 잎과 열매가 다른 화분에서 피어나는가를 이제 당신은 분명히 알게 될 거예요.

아, 아담의 핏줄을 그토록 어둡고 깊은 수렁에 빠뜨린 탐욕이여, 아

---

36) 단테의 세계관에 따르면, 지구는 고정되어 있고 그 둘레를 천체가 돌고 있다.

37) 그 아래 다른 하늘에 미치는 힘.

38) 빛과 사랑으로 가득 찬 엠피레오의 하늘은 아홉째 하늘인 원동천을 뒤덮고 있는데, 그 모습은 마치 원동천이 다른 여덟 하늘을 뒤덮고 있는 것과 같다.

39) 원동천은 다른 모든 하늘의 운행의 원천으로, 각각의 여덟 하늘은 그 운행의 힘을 여기서 나눠 갖게 되므로, 여러 하늘의 운행을 측정하는 근원은 원동천에 있다. 그러나 다른 여덟 하늘의 운행은 각각 다르므로 그 하나에 의해 그 근원인 원동천의 운행을 측정할 수 없다.

40) 원동천.

무도 너의 사악한 물결 속에서 눈을 똑바로 뜰 힘이 없구나.

　인간의 의지란 처음엔 아름다운 꽃을 피우지만, 지루한 장마는 탐스런 열매와 잎을 썩게 만드나니

　신앙과 순결은 오직 어린이에게서만 찾아볼 수 있을 뿐, 그나마 뺨의 수염이 채 나기도 전에 사라져 버립니다.

　말을 아직 제대로 하지 못할 때에는 단식날을 지키던 어린이도 이윽고 혀가 제대로 돌아가게 되면 아무 때나 무슨 음식[41]이든지 마구 먹지요.

　그리고 말을 아직 제대로 하지 못할 때에는 어머니를 사랑하고 어머니의 말을 잘 듣던 어린이도

　말을 제대로 할 줄 알게 되면 어머니가 어서 무덤에 묻히기를 바랍니다.

　아침을 가져오고 저녁을 남겨 놓고 가는 자〔태양〕의 아름다운 딸[42]의 살결은, 이렇듯 처음에는 희게 보이지만 나중에는 검어지지요.

　그렇다고 이 말에 놀라실 것 없으니, 생각해 보셔요. 지상에 다스리는 자[43]가 아무도 없어요.

　인간 족속이 길을 잘못 들어 헤매는 것은 이 때문이지요.

　그러나 지상에서 소홀히 하는 백 년마다의 하루[44]가 모여 정월이 겨울을 벗어나기 전에

　이들 천체들이 크게 소리치리니, 오래 기다렸던 폭풍이 불어와

---

41) 사순절에 육식을 하는 것은 말함.

42) 인간. 〈천국편〉 제22곡에 태양을 '모든 필멸하는 생명의 아버지'라고 했다.

43) 본분을 다하는 교황과 황제.

44) 줄리어스 카이사르의 달력에 의하면 1년을 365와 4분의 1일로 했으나, 실제
　　보다는 11분의 12초(하루의 100분의 1)만 초과한 것이다. 따라서 100년이면 하
　　루의 오차가 생기고, 몇천 년 후에는 정월은 겨울이 아니라 봄에 해당될 것
　　이다. 그러므로 '겨울을 나기 전'이라는 말은 오래지 않아서라는 뜻이 된다.

배의 고물을 이물이 있던 쪽으로 돌릴 겁니다.[45]

그리하여 배들[46]은 바른 방향으로 달리게 되고 꽃이 진 다음 나무 위엔 참된 열매가 열릴 겁니다."

제 *28* 곡

아홉째 하늘인 원동천에 도달한 단테는 처음으로 하느님을 뵙게 된다. 그 하느님의 둘레를 아홉 천사가 에워싸고 돌아가는데 하느님께 가까울수록 돌아가는 속도가 빨라진다. 베아트리체는 단테에게 아홉 계급으로 구분된 이 천사의 무리가 아홉 개의 천구에 대응하고 있다는 것과 천사들의 계급에 대해 설명해 준다.

내 마음을 더없이 행복하게 해 주는 원천인 베아트리체가, 인간들의 비참한 현재 상황을 생생하게 헤쳐 보였을 때

마치 거울 앞에선 인간이 등뒤의 횃불을 직접 보거나 생각지 않아도 거울에 비친 그 불꽃이 실물인가 아닌가 알려고 돌아보는 것처럼,

가사와 가락이 맞듯이 실상과 그 반영이 일치함을 생생하게 볼 수 있듯이

지금 돌이켜 생각해 보면 나 또한 그렇게 그녀의 아름다운 눈, 즉

---

45) 폭풍이 배의 방향을 바꾸는 것처럼 위인은 인간을 악에서 선으로 돌아가게 한다. 폭풍은 위인을 상징함. 즉 단테는 위인의 출현을 예언하고 있다. 성경은 "세상의 주 앞에 모셔 섰는 자"(〈누가복음〉 4장 14절)인 두 감람나무의 출현을 예고하고 있다.

46) 인류.

사랑이 나를 사로잡기 위해 그물로 삼은 그녀의 보배로운 눈을 보았다.

나는 눈을 돌려 그 선회하는 천체(원동천)의 운행을 주시하였나니 언제나 거기 빛나는 것[1]이 내 눈에 비쳐 나는 눈부신 한 점[2]을 보았다.

그 빛의 강렬함이란, 하도 눈부셔 눈을 감지 않을 수 없었으니

지상에서는 가장 작게 보이는 별도 그 점 옆에 나란히 놓이면 달만큼이나 크게 보였으리라.

운애(雲靉)가 짙어 해나 달에 무리[暈]가 생길 때, 이 무리를 물들여주는 해나 달에서 조금 떨어져 무리가 원을 그리는 것처럼

바로 그 정도의 지점에서 하나의 불 테[3]가 그 점의 주위를 돌고 있었으니, 끝없는 선회 속에 원주를 창조하는 원동천의 속도를 능가하는 것 같았다.

그리고 이 테는 둘째 테에, 둘째 테는 셋째 테에, 셋째 테는 넷째 테에, 넷째 테는 다섯째 테에, 다섯째 테는 여섯째 테에 에워싸이고

그 테에 다시 일곱째 테가 이어졌으니, 주노의 사자(使者)인 무지개가 활짝 펼쳐진다 해도 그 속에 다 담지 못하리라.

여덟째와 아홉째 테도 이처럼 되어 있었는데, 그 위치가 첫째에서 멀수록 회전하는 속도가 느렸다.

그리고 저 순결한 불꽃[4]에 가까울수록 테의 불꽃도 더욱 맑았으니 아마도 그만큼 진리에 가까이 있는 불꽃이기 때문이리라.

베아트리체는 내가 의혹에 싸여 있는 것을 보고 말했다.

---

1) 원동천을 에워싼 빛과 사랑.

2) 하느님.

3) 세라핌[熾品天使]의 지천사, 셋째 테는 좌천사, 넷째 테는 주천사, 다섯째 테는 역천사, 여섯째 테는 능천사, 일곱째 테는 권천사, 여덟째 테는 대천사, 아홉째 테는 천사.

4) 하느님!

"하늘도[5] 그리고 모든 자연 법칙도 저 한 점에 달려 있나니, 가장 가까이서 저 한 점을 에워싼 불의 테를 보세요.

저렇게 빨리 도는 것은 사랑[6]의 불길이 불의 테를 관통하기 때문이라는 것을 당신은 알게 될 겁니다."[7]

"만일 우주에 저들 테에서 보는 것 같은 질서가 있다면,"

하고 내가 입을 열었다.

"나는 당신의 말을 듣고 만족했을 겁니다. 그러나 감각 세계에서의 회전은 그 중심〔지구〕에서 멀어질수록 더욱 장엄해 보이지요.

그러므로 오직 사랑과 빛으로만 경계를 이루고 있는 이 신성한 천사들의 궁전[8]에서, 내 영혼의 갈망이 채워질 수 있다면 그대 어찌하여 원형(原形)과 모형[9]이 일치하지 않는지, 내게 설명해 주시기를. 나 혼자서는 도무지 풀 수가 없나이다."

"당신이 그 매듭을 풀지 못한다고 해서 조금도 이상하게 생각할 것 없나니

그 매듭은 아무도 풀려고 해 본 적이 없기에 굳어 버렸어요."

그녀는 이렇게 말하고 나서 다시 계속하기를,

"당신이 만일 마음이 흡족해지기를 원한다면 내 말을 잘 듣고 이해하도록 노력해야 합니다.

---

5) 아리스토텔레스의 〈형이상학〉에서 인용하고 있다. 여기에는 "하늘과 자연의 일체는 이 근원(제1원인)에 의존한다"고 씌어 있다.

6) 하느님을 사모하고 가까이 이르려고 돌고 있다.

7) 모든 천구는 우주의 중심인 지구에서 멀어질수록 빨리 돌아가고, 이들 불의 테는 하느님으로부터 멀어질수록 더디 돌아간다. 그러므로 단테는 자연계의 법칙과 이 불의 테의 법칙이 다른 데 의문을 느꼈다.

8) 하늘을 궁정에 비유함.

9) 원형은 지금 단테가 목격한 하느님을 중심으로 한 여러 천사들의 회전이고, 그 모형은 이들 여러 천사들이 영향을 주고 또한 지구를 중심으로 한 여러 천구의 회전이다.

우리 눈에 보이는 모든 물리적 천구는, 그 각 부문에 미치는 힘[10]의
크기에 따라 혹은 넓게 혹은 좁게 나누어지나니

은총이 크면 그것이 주는 복도 커지고, 천구가 크면 그것이 받는 복
또한 크고 완전하답니다.

자기 자신과 함께 다른 우주 전체를 회전시키는 이 하늘(원동천)은 그
러므로 사랑과 지혜가 가장 깊은 불의 테(세라핌)에 상응하고 있지요.[11]

이제 당신의 척도를 당신에게 원을 지어 둥글게 보이는 겉모양이 아
니라 그 고유의 힘에 둔다면,[12] 당신은 어떤 하늘이든 모두 신비로울
만큼 그 천사와 상응하는 것을 볼 수 있을 겁니다.

즉 모든 하늘의 크고 작음은 이를 맡아 다스리는 천사들과 하느님의
거리에 비례하지요."[13]

북동풍이 불어오면 조금 전까지 끼어 있던 안개가 걷히고 북반구의
하늘이 맑게 개어 아름답게 미소짓듯이

그녀의 분명한 대답을 들었을 때, 나의 기분도 마찬가지여서 진리가
하늘의 별처럼 밝게 보였다.

그녀가 말을 마치자, 마치 끓는 쇳물이 불똥을 튀기듯이 모든 불의
테가 불꽃을 발산했다.

그 불꽃들은 모두 불의 테와 함께 돌았는데 그 수는 가히 장기판의
눈금을 제곱하여 얻을 수 있는 수보다 더 많았다.[14]

---

10) 위에서 받아서 아래로 주는 힘.

11) 최대의 천구, 즉 다른 여덟 천구를 회전시키는 아홉째 천구는 그 힘이 가장
　　강하며, 저 가장 작은 불의 테, 즉 하느님에게 가장 가까워 사랑과 지혜도
　　제일 뛰어난 천사 세라핌에 상응한다.

12) 모든 천사의 원을 측정할 때 그 기준을 형체의 대소에 두지 않고, 힘의 대소
　　에 둔다면.

13) 하늘에서는 천구가 가장 큰 것이 제일 뛰어나고, 천사의 무리에서는 하느님
　　과 가장 가까운 자가 제일 뛰어남.

14) 기하급수적으로 많다는 뜻.

그들은 저 움직이지 않는, 언제까지나 그들을 본래의 자리에 있게 하는 부동의 점을 향해 짝을 지어 호산나의 찬가를 부르고 있었다.

베아트리체는 내 어리둥절한 마음속에 의혹[15]을 품고 있는 것을 알아차리고 말했다.

"첫째 원이 당신에게 보여 준 두 개의 고리는 세라핌과 케루빔입니다.

그들은 저 불변의 점을 보다 완벽하게 닮으려고 저렇듯 있는 힘을 다해 저들의 줄[16]을 따르나니

그 보는 곳의 높이에 비례하여 하느님을 닮게 됩니다.

다음 그들의 주위를 돌고 있는 다른 사랑〔천사〕은 하느님 앞[17]의 보좌 천사라고 불리나니 그들[18]이 위대한 저 삼위(三位)의 첫째 자리를 완결짓기 때문입니다.

그리고 인간의 모든 지성이 충족되는 진리〔하느님〕를 깊이 들여다볼수록 그들의 기쁨도 커진다는 것을 당신은 알아야 하리니

축복은 하느님을 보는 데서 비롯되는 것이지, 그 다음 단계인 하느님을 사랑하는 데서 비롯되는 것이 아닙니다.[19]

그러므로 하느님을 얼마나 보느냐 하는 것은 공덕에 따라 결정되며, 공덕은 하느님의 은총과 인간의 선의에서 비롯되나니[20]

---

15) 천사의 계급에 대한 의문. 지상에서의 가르침과 다르기 때문.

16) 하느님과 연결하는 사랑의 줄.

17) 직접 하느님의 빛을 받아 이것을 여러 성도에게 전하기 때문에.

18) 세라핌(원동천을 장악한 천사)과 케루빔(항성천을 장악한 천사)과 트로니(토성천을 장악한 천사).

19) 하느님을 알고 나서 하느님을 사랑한다. 그러므로 아는 것이 사랑하는 것에 선행한다.

20) 하느님을 보는 것은 공덕, 즉 선행의 다소에 의거하며, 공덕은 하느님의 은총과 이것을 맞아들이는 선한 마음에서 비롯된다.

모든 일이 이러한 순서[21]에 따라 진행됩니다.

밤의 백양궁[22]이 시들게 할 수 없는 영원한 봄〔천국〕의 기쁨 속에 만발하는 삼위의 둘째 자리는

세 가지 가락으로 즐거운 호산나를 끊임없이 부르고 있나니

이 거룩한 자리에 세 조가 있는데, 첫째는 통치[23], 둘째는 권위[24], 셋째는 권력[25]입니다.

다음에 끝에서 가까이 춤을 추면서 돌아가는 두 천사는 권세의 천사[26]와 대천사[27]이고 맨 끝은 즐거운 천사[28]이지요.

어느 자리에 속하든 천사는 모두 위[29]를 우러러보고 또 아래[30]에 강한 통제력을 갖고 있으며, 서로가 서로를 끌어 주며 하느님을 향하고 있답니다.[31]

디오니시오스[32]는 큰 동경을 가지고 이 품급(品級)에 대해 고찰하여 나와 같이 분류하고 각각 이름을 붙였으나

---

21) 하느님의 은총과 인간의 선한 마음이 결부되어 공덕에 이르고, 공덕은 앎에 이르며 앎은 사랑에 이른다.

22) 봄에 태양은 백양궁에 위치하지만, 가을에는 정반대쪽 천칭궁에 위치한다. 그러므로 밤의 백양궁은 가을을 가리킨다.

23) 목성천을 장악한 천사.

24) 화성천을 장악한 천사.

25) 태양천을 장악한 천사.

26) 금성천을 장악한 천사.

27) 수성천을 장악한 천사.

28) 월천(月天)을 장악한 천사.

29) 한 점(하느님).

30) 아래 천구.

31) 스스로 하느님께로 다가가면서 그 아래 것을 하느님께 끌어올린다. 예컨대 세라핌이 하느님께 다가가면서 케루빔을 하느님께 끌어올리는 것과 같다.

32) 아레오파고스 법정의 재판관.

후에 그레고리우스[33]는 이설(異說)을 주장했지요. 그래서 그는 이 하늘에 와서 눈을 뜨게 되었을 때 자기 자신의 망상에 쓴웃음을 지었지요.

그러나 이처럼 숨은 진리를 지상의 인간이 논했다고 해서 이상하게 생각할 것은 없나니

이 천상에서 이것을 본 분(바울)이 이 불의 테에 대해 많은 사실을 그에게 가르쳐 주었기 때문입니다."

제 *29* 곡

베아트리체는 단테의 의문을 알아차리고 하늘나라의 창조에 대해 단테에게 차례로 설명하고, 하느님을 반역하고 땅에 떨어진 천사에 대한 죄악과 형벌에 대해 가르쳐 준다. 다음에 베아트리체는, 복음의 가르침을 잊어버리고 천사에 대해 자기의 그릇된 가르침을 전하는 신학자나 목자들을 비난하고, 하느님과 천사들의 관계에 대해 그 영원성과 특징을 지적하고 결론을 맺는다.

라토나의 두 아들[1]이 백양궁과 천칭궁 밑에서 한 지평선을 허리띠로 삼을 때

그들이 각각 다른 반구(半球)로 옮기면서 이 허리띠를 떠나기까지 중천이 그들간의 완벽한 균형을 유지해 주는 극히 짧은 동안에[2]

---

33) 교황 그레고리우스 1세.

 1) 해와 달.

 2) 해가 백양궁에 있고 달이 정반대의 위치인 천칭궁에 있어 태양이 지고 달이 떠오르려고 할 때, 하늘의 좌우에 똑바로 균형이 잡히는 것같이 보인다. 그러나 이 동안은 극히 짧은 순간이다.

베아트리체는 얼굴에 미소를 띤 채 첫 빛에 나를 압도했던 그 한 점을 말없이 바라보다가 이렇게 말했다.

"나는 당신이 무엇을 가장 알고 싶어하는지 묻지 않아도 알고 있나니, 모든 장소와 시간[3]이 모이는 그 한 점에 당신의 소망이 모두 비쳤기 때문입니다.

영원한 사랑[4]께선 당신 자신의 선을 늘리기 위해서가 아니라

—— 이것은 있을 수 없는 일이에요 —— 오히려 그의 영광 널리 비추시며 '내가 여기 있다'고 외치시기 위하여

시간을 초월한 영원 속에서 일체의 한계를 넘어 뜻하시는 대로 영원한 사랑에서, 새로운 사랑[5]을 나타내셨습니다.

말씀 이전에도 하느님께선 잠들어 있었던 것이 아니니, 하느님께서 수면을 운행[6]하심에 그 이전[7]과 이후가 존재치 않았습니다.

형상(形相)과 질료(質料)가 서로 결합하되 아무 결함도 없는 순수한 존재가 된 것은, 마치 세개의 시위에서 쏘아진 세 개의 화살과 같은 것.[8]

유리나 호박(琥珀)이나 수정 속에 비친 광선이, 전혀 시간이 걸리지 않는 듯이 순간에 전체를 꿰뚫고 빛나듯이

이 세 가지 피조물은 모두 동시에 완성되어 빛을 발산한 것으로 처

---

3) 모든 장소와 시간이 하느님에게 모인다. 그러므로 하느님은 모르는 것이 없으시다.

4) 지고선(하느님).

5) '영원한 사랑'에 대해 피조물을 가리킴.

6) 〈창세기〉 1장 2절 참조(하느님의 신은 수면에 운행하시니라).

7) 토마스 아퀴나스의 《신학대전》에 보면 "영원은 오로지 함께 존재하여 계속이 없으나, 시간에는 먼저와 다음이 없나니라"라고 씌어 있다.

8) 단독(혹은 순수)의 형상은 천사, 단독(혹은 순수)의 질료는 정신이 없는 물질계. 형상과 질료가 결합된 것은 인간. 그리고 이 3자를 창조한 것은 동시의 일이다(시위 셋이 있는 활로 쏜 세 개의 화살).

음과 나중의 구별이 없습니다.

　이 세 가지 피조물이 창조되었을 때, 그들간의 질서도 동시에 세워
져

　순수한 작용을 하는 천사는 우주의 정상[9]에 놓였으며 단순한 질료는
가장 아래 부분에 있는 지구 위에 펼쳐졌지요.

　중간의 천구에서는 질료와 형상의 힘이 강력하게 결합되어 있답니
다.

　히에로니무스[10]는 천사가 창조된 것은 인류를 위해 우주의 나머지
것이 창조되기 수세기 전이라고 썼지만

　진상은 성령의 기술자들이 여러 대목에 명백하게 밝혀 놓았으므로
당신도 자세히 읽어 보면 알 수 있을 거예요.[11]

　그리고 또 부분적으로 천구를 회전시키는 천사들이 그처럼 오랫동안
이나 완성되지 않고 있었다는 것은

　이성(理性)에 의해서도 이치에 맞지 않는다는 것이 인정될 겁니다.

　이것으로 당신은 이러한 천사가 언제 어디서 어떻게 창조되었는지
알게 되었으리니

　당신이 알고 싶어하는 것 중 이미 세 개의 불꽃은 꺼진 셈이에요.

　스물도 채 세지 못할 짧은 시간에, 벌써 어떤 천사들은 당신들의 4
대 원소 중 제일 아랫것을 휘저어 놓았으며[12]

　그 나머지 다른 천사들은 그대로 머물러 당신이 보는 바와 같이 재
주[13]를 부리기 시작하여 쉬지 않고 즐거이 회전을 계속하고 있어요.

---

　9) 엠피레오의 하늘.

　10) 라틴 교회의 교무. 베들레헴에 가서 네 수도원을 세움.

　11) 천사도 다른 피조물과 마찬가지로 동시에 창조됨.

　12) 천사들의 일부가 하늘에서 창조되자 곧 하느님을 배반하고, 지상에 떨어져
　　　물과 공기와 불 등의 원소보다 더 밑에 있는 흙의 원소를 휘저어 놓은 것을
　　　말함.

　13) 이 기술의 내용은, 한 점의 둘레를 도는 것.

　타락의 원인은 당신이 이미 본 바와 같이 지옥의 심연에서 세계의 온갖 무게에 눌린 자[14]의 저주받은 교만 때문이었어요.

　여기 당신이 보는 천사들은 겸손한 이들로서 하느님께서 큰 지혜를 주신 것을 인정하고 있습니다.

　그리하여 은총의 빛과 그들 자신의 공덕으로 그들의 시력은 더욱 밝아진 것이니 그들이 굳은 의지를 갖게 된 것도 그 때문입니다.

　은총이란 하느님의 사랑을 받기 위해 열어젖힌 사랑의 열정만큼 주어지는 것, 이제 이 점에 대해서는 조금도 의심할 여지가 없을 겁니다.

　만일 당신이 내 말을 잘 알아들었다면 앞으로 당신 스스로 이 천사의 무리에 대해 여러모로 생각해 볼 수 있을 거예요.

　그러나 당신들 지상의 학교에서는 아직도 천사를 이해와, 기억과, 의지의 복합체라고 가르치고 있습니다.[15]

　이런 그릇된 가르침 때문에 현세에서 혼란을 일으키고 있는 진리를 당신이 분명히 알 수 있도록 좀더 말씀드리겠어요.

　이들 천사들은 하느님의 얼굴을 보는 그들의 첫번째 축복 속에 너무나 기뻐서 눈을 떼려고 하지 않나니, 하느님의 거룩한 얼굴에 드러나지 않는 것은 하나도 없습니다.

　그들의 시선은 다른 사물에 쏠리는 일도 없으며 그것을 추상적인 개념으로 기억할 필요도 없게 됩니다.

　그러므로 지상에서 본심으로든 망상으로든, 믿든 믿지 않든, 천사에 대해 그러한 가상을 하는 것보다 더 큰 죄악과 더 큰 수치는 없으리

---

14) 악마왕은, '중력이 모든 방향에서 그곳으로 모이는' 지구의 중심에 떨어져 있다. 단테는 그 모양을 이미 연옥 제1곡에서 보았다.

15) 하느님은 모든 사물을 보신다. 그러므로 모든 사물은 현존하며 여러 천사도 언제나 하느님의 거울에 비추어 모든 사물을 본다. 그러므로 보는 힘이 저해되지 않는다. 따라서 잊어버리는 일이 없다. 그러니 기억해 낼 것도 없다.

라.

지상의 인간들은 사리(事理)를 논할 때에 한 길[16]을 가지 않나니, 겉치레에의 집착과 구애가 당신들을 그처럼 현혹시키기 때문입니다.

그러나 이 천상에서는 그러한 잘못은 성서를 외면하거나 왜곡하는 것에 비하면 훨씬 작은 것이니

성서의 진리를 세상에 심기 위해 얼마나 많은 피를 흘렸으며, 그 진리를 겸허하게 따르는 사람을 하느님께서 얼마나 기뻐하시는지를 그들은 헤아리지 못합니다.

세상의 이목을 끌기 위해 저마다 새로운 주장을 하고 그것을 설교자들이 전하게 되면 복음은 잊혀지고 맙니다.

어떤 사람은 말합니다. 그리스도께서 수난을 당하실 때 햇빛이 지상에 도달하지 못한 것은 달이 뒷걸음질쳐 태양과 지구 사이에 들어갔기 때문이라고.[17]

또 어떤 사람은 말합니다. 태양이 스스로 빛을 거두었으므로 그 어둠은 유태인뿐만 아니라 스페인 인, 인도인도 함께 나누었다고.

피렌체에는 라피와 빈디라는 이름이 많지만 해마다 여러 곳의 교단에서 쏟아지고 있는 엉터리 주장에 비하면 오히려 수가 적은 편이에요.

아무것도 알지 못하는 가엾은 양떼들은 다만 바람만 잔뜩 들이마시고 목장에서 돌아오지요. 그렇다고 이들의 무지를 탓하지 않을 수도 없는 일.

그리스도께서는 그의 첫 제자들에게 결코 '가라, 너희를 기다리는 세상으로 나가 헛소리를 퍼뜨려라'고 말씀하시지 아니하셨으며 성스러운 진리의 기초[18]를 그들에게 가르쳐 주셨습니다.

---

16) 진리에 도달하는 길.

17) 예수가 십자가에 못박혔을 때 지상이 어두워진 것을(〈마태복음〉 27장 45절) 일식의 작용으로 돌리려는 주장.

18) 복음의 진리.

그리하여 제자들은 오직 한결같이 이 진리의 기초만 외쳤으므로 신앙을 심기 위한 싸움에서 그 복음을 방패와 창으로 삼았던 겁니다.

그런데 요즈음 성직자들은 해학(諧謔)과 익살을 섞어 가면서 설교를 하고, 청중이 기뻐하면 흐뭇하게 여겨 더는 아무것도 바라지 않지요.

그러나 그들의 두건 끝에는 한 마리 새가 둥지를 치고 있나니

이것을 보면, 사람들은 성직자의 사죄 따위로는 마음을 놓을 수 없다는 것을 알 수 있을 겁니다.

지상은 이런 어리석은 일들로 가득 차 아무 확실한 증거도 없이, 사람들은 구원의 약속에 귀가 솔깃하여 모여들게 되니

그래서 성 안토니오의 돼지[19]들과 그보다도 훨씬 큰 돼지[20]들이 가짜 돈[21]을 뿌리며 살찌고 있어요.

그러나 우리는 꽤 오랫동안 제 길[22]에서 벗어났으니, 이제부터는 눈을 곧은 길로 돌려야 하리라. 우리의 시간도 얼마 남지 않았으니.

이 천사들의 수는 너무나 많아, 인간의 생각이나 말로는 이루 다 헤아릴 수 없으니

당신이 만일 다니엘을 곰곰이 읽어 보면[23] 그의 수천이라는 말 속에 정확한 수가 숨어 있는 것을 알 수 있을 거예요.

이 모두에게 두루 비추이는 하느님의 빛이

저들에게 여러 가지로 반짝이는 것처럼 저들 또한 여러 가지로 받아

---

19) 안토니오는 이집트의 성자. 이 성자의 성화에는 흔히 그 발 밑에 돼지를 그렸으며, 돼지는 그가 쳐 이긴 마귀를 의미한다. 그런데 안토니우스의 수도자들은 돼지를 키우게 되어, 몽매한 백성들이 사죄를 위해 돼지를 수도자들에게 갖다 바쳤다.

20) 신자들을 등쳐먹는 수도자들.

21) 터무니없는 사죄를 하는 것.

22) 천사론.

23) 〈다니엘〉 7장 10절(그에게 순종하는 자는 천천이요. 그 앞에 시위한 자는 만만이며) 참조.

들임에

　사랑이란 인식에서부터 자라는 것, 사랑의 희열이 활활 타오르기도
하고 붉게 반짝이기도 합니다.

　이제 보셔요, 영원하신 하느님의 높이와 크기를.

　하느님은 저 많은 거울〔천사〕에 산산히 부서져 반사하고 있지만

　그 자체는 처음과 같이 영원하신 하나입니다.”

제 *30* 곡

　단테는 베아트리체와 함께 열째 하늘인 엠피레오의 하늘에 들어간
다. 단테는 이곳에서 하느님의 빛을 받아 시력이 강해진다. 이 지고천
은 마치 두 불꽃 언덕 사이로 흐르는 빛의 강물처럼 보인다. 베아트리
체가 커다란 장미꽃 모양의 중심부로 단테를 데리고 들어가자 알리고
7세가 머지않아 차지하게 될 자리를 단테에게 알려 준다.

　정오의 태양 빛[1]은 우리로부터 6천 마일 떨어진 곳에서 불타오르고,
지구의 그림자가 수평선을 이룰 때,

　중천에서는 별들이 하나 둘 우리의 눈에서 사라져 가고,

---

　1) 천사들이 점점 보이지 않게 된 것을, 새벽 하늘의 별들이 잇달아 사라지는
　　것에 비유하고 있다. 단테는 아라비아의 천문학자 알프라가누스처럼, 지구의
　　주위를 2만 400마일로 보며, 따라서 그 4분원의 길이는 5100마일이 된다. 이
　　렇게 보면 정오, 즉 태양이 6000마일 저쪽에 있을 때 땅은 해뜨기 전 1시간
　　쯤이 된다. 이런 새벽에 지구는 그림자를 지평선의 평면에 던지고, 어느덧
　　아침 해가 솟아오르면 별들이 자취를 감추게 된다.

태양의 가장 밝은 시녀〔새벽〕가 점점 다가올 때

하늘은 등불을 하나씩 잃고, 마침내 가장 아름다운 별까지도 사라져 가듯이

스스로 감싸 주는 것에 감싸이듯 보이면서도[2]

그 부동의 한 점이 발산하는 눈부신 빛의 주위를 영원히 춤추며 돌아가는 개선의 행렬[3]도 차츰 내 눈에서 사라져 갔다.

그리하여 아무것도 보이지 않게 되었을 때 나는 사랑에 이끌려 베아트리체를 바라보았나니

지금까지 그녀에 대해 말해 온 것을 모두 하나의 찬사로 엮는다 할지라도 지금 이 자리의 그녀의 아름다움을 찬양하기에는 부족하리라.

내가 본 아름다움은 인간의 이해력을 초월한 것, 이 아름다움을 충분히 이해하실 분은 오직 조물주뿐이리니

나는 여기서 내 재능의 부족함을 고백하지 않을 수 없도다.

어떤 희극이나 비극 작가도 이 어려운 주제 앞에 나만큼 좌절하지는 않았으리라.

눈부신 햇빛에 약한 시력이 멀게 되는 것처럼 그녀의 아름다운 미소는 회상하기만 해도 넋을 잃게 하는 것.

지상에서 그녀의 얼굴을 처음 보았던 날부터 지금 이 순간까지 줄곧 그녀의 아름다움을 노래해 왔던 나의 시(詩)는, 이제 더 이상 그녀를 뒤따를 수가 없게 되었나니

어떤 예술가라도 그 능력이 미치지 못하게 되면 붓을 놓아야 하리라.

그러므로 이제 나는 내 나팔보다도 훨씬 나은 악대에게 그녀의 묘사를 맞겨 이처럼 까다로운 시의 주제를 끝까지 이끌어 가야 하리라.

---

2) 하느님(한 점의 빛)은 천사의 무리에 감싸여 있는 듯이 보이지만, 실제는 다른 모든 피조물과 마찬가지로 그들을 감싸신다.

3) 아홉 천사들의 불의 테.

그녀는 마치 목적지를 눈앞에 둔 안내자처럼 다시 말하기 시작했다.

"우리는 가장 큰 천구[4]에서 나와 순결한 빛으로 가득 찬 하늘[5]에 올랐습니다.

이 지혜의 빛은 끝나지 않는 사랑, 참된 하느님에 대한 사랑이며, 충만한 희열입니다.[6] 어떤 영화도 초월하는.

이곳에서 당신은 2개 대대의 천국 병사[7]를 볼 거예요. 그 중의 1대[8]가, 온갖 육신이 일어나게 되는 마지막 심판 때의 모습을 보여 줄 거예요."

마치 갑자기 번갯불이 시력을 휘저어 놓으면 아무리 환한 사물의 인상도 눈에 들어오지 않게 되는 것처럼,

하나의 강한 빛[9]이 내 주위에 쏟아지고 그 광채가 나를 에워쌌으므로, 나는 빛 속에 감금되어 아무것도 볼 수 없었다.

"이 하늘을 평안히 하시는 하느님의 사랑은 언제나 이러한 인사로써 들어오는 자들을 맞으시나니, 촛불[10]로 하여금 당신의 크신 불길을 받기에 합당하게 하기 위함이지요."

이 짧막한 몇 마디 말이 내 귀를 찌르자마자 나는 이미 나의 능력이 본래의 능력을 초월해 있음을 느꼈나니

---

4) 아홉째 하늘, 원동천.

5) 엠피레오의 하늘.

6) 행복의 3단계를 말하고 있다. 지혜의 빛으로 하느님을 보고, 사랑하며, 희열에 들어간다.

7) 천사와 성도.

8) 성도. 성도는 빛 속에 숨지 않고 육체 그대로의 모습으로 나타남.

9) 단테의 주위를 에워싸고 있는 빛은 하느님의 특별한 은총에 의한 조명이다. 이것은 단테에게 궁극적인 사물을 인식하는 능력을 주기 위해서다.

10) 천국에 들어오는 성령. 새로 촛불이 타오르게 하기 위해 볼에 대는 것처럼, 천국에 들어오는 성령도 계시를 받기에 앞서 이를 감당케 하기 위해 하느님의 강한 조명을 받게 된다.

그리하여 나의 두 눈은 새로운 시력으로 불타올라, 어떤 빛도 고통 없이 감당할 수 있게 되었다.

나는 아름답게 물든 봄의 강변 사이를 강물처럼 흘러내리는 빛줄기[11]를 보았나니

그 빛줄기에서 생생한 불꽃[12]들이 튀어올라, 여기저기 꽃[13] 사이로 퍼지는 양이란 흡사 황금덩이에 홍옥을 아로새긴 것 같았다.

이 꽃 향기에 취한 듯 불꽃들은 신령한 강물 속에 다시 잠기되 하나가 가라앉으면 다른 하나가 밖으로 떠올랐다.

"당신의 눈에 보이는 것이 무엇인지 알고자 하는 당신의 소망의 불길이 커질수록 나는 더욱 기뻐집니다.

그렇지만 오직 이 물만이 당신의 그 간절한 갈증을 채워 줄 수 있으리니, 당신은 몸을 굽혀 이 물을 마셔야 해요"[14]

하고 내 두 눈의 태양이며 북극성인 베아트리체가 말하였다. 그리고 덧붙이기를,

"당신이 보시는 저 강물과 휙휙 날아다니는 황옥[15]과 저 풀숲에서 웃고 있는 꽃들은 그들 실체의 희미한 예시.

이들 열매의 맛 자체가 시고 떫은 것이 아니라 당신의 시력이 부족하여 아직 그런 고귀한 것을 볼 수 없는 것이니 결함은 당신에게 있습니다."

여느 때보다 훨씬 늦게 잠에서 깨어나 배고픔에 어미젖을 더욱 탐하는 갓난아이일지라도

---

11) 하느님의 은총의 빛.

12) 천사.

13) 성도.

14) 당신이 알고 싶어하는 소원을 이루려고 하면, 먼저 이 밑의 흐름을 보고, 어떤 것도 있는 그대로 볼 수 있도록 당신의 시력을 강하게 하라.

15) 천사.

인간의 눈을 더욱 맑은 거울로 만들기 위해, 은총이 흐르고 있는 천상의 달콤한 강물을 마시기 위해 몸을 굽힌 나만큼 서두르지는 않았으리라.

내 눈 가장자리가 이 물에 젖자마자, 지금까지 강처럼 길게 보이던 것이 갑자기 둥글게 변하여 나타났으니

마치 가면 밑에 자기 모습을 감추었던 사람이 그 가면을 벗어 버리고 참모습을 드러낸 것처럼, 봄 꽃들과 불꽃들이 내 앞에서 하나의 거대한 축연을 벌였나니[16]

나는 천상의 두 궁전을 분명히 볼 수 있었다.

오, 하느님의 빛이여, 나는 당신의 빛을 받고, 참된 왕국의 고귀한 개선을 보았습니다.

원컨대 내가 본 것을 그대로 말로 표현할 수 있는 힘을 주소서!

저 높은 곳에 하나의 빛[17]이 있어, 하느님을 뵙고 마음의 평안을 얻는 피조물들에게 하느님의 모습을 보여 주나니

그 빛은 멀리 둥글게 퍼져 그 테두리는 태양보다도 더 넓어 보였다.

그 빛은 온통 원동천의 정점에 반사되고, 그 원동천에 생명과 힘을 부여하는 빛으로 이루어졌다.

그리고 마치 풀과 꽃이 만발하는 계절에 언덕이 아름답게 장식된 제 모습을 보려고 그 기슭의 호수에 제 그림자를 비추는 것처럼

그렇게 천상으로 돌아간 자들 모두 그 빛을 둘러싸고 돌아가면서, 천도 넘는 고리에서 반짝이며 자신을 비추는 것을 보았다.

그 맨 아래층이 이렇게 많은 후광을 지니고 있을진대, 이 장미꽃[18]의

---

16) 꽃은 성도의 모습으로, 불꽃은 천사들의 모습으로 변해 있었다. 두 궁전은 생도와 천사로 이루어짐.

17) 빛에 대해서는 성령이라는 설과 은총의 빛이라는 설이 있다.

18) 성도들이 그 빛 주위에 행렬을 지어 자기를 비춘다. 그리고 그 행렬은 외부로 향할수록 점점 높아져서 마치 원형극장처럼 된다. 이 광경을 장미꽃으로

맨 가장자리 꽃잎이야 어떠할까.

그러나 나의 두 눈은 그 넓이나 높이에 시력을 잃지 않았을 뿐만 아니라, 그 희열의 질과 양까지도 모두 취할 수 있었나니

그곳에서는 멀고 가까움, 상실과 획득이 없었다.

대리자 없이 하느님께서 직접 다스리시는 거기, 자연 법칙이 통하지 않기 때문이다.

영원한 봄,[19] 태양[하느님]에까지 이르는 찬미의 향기를 풍기면서 층층이 퍼져 가는 영원한 장미의 황금 꽃 속으로

베아트리체는, 말하고 싶으면서도 잠자코 있는 나를 데리고 들어가 이르기를,

"보셔요, 흰 옷을 입은 무리[20]가 얼마나 많은가를. 그리고 이 천국이 얼마나 넓고 큰가를.

원하던 자마다 들어왔으나 이제 얼마 더 들어오지 못할 만큼 꽉 찬 것을.[21]

이미 당신의 눈을 사로잡고 있는 왕관이 놓인 저 큰 보좌를 당신이 이 혼인 잔치의 음식을 맛보기도 전에[22] 고매한 아르리고[23]의 영혼에게

간주하면, 중앙의 빛은 꽃의 중심인 노란 부분에 해당되고 주위의 행렬은 꽃잎에 해당된다.

19) 그 영광으로 영원히 하늘의 만군을 행복하게 하는.

20) 성도들이 하늘나라에서 흰 옷을 입는 것이 〈요한계시록〉에 여러 군데 보인다. 〈요한계시록〉 7장 9절(큰 무리가 흰 옷을 입고 손에 종려 가지를 들고) 참조.

21) 단테는 세상의 종말이 가깝다고 생각하고 있다.

22) 단테가 죽어서 하늘에 오르기 전.

23) 룩셈부르크의 백작. 1308~1313년까지 로마의 황제. 단테는 아르리고에게 희망을 걸고, 이 황제가 이탈리아의 평화를 회복하고 교회와 국가의 사이를 조정하기를 바라고 있었다. 그는 1310년 이탈리아로 남하하여 교황당과 싸웠으나 승리를 거두지 못하고 1313년 진중에서 죽었다.

돌아가리니

그는 때가 되기 전에 법과 질서를 가지고 이탈리아를 재건하러 올 거예요.

당신들은 눈먼 탐욕에 미혹되어, 마치 굶어 죽어 가면서도 유모를 내쫓는 어린애처럼 분별없으니[24]

성스런 전당은 저 은밀히 침략하고 공적은 공공연히 고백하는 자의 수중에 떨어질 겁니다.

그러나 하느님께선 그가 오랫동안 성직을 이용해 온갖 이득을 취하는 것을 용납하지 않으시리니

그는 마술사 시몬[25]이 벌을 받고 있는 지옥에 거꾸로 떨어져 알라냐 출신의 사나이[26]를 더 아래로 밀어 넣을 거예요.”

제 *31* 곡

엠피레오에서 단테는 축복받은 영혼들이 커다란 흰 장미 모양의 행렬을 지어 나타나고 천사들이 하느님과 그 장미 사이를 왕래하고 있는 광경을 보게 된다. 단테는 이 광경에 도취되어 정신 없이 주위를 돌아본다. 어느새 베아트리체는 영광된 자기 자리로 돌아가고 성 베르나르를 자기 대신 단테의 마지막 안내자로 삼는다. 단테는 이 안내자의 말에 따라 널리 천상을 돌아보고, 성모 마리아의 빛을 우러러본다.

---

24) 황제(유모)에게 대항한 교황당의 일파를 여기서 비난하고 있다.

25) 〈지옥편〉 제19곡 각주 1) 참조.

26) 보니파티우스 8세.

그리스도께서 몸소 피를 흘리시며 신부로 맞으신 거룩한 군대〔성도〕
가 흰 장미 형태를 이루어 내 앞에 나타나고

날아다니며 자신을 사랑으로 불태우는 하느님의 영광과 그들을 이처
럼 축복스런 존재로 지으신 하느님을 찬미하는 또 다른 군대〔천사들〕는

마치 꿀벌떼가 꽃 속으로 파고들었다간 그 노고가 열매맺는 곳(벌
집)으로 돌아가는 것처럼

수많은 꽃잎으로 장식된 장미꽃[1] 속으로 날아왔다가는 다시 그들의
영원한 사랑〔하느님〕이 머무르는 곳으로 돌아가기를 끝없이 반복하였
으니

그들의 얼굴은 모두 싱싱한 불꽃처럼 빛나고, 날개는 금빛이었으며,
그 밖의 부분은 눈보다도 더 흰 빛으로 반짝였다.[2]

그들이 꽃잎의 층층을 거쳐 꽃 속으로 들어갈 때, 그들은 두 날개를
퍼득이면서 하느님께 얻은 평화와 사랑을 성도들에게 나눠 주었다.

흰 장미꽃과 그 위에 계신 하느님 사이로 수많은 천사의 무리가 날
고 있었지만, 그로 하여 빛의 영광이 가로막히는 일은 조금도 없었으
니

하느님의 빛은 우주의 만물을 그 가치에 따라 고루 비추시기에

그 무엇도 이 빛을 막을 수 없기 때문이다.

이 평화롭고 환희에 찬 왕국은 구약 시대와 신약 시대의 성도로 가
득 차 있었으며, 그들의 시선과 사랑은 오직 한 점〔하느님〕에 쏠려 있
었다.

오, 오직 하나의 별[3] 속에 빛나는 삼위(三位)의 빛[4]이여, 당신의 빛

---

1) 흰 장미. 제30곡 각주 18) 참조.
2) 싱싱한 불꽃의 빨강은 사랑을, 금빛은 지혜를, 흰빛은 힘을 나타내어 삼위일
   체를 상징한다고 함. 일설에는 흰색은 순수성을 나타낸다고도 함.
3) 하느님의 본체.
4) 삼위일체이신 하느님의 빛.

으로 그들의 눈을 만족시키고 폭풍우[5] 속의 우리를 굽어보소서.

엘리체[6]가 날마다 그녀의 사랑스런 아들[7]과 함께 여행하고 있는 저 북쪽 땅에서 온 야만인이,

인류가 지은 모든 건축물의 정상에 라테라노[8]가 군림하던 시절의 로마의 웅장한 업적을 본다면 놀라지 않을 수 없을진대

인간의 세계에서 하느님의 세계로, 유한한 시간에서 영원으로,

그리고 피렌체에서 의롭고 용감한 백성들이 사는 궁극의 목적지에 도달한 나의 놀라움이야!

나는 실로 경이와 새로운 희열 속에서 아무것도 듣지 못하고, 아무 말도 할 수 없었으니

순례자가 서원(誓願)을 건 신전을 돌아보면서 재생의 감회에 젖어 언젠가는 그 광경을 사람들에게 전하리라 마음먹는 것처럼,

나는 혹은 위로 혹은 아래로, 혹은 빙글빙글 돌아가는 빛에로 눈길을 돌렸나니

하느님의 빛에 의해, 그리고 자신의 미소에 의해 아름다워지고 사랑스러워진 얼굴들을 보고, 그리고 온갖 품위 있는 동작을 보았다.

나의 두 눈은 어느 한 부분에 고정되지 않은 채 이미 천국 전체의 모습을 한눈에 바라보고 있었으니

내 마음속에 이는 의문에 대해, 나의 사랑스런 숙녀에게 묻고 싶어 돌아보았다.

그러나 내 눈에 들어온 것은, 영광의 백성 차림을 한 어떤 노인[9]이

---

5) 쓰라린 인간 생활.

6) 제우스가 사랑한 님프로 곰이 된 여성. 여기서는 큰곰자리 별.

7) 작은곰자리 별.

8) 당시에 교황이 머물던 궁전 이름.

9) 베르나르. 프랑스 태생으로 시토 회의 수도자요, 교회학자로 많은 저술을 남겼는데, 그 중에는 성모 마리아에 대한 귀한 문집이 있다. 한편 제2차 십자군 전쟁을 일으킨 정열적인 일면도 있었다.

었다.

그의 눈과 뺨은 사랑의 은총으로 빛나는 성스런 백열로 목욕한 듯 자비로운 희열의 정이 넘쳐나고 그 경건한 태도는 어진 아버지를 연상케 했다.

"베아트리체는 어디 있나요?" 하고 나는 두려워하며 외쳤다.

"너를 네 소망의 궁극의 목적지로 이끌도록 그녀가 나를 이곳으로 불러냈느니라.

가장 높은 행렬의 셋째 원을 쳐다보면, 보좌에 앉아 있는 그녀를 볼 수 있을 것이다.

그 보좌는 그녀의 공덕에 의해 주어졌다."

나는 아무 대꾸도 하지 않고 눈을 들어 그 높은 곳을 바라보았나니, 그녀는 마치 영원한 빛[10]의 반영인 듯 후광을 면류관으로 삼고 있었다.

인간의 눈을 아무리 깊은 바다 밑으로 가라앉혔다 하더라도,

거기서 하늘 꼭대기 천둥이 떨어져 내리는 곳을 바라보는 거리는 베아트리체와 내 눈 사이의 거리만 못하리라.

그러나 거기, 그곳에서 물리적 거리란 아무 문제가 못 되었으니, 그녀의 모습은 중간의 어떤 매체에 의해서도 흐려지는 일 없이 내게 뚜렷이 보였기 때문이다.

"오, 고귀한 숙녀여, 내 희망은 당신 안에서 강해졌으며

당신은 나를 구하기 위해 지옥의 허물어진 구렁에까지 내려와 주었나니[11]

나는 오직 당신의 은혜와 도움을 통해서만 지선과 은총을 인식할 수 있습니다. 당신의 힘과 당신의 덕이 아니면 그것은 불가능한 일입니다.

---

10) 하느님의 빛.

11) 베아트리체는 지옥의 제1원인 림보까지 내려와 베르길리우스에게 단테의 구원을 부탁했다.

당신은 당신의 능력과 자비가 미치는 한, 온갖 길을 거치고 모든 수단을 다하여 나를 죄악의 노예에서 자유로운 몸으로 이끄셨으니

당신이 치유해 주신 내 영혼이 육신을 벗어나 궁극의 목표로 오를 때에, 당신 뜻에 합당하도록 부디 내게 당신의 고귀함을 베푸시기를."

내가 이렇게 간구하자 그녀는 아득히 먼 곳에서 미소지으며 나를 내려다보더니, 이윽고 영원한 샘[12] 쪽으로 돌아섰다.

"네가 너의 길을 완전히 걸어 궁극에 오를 수 있도록

너를 돕는 그녀의 기도와 거룩한 사랑이 나를 이곳으로 보내었으니

이 동산을 둘러보아라, 그러면 너의 시력은 신성한 빛 사이를 거쳐 높이 올라갈 수 있는 힘을 얻게 되리라.

그리고 내가 전신을 불태우며 사랑하는 하늘의 여왕[성모 마리아]께선

우리에게 어떠한 은총도 베푸시리니 나는 그녀의 충성스러운 베르나르이기 때문이다."

마치 베로니카[13]를 보려고 크로아티아[14]에서 온 순례자가 그 오랜 명성에 경외심을 품어 왔던 것에 비해 좀처럼 흡족하지 못해

그 상(像)이 눈에 보이는 한 언제까지나 마음속으로

"우리 주 예수 그리스도, 참된 주님이시여, 이것이 진정 당신의 살아 있는 육신의 모습이었습니까?" 하고 되뇌는 것처럼

이미 지상에서 묵상 가운데 맛본 바 있는 이 천상의 평안, 그 살아 있는 사랑의 모습을 보았을 때, 나도 그와 같은 심정이었다.

---

12) 생명의 샘. 복의 근원인 하느님.

13) 참된 영상. 전설에 따르면 예수께서 십자가를 지시고 갈보리의 언덕을 오를 때에 한 여인이 그의 땀을 씻겨 드리려고 흰 수건으로 예수의 얼굴을 씻었더니, 그 수건에 예수님의 얼굴이 찍혔다고 한다. 성 베드로 성당에 이 수건을 보관하니 순례자들이 많이 모여들었다.

14) 지금의 유고슬라비아 남부의 지명. 여기서는 먼 나라를 가리킴.

"사랑하는 은총의 아들아, 이 밑바닥[15]만 주시하고 있으면 이 희열의 나라가 네 눈에 잘 보이지 않을 것이다.

눈을 들어 제일 바깥 원까지 차례로 올려다보아라. 그러면 너는 마침내 보좌에 앉으신 여왕〔성모 마리아〕을 볼 수 있으리라. 이 나라는 그분 밑에 복종하고 있다."

아침, 동녘의 지평선이 해 지는 쪽보다 밝게 빛나는 것처럼

그 장미꽃의 골짜기에서 산으로 눈길을 돌렸을 때 맨 위쪽 끝[16] 유난히 밝게 빛나는 부분이 있었으며

파에톤[17]이 잘못 이끈 수레채가 있을 것으로 예상되는 곳은 밝고 그 좌우는 빛이 희미한 것처럼[18]

저 평화로운 붉은 깃발[19]은 가운데서 활활 타오르고 그 양쪽은 불길이 약하였다.

그 복판에서는 천이 넘는 천사들이 저마다 다르게 빛나는 날개를 펴고 환희에 젖어 춤을 추고 있었다.

그곳에서 나는 보았다. 모든 성도들에게 기쁨을 주는 한 아름다운 분[20]이 그들의 춤과 노래에 미소짓고 있는 것을.

나의 어휘가 나의 상상력 못지않게 풍부하다 하더라도 나로서는 그녀의 희열과 완벽함의 일부도 감히 표현할 수 없었으리라.

---

15) 단테와 베르나르는 흰 장미꽃 모양의 꽃술의 노란 부분에 해당되는 곳에 있는데, 단테는 베르나르를 보느라고 눈을 들려 하지 않는다.

16) 흰 장미 모양의 맨 위쪽 끝.

17) 태양신의 아들. 파에톤이 잘못 이끈 수레는 태양이고, 그 수레채가 기다려지는 곳은 지평선 위, 해돋이가 기다려지는 곳이다. 파에톤에 대해서는 〈지옥편〉 제17곡 각주 12) 참조.

18) 대의는 지평선 위에 해가 솟아오르는 지점은 빛이 제일 강하고, 여기서 멀어질수록 빛이 약하다는 것이다.

19) 프랑스 왕가의 기치.

20) 성모 마리아.

베르나르는 내 눈이 자기 자신을 열렬히 불태우는 근원[21]에 쏠리고
있는 것을 보자
  그리운 듯이 그의 눈을 그곳에 돌려 나를 더욱 열렬하게 지켜보게
했다.

제 *32* 곡

  성모 마리아의 보좌는 하늘의 경기장〔장미〕맨 위층에 있다. 베르나르
는 단테에게 성모 마리아 아래 앉아 있는 구약 및 신약 시대의 성도들
을 알려 준다. 그 아래 죄 없이 죽은 어린이들의 영혼이 있다. 가브리엘
천사장이 아베 마리아를 선창하니, 모든 영혼들이 따라서 노래 부른다.
베르나르는 단테에게 마리아의 은총을 얻도록 기도하라고 권한다.

  여전히 성모 마리아를 응시하면서 베르나르는 자진하여 안내자로서
의 소임을 맡아 엄숙하게 말하기 시작했다.
  "마리아께서 향유(香油)를 발라 아물게 해 주신 상처[1]를 터뜨리고 깊
게 한 여인은 마리아의 발밑에 있는 저 아름다운 여인[2]이니라.
  그녀의 아래, 셋째 단의 뜰에는 너 보는 것처럼 라헬[3]과 베아트리체

---

21) 성모 마리아.
 1) 성모 마리아가 그리스도를 낳음으로써 아물게 하신 인류의 죄의 상처.
 2) 하와. 하느님의 명령을 어기고 뱀에게 유혹된 하와는 아담을 꼬여 인류를 파
    멸시켰으므로 상처를 다시 찌른 것이다. 아름다운 여자란 하느님 스스로가
    만드셨으므로 완전히 여자였음을 말한다.
 3) 야곱의 아내. 〈지옥편〉 제2곡 각주 15) 참조.

가 앉아 있다.

내가 이처럼 호명하면서 꽃잎에서 꽃잎을 따라 장미 속으로 내려감
에 따라

너는 사라[4], 리브가[5], 주디토[6] 그리고 자기 죄를 애통히 참회하며
'주여, 나에게 자비를!' 하고 노래한 저 가인(歌人)의 증조모[7] 되시는
분이

층층이 줄지어 앉아 있는 모습을 또렷이 볼 수 있으리라.

그리고 일곱째 단 아래에도 마찬가지로 히브리계의 여인들이 잇달아
이 꽃[8]의 머리칼을 위에서 아래로 갈라 놓고 있다.

그녀들은 그리스도를 얼마만큼 믿었는가에 따라 이 거룩한 층계를
둘로 나누는 벽이 되어 있나니

꽃잎이 활짝 피어난 쪽에는 그리스도의 강림을 굳게 믿은 성도들이
앉아 있고,

반원형의 층계에 비어 있는 자리가 띄엄띄엄 섞여 있는 저쪽에는 강
림하신 그리스도를 굳게 믿은 성도들이 앉아 있다.

그리고 이쪽에서 보면 저 천상의 여인들의 찬연함과 그 아래 무리들
사이에 경계선이 설정되어 있는 것처럼

그녀들 맞은편, 언제나 성자로서 광야의 생활과 순교를 견디어 내
고, 이어서 2년에 걸친 지옥의 고통까지도 견디어 낸 저 위대한 요한
의 자리도 상당한 거리가 있다.

요한의 아래 프란체스코, 베네딕투스, 아우구스티누스 그리고 그 밖
의 성도들이 둥근 단을 차례차례 아래로 경계를 이루며 중심을 향하고

---

4) 아브라함의 아내.

5) 이삭의 아내.

6) 유딧. 히브리 민족의 용감한 부인. 〈연옥편〉 제12곡 각주 20) 참조.

7) 다윗의 증조모는 룻이다.

8) 장미. 머리칼은 꽃잎의 줄을 가리키는 것으로 보인다.

있으니

이제 전지전능하신 하느님의 심오한 섭리를 우러러보아라. 이 동산은 신앙의 양면을 한결같이 충족시켜 주리니

이 두 구획을 복판에서 갈라 놓고 있는 저 층계 아래의 성도들은

자기 공덕에 의해서가 아니라, 엄격한 약정 아래 다른 사람[9]의 공덕에 의해 그 자리에 앉게 되었나니, 이들 영혼은 모두 선악을 분별할 능력을 갖기 이전에 육신을 떠난 영혼들이다.

그들을 잘 살펴보고, 또 귀를 기울일 필요도 없이 그 얼굴과 앳된 목소리에서 이것을 알 수 있을 것이다.

너는 지금 많은 의혹에 마음이 혼란스러움에도 불구하고 아무 말이 없구나. 나는 너를 묶고 있는 그 난해한 사색의 매듭을 풀어 주겠노라.

분명한 질서에 의해 지배되고 있는 이 하늘나라에는 슬픔이나 목마름이나 굶주림이 들어올 수 없는 것처럼 우연 또한 있을 수 없나니

여기 보이는 것은 모두 영원한 율법에 따라 마치 손가락의 반지처럼 완벽하게 대응된 것.

그러므로 저 하계의 삶을 그토록 짧게 마치고 서둘러 이 진실한 삶으로 옮겨 온 이 아이들에게 지복(至福)의 정도에 다소 차이가 있는 것은 당연하다.[10]

더 바랄 것 없는 위대한 사랑과 희열로 이 나라를 평안하게 다스리시는 국왕은

몸소 보시는 가운데 모든 심령을 지으시고 당신 뜻대로 여러 가지 은총을 베푸시나니, 그 점에 대해서는 이것으로 족하리라.[11]

---

9) 부모.

10) 어린이는 태어날 때 받은 하느님의 은총의 다소에 따라 축복의 정도가 다르다.

11) 어린이가 받은 축복의 정도가 다른 데 대해 품은 단테의 의문에 대해, 이처럼 인간으로서는 설명할 수 없는 하느님의 예정이 있다는 대답을 듣게 됨.

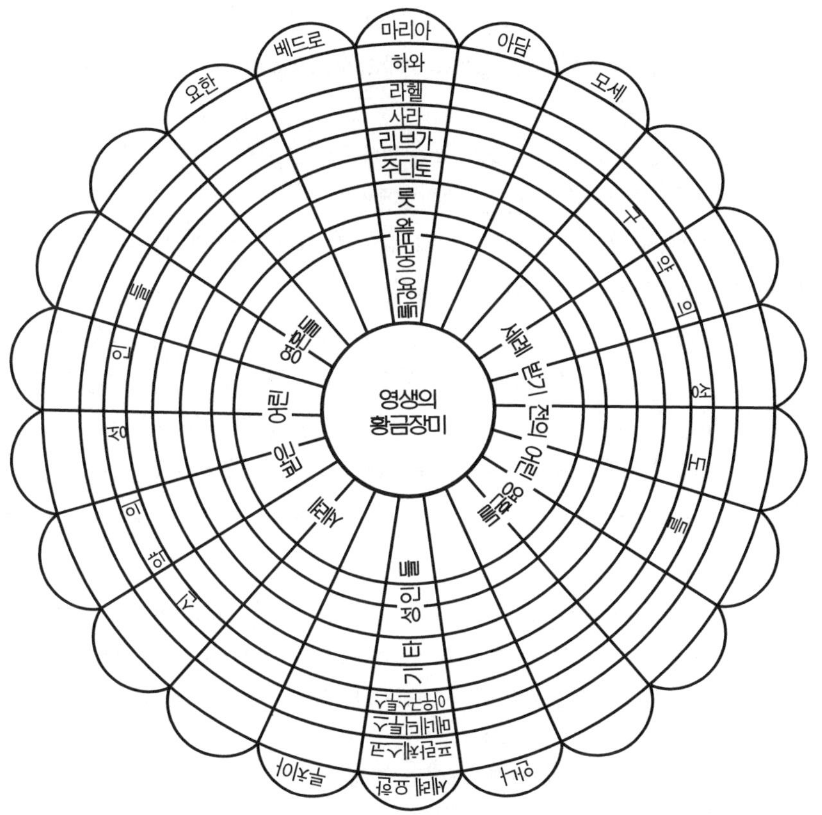

천국의 백장미

성서는 쌍둥이의 이야기[12]로써 이것을 분명하게 밝히고 있으니 두 태아는 어머니의 뱃속에서 서로 싸웠던 것이다.

이처럼 머리칼 빛깔[13]에 따라 다른 은총에 의해 허용되는 지극히 높으신 하느님의 빛은 그에 알맞은 후광을 발하고 있다.

그러므로 그들의 행동이나 공덕에 의하지 않고,

다만 원래의 시력이[14]이 얼마나 예리한가에 따라서 각각 다른 자리에 배정되는 것이니

인간이 창조된 처음 몇 세기 동안[15]은, 어린이의 순수함과 부모의 진실한 신앙만으로 구원을 받을 수 있었지만

그 제1시대가 지난 후[16]에는, 남자는 할례[17]에 의해 그 순수한 날개에 하늘을 오를 수 있는 힘을 부여하였다.

그러나 은혜의 시대[18]가 도래한 이후에는, 그리스도에 의해 완전한 세례를 받지 않으면 죄 없는 어린이일지라도 저 낮은 곳〔림보〕으로 떨어지게 되었다.

이제 그리스도를 가장 많이 닮은 얼굴을 보아라. 그 빛나는 얼굴의 영광만이 너의 두 눈을 그리스도를 볼 수 있도록 씻어 줄 수 있으리

---

12) "리브가가 잉태하였더니 아이들이 그의 태 속에서 싸우는지라……"(〈창세기〉 25장 21절). 이 쌍둥이는 형이 에서이고 아우가 야곱이다.

13) 에서와 야곱의 머리칼 빛이 다른 것처럼(〈창세기〉 25장 25절) 하느님께서 각자에게 주시는 은총도 다르다.

14) 은총으로 주신 하느님을 볼 수 있는 지적인 시력.

15) 아담에서 아브라함에 이르는 동안. 할례가 아브라함 때부터 시작되었기 때문.

16) 아브라함 이후 그리스도의 출현까지(할례로 구원의 계약을 한 시대).

17) 이스라엘 인들 사이에서 옛날부터 시행한 습관적인 의식의 하나. 즉 남아가 난 지 8일 만에 남근 끝을 잘라내는 풍습. 이것으로 하느님은 당신의 백성을 표시했음. 포경 수술과 같음.

18) 그리스도의 강림 이후.

니."

나는 보았다. 하늘 높이 날아오를 수 있는 천사로부터 받아 희열이 그녀의 얼굴에 비오듯 쏟아져 내리는 것을.

지금까지 내가 밟아 왔던 길의 그 어떤 것도 내 영혼을 이처럼 깊은 외경에 잠기게 하지 못하였으며, 이처럼 하느님을 닮은 모습을 본 적도 없나니

앞에서[19] 그녀에게 내려왔던 그 사랑은, '은총이 가득하신 마리아여 기뻐하소서!' 하고 노래 부르면서 그녀의 앞에서 그 날개를 쳤다.

성스런 찬미가 울려 퍼지고 온 천상이 그에 화답하니 성도들마다 한 층 더 맑아지는 것이었다.

"오, 거룩하신 아버님(베르나르), 율법에 따라 영원한 당신의 자리인 그 영화로운 옥좌를 떠나,

나를 위해 이 밑[20]까지 내려오신 아버님, 기쁨에 겨워 우리의 아름다운 여왕을 바라보며 사랑에 불타고 있는 저 천사는 누구입니까?"

마치 태양의 빛으로 반짝이는 새벽별처럼, 마리아의 빛을 받아 아름다워진 그에게 나는 가르침을 구했다.

"무릇 천사나 또는 영혼에게 있을 수 있는 모든 늠름하고 우아한 자질이 모두 그 천사에게 있으며, 우리도 그렇게 되기를 바라고 있나니

하느님의 아들이 우리 인간들의 불행한 짐[21]을 대신 지려고 하셨을 때, 종려[22] 잎사귀를 가지고 마리아에게 내려간 것이 바로 그 천사이기 때문이다.

이제 내가 말하는 순서대로 눈길을 돌려 이 의롭고 경건한 제국〔천

---

19) 항성천에서. '그녀에게 내려왔던 그 사랑'은 가브리엘 천사장.

20) 영원한 장미의 노란 꽃술 속.

21) 죄의 짐.

22) 성화에 보임. 하느님께서 모든 여자 중에서 특히 마리아를 선택하심을 표시함. 즉 다른 여성에 대한 승리의 표시.

국]의 장로[23]들을 보아라.

저 높은 곳에 모든 기쁨의 황후[마리아] 가까이 앉아 있는 행복한 두 사람은 이 장미의 두 뿌리[24]이다.

그녀의 바로 왼편에 앉아 있는 자는 멋대로의 탐욕으로 나무 열매를 맛보았던 인류의 조상, 그로 하여 인류는 그토록 많은 고통을 당하게 되었다.

그녀의 오른쪽에 있는 자는 그리스도에게서 이 아름다운 영원의 꽃 [천국]의 열쇠를 받은 성스러운 교회의 아버지이다.

그리고 그 옆에 앉아 있는 것은, 창과 못[25]으로 얻은 저 아름다운 신부[교회]가 머지않아 맞게 될 괴로운 시대를 예언한 자이다.[26]

아담 옆에는, 하느님의 은총을 곧잘 잊어버리고 변덕스럽고 고집이 센 이스라엘 백성이 하늘에서 내려주시는 만나를 양식으로 살아갈 무렵 그들을 인도한 지도자[27]가 앉아 있다.

베드로의 맞은편에 앉아 있는 것은 안나[28]이니, 그녀는 자기 딸을 보고 몹시 만족스러워 호산나를 노래하면서 잠시도 눈을 떼지 않는다.

인류의 아버지 맞은편에는 루치아[29]가 앉아 있으니, 네가 지옥에서

---

23) 성도 중에서 특히 뛰어난 자. 24명으로 되어 있음. 〈요한계시록〉 19장 4절 참조.

24) 아담과 베드로. 아담은 오실 그리스도를 믿은 첫 사람이고 베드로는 자기를 반석으로 삼아 그 위에 그리스도 교회가 세워졌다. 즉 전자는 인간의 첫 아버지요, 후자는 그리스도 신도의 첫 아버지이다.

25) 그리스도가 십자가 위에서 가슴을 창으로 찔리고 손발에 못이 박혀 피를 흘려서 얻었다는 뜻.

26) 사도 요한은 〈계시록〉에 교회가 미래에 직면하게 될 고난의 시대와 그 후의 세계의 종말에 대해 예언했다.

27) 모세. 〈출애굽기〉 16장 35절 참조.

28) 마리아의 어머니.

29) 시라쿠사의 성녀. 〈지옥편〉 제2곡 각주 14) 참조.

헤맬 때 그것을 내려다보고 너의 숙녀(베아트리체)에게 알리신 분이다.

그러나 이 찬란한 꿈의 시간[30]은 순식간에 날아가 버리는 것, 마치 주어진 옷감에 맞추어 옷을 짓는 능숙한 재봉사처럼, 여기서 말을 그치고 태초의 사랑[하느님]을 향해 눈을 돌리기로 하자.

너는 그쪽을 보면서 될 수 있는 대로 그 빛으로 깊숙이 들어가야 하리니

더 높이 오르려 너의 유한한 인간적 날개를 퍼드덕거리는 데에[31]

뒷걸음치는 일이 없도록 기도로써 은총을 얻어야 함을 필히 명심하라.

나 또한 너를 도울 수 있는 그녀(마리아)의 은총을 간구할 것이니, 너는 애정을 가지고 나를 따르라.

그러면 내가 들려 주는 말을 모두 잘 간직할 수 있으리라."

그는 이렇게 말한 다음 경건하게 기도하기 시작했다.

제 *33* 곡

베르나르는 마리아를 찬양하며 단테가 하느님을 볼 수 있게 해 달라고 열심히 기도한다. 이윽고 그 기도의 응답을 받아 단테의 시력이 밝아져서 마치 축복받은 영혼처럼 하느님을 보게 된다. 이어 단테는 자기가 본 하느님의 모습을 시로 읊을 수 있게 해 달라고 간구한다. 단테는 삼위일체와 신인(神人) 양성의 깊은 이치를 깨닫고 지복의 경지에 이른다.

---

30) 정신없이 광경을 보는 시간, 즉 천궁의 광경을 알아보기 위해 하느님께서 주신 시간.

31) 자기 힘에만 의지하여.

"동정녀이신 어머니, 당신 아들의 따님[1]이시여, 낮고도 높으신 피조물이여, 영원한 하느님의 뜻이 예정하신 전환점이시여!

당신이야말로 인성(人性)을 거룩하게 하심으로써, 조물주로 하여금 스스로 만드신 피조물의 피조물이 되는 것도 꺼리지 않으셨나니[2]

당신의 태중(胎中)에서 다시금 불타오른 사랑,[3] 그 온열(溫熱)에 의해 이 꽃[4]은 영원한 평화 속에 이처럼 피어났나이다.

당신은 여기 우리에게 사랑의 횃불이 되시고, 지상의 인간들에게는 영원한 소망의 살아 있는 원천이 되시니

동정녀여, 당신은 참으로 위대하시고 유능하시므로 은총을 구하면서 당신에게 의지하지 않는 것은, 날개 없이 날아가려는 것과 같습니다.

당신의 자비로움은 구하는 자를 도우실 뿐만 아니라 때론 구하기도 전에 스스로 도움을 주시나니

당신에게는 자비와 연민과 은혜가 깃들여 있고, 지음을 받은 자[5]의 모든 선이 함께 있습니다.

이제 우주의 가장 깊은 구덩이〔지옥〕에서 이곳 천국까지 영계(靈界)의 광경을 잇달아 보아 온 이 사람〔단테〕이 당신의 은총을 바라오니

모든 것을 치유하는 마지막 구원〔하느님〕을 향해 눈을 더욱 높이 들 수 있도록 은총과 힘을 주옵소서.

지금 하느님의 모습을 뵙기 바라는 그의 마음은 저 자신이 하느님의 모습을 뵙기 원할 때보다 더욱 간절하오니

---

1) 마리아의 아들 그리스도는 하느님과 일체이며, 그 하느님에 의해 창조되었기 때문에(〈창세기〉 1장 26절) 마리아는 자기 아들의 딸인 것이다.

2) 조물주로 하여금…… 인간을 지으신 창조주가 육신을 입고 인간(피조물)이 됨.

3) 인간에 대한 하느님의 사랑.

4) 장미. 비유로 쓰임.

5) 천사와 인간.

저의 기도를 당신께 모두 바쳐, 부족함이 없기를. 당신의 간구로써
인간적 그림자의 자취를 이 사람에게서 거두어 주시고, 그로 하여금
가장 큰 기쁨[6]을 볼 수 있게 하여 주옵소서.

거듭 비옵나니, 무엇이든 뜻대로 하실 수 있는 여왕이시여, 그로 하
여금 하느님을 뵙고 나서도 마음 변치 않게 하시고

당신께서 그를 지켜 주사, 인간을 사로잡는 정욕을 이길 수 있게 하
옵소서!

저의 기도에 맞추어 베아트리체와 모든 성도들이 당신을 향해 합장
하고 있음을 보아 주소서!"

하느님께서 가장 사랑하시고 귀히 여기시는 눈길들이, 기도를 드리
고 있는 베르나르에게 쏠렸나니

진실한 기도가 얼마만큼 그 뜻에 합당한가를 명백히 보여 주었다.

이윽고 그 눈동자들은 영원하신 빛〔하느님〕 쪽으로 쏠렸나니

어느 누구도 하느님의 빛을 그녀의 눈만큼 밝게 볼 수 없다는 것을
우리는 인정해야 하리라.

이윽고 내 존재의 궁극이신 하느님께 가까이 다가가자 갑자기 열망
의 절정에서 불길이 사그라지는 느낌에 사로잡혔나니

베르나르는 온화하게 미소지으면서 내게 위를 쳐다보라고 신호를 했
다.

그러나 그가 신호를 보내기 전에 나는 이미 위를 쳐다보고 있었나니

나의 시력이 조금씩 조금씩 밝아져 진실하고 숭고한 하느님의 빛 속
으로 더욱 깊이 들어갔기 때문이다.

그 후에 내가 본 것은 말로 표현할 수 없으니

그것은 언어를 초월하는 것, 기억력은 졸도하고 사라져 갔다.

마치 꿈을 꾼 사람이, 잠에서 깨어난 후에 감동은 남아 있으나 그
밖의 것은 기억할 수 없는 것과 마찬가지로

---

6) 하느님을 뵙는 기쁨.

환상 자체는 거의 모두 사라졌으되 거기서 일어난 희열은 여전히 내 마음에 남아 있었으니

눈 위에 새겨진 발자국이 햇볕에 녹는 것이 그러할까.

뒹구는 나뭇잎에 적힌 시빌라[7]의 점괘가 바람에 날려 버리는 것이 그러할까.

오, 지고하신 빛이여,

이렇듯 인간의 이성을 초월하여 높이 솟아오른 빛이여,

내가 우러러뵌 당신의 모습을 조금이라도 내 기억 속에 남기시고, 내 혀로 하여금 당신의 영광된 빛의 한 가닥만이라도 후세의 사람들에게 전할 수 있도록 도와 주소서!

내 기억 속에 그 모습 다소라도 되살아나 이 시구 속에 조금이라도 울리게 되면, 당신의 영광은 세상에 더욱 널리 전해지련만.

그 싱싱하고 장엄한 빛에서 즉각 눈길을 돌리지 않았더라면 나는 어리둥절하여 바른길을 잃게 되었을 것이다.

지금 생각해 보니 그랬기 때문에 나는 그 빛을 더 잘 견디어 낼 수 있었던 것이리라. 그리하여 마침내, 내 시선은 무한한 하느님의 지선에 초점을 맞출 수 있었으니

오, 넘칠 듯한 은총이여, 나로 하여금 시력이 소진될 때까지 영원하신 빛을 똑바로 바라볼 수 있도록 베푸신 은총이여.

그 빛의 깊은 곳에서 나는 보았다. 조각조각 우주에 흩어진 만물이 사랑에 의해 한 권 책으로 엮어진 것을.

실체[8]와 우연한 존재[9]가 서로 오묘하게 융합되어, 마치 내 말 따위는 그에 비하면 한 가닥 빛에 지나지 않는 것을.

---

7) 쿠메의 무당, 그 예언을 나뭇잎에 적었는데, 바람이 불어와 날려 버리기도 했다.

8) 스스로 자기 존재를 유지하는 분체.

9) 실체의 의존하여 존재하는 것.

나는 이처럼 결합된 우주의 모습을 분명히 보았음에 틀림없으니

그리하여 나는 이렇게 말하면서도 환희에 넘치는 것을 느끼게 된다.

내가 순간에 느낀 그 놀라움이란 저 아르고의 그림자[10]를 보고 품었던 저 25세기 이래 넵튠[11]의 놀라움보다 훨씬 더 큰 것이다. [12]

나는 이처럼 넋을 잃은 채 꼼짝 않고 가만히 바라보았나니 보고 싶은 열망은 점점 뜨거워질 뿐이었다.

그 빛을 체험한 영혼이 그 빛으로부터, 다른 것으로 시선을 돌린다는 것은 생각도 못 할 일이니

의지가 궁극적으로 지향하는 선이 모두 그 안에 들어 있으며, 그 빛 속에서 완전한 것도 그 빛을 벗어나면 불완전한 것이 되어 버리기 때문이다.

이제 내 머리에 떠오르는 것만 말한다고 해도, 나는 아직 젖을 빠는 어린애의 혀 짧은 소리만큼도 제대로 표현할 수 없나니

그 살아 있는 빛이 달라져서라기보다는 변함없고 영원하기 때문이요,

그 빛을 볼수록 나의 시력이 강해져 나 자신의 변화에 따라 유일한 모습이 여러 가지로 변해 보인 때문이다. [13]

숭고한 빛의 깊고 밝은 실체 속에 세 가지 빛깔을 띤 같은 크기의

---

10) 이아손이 이끄는 원정대가 탄 배.

11) 바다의 신 넵투누스.

12) 이아손이 지휘한 병사들은 아르고를 타고 황금 양피를 빼앗으러 지중해에서 흑해로 향하였다. 그때까지 바다 위로 배가 지나간 적이 없으므로 해신 넵투누스는 아르고의 그림자를 보고 놀랐다. 이 모험은 B. C. 1223년에 있었다고 한다. 단테가 〈신곡〉을 쓴 1300년을 합쳐 2500년 동안 사람들이 이 모험을 잊어버리고 있었던 것보다, 이때 단테의 한순간의 망각이 훨씬 더 큰 것을 잊고 있었다는 것이다. 네 개의 원은 삼위일체의 각각의 위를 표시한다.

13) 하느님의 모습이 한결같아 보이지 않는 것은, 모습 자체가 변하기 때문이 아니라 보는 자의 시력이 변하기 때문이다.

세 원이 나타났으니

첫째 원은 둘째 원에 반사되고, 셋째 원[14]은 그 두 원에서 한결같이 발산되는 순수한 불길처럼 보이는 무지개 같았다.

그러나 나의 이러한 묘사는 생각에 비해 또 얼마나 모자라고 약한 것인가.

내가 보았던 것에 비하면, '조금'이라는 말도 합당치 않도다.

오, 그 자체 영원히 홀로이시며, 당신 자신만이 당신을 아시고, 또한 알려지셨으며 사랑하고 웃으시는 빛이시여,

당신에게서 태어나고 당신의 반사된 빛이라 여겨지는 두번째 후광은,

내가 잠시 지켜보는 동안 그 빛깔로 인간의 영상을 그려 내는 듯하였나니[15] 내 시선은 온통 거기에 사로잡혔다.

마치 원의 둘레를 재는 데 온 정력을 쏟은 기하학자가, 필요한 원리[16]를 생각해 내지 못하는 것처럼

어떻게 해서 그 후광에 우리 인간의 영상이 드러나는지[17]를 알기 위해 그 천상의 얼굴을 열심히 연구했으나

그 신비를 알기에는 내 날개[18] 역부족한 것, 그러나 갑자기 내 마음속에 섬광[19]이 번개처럼 스쳐 가더니, 내가 알고 싶어하던 욕구를 충족

---

14) 첫째 원이 성부, 그 빛을 반사하는 둘째 원이 성자, 불이 성신이다.
15) 자신의 빛깔로 인간의 영상을 그린 것은 하느님과 인간의 완전한 결합을 나타냄.
16) 여기서는 원주율.
17) 성자인 둘째 원과 같은 빛깔을 한 인간은 그리스도인데, 어찌하여 그리스도 속에 신성(神性)과 인성(人性)이 합쳐 있는지 그 관계를 단테가 알 수 없다는 것이다.
18) 지성의 힘.
19) 하느님의 은총.

시켜 주었도다.[20]

이제 저 높고 높은 환상 앞에 나의 기력도 쇠진하는도다. 그러나 이미 내 열망과 내 의지는 한결같이 돌아가는 수레바퀴처럼,

태양과 다른 별들을 움직이시는 큰 사랑(하느님)에 의해 움직이고 있음을 느낄 수 있었다.[21] *

---

20) 그리스도 속에 신성과 인성이 신비롭게 결합되어 있는 것을, 하느님이 주신 직관에 의해 분명히 본 것을 말한다.

21) 단테의 소원과 의지가 이제 하느님의 그것과 완전히 일치됨.

□ 작가론

단테의 생애와 《신곡》*

한성철 / 외대(이탈리아 어) 강사

1. 서 론

단테는 역사상 가장 위대한 혁신적 시인 중의 한 사람이며 작품 속에 당시의 사회적, 지적 문제들을 반영시킨 세기의 천재였다. 따라서 우리는 그의 작품 속에서, 정치, 사랑, 철학, 문학 그리고 종교에 대한 13, 14세기적인 핵심 요소의 대부분을 쉽게 대할 수 있다.

단테의 우수한 독창성은 그가 수용한 사상들과 그 자신의 경험 사이에서 이루어진 완벽한 연결 관계에서 발견할 수 있다. 본서(本書)에서 단테라는 위대한 시인이 이룩한 성취를 연구함도 다름아닌 이 관점을 통해서다. 《새로운 삶》에서, 베아트리체를 향한 자신의 사랑을 고양시켰던 이 젊은 시인은 시(詩)에서뿐만 아니라 철학적이고 종교적인 문

---

* 이 작가론은 George Holmes, *Dante*, Oxford Univ. Press, 1980. Petrocchi, *Vita de Dante*, Biblioteca Universale Laterza, 1986. Jules Gelernt, *Dant's Divine Comedy*, Monarch Press, 1964을 참고로 하여 쓴 것이다.

제들에 관련하여 그 이전에 이미 이상주의자가 되어 있었다. 그의 나이 34세 되던 해에, 그는 고향 피렌체로부터 추방되는 쓰라린 경험을 맛보았고 그로부터 20년간의 유랑 생활을 시작했다. 그의 대부분의 걸작들은 사실상 이 기간중에 써졌다. 이러한 경험들과 그의 작품들은 그의 초기 작품의 모든 테마들을 다시 추려서 지옥, 연옥 그리고 천국이라는 방대한 시적(詩的) 파노라마 속에 새롭게 적용시킨 《신곡》 속에서 그 합일점을 찾게 된다.

지옥과 연옥 그리고 천국의 여행을 노래한 단테의 《신곡》은 인간이 만든 가장 위대한 시가(詩歌) 중의 하나이다. 이 《신곡》은 시적 상상력의 성취로서 주로 이해되어 왔다. 그러나 단테는 시인이었을 뿐만 아니라 철학적 사상가였으며, 활동적인 정치가였을 뿐만 아니라 종교적 명상가이기도 하였다. 시를 통하여 그가 나타내고자 한 의미를 이해하기 위하여, 그리고 그로 하여금 시를 쓰지 않으면 안 되도록 몰아붙인 요인들을 이해하기 위하여 우리는 그의 시 이면에 내포된 사상들을 탐구해 볼 필요가 있다. 단테는 그 당시의 주요한 사회적·지적 딜레마들을 해결할 일반적 해결책을 찾고자 노력했던 계층의 부류에 속해 있었다. 많은 작가들이 이러한 시도를 하였으나 시를 통하여 그 해결책을 구체화시킨 단테의 성공이 아마도 가장 탁월했을 것이다. 단테가 직면했던 여러 문제점들과 그것들에 대한 그의 해결책들을 살펴보아야 하는 분명한 이유는 그의 시에 대한 우리의 이해를 증대시키기 위함이다. 단테가 실제로 맞닥뜨렸던 문제점들과 그의 시에 넓게 드리워져 있는 문제 의식들은 결국 같은 것이었다. 예를 들면 그 문제점에는 성서의 가르침과 인간 이성간의 관계가 포함되어 있고 육욕적 사랑과 정신적 사랑간의 관계, 교회의 권위와 국가의 권위 사이의 갈등, 인간의 행위들과 별들의 움직임에 대한 하느님의 영향 등이 포함되어 있다. 외형적으로 볼 때, 단테가 직면했던 이러한 문제점들은 당시의 상황들과 제도의 변화 그리고 과학의 발달로 인하여 거의 무관심하게 되었다. 그러나 그 문제점들은 우리의 관심을 끄는 영원한 딜레마들이다.

우리가 단테에게서 발견하는 바를 상세히 공식화할 때, 단테가 직면했던 그 문제점들은 중세의 성기(盛期) 중에 유럽의 문명 사회가 관심을 가졌던 커다란 이슈들의 한 단면을 보여 준다. 단테의 《신곡》은 유럽 사상사에서 가장 결정적인 단계를 최고의 문학적 표현으로 형상화한 것이다.

단테의 사상들은 그의 중요한 경험들에 반응하여 전개되었다. 이 경험들은 그의 사생활에서 발생한 사건들, 즉 주로 그의 시에 많은 영감을 준 여인 베아트리체의 죽음과 피렌체로부터의 추방과 같은 그의 소란스러운 정치적 삶에서 발생한 사건들을 포함하고 있다. 그의 사상은 점진적인 발전 단계를 밟고 있는데, 이것이 바로 그의 사상을 연구하는 데 전기적 접근 방법이 왜 필요한가를 설명해 주는 한 이유가 된다. 또 다른 이유는 단테 자신이 자서전적 작가였다는 데 있다. 즉 그의 가장 중요한 작품인 《새로운 삶》과 《신곡》에서 보면 그 스스로가 주요한 등장 인물로 설정되어 있다.

그의 생애 속에 뛰어들어 연구를 시작하기 전에 우리는 당시 전개되고 있던 지적·문화적 환경의 개요를 살펴보아야 한다. 단테는 1300년에 35살이었다. 그가 《신곡》에서 죽음의 세계를 여행하기 시작한 해이기도 하다. 이 시기 이후로 그는 그의 전 생애를 유럽의 문화와 경제의 중심지였던 피렌체에서 보냈다. 단테가 이 도시로부터 받은 영향의 한 부분은 도시 생활의 습성과 도시만이 가지고 있는 독특한 분위기였다. 즉 개인의 운명과 개개인의 생활에 대한 극도의 개인주의, 그리고 개성을 중시하는 풍조 등이었는데, 그것은 《신곡》에 잘 표현되어 있다. 피렌체와 이웃 도시들에는 시인들로 구성된 학파들이 있었는데, 이러한 환경 속에서 단테의 시학은 빠르게 형성되어 갔다. 또 다른 지역적 영향은 북유럽과는 다른 중부 이탈리아 특유의 강렬한 종교 운동의 확산이었다.

그러나 단테가 경험했던 지적 세계는 대부분의 경우 피렌체가 아니라 전 유럽이었다. 다시 말하면 각 유럽 대학에 개설된 신학과 철학과목이 그의 사상을 지배했던 것이다. 13세기 유럽에서 가장 권위 있는 과목은 기독교 성직자들(주로 성서 주석자들)에 의한 성서 연구인 신학이었다. 그 분야에서 성서는 하느님의 말씀이자 최고의 권위였다. 그러나 예술 분야에서, 논리학 분야에서, 그리고 우리가 '철학' 또는 '과학'이라고 부르는 분야에서의 최고 권위는 하느님에 의한 세상 창조와 영혼의 불멸성을 믿지 않았던 희랍의 철학자 아리스토텔레스였다. 단테 시대에 유럽의 정신은 이 두 상반되는 권위를 서로 조화시키고 화해시키는 학문 경향이 주류를 이루고 있었다. 이러한 화해의 가장 두드러진 업적은 단테가 아홉 살 나던 해인 1274년에 죽은 성 토마스 아퀴나스의 위대한 연구 실적이었다.

13세기에 교회는 지상의 권위로써 그 영향력이 절정에 달해 있었다. 아울러 교황의 권한은 정치 권력으로 세속화되었다. 국왕보다도 교황이 지상의 삶에서 더 큰 권위를 지니고 있었음은 쉽게 상정해 볼 수 있다. 사실상 두 권위 사이에는 끝없는 알력이 가로놓여 있었으며 그로 인하여 사회에 만연된 이원론은 중대한 딜레마를 야기시켰다.

철학은 그것을 구성하는 사회의 구조를 따르게 마련이다. 13세기 교회와 국가는 둘 다 강력한 전제성을 띠고 있었다. 그래서 정신과 사물의 모든 힘이 전능하신 하느님께 귀속된다는 사상이 지배적이었다. 그러나 당시의 사회가 수직적으로 분리되어 있었기 때문에 사회는 정신과 물질간의 갈등, 종교적 관념과 이성적 논리간의 갈등에 사로잡히게 되었다. 단테는 이러한 이슈들을 향하여 간접적으로 접근해 갔다. 즉 전제군주국이 아닌 도시국가의 문제로서, 전문 철학자가 아닌 잘 교육받은 비전문인의 입장으로서, 그리고 시를 통하여 그 문제들을 제기함으로써 간접적으로 규명해 갔던 것이다. 결국 그는 수많은 당시의 지적 문제점들을 접하였고, 예술가들이 으레 그렇듯이 그것들을 철학적 사상가들의 통찰력과는 다른 직관과 상상력으로 표현해 냈다.

2. 단테의 시학과 베아트리체

단테 알리기에리는 1265년 피렌체의 어느 유서 깊은 가문에서 태어났다. 그는 1283년경, 그의 글 속에는 전혀 언급되어 있지 않은, 젬마 도나티라는 여성과 결혼했고 두 아들을 두었다. 후일 두 아들은 아버지의 위대한 시들의 주석을 다는 주석가로서 활동하기도 했다. 그의 생애 전반기 30년에 대한 실재적 증거는 없으나 그가 성장한 환경이 어떠했으리라는 사실들은 상세하게 기록되어 있다. 즉 단테는 귀족 시민 계층에 속해 있어서 자연적으로 자치도시의 지도층에서 활동했다. 그가 한 젊은이로서, 인근 도시인 아레초(Arezzo)를 정벌하기 위한 피렌체의 원정군으로 참전했다는 속설이 있다. 그리고 그에 관한 믿을 만한 첫번째 전기적 사실은 그가 1295년에 실제로 정치적 삶에 투신했다는 역사적 사실이다. 비록 배움의 중심지는 아니었으나 피렌체는 높은 문화적 소양을 갖춘 도시였다. 단테와 같은 계층의 몇몇 멤버들은 문학과 철학에 대해 열렬한 관심을 기울였고, 단테는 일찍부터 그 멤버들 속에 속했던 것 같다. 아마도 단테는 볼로냐에 있는, 가장 가까이에 위치한 대학에 다녔던 것 같다. 그러나 그의 교양이나 학문이 주로 피렌체의 토양에서 유래했음은 의심할 여지가 없다. 즉 피렌체의 수사학 선생은 그를 라틴 문학으로 인도했고 피렌체의 신학교들은 그에게 철학과 신학에 관한 가르침을 베풀었다. 단테의 외적 삶의 역사는 1302년 그의 유배에 의해 두 부분으로 나뉘게 된다. 그로부터 1321년 죽기까지 그는 방랑 생활을 하게 된다. 1302년까지 그는 아마도 여러 면에서 전형적인 피렌체 인이었던 것 같다.

그러나 다른 면들에서는 이미 그는 비전형적인 피렌체 인이 되어 있었다. 1295년경 그는 적어도 토스카나 도시들의 예술 비평가들 사이에서 유명한 시인으로 통하고 있었다. 그의 시의 약 70편 가량이 그의 생애 전반부 30년간에 써졌다. 그 기간 그는 《새로운 삶(*La Vita nuova*)》이라는 비범한 책을 쓰게 되는데, 이 책은 31편의 시와 이 31편의 시를 자신과 베아트리체라 불리는 한 여인과의 관계를 이야기체 식으로 꾸민 한 편의 산문 속에 삽입시키는 방식으로 구성되어 있다. 그리고 여기에 등장하는 시들은 마치 사랑 이야기를 공연하는 연극 무대의 배우처럼 제시되어 있다.

《새로운 삶》과 여기 삽입된 시들은 당시 단테의 사상과 생애에 대해서 우리가 가지고 있는 유일한 기록이며 본 장에서 다루고자 하는 주제이기도 하다. 《새로운 삶》에 삽입된 시들과 그 외 독립적으로 써진 다른 시들을 통해서 볼 때, 단테는 당시에 이미 유행되고 있던 이른바 '궁중 사랑(Courtly Love)'(결합될 수 없는 여인과의 이룰 수 없는 사랑의 고통을 노래하던 시풍)의 전통에 입각한 시를 쓰기 시작함으로써 그의 시 경력에 출발선을 그었다. 이 단계에서 그의 시는 여인에 대한 찬미가 주종을 이루게 되는데, 여기에서 여인은 베아트리체를 가리키며 그녀의 아름다움은 신성(神性)의 반영이다. 그녀를 사랑함은 고통이 아니라 삶의 의미이며 삶의 찬미였다. 《새로운 삶》의 산문 부분은 삶과 시에 대한 그의 새로운 태도를 표현하기 위해 써졌다.

베아트리체는 과연 누구인가? 그녀는 포르티나리에서 태어나서 바르디 가문(단테의 가문보다 더 부유하고 유명했던 가문)으로 시집을 갔으며 1290년 24세의 젊은 나이로 죽었다. 이것과는 별도로 우리가 그녀에 관해 알고 있는 모든 것은, 그녀에 대해서 단테 자신이 《새로운 삶》에서 말하고 있는 다분히 상상력으로 꾸며진 사실들에 불과하다. 단테는 아홉 살 나던 해 베아트리체를 처음 보았고 사랑에 빠졌다. 그러나 그의 나이 18세쯤 되었을 때 사랑은 그를 더욱 완전하게 사로잡았다. 그는 그녀가 요절하기까지 여러 단계의 사랑을 경험하고 겪었다. 즉 다른 여인들에게 시를 헌정함으로써 그녀에 대한 사랑을 감추기도 하고 베아트리체의 면전에서 고뇌의 고통을 겪기도 했으나 결국 순수한 연모를 노래하는 시작(詩作)으로 전환했다. 실제의 베아트리체는 시에 나타난 베아트리체의 그림자에 불과하다. 《새로운 삶》에 등장하는 베아트리체는 초자연적인 힘과 신성한 매력을 지닌 사람이다. 그녀의 성격은 성인전에 나오는 성인이나 영웅적 서사시에 등장하는 우상들과는 물론 다르다. 그러나 성인과 영웅으로부터 영감받은 한 폭의 그림을 연상시키는 새로운 이미지와 여성의 신성에 대한 새로운 개념을 품고 있다. 그녀는 하나의 창안물이기도 하나, 가장 깊은 감정에 어필하는 단테 자신의 종교적 이상주의의 초점일 뿐만 아니라 예술, 종교, 신성 그리고 영원한 여성상 사이의 관계 정립에 직접적인 영향을 주는 원형적인 인물이다. 비록 그의 시적 경력의 초기에 만들어진 인물이지만 베아트리체는 어떤 의미에서 단테의 가장 독창적이고 의미 깊은 창안물이다.

베아트리체의 죽음과 《새로운 삶》의 집필은 단테가 다른 종류의 철학적인 시를 쓰던 시기에 연이어서 이루어졌다. 1295년 아마도 철학적인 시를 쓰던 시기에 그의 정치적 경력이 시작되었던 것 같다. 피렌체에서의 정치적 활동은 1302년 단테의 유배로까지 극적으로 이어지고, 유랑 기간에 그는 자신의 시에 철학적·문학적 주석을 붙이는 데 열중하였고 정치학에도 심혈을 기울였다. 베아트리체는 《새로운 삶》이후 10년이나 넘게, 단테가 말년에 열중하여 완성한 대작인 《신곡》의 중심 인물로 등장하기 전까지, 그의 문학적 배경에서 물러났다. 그녀는 생전의 지상에서의 현신 때보다 더 위대한 힘과 모습을 지닌 영원불멸한 천상의 영혼으로 재등장하게 된다.

단테에 의해서 토스카나 방언으로 써진 고도로 세련된 시들은, 12세기 남프랑스에서 형성된 '궁중적 사랑의 시', 예를 들면 트루바두르(13세기경 남프랑스에서 활약했던 음유 시인)류의 시에서 그 유래를 찾을 수 있다. 궁중적 사랑의 시는 원래 남프랑스의 봉건 사회의 산물이다. 이러한 유의 시들은 여인의 아름다움을 찬미하고 사랑해서는 안 되는 여인과의 비극적 사랑의 고통을 노래한다. 매너의 세련성과 아름다움으로 고취된, 그리고 욕망의 대상을 확득할 수 없음에도 불구하고 연인을 고양하기도 하고 고통을 주기도 하는 진실한 사랑은 고결한 열정으로 승화되어 문학으로 현시된다.

단테 자신은 ── 토스카나 지방에서 발전되었고 그가 직접 참여했던 학파의 시인들에 의해서 실천되고 작품화된 ── 궁중적 사랑의 전통에 의한 시풍을 '청신체 시(dolce stil nuovo, 淸新體詩)'라는 이름으로 포괄하였다. 단테 이전에 그와 같은 스타일의 시를 썼던 두 대가로, 볼로냐와 피렌체의 유명한 가문 출신이며 단테처럼 도시민이었던 구이도 구이니첼리와 구이도 카발칸티를 들 수 있다. 단테가 처음으로 문단에 모습을 나타내기 시작했을 1280년대 당시, 단테보다 연장자였던 카발칸티는 피렌체에서 최고의 시인으로 칭송받고 있었고 얼마 동안 단테는 그의 영향하에 놓이게 되었다. 그래서 단테는 후일 그를 '나의 첫 번째 친구'라고 부르곤 했다. 이러한 접촉으로부터, 철학적·종교적 가치를 표현하기 위한 도구로서의 시의 개념이 그에게 자리잡기 시작했다. 그들이 시 속에서, 이루어질 수 없는 사랑의 고양된 정서보다는 결실 없는 고뇌를 강조할 때 보통 당시 자연과학의 용어들을 사용하곤 했다.

그 결과 그들은 어떤 면에서(과학적으로) 볼 때 염세적인 사랑의 열정에 관한 시를 생산하기 시작했다. 우리는 그 희미한 흔적으로서, 20세기의 시인들이 그들의 연애 감정을 프로이트의 심리학으로 분석하는 경향을 들 수 있다. 이러한 시를 이해하기 위하여, 고대 그리스로부터 유산으로 물려받았으며 13세기 지식인들에 의해서 과학적 상식으로 받아들여졌던 심리학 원리들 중 몇몇을 가슴에 깊이 새겨 넣을 필요가 있다. 이러한 체계 내에서 인간의 영혼은 세 부분 ── 성장 부위, 감각 부위, 사고 부위 ──으로 나누어진다. 이들은 세 기능, 즉 인간의 영혼은 간장에서의 자연적 정신, 심장에서의 생동적 정신, 두뇌에서의 동물적 정신으로서 인체 내에서 작용한다. 동물적 정신은 두뇌에서 상상력, 분별력, 기억력으로서 작용한다. 신체는 동맥과 신경 조직을 따라 움직이는 '정신들'에 의해서 생명력이 주어진다. 따라서 사랑의 메

커니즘은 다음과 같다. 아름다운 여인을 눈으로 보았을 때 시각적으로 형성된 인상이 정신들을 자극하여, 모든 감정들의 본거지인 심장으로 보낸다. 그곳에서 또 다른 정신들이 두뇌에 분별력과 기억력을 불어넣는다.

그러므로 카발칸티 시 중의 상당수는, 눈을 통해서 들어와 마음을 휘어잡고 그 마음속의 정신을 제압하여 그 힘을 빼앗아 버림으로써 마음의 고통은 참을 수 없게 되고 한숨이 절로 나오게 되는, 비극적 사랑을 이야기하고 있다. 이러한 전통적인 표현 방식은 부분적으로는 예전의 궁중적 사랑을 노래한 시로부터 유래한 것으로, 20세기까지 면면히 흐르는 사랑의 시의 조류에 합류되어 은유와 의인화와 같은 가장 진부한 표현 방식으로서 현대의 독자들에게 나타난다. 마치 '정신적 억압'과 '노이로제'에 대한 사상이 20세기에 인간 본성에 대한 생동감 있는 표현이듯이, 13세기에 이러한 것들도 인간 본성에 대한 최고의 표현이었다. 특히 단테를 포함하는 청신체 시파에서는 사랑을 그들의 자의식에 의한 지적 접근 방법으로 취급함으로써 더욱더 그러했다. 지적 접근 방법은 〈한 여인이 내게 인사를 하는구나(*Donna mi prega*)〉라고 불리는 유명한 시에서 최고조에 달하게 된다. 이 시에서 구이도 카발칸티는 사랑의 속성에 대한 그의 이론을 정립했다. 카발칸티는 사랑을 철학적 의미로 '하나의 사건'이라고 보았다. 즉 한 장의 종이에서 하얗다는 속성은 분리될 수 있는 것이고 그 종이 자체의 물질은 도저히 분리시킬 수 없는 종이의 하얀 속성과도 같다는 것이다. 그러므로 사랑은 시각으로 받아들여진 비전에 의해 형성된 감각적 영혼이 갖는 결함과 불명료성의 표출이며, 아울러 영혼의 이성적 부분에 전혀 영향을 줄 수 없는 비이성적 힘이라는 사실을 애써 강조하고자 하였다. 그리고 사랑은 인간이 갖는 이해 능력으로 판단할 때 오직 추상적 형식으로 받아들여질 뿐이다. 미덕은 반드시 균형을 기조로 한다는 의미에서 보면, 사랑은 미덕의 파괴 요소이다. 왜냐하면 사랑은 억제할 수 없는 넘치는 힘이기 때문이다.

카발칸티는 그의 시에서 다음과 같이 말하고 있다. "사랑은 실증적인 설명이 가능한 아주 강한 감정이다. 그러나 사랑은 당신으로 하여금 진실이나 선과 접촉하는 것을 방해한다." 이렇듯 우리는 카발칸티의 시에서, 그렇게 심각하게 여겨지지는 않지만 그래도 상당히 세련된 유머를 발견할 수 있다. 그러나 시는 후에 단테의 작품에서 다시 등장하게 되는 13세기 말엽의 스콜라 철학의 중심 이슈들을 터치하고 있다. '가능 지성(possible intellect)'은 아리스토텔레스의 《영혼에 대하여(De Anima)》라는 책에서 유래된 개념이다. 아리스토텔레스의 이 저서는 13세기부터 대학에서 철학을 연구하는 사람들로부터 심리학적 이론의 근거로서 채택되었다. 즉 기원전 4세기경의 희랍의 철인인 아리스토텔레스는 13세기경에 서유럽에서 재발견되고 재평가되기 시작했다. 그의 저서들은 대학의 텍스트로서 널리 쓰이게 되었다. 《영혼에 대하여》에서 아리스토텔레스는 이성적 이해의 지적 위력은 감정적 느낌의 위력과는 분명하게 분리된다고 강조했다. 그러나 13세기의 아리스토텔레스 이론의 추종자들은 이와 같은 분리를 인정하려 하지 않았다. 기독교 교리는 인간의 영혼은 감정적 능력과 이성적 능력을 동시에 포함하는 유일한 불멸의 실체임을 강조했고, 당시 대부분의 정통적인 철학가들은 이 원리를 따르고 있었다. 아랍인 주석가인 아베로에스(Averroes)에 의해서 제안된 사상들을 따르는 한 그룹의 유명한 해설자들은, 기독교 교리가 무엇을 가르치고 있든 간에 아리스토텔레스는 실재의 분리(신체가 죽으면 함께 소멸되는 감정적 기능과 결코 소멸되지 않는 지성간의 구분)를 믿었다고 주장했다. 아베로에스의 주장은 다음과 같다. 한 개인을 이해하는 힘인 '가능 지성'은 그의 하나뿐인 영혼의 필수적인 일부분일 뿐 아니라 육신과 함께 결코 소멸되지 않는 보편적 지성의 일부분이기도 하다. 그러므로 아베로에스주의자들은 감정에 대한 해석을, 각자 개개의 인간에게 순간적으로 접목된 이해의 보편적 힘과 연결시킴으로써 유물론적인 경향을 띠게 되었다. 따라서 아무도 이러한 사상들이 기독교 교리와 관계 있다고는 주장하지 않았다. 그러나 대부분의 사람들은 그 사상들이 바로 훌륭한 아리스토텔레스의 이론이었음을 시인했다. 왜냐하면 아리스토텔레스의 사상은 당시 철학과 과학의 제문제를 해석함에 있어 최고의 권위를 누리고 있었고, 볼로냐와 파도바의 대학들을 포함하는 모든 대학에서 널리 가르쳐지고 있었기 때문이었다. 이러한 상황으로부터 피렌체의 한 문학자인 단테는 아리스토텔레스의 사상을 접하게 된 것이다. 가능 지성이 지닌 문제점들이 단테를 괴롭혔기에 이러한 문제점들을 《신곡》에서 명백하게 규명했다. 〈한 여인이 내게 인사를 하는구나〉라는 시는, 시와 단테가 조상들로부터 유산으로 물려받은 철학적인 이슈들과의 관계를 극적으로 보여준다. 카발칸티와 같은 선생의 영향으로, 시와 철학적 사색이 초기 단계에 이미 단테의 마음속에 자리잡고 있었고 연결되어 있었음을 우리는 유의해야 한다.

최초의 시가 써진 1283년부터 시의회(市議會)에 정치적으로 모습을 드러내기 시작한 1295년까지의 기간 중에 단테의 작품 활동은 세 개의 주요 단계를 밟고 있었다. 첫번째 단계로, 1290년대 초기까지 기세가 드높았던 카발칸티를 총수로 하는 청신체 시 영향하에 도제 수업을 쌓던 시절을 들 수 있다. 두번째 단계로, 베아트리체에 대한 칭송을 시로 나타냈던 시절을 들 수 있다. 1293년 그녀의 죽음으로 그녀에 대한 찬미는 최고조에 달했으며 《새로운 삶》의 집필로까지 그를 고양시켰다. 세번째로, 철학적 시를 쓰던 기간을 들 수 있다.

단테의 초기 시들은 이루어질 수 없는 비극적 사랑을 노래한 시로부터 크게 영향을 입은 전통적 사랑의 노래들이다. 그러한 시작 태도의 예로서 〈아, 비올레타, 사랑의 그림자에 싸여 갑자기 내 앞에 나타난 그대여 (*Deh, Violetta, che in ombra d'Amore*)〉를 들 수 있다.

> 사랑의 그림자에 싸여
> 갑작스레 내 앞에 나타난 그대여,
> 그대를 신뢰하는 끓는 이 마음은

열정으로 타 들어가고 있다오.
인간의 형상을 초월한 그대 비올레타여,
그대는 가슴을 꿰뚫는 내 마음속의 불, 그걸 나는 분명 보았지.
그대가 나를 향해 웃을 때면
그대는,
열화 같은 영혼의 작용으로
부분적으로나마 상처들이
치유되리라는, 나의 희망을 북돋워 준다오.

이 시에는 '궁중적 사랑'의 오랜 전통으로부터 유래된 미(美)의 비전을 교란시키는 힘이 내재되어 있다. 따라서 가슴과 마음을 들끓게 하고 영혼은 이를 싣고 온몸을 흐른다. 이러한 유의 시들 중 더 기묘한 예로서 〈모든 사로잡힌 영혼과 관대한 마음에게(*A Ciascunm' alma presa a gentil cor*)〉를 들 수 있는데 이 시의 첫번째 행은 당시 사랑의 시의 시학을 십분 발휘한 것으로 《새로운 삶》의 첫번째 시구가 되었다. 이 시에서 사랑은 단테의 마음을 한 손으로 움켜쥐면서 나타나고, 잠이 든 사랑하는 여인을 품속에 품는 그러한 꿈을 그리고 있다. 사랑은 여인을 깨우고 그녀를 진심으로 어루만지고서 울면서 달아나 버렸다.

1293년경 단테는 그의 시들 중 여러 편을 뽑아서 《새로운 삶》으로 편집하였다. 여기에서 그는 시들을 연결시켜 하나의 에피소드처럼, 그리고 한 편의 산문처럼 만듦으로써 베아트리체를 향한 그의 사랑의 사건들을 스토리로 꾸몄다. 그는 《새로운 삶》을 그가 아홉 살 때 그녀를 처음 만나는 장면으로부터 시작하였고 작품 속에서 그녀의 죽음에 대한 그의 오랜 세월 동안의 애도와 비통함을 토로하고 있다. 우리가 알기로, 단테는 그녀가 죽은 지 1년이 지나자 얼마 동안 그의 사랑을 끄는 다른 여인에게서 위안을 구하였으나 결국 죽은 베아트리체에 대한 연모와 헌신으로 되돌아오고 이러한 단언으로 끝을 맺는다.

《새로운 삶》은 서두에서 궁중적 사랑의 시들 중 초기 단계에 속하는 시들을 다루면서 시작한다. 단테는 자기 위에 드리워진 베아트리체에 대한 사랑의 영향이 너무 압도적이어서 그를 실신시키고 그를 앓아눕게 하고 거의 죽음에까지 이르게 하는 단계를 경험한다. 이 단계에서 사용된 시들은 운명의 힘이 지배한다고 믿는, 사랑에 대한 카발칸티적인 사상에 의거하여 써진 시들이 주류를 이룬다. 예를 들면, 〈고통스러운 사랑이 나를 죽음에 이르게 하는구나(*Lo doloroso amor che mi conduce a fin di morte*)〉라는 시는 비록 《새로운 삶》에는 사용되지 않았으나 단테의 작품들 중에서 베아트리체에 대한 첫번째 언급이다. 이것은 베아트리체의 눈길이 그로부터 멀어지자 그에게 너무 큰 절망감을 자아내고 그를 죽음으로까지 이르게 한다는 말이다. 만일 그의 영혼이 그의 죄(주로 종교적인 죄)로 인하여 고통의 나락으로 떨어지도록 단죄된다 해도 베아트리체를 향한 사랑에 눈이 먼 그의 영혼은 어떠한 처벌도 두려워하지 않을 것이다.

단테의 초기 발전 과정에서 두번째 양상(베아트리체에 대한 흠모를 《새로운 삶》으로 나타냈던)으로 정의될 수 있는 분기점은 〈사랑을 이해하는 여인들(*Donne Ch'avete intelletto d'amor*)〉이라는 시로서 시작된다. 후일 단테 자신은 이 시를 그의 '새로운 운율(nove rime)'(〈연옥편〉 제14곡)의 시작으로 생각했다. 《새로운 삶》에서, 시를 소개하면서, 단테는 자기 자신의 상태를 마냥 슬퍼하기를 멈추고 대신에 베아트리체에 대한 흠모를 시로 씀으로써 스스로를 위로하고자 결정했노라고 말하고 있다. 진짜 동기가 무엇이든 간에 《새로운 삶》은 한 편의 시일 뿐만 아니라, 지금 이 시점까지 그의 필요 수단이 되어 왔던, 시인 자신의 감정에 대한 병적인 분석과는 상당히 상반되는 자아 비평서이다. 이제 시학적 관점은 자기 성찰로부터, 지상에서는 너무나 고귀하여 천상 세계가 그 존재를 갈구할 수밖에 없는, 한 여인에 대한 흠숭으로 완전히 전환된다.

　　한 천사가 신성(神性)에 찬 소리로 말한다 : 천상의 세계에서 유일하게 부족한 것이라곤 그녀가 없다는 것이다. 그러기에 주(主)께서는 그녀를 원하시고 모든 성인들은 이 은총을 위하여 간구한다.

　　그녀가 지상에 남아 있는 한 그녀는 최고의 아름다움일 뿐만 아니라 모든 것을 고귀하게 만드는 은총의 샘이다.

　　그녀가, 만날 가치가 있는 누군가를 만나면 그 누군가는 그녀의 절대적인 힘의 영향을 받게 된다. 왜냐하면 그녀는 그로 하여금 행복과 선(善)으로 충만케 해 주고 너무나 비천한 그로 하여금 세상의 모든 상처를 잊게 해 주기 때문이다. 다시금 하느님께서는 그녀에게 더욱더 큰 은총을 부여하셨고 따라서 그녀와 대화를 나누는 사람은 누구라도 결코 악(惡)에 빠질 수 없다.

　　단테가 베아트리체의 죽음을 애도할 때, 단테라는 시인이 느꼈던 고뇌는 이룰 수 없었던 사랑에 대한 개인적이고 이기적인 슬픔이라기보다는 애도자로서의 비통함이었다. 그래서 《새로운 삶》의 마지막 시는 〈선회하는 넓디넓은 천체 너머로(*oltra la spera che più larga gira*)〉이다.

> 선회하는 가장 넓은 천체 너머로
> 내 가슴에서 분출된 한숨이 드리워지고,
> 사랑은, 슬퍼하는 그에게 새로운 지혜를 부여하고,
> 이로써 그는 천상 세계로 불려 올려졌다.
> 열망하던 그곳에 이르렀을 때 그는 보았다.
> 무한한 은총을 받고 영채를 내는 그녀를,
> 너무나 광채로워
> 순례의 영혼은 그녀를 눈부신 듯
> 바라본다.

‘선회하는 가장 넓은 천체’란 중세의 천체관에 따르면 지구 주위를 도는 가장 먼 궤도를 말한다. 그 궤도 너머에도 하늘이 있다. 지금 그 영향으로 전통적인 궁중적 사랑의 형식과는 사뭇 다른 또 하나의 사랑이, 영원한 여인을 갈구하는 영혼에게 천상 세계로 올라갈 수 있는 힘을 부여하고 그곳에서 이미 성화(聖化)된 베아트리체를 보게 한다.

우리는, 단테의 마음속에 이루어진 시적이고도 지적인 혁명을 설명하는 데 도움을 줄 수 있는 베아트리체의 특성이나 성격에 대해서 아는 바가 전혀 없다. 그러면 이러한 변모는 어떻게 이루어진 것인가? 한 가지 눈에 띄는 요소가 《새로운 삶》에 들어 있는데, 그것은 카발칸티와의 논쟁과 카발칸티적 사랑의 이론에 대한 반박이다.

단테가 아홉 살 나던 해에 있었던 베아트리체와의 만남을 묘사할 때 그는 평상적인 심리학 용어를 사용하였다. 두뇌 속에 감각적 정신과 함께 있는 동물적 정신이, 시각을 지배하는 정신에게 메시지를 보내고 위 속에 있는 자연적 정신은 이를 감지하게 된다. 그러나 그는 작품에 주석을 달면서 그와 같은 사랑이 부분적으로는 이성적인 사랑임을 강조하고자 했다. ‘그녀의 이미지는 너무나 고귀하고 신성하므로, 나는 이성의 충실한 조언 없이는 나를 지배하는 사랑을 견디어 낼 수 없을 것이다.’ 그 후 그는 사랑이 의인화되어 나타나는 한 편의 시를 발표한 후 이러한 사랑이 어떤 철학적인 소박성에 기인한 것이 아니라 의도적으로 만들어 낸 수사학적 고안품임을 상세하게 설명했다. 그는 오비디우스의 방식을 모방하여 사랑을 의인화했음을 시인하면서 다음과 같이 결론을 맺는다.

만일 누군가가 어떠한 것들을 오직 수사학적으로 혹은 형상화된 형태로 시화(詩化)시킨다면 그것은 상당히 부끄러운 일이 될 것이다. 왜냐하면 그가 하고자 하는 말을 진실로 이해하기 위해서는 그것을 싸고 있는 거추장스러운 것들을 제거해야 함에도 그렇게 할 수 없기 때문이다. 나와 나의 첫 친구(카발칸티)는 그런 우매한 방법으로 시를 쓰는 사람들을 잘 알고 있다.

《새로운 삶》의 마지막 부분쯤에, 죽은 베아트리체 대신에 잠시 그를 사로잡은 새로운 여인에게 바쳐진 시 〈당신에 대한 나의 관대한 생각(*Gentil pensero che parla di vui*)〉에서 "새로운 사랑이 가슴속으로 들어왔고 가슴은 이를 영혼에게 설명해야 한다"라고 단테는 말하고 있다. 단테는 주석을 달기 위해 쓴 산문에서 다음과 같이 말하고 있다. "어떤 욕구를 '마음'이라 부르는 것이 정당한 것 같고, 또 이성을 '영혼'이라 부르는 것이 모든 것을 분명히 밝히고자 하는 사람들에게는 명백한 것 같다." 이러한 문구는 단테가 생각했던 《새로운 삶》의 독자들이 그의 언어의 철학적·수사학적 암시성에 낯이 익은 교양 있는 시인들이었음을 보여 준다. 또 우리는 단테 자신이 이성과 사랑은 전혀 관계가 없다고 생각하는 사람들과 자신을 구분하고자 의도했음을 추측할 수 있다. 그는 카발칸티의 시에 나타난 언어의 철학적 염세주의에 대하여 스스로 이해하고 있었음을 밝히면서도 그러한 속성, 그러한 언어의 암시성으로부터 자신을 분리하고자 의도하고 있음도 밝히고 있다.

카발칸티와의 관계는 어느 한 면에서 더욱 도식적으로 나타난다. 《새로운 삶》에서 단테는 베아트리체의 죽음 앞에 〈나는 스스로 깨어남을 느꼈다(*Io mi senti' svegliar*)〉라는 한 편의 시를 헌정한다. 그 시에서 그는 카발칸티의 시에 등장하는 여인인 지오반나(Giovanna)가 자신의 여인인 베아트리체와 함께 그를 향해 다가옴을 본다. 사랑은 그에게 말을 건넨다.

이 사람은 봄이에요. 그리고 또 다른 이름은 사랑이랍니다. 그녀는 나를 무척 많이 닮았죠.

단테는 《새로운 삶》의 산문 속에 이 시를 첨부할 때 더욱 극적인 의미를 이 시에 부여했다. 시보다 앞에 전재(前載)된 산문에서 그는 사랑에 의해서 그에게 전해진 다음과 같은 말들을 보고서 형식으로 싣고 있다.

첫번째 여인은 봄(Primavera)이라고 불린다. 왜냐하면 베아트리체가 그녀에게 충성스러운 자(단테)의 상상력에 의해서 모습을 나타내기 전날, 그녀(첫번째 여인)가 먼저 나타나기(Primaverra) 때문이다. 만일 당신이 그녀의 본래 이름을 생각해 본다 하더라도 그녀는 '먼저 오는 사람'이라는 이름임을 알게 될 것이다. 왜냐하면 그녀의 이름은 지오반나(지오반나를 "요안나"로 읽을 수 있다. 이는 요한의 여성형 고유명사로서 요한과 같은 여성을 의미한다)로서, "'주님의 길을 곧게 하라' 하며 광야에서 외치는 이의 소리요"라고 말하면서 진리의 빛이신 주님보다 먼저 온 세례자 요한의 이름에서 유래한 것이기 때문이다.

세례자 요한에 대한 카발칸티의 여인, 그리고 예수 그리스도에 대한 단테의 여인 베아트리체의 관계는 전통적 사랑의 시가 빚어 낸 여인에 대한 비정상적인 신격화의 결과이다.

단테의 작품들은 베아트리체를 설명하는 데 우리에게 별 도움을 주지 않는다. 단테의 철학적이고도 종교적인 독서 경향은, 그를 이상주의자로 변모하게 했을지는 모르나 《새로운 삶》에 나타나는 베아트리체 형상의 창조에 어떤 결정적 역할을 하지는 못했을 것이다. 베아트리체의 창안에 대해 설명하기 위해 우리는 그의 지적 영향 관계뿐 아니라 종교적 예에까지 관심을 기울여야 한다. 베아트리체는 최고의 미를 지닌, 최상의 미덕과 힘을 갖춘 여성으로 등장한다. 그녀는 사랑의 대상이며 신성의 결정체이다. 단테는 견강부회한 도시의 지식인층에 속해 있었다. 그 지식인층의 얼마간은 무신론자였다. 그러나 당시 단테의 환경을 연구하고 재구성하려는 그 어떤 시도도 13세기 초엽 성프란체스코에 의해 설립된 프란체스코회와 관련을 맺고 있다. 생각해 보면 피렌체 인으로서 이러한 종교적 움직임의 영향을 피한다는 것은 불가능한 일일 것이다. 그러므로 우리는 이러한 사항들을 단테의 배경을 이루는 불가결한 요소로서 상정해야만 했다. 그 당시 피렌체에서 가장 큰 교회들을 설립하고 있었던 프란체스코회와 도미니크회는 성직자의 활동에서나 평신도의 활동에서 현저히 뛰어난 조직이었고, 13세기에 토스카나(Toscana)와 움브리아(Umbria)를 종교적 경험이나 표현에서 유별나게 풍요로운 지방이 되도록 만든 수도원이었다. 베아트리체의 모습에서 드러나는 종교적 삶의 양상은 성스러운 여인의 그것이었다. 그녀는 중부 이탈리아의 어느 고을에서나 볼 수 있는 평범한 유형의 여인이었다. 단테는 분명히 그러한 여인을 알고 있었다. 그리고 예를 들면 여자 프란체스코 수도회의 창시자인 성녀 클라라뿐만 아니라, 그 동시대인으로서 코르토나의 성녀 마가렛처럼 조금 덜 알려진 여인에 관해서도 알고 있었다. 이러한 성인들의 전기는 주위에 있는 사람들에게 깊은 영향을 주고, 사도적인 삶으로의 전환을 호소한다. 아마도 단테의 마음속에 새겨진 이러한 인상은 '그리스도의 거울'로서 살고 있는 성녀들에 의해 이루어진 것으로 추측될 수 있는데, 이러한 인상은 궁중적 사랑의 시를 쓰는 과정에서 영원한 여인 베아트리체에게 이입되었을 것이다. 그러므로 베아트리체는 성인의 정신적인 권위와 궁중적 사랑의 대상(여인)이 갖는 절대적 아름다움이 한데 어우러져 형성된 상상력의 산물이다.

이러한 성인전의 반향들은 "Donne ch' avete(…을 가진 여인들이여)"로 시작되는, 베아트리체를 칭송하는 시에서 처음으로 발견되기 시작한다. 하늘은 그녀를 갈구하며 부르짖는다. "한 천사가 신성(神性)에 찬 소리로 부르짖는다" "모든 성인들이 이러한 은총을 위해 간구한다." 성인전의 영향들은 또 〈사랑스런 여인에게(Donna pietosa)〉에서 베아트리체의 죽음을 맞는 단테 자신의 마음을 기록한 그의 글 속에 더욱 생생하게 나타나 있다.

나는 눈물 어린 눈으로 하늘에서 떨어지는 만나(출애굽기에 광야에서 방황하는 이스라엘 백성들을 먹이기 위해 하늘에서 내려온 빵)와 수많은 천사들이 하늘 높이 날아 올라가는 것을 보았다. 그리고 조그마한 구름이 그들 앞으로 다가오고 그 천사들 모두는 '호산나' 하고 부르짖었다.

《새로운 삶》의 산문에서 베아트리체는 처음부터 그녀에 대한 겸양과 은총을 널리 전파해 주는 성인들의 도움을 받는다. 그녀에 대한 칭송의 시들은 그녀를 따르는 열성가들에게 바쳐진다.

사람들로부터 무한한 칭송을 받는 이 고귀하고도 고귀한 여인이 길을 따라 걸어갈 때면 사람들은 그녀를 보기 위해 모여든다. 그리고 그녀가 누군가의 곁으로 다가설 때면 황송함과 겸양의 마음이 그에게 엄습하여 그는 감히 눈을 들어 그녀를 바라보지 못한다. 이와 같은 일을 직접 경험한 많은 사람들은 믿지 않았던 모든 사람들에게 증인이 되어 주었다. 그녀는 사람들에 둘러싸여 겸양의 옷을 입고서 걸어 나갔다. 그녀의 모습 그 어느 곳에도 거만함이 없다. 그녀가 지나갈 때 많은 사람들은 이렇게 말한다. '이분은 평범한 여인이 아니다. 하늘에 있는 가장 아름다운 천사들 중 한 분일 것이다.'

베아트리체의 삶의 단계 그리고 단테와 베아트리체와의 관계의 단계들은 9라는 이상적인 숫자와 관련이 있다. 단테가 처음 그녀를 만난 것이 9세 때이고 그가 그녀를 다시 만난 것은 9년 후이다. 또 그는 그녀가 9라는 숫자와 밀접하게 관련되어 있고, 그녀의 뿌리가 경이로운 삼위일체의 신비 속에 있음을, 또 그것은 하나의 기적임을 보여 주기 위해 1200년대의 90번째 해, 9번째 달, 9번째 날에 죽은 것으로 묘사했다(《새로운 삶》 29장 3절). 그녀가 죽을 때, '정의의 주(主)'께서는 베아트리체를 축복받은 영혼들에 의해 최고의 존경을 받는 이름인 복되신 천상의 모후 성모 마리아의 은총 아래에서 영광되이 살도록 불러 올리셨다. 그녀와 단테와의 만남은 하나의 변혁으로서 나타난다. 사실상 《새로운 삶》의 주제는 베아트리체에 관한 이야기보다도 단테의 이러한 변혁이다. 그 책은 다음과 같이 시작한다.

사람이 읽을거리라곤 전혀 없던 시절, 나의 추억의 책 그 어느 부분에 이

런 주서(朱書)가 있었다. '새로운 삶이 시작된다'

내적 기록의 의미에서 '추억의 책'과 '새로운 삶'은 정신적 여행과 변혁의 뜻을 담고 있는 크리스찬적인 전통 어휘들이다. 비록 《새로운 삶》이 단테가 예전에 썼던 시들을 가상의 이야기 속에 삽입시켜 완성한 것이지만 그는 이 작품에서 카발칸티와 연관을 맺었던 그의 옛 시학으로부터 이제는 탈피했다는 생각과 그 외양의 변화를 기록하고 있는 것처럼 보인다. 이제 그는 사랑을 궁중적 사랑을 노래한 시에서처럼 파괴적인 감정이 아니라 인간을 구제할 수 있는 종교적인 힘으로 여기게 되었다. 카발칸티가 아리스토텔레스의 시에 나오는 유물론적인 사상을 심각하게 생각했는지 어쨌는지는 모르겠으나 단테는 분명히 심각하게 생각했다. 결국 단테는 아리스토텔레스를 탐탁지 않게 여기게 되었고, 《새로운 삶》에서 후일 그의 사상의 근간을 이루게 되는 이상주의로의 변모를 시도했다.

단테는 비록 《새로운 삶》 이후 그와 같은 유의 작품을 다시는 쓰지 않았지만 이탈리아 문학사에서 가장 최고의 혁신자라 할 만하다. 그가 쓴 시들은 그 이전의 시인들이 쓴 어느 시들보다도 우아하고 유연성이 있다. 그리고 그는 새로운 시적 기술을 새로운 종류의 이상적 사랑을 표현하는 데 적용했다. 아울러 《새로운 삶》의 산문을 통해서 사랑의 시의 주제와 표현 방법들을 이론화했다. 당시 이탈리아 시는 비교적 연륜이 짧았다고 할 수 있다. 그런데 《새로운 삶》은 문학적인 자의식을 위한 거보(巨步)를 내디뎠다고 평가받을 만하다. 물론 단테에게 있어서 주로 기억될 만한 성취는 후일의 작품들에서 더 많이 이루어진다. 《신곡》에 관한 논의를 고려하지 않을 때 그의 관심이 철학과 정치학으로 기울어졌다는 사실은 대단한 의미를 갖는다. 그리고 이러한 경향이 그의 사상을 전반적으로 지배하는 결과로 발전되어 갔음도 유의해야 한다. 그러나 그는 이미 《신곡》의 영웅인 베아트리체를 창안해냈고, 《신곡》에 필연적으로 내재하게 되는 종교적 이상주의를 처음으로 선언하였다.

3. 정치 활동과 유랑 생활

1295년부터 1302년까지 단테는 피렌체의 정치에 적극적으로 참여했는데 그의 정치적 경력은 갑작스러운 유배로 인하여 끝나 버렸다. 단테로 하여금 유배당하게 한 사건들은 그 당시에 상당히 극적이었다. 그러나 단테에게 있어 바뀐 상황은 여전히 중요한 의미를 부여했으며 세월이 감에 따라서 어떤 면에서 그 중대성은 오히려 증가했다고 볼 수 있다. 후일 그 스스로 자신의 일생을 되돌아보았을 때, 그의 일생 중에서 가장 중요했던 순간은 1302년에 일어난 그의 유배 사건이 아니라, 《신곡》이라는 작품을 통하여 죽음의 세계를 향한 여행을 시작한 날짜, 즉 1300년 부활주일이었다. 전환점들에 대한 그의 집착은 단테를 특징지워 주는 요인 중 하나이다. 그는 자신의 일생을 사고의 단계에 따라 흘러가는 것으로, 그리고 사건들에 의해 조건지워지는 것으로 여김으로써 회고적으로 바라보았다. 그의 인생의 대부분에 대해서 우리는 단테 자신이 우리에게 보여 주고자 선택한 정보만을 얻을 수 있을 뿐이다. 그러나 1300년 부활주일은, 독립적인 다른 자료에 의해서 그의 전기가 상대적으로 명백히 밝혀지는 짧은 기간의 시초에 해당한다. 우리는 이 당시 상황이 단테 개인의 운명을 세속적 힘과 위대한 정신적 힘간의 분쟁의 소용돌이에 휘말리게 했다는 사실에서, 상징적으로뿐만 아니라 실질적으로 의미가 있음을 증명하기 위해 당시의 외부 환경에 대해 살펴보아야 한다.

1295년과 1296년에 단테가 시(市) 참사회 모임에 참여했다는 기록이 있다. 그의 정치 경력은 귀족 계급과 시민 계급간의 분쟁, 그리고 1293년 두 계급간의 평등을 보장하는 법령의 제정을 계기로 첨예화된 커다란 정치적 갈등의 여파로 시작되었다. 피렌체의 역사를 볼 때 혁명의 기간은 평온함을 전혀 느낄 수 없는 소란스러움의 연속이었다. 1295년경 피렌체의 원래 지배 집단인 겔프 당에 의한 과두정치가 시작되었다. 13세기 중엽 피렌체는 겔프 당과 기벨린 당에 의해 세력이 양분되어 있었다. 겔프 당은 피렌체에서건 다른 지역에서건 전통적인 교황권의 지지자였고, 기벨린 당은 당시 이탈리아에 영향력을 행사하고 있었던 신성 로마 제국 황제의 지지자들이었다. 1290년대의 피렌체는 겔프 당에 의해서 완전히 장악되고 많은 기벨린 당원들은 유배된다. 그러나 1295년에 정치적 안정이 회복되고, 그리고 얼마 안 있어 겔프 당 자체가 나중에 백당과 흑당으로 분리가 되는, 즉 두 붕당으로 분열할 조짐을 보이기 시작했다. 더욱 보수적인 성향을 띤 한 분파는 평민과 시민 계급의 주역으로 떠오른 코르소 도나티(Corso Donati)에 의해 주도되었고 다른 한 분파는 부유한 은행가였던 비에리 데 체르키(Vieri de' Cerchi)에 의해 주도되었다.

단테는 당시 양측 지도자들과 동시에 관계를 맺고 있었다. 단테의 친구이며 사회적으로 더 유명한 시인인 구이도 카발칸티는 코르소 도나티의 개인적 원수로서 잘 알려져 있었고 시에서건 정치에서건 그의 귀족주의적 성향은 주목할 만한 것이었다. 1293년과 1295년 사이에 단테와 코르소 도나티의 동생 포레세간에 시 교환이 있었다. 이때 교환된 단테의 시들은 주로 1293년에서 1295년 사이에 써진 초기의 것들로서 단테의 다른 시들과는 달리 혹독하리만큼 코믹했으며, 단테의 입장에서 포레세의 출생 성분을 의문시할 만한 모욕적인 내용의 시들이 포함되어 있었다. 이러한 것들은 시와 정치가 똑같이 사회 엘리트의 보편적인 활동으로 인식되던 사회에서 단테의 위치를 크게 격상시켜 주었다.

그러나 단테가 시보다도 단순한 직업으로서 정치에 더 집착했으리라고 믿기는 어렵다. 그리고 맨 처음부터 정치에 대한 그의 위치는 이상주의자적 입장이었음을 말해 주는 충분한 증거가 있다. 1295년 당시의 상황은 단테로 하여금 철학적 시에 열중케 하였는데 이때 써진 위대한 시들 중 한 편인 〈달콤한 사랑의 시(*Le dolcirime d'amor*)〉에서 당시의 정치적 환경의 분위기를 느낄 수 있다. 그 시에서 단테가 집중 공격한 고결함의 정의 —— 즉 '고결함이란 풍요로운 재산과 아울러 세련된 매너를 지니는 것' —— 가 코르소 도나티를 비롯한 귀족층과 그 지지자들에게 받아들여지고 있었다. 아리스토텔레스의 윤리학을 접하는 과정에서 형성된 단테의 더욱 고양된 철학적 대안은 고결함의 정의에도 영향을 미쳐 그는 이렇게 정의하고 있다. '성품이 훌륭한 영혼 속에 하느님께서 내려주시는 행복의 씨앗'. 이러한 정의는 다분히 평등주의적 사고에서 연유했다고 볼 수 있다. 비록 이러한 사상이 예전의 시 테마에서 유래된 것이라 하더라도, 현재 시에서 다루고 있는 논제들은 당시의 비등했던 정치적 이슈들에 대한 언급으로 보인다.

1300년 여름, 단테가 정치 무대에 다시 등장했을 때 새로운 정치적 위기가 고조되고 있었다. 후일 백당과 흑당으로 불리게 된 체르키 파와 도나티 파간의 분쟁은 더욱 심화되고 있었다. 이윽고 코르소 도나티는 정치 무대에서 사라져 버렸다. 정치 무대에서 추방당한 그는 교황권 신장의 주창자인 교황 보니파티우스 8세가 거주하고 있는 로마에 거점을 마련하였다. 코르소는 현재 피렌체의 지배자들은 믿을 만한 인물들이 못 된다고 교황을 설득하였다. 이와 같은 방법으로 그는 교황과 백당간의 분열을 조장시킴으로써 자신의 복귀에 이용하고자 하였다. 1300년 봄 —— 부활주일쯤으로 추정됨 —— 피렌체의 지도자들은 교황청에서 코르소의 지지자들인 일련의 피렌체 사업가들을 자치 도시의 이익에 상반되는 일을 했다는 이유로 기소하였다. 이렇듯 피렌체와 로마에 있는 두 정부간에 불신이 깊어 감에 따라 도시 내의 정치적 분열은 외부 세력의 이익 관계와 연관을 맺게 되었다. 이런 식으로 한 피렌체 시민이 자신이 출생한 도시에서 그곳 정계에서의 위치를 확보하게 되고 그 결과 유럽 정계와 연관을 맺게 되었다.

단테는 백당과 연계를 맺고 있었다. 그는 교황청에서 피렌체 인들을 기소하는 결정에 부분적으로 동조하였다. 그는 1300년 2개월 동안 피렌체를 다스리던 6인의 행정위원 가운데 하나로 있었다. 이런 연유로 해서 단테는 교황의 간섭으로부터 도시의 자치를 보호해야만 했었다. 이렇듯 그는 도시 정치에 깊숙이 관여하게 되었고 그 결과 도시를 다스리는 파벌과 동일시되어 교황의 분노의 표적이 되었다. 그의 정치적 시련은 이렇듯 빠르게 진행되었다.

단테는 행정위원의 임기 후에도 여러 해 동안 도시에서 유명 인사로 남아 있었다. 1301년 11월 1일, 프랑스 왕의 동생이며 교황 보니파티우스의 대리인으로 활동하고 있던 샤를르 발로아가 무장 군대를 이끌고 피렌체로 진주해 들어왔다. 한번은 샤를르 발로아가 흑당의 쿠데타를 허용하여 정국이 완전히 뒤집어지고 백당의 지도자들이 유배되거나 기소를 당하기도 하였다. 샤를르 발로아가 피렌체로 왔을 때 단테는 외교 사절로서 로마에 가 있었다. 그곳에서 그는 프랑스 침입자들의 행위를 중단시키기 위하여 여러 가지 시도를 다하였다. 그 결과 1301년 10월 이후 다시는 피렌체로 돌아올 수 없게 되었다. 1302년 1월 27일 단테는 그의 부재중에, 위원회에서 공금을 횡령하여 금융 부정을 저질렀으며 교황과 샤를르 발로아와 도시를 전복시키기 위하여 음모를 꾸몄다는 죄목으로 실형을 언도받았다. 3월 10일 그는 사형을 언도받기에 이르렀으나 이미 그의 많은 정치적 동료들과 함께 유랑길에 올랐기 때문에 선고는 집행될 수 없었다.

그에 대한 선고는 명백히 정치적 행위였다. 그리고 그가 정말로 금융 부정의 죄를 범했다고 상정할 만한 근거가 없었다. 또 세속적 권한에 대한 종교적 권위의 우월성이 일반적이었던 풍토에서 단테가 교황권에 절대적이었다고 생각하기도 힘들다. 후일 이러한 사실은 그의 생애에서 주요 관심사가 되었으나 당시 단테의 마음속에서는 별로 큰 비중을 차지하고 있지 못했다. 그럼에도 불구하고 그는 교황에 의해서 교황권의 적대자로 부당하게 선고받았다.

이에 대하여 우리가 확인할 수 있는 단테의 유일한 진술 내용은 그의 위대한 서정시 중 하나인 〈세 여인〉에 포함되어 있다. 이 시는 1302

년에서 1304년 사이에 써졌으리라 추정된다. 또한 이 시는 추상적 내용의 표출이라기보다 궁중적 사랑의 심상을 더욱 폭넓게 적용한 시이다. 단테의 마음을 사로잡고 있는 사랑의 신(神)은 출중한 아름다움과 숭엄성에도 불구하고 아주 어렵고 절망적인 상황에 빠진 세 명의 여인을 본다. 헐어빠진 옷을 걸친 한 여인이 스스로를 정의라고 선언하고 다른 두 여인들은 자신의 딸이며 손녀라고 말한다.

사랑은 정의의 본래 역할을 알고 있다. 단테는 그 시의 마지막 부분에서 더 직접적으로 자신이 빠진 곤궁에 대해서 언급하고 있다. 그는 의인화되어 유배당한 정의처럼 자신의 유배 생활에 대해 약간의 자부심을 지니고 있었으나 결국 화해를 청하기 위해 그의 시를 우송하게 된다.

노래여, 흰 날개의 매와 함께 사냥을 가시오.
노래여, 검은 사냥개와 함께 사냥을 가시오.
비록 그들이 나를 평화의 선물로 만들 수 있다 해도
난 도망갈 수밖에 없다오.
왜냐하면 그들은 내가 누군지 모르고 그들 스스로
무엇을 해야 할지 모르기 때문이라오.

〈세 여인〉은 단테가 바라던 화해가 가능했던 때에 써진 것이다. 그러나 이 시의 가장 현저한 특징은 정의의 개념과 외양에 있다. 스스로 불의의 희생물이라는 그의 생각은 후일 그의 작품에서 변형된 다른 형태로 나타나게 되는, 정의의 추상적 개념에 중요성을 부여한다. 여기서 그는 아퀴나스가 시도했던 것처럼 정의의 등급을 나타내기 위하여 어머니, 딸, 손녀를 인용한 것 같다(성 아퀴나스는 정의를 신의 정의, 인간의 정의, 실정법으로 구분했다). 단테는 사랑으로 하여금 정의의 등급을 알게 함으로써 세상의 형이상학적 관점 안에 정의의 개념을 설정했다.

단테는 그의 일생의 나머지를 유랑 생활로 보냈다.

> 로마의 가장 아름답고 유명한 딸인, 피렌체의 달콤한 품으로부터 나를 내쫓는 것이 그 시민들의 즐거움이었기 때문에 —— 피렌체의 품속에서 나는 내 인생을 최고조로 고양시킬 수 있었고, 그 피렌체의 훌륭한 의지로써 내 지친 영혼을 쉬게 할 수 있었다 —— 나는 이탈리아 어가 모국어로 쓰이는 거의 모든 지역을 내 의지와는 달리, 부상당한 이를 부당하게 취급하는 데서 오는 운명의 상처와 서러움을 지닌 채 방랑자로서, 거지로서 돌아다녔다. 나는 진실로 돛대도 방향키도 없이, 심각한 기아가 일으키는 마른 바람에 휩쓸려 수많은 항구로, 포구로, 해협으로 항해하는 배이다. 그리고 나는 지금까지 나에게 붙여진 명성을 통해, 그리고 다른 방법으로 나를 상상해 온 많은 사람들 앞에 나의 모습을 나타내었다.

——《향연》 제1권 3장

정치적 망명은 도시 국가에서 사용되던 일반적인 수단이었고 아울러 그의 운명도 그다지 특이한 것이 아니었다. 정치적 망명은 자신의 동조자들로부터의 고립인 동시에 더욱더 깊은 결속을 의미한다. 사려 깊은 사람에게 망명은 세상으로부터 인정받기를 갈구하는 것을 의미하고, 자기 변명에 사로잡히는 것을 의미하며, 뿌리 없는 존재에 의미를 부여하는 사상에 열정적으로 집착함을 의미한다. 이와 같은 모든 특징들이 1302년 이후에 써진 단테의 작품 속에 잘 반영되어 있다. 유랑의 경험은 그 자신의 삶 속에, 창작품 속에 그리고 그의 회고 속에 휴식 없는 절박감을 부여했다. 단테의 정치적 운명의 흥망성쇠는 그의 정치적 관심사의 방향과 희망과 절망의 바로미터를 결정해 왔다. 그의 후반기 삶의 대부분에 있어서 정치는 인간과 우주에 대한 그의 태도 결정에 항상 중요한 요인이 되어 왔다. 그러나 우리가 단테의 행적에 관해 가지고 있는 증거들은 너무나 얄팍하므로 그것은 우리의 지식에 바탕을 둔 일반적인 정치 배경에 대한 추측들에 의해 부풀려지고 보충되어야 한다.

그 몇 년 후인 1301년, 유랑 생활을 하던 백당의 무리들이 기습적으로 공격을 감행하여 토스카나 지역의 몇몇 도시를 수중에 넣고 이웃 도시인 피스토이아의 원조와 볼로냐의 동정을 받게 되었다. 그러나 결국 백당의 시도는 실패로 끝났다. 나폴리 왕국의 도움을 받는 피렌체 흑당은 그들 백당들에게는 너무나 벅찬 상대였다. 1304년 7월, 도시로 침투해 들어가려는 백당의 시도는 실패로 돌아갔고 이로써 1306년 4월 피스토이아는 피렌체에게 항복하고 말았다. 결과적으로 피렌체에서의 흑당의 기득권은 안전성을 획득하게 되었다. 1306년 이후 유랑 생활로부터 피렌체로 복귀하려는 백당의 어떤 노력도 실현 불가능하게 되었다. 이제 토스카나에 남아 있는 것은 파벌의 전통적인 배치뿐이었다. 즉 피렌체의 겔프 당과 그 지지자들은 아레초와 피사와 같은 기벨린 당성이 강한 도시들과 경쟁 관계에 놓이게 되거나 혹은 간헐적인 전쟁을 벌이게 된다. 이러한 상황에서 겔프 백당은 도태될 수밖에 없고 그 잔존자들은 오직 기벨린 지지자들로부터 동정과 원조를 구걸하는 미약한 세력으로 남아 있게 되었다.

토스카나 지역 외에서도 유럽의 중요한 극적인 사건들이 발생했고 이러한 사건들은 단테의 정치적 운명에 중대한 영향을 끼쳤을 뿐만 아니라 그의 상상력을 좌우하기도 하였다. 비록 1301년에 있었던 토스카나에 대한 교황 보니파티우스의 간섭이 프랑스 왕가에 의해서 실행된 것이지만 얼마 안 있어 이에 대한 신랄한 논쟁이 교황과 프랑스 왕 필립 4세 사이에서 싹트기 시작했다. 1303년 프랑스 군은 교황의 적대자들과 동맹하여 교황권에 도전하였고 이로써 교황 보니파티우스는 로마에서 멀지 않은 그의 가족들의 거주지인 아나니(Anagni)에 유폐되었다. 연로했던 교황 보니파티우스는 그의 위신과 신뢰를 앗아가 버린 돌풍을 겪고 몇 주일 후 세상을 떠났다. 그의 후임 교황인 베네딕투스 11세는 보니파티우스의 후원자들과 그 적들간의 전쟁을 종식시킬 의도로 새로운 정책을 시행하였다. 그러나 흑당에 대한 그의 적대감 때문에 실패했다. 그의 이른 서거는 장시간의 콘클라베(교황을 선출하기 위해서 세계의 추기경들이 교황청 내의 시스티나 경당에 모여, 경당의 문을 걸어 잠그고서 교황이 선출될 때까지 투표를 행한다. 이때 교황이 선출되면 경당의 굴뚝으로부터 투표 용지를 태운 흰 연기가 솟아오르고 그렇지 않으면 검은 연기가 솟아오른다. 여기서 '콘클라베'란 즉 '열쇠로 잠근다'라는 뜻이다)를 거친 후 1305년 보르도의 대주교인 가스콘이 선출되어 클레멘스 5세로 즉위하였다. 새 교황은 결코 프랑스를 떠나는 법이 없었다. 따라서 그의 재위 기간 교황권은 점차적으로 프랑스 왕의 통치권하에 놓이게 되었다. 오랜 기간 교황이 프랑스에 거주케 되는 이른바 '아비뇽유폐'는 이렇게 시작되었다. 프랑스 왕 필립 4세는 교황권에 대한 새로운 그의 우위성을, 그가 교황 보니파티우스 8세로부터 받았던 상처에 대한 보복에 이용하였다.

클레멘스 5세의 재임 초기에 중부 이탈리아에 있는 교황권의 정책은 대개 전대 교황 베네딕투스 11세에 의해서 실행되었던 바의 연속이라고 볼 수 있었다. 이 정책은 보니파티우스의 정책이 그러했듯이 겔프 당 권력, 특히 피렌체의 흑당과의 밀접한 동맹에 기반을 둔 것이 아니라 겔프 당과 기벨린 당으로 하여금 서로간에 인정을 하고 상대의 존재를 받아들임으로써 교황권의 순수성을 보호하려는 의도에 기반을 두고 있다. 1304년부터 1309년 동안 백당이나 기벨린 당은 교황권을 호의적인 것으로 여겼다. 정치사의 이러한 양상은 1309년 신성 로마 제국의 새로운 황제 하인리히 7세가 선출될 때까지 계속되었다.

이 기간의 단테의 움직임은 스케치하듯이 재구성할 수 있다. 먼저 그는 피렌체에서 소외당하고 있던 겔프 백당과 활발하게 접촉하고 있었다. 그러던 중 1304년과 그 몇 년 후 서서히 토스카나 지방으로부터 축출되었던 것 같다. 그러나 그 후 발생했던 사건들은 불분명하게 전해질 뿐이다. 그는 그가 밀접하게 관련을 맺었던 기벨린 당의 지지자들로부터 조력을 받았던 것 같다. 그는 당시 자신처럼 유랑 생활중인, 한때 기벨린 당의 유명한 법률가로서 피스토이아에서 활약했던 치노다 피스토이아(Cino da Pistoia)와 서로 시를 교환하고 있었다. 이 기간 시와 산문 부분에서 단테와 아주 밀접하게 관련을 맺고 있었을 뿐 아니라 단테와의 우정을 선언하기도 했던 그는 1300년에 죽은 구이도 카발칸티를 대신하고 있었다. 후대의 전기학자들은 뒷받침할 충분한 근거도 없이, 단테가 볼로냐에서 공부를 했었다고 그럴듯하게 추측하였다. 그러나 사실상 단테 스스로가 우리에게 직접 말한 대로 그가 중부 이탈리아를 방황했다는 사실을 제외하면 정확한 것이라곤 아무것도 없다. 따라서 철학 텍스트에 대한 연구 없이는 결코 집필이 불가능한 박식한 철학적 작품들과 섬세한 시들을 썼던 당시의 그의 상황들을 어떤 확신을 가지고 추정하기란 더더욱 어렵다.

비록 전기적 사건들이 모호하다 할지라도 1302년부터 1309년 사이 몇 년간의 문학적 활동은 풍요롭고도 복잡다단하였다고 볼 수 있다. 아마도 십중팔구 《신곡》의 첫 부분인 〈지옥편〉이 구상된 것은 이 기간 중이었을 것이다. 그러나 〈지옥편〉의 주요 부분이 이미 이 기간중에 써졌으리라고 추정할 수도 있다. 지금 우리는 전적으로 이 기간중에 써진 것으로 보이는 두 산문체 논문인 〈속어론〉과 〈향연〉에 대해서 관심을 기울여야 할 시점에 왔다. 라틴 어로 써진 〈속어론〉은 1303년부터 1304년 사이에, 그리고 이탈리아 어로 써진 〈향연〉은 1304년부터 1308년 사이에 써졌으리라 추정된다. 〈속어론〉은 이탈리아 어로 써진 시에 관한 논문이며, 이탈리아 어의 보호자라고 볼 수 있다. 〈향연〉은 단테가 1290년에 쓴 세 편의 우의적 철학적 시에 대한 주석이라고 할 수 있다. 두 책은 어떤 의미에서 자신의 문학에 대한 옹호자적인 입장에서 쓴 자아 비판서라고 할 수 있다. 그리고 이 책은 절망적인 환경에 처해 있으면서도 정치적 불운이 그를 패퇴시키기 전에 그를 유명하게 만들었던, 시인으로서의 과거의 성취에 집착을 하면서 또 세상으로부터 다시 한 번 존경을 갈구하고 있는 사람의 작품일 뿐만 아니라 비방자들에 대항하여 자신의 작품의 정당성과 고귀성을 방위하고자 결심한, 한 작가의 변명서이다. 그러나 그의 시에 대한 스스로의 주석이 너무나 동떨어지게 배열되어 있어서 〈향연〉은 사실상 우리에게는 철학적 스케치로, 사람과 자연에 대한 그의 견해로 보일 뿐이다. 단테의 작품들 중 철학적 비전을 담은 두 개의 진술서가 있는데 그 첫번째가 〈향연〉이고 다른 두번째가 《신곡》의 〈천국편〉이다. 그 둘을 비교해 보면 단테의 지적 성숙과 발전의 주요 요소들을 발견하게 된다.

□ 작품론

영원한 구원의 역정(歷程)

한성철 / 외대(이탈리아 어) 강사

1. 서 론

  《신곡》은 역사상 위대한 문학 작품들 중에서 가장 신중하고도 정확하게, 그리고 가장 상세하고도 균형감 있게 이루어진 최고의 걸작이다. 더 자세히 이야기하면 인물들과 에피소드간의 신중한 균형감, 그리고 저승 세계로의 상상의 여행, 여기에 조심스럽게 고려된 시간의 연속성으로부터 시적 구조의 불변성에 이르기까지 모든 것들이 모순없게 써지고 완벽하게 끝맺음된 문학 작품이다.

  《신곡》은 아마도 15년 내외의 기간에 써진 것 같다. 이 기간중에 단테는 극적인 변화를 많이 겪었고, 아울러 그의 기본적 사상들과 관심사들도 근본적으로 변하였다. 《신곡》의 세 부분(지옥, 연옥, 천국)이 완전하게 써진 날짜는, 작품이 여러 번 수정되고 교정되었기 때문에 전혀 분명치 않다. 다만 우리는 〈지옥편〉이 〈천국편〉에 맞춰지도록 얼마나 많이 변경되었는지 상상할 수 있을 따름이다. 세 편의 찬미곡은 당시의 인물들과 사건들에 대한 수많은 이야기들을 담고 있다. 《신곡》은 그 관점이 너무나 독창적이고 독특하기 때문에 비교를 위한 어떤 분명한 비평적 기준이 없다. 그러므로 구문의 상세한 해석에 대해서뿐만 아니라 단테가 쓰려고 의도했던 시의 종류에 대해서, 그리고 더 자세히 말한다면 피상적인 스토리가 어떤 종류의 우의적 메시지를 담고 있는지에 대해서 상당히 불확실할 수밖에 없다. 따라서 이 모든 요인들은 《신곡》의 집필 기간에, 그 집필의 전개와 발전이 어떻게 진행되었는지에 관하여 설명하려는 사람들에게 당혹감을 안겨 주고 있다.

신곡은 세 편으로 구성되어 있으며 각 편은 칸티카(Cantica, 찬미가)라 부른다. 그 세 편의 찬미가는 다음과 같다. 인페르노(Inferno, 지옥), 푸르가토리오(Purgatorio, 연옥) 그리고 파라디소(Paradiso, 천국). 각각의 칸티카는 다시 다양한 길이와 3연체의 운율을 갖춘 칸토(Canto, 曲)로 나누어진다. 서주격인 한 편의 칸토와, 각각 33편의 칸토로 구성된 세 편의 칸티카, 따라서 전체적으로 볼 때 《신곡》은 33칸토의 3배, 즉 99칸토와 서주 칸토 한 편을 합쳐서 백 편의 칸토로 구성된다. 이와 같이 숫자상의 균형과 저승 세계와 삼위일체의 숫자인 3에 대한 선호성은 《신곡》의 주요 특징을 이루고 있다. 세 편의 칸티카는 지옥, 연옥, 천국을 순례하는 단테의 여행기와 관련을 맺는다. 〈천국편〉은 다른 두 편과는 다르다. 왜냐하면 무엇보다도 단테는 천국을 실제적으로 여행한 것이 아니라 하늘로 향하는 별들이나 혹성들의 원을 여행한 것이기 때문이다. 천체 여행에 관한 물리적인 세팅은 단테의 우주관에 의거한 것이다. 지옥은 지구 표면에 있는 예루살렘 밑으로 뚫린 굴이며 지구의 중심부까지 확장되어 있다. 연옥 동산은 예루살렘과는 정반대 방향인 남반구에 솟아 있다. 그러므로 〈지옥편〉과 〈연옥편〉은 지구의 중심부를 가로지르면서 시작하여 연옥 동산의 꼭대기에 있는 지상 낙원에서 끝이 나도록 꾸며져 있다. 〈천국편〉은 《향연》에서도 묘사된 것처럼, 지구 외부에 있는 천체의 원들을 통하여 지고천까지 이르는 여행을 묘사한 것이다. 여행은 1300년 성 금요일 저녁 황혼 무렵에 시작되어 다음주 토요일에 끝나는 것으로 계산할 수 있다. 지옥으로부터 지구의 다른 부분인 연옥 동산으로의 등정은 부활 주일까지 계속된다. 나흘이라는 시일이 연옥 이전에 소비되고, 그리고 연옥 동산을 오르고 아울러 가장 꼭대기에 있는 지상 낙원에까지 이른다. 그리고 하루 동안 하늘의 원들을 통하여, 지복자들의 진정한 보금자리이며 하느님을 관상할 수 있는 지고천에까지 도달한다. 단테는 안내자의 도움으로 이 여행을 수행한다. 즉 그는 지옥에 들어서게 되고 그곳에서 천상 왕국의 영혼인 베아트리체에 의해서 파견된 베르길리우스를 만나게 된다. 베르길리우스는 단테를 연옥 동산에 있는 지상 낙원의 입구까지 안내하고는 사라져 버리고 베아트리체가 그의 뒤를 이어 천국의 안내자가 된다. 그녀는 단테를 여러 천체의 원들을 거쳐 지고천으로 인도하고, 그곳에서 그리고 《신곡》의 마지막 칸토에서 12세기의 작가이자 위대한 교회 이론가이며 클레보에 있는 시토 수도원의 원장이었던 성 베르나르와 대면하도록 주선하여 준다. 여행하는 동안 베르길리우스와 베아트리체는 그들이 함께 지나온 지옥, 연옥, 천국의 여러 부분들에 대하여 단테에게 친절하게 설명해 준다. 단테는 수많은 영혼들을 만난다. 그리고 그의 두 안내자인 그 영혼들로부터 지옥의 원들 중 어느 한 곳에서 벌을 받도록 운명지워졌거나, 그들의 과실을 연옥에서 속죄하도록 허락받았거나, 또는 구세주와 함께 하늘나라에 거하도록 은총받게 된, 그러한 심판들을 초래케 한 지상에서의 생활과 활동에 대해서 설명과 해명을 들었다. 픽션에 대한 사려 깊은 신중성으로, 단테는 1300년 부활주일 이전에 죽은 사람들만을 포함시켰다. 그날 이후에 일어난 사건들을 언급할 때는 그 사건들이 비록 평범한 것일지라도 예언적인 형식으로 표현하고 있다.

《신곡》을 해석하는 데에 제기되는 첫번째 문제점은 우리가 일관성과 통일성을 어느 한계까지 상정할 것인가 하는 점이다. 단테는 《신곡》을 쓰면서 세 편의 찬미가가 세 편 모두를 포용할 수 있는 일반적인 주제의 전개 과정 내에서 각기 예정된 자리를 차지할 수 있도록 통일된 계획안을 실행하고 있었는가? 혹은 궁극적으로 볼 때, 단 하나의 틀 안에서 일어났으나 서로 다르고 서로 연결이 안 되는 영감(靈感)들의 영향으로 써진 여러 구절들이 조화를 이루었는가? 잡동사니 같은 구문들로 구성되었다는 가정은 피할 수 없는 많은 의문점들을 산출해 낸다. 첫째로, 세 편의 찬미가 사이에는 많은 상이한 점들이 있다. 〈천국편〉의 많은 부분들은 그 표현된 시들의 탁월성에도 불구하고, 마치 철학적·신학적 문제들을 다룬 신학 논문처럼 읽힐 수 있다.

〈지옥편〉은 당시 이탈리아 정치계에 대한 그의 강한 부정적 선입견과 더불어 타락한 인간성의 종말과 그들의 벌에 대하여 다루고 있다. 두 찬미가 사이의 다른 점은, 하나는 지옥에 관한 것이고 다른 하나는 천국에 관한 것이라는 사실이 아니라 각기 상당히 다른 관심의 초점에 의하여 영감받고 써졌다는 것이다. 물론 두 찬미가가 단테의 여행과 베아트리체에 대한 찬미에 의해서 연계되어 있지만 각각 독립된 작품으로 생각해 봄도 어렵지 않다. 둘째로, 각각의 찬미가 안에서도 그들 자신의 독립된 생명을 가지고 있는 것처럼 보이는 구절들이 있다. 예를 들면 지옥에서의 오디세우스와의 만남, 〈천국편〉에서의 유스티니아누스 황제와의 대화는 비록 조화롭게 배치되었다 해도 전체 구조적 전개에서 볼 때 바로 이 지점에 반드시 필요한 요소라고 보기는 어렵다. 그러므로《신곡》을, 오랜 기간을 통해 각각 상이한 시기에 연속적으로 진행된 단테의 유동적인 열정이나 다양한 주제에 대한 몰두의 결정체로 보는 것이 가능해진다.

세 편의 찬미가는 어느 정도 서로 분리될 수 있는 작품들이고 쉽게 고립될 수 있는 구절들을 담고 있다. 그러나 그 구절들은 안내자들에 의해, 단테 자신의 운명에 대한 자서전적 설명에 의해, 그리고 다른 세상의 성격에 관한 발전적인 전개에 의해서 조화를 이루게 된다. 특히 〈지옥편〉의 경우, 〈지옥편〉이 전체적으로 써지고 구성된 후, 후일 이루어진 교정과 수정을 통해서 얼마나 많은 구절들이 바뀌고 첨부되었는지 상상하는 것이 가능하다. 서곡과 〈천국편〉에서 단테 스스로가 표현해 내는 자신의 운명론에 대한 개념이, 〈지옥편〉에 의해서 전체적으로 전달되는 그의 인생관과는 잘 조화되지 못하는 것 같다. 이러한 문제점들은 앞으로 〈천국편〉을 다룰 때 다시 제기될 것이다.

통일성과 다양성의 문제는 《신곡》이 써진 날짜의 문제와 깊은 관련을 맺고 있다. 〈천국편〉은 분명히 단테 생애의 종반기에 써졌다. 그러나 〈지옥편〉과 〈연옥편〉의 집필 연대에 관해서는 분명한 증거가 없다. 그들 집필 연대에 관한 이론들은 대부분이 거론된 사건들의 발생 날짜에 관한 상세한 분석에 의존하고 있다. 그러나 이 문제들에는 더욱 자세한 숙고가 뒤따라야 한다. 왜냐하면 순수하게 집필된 기간에 후일 교정이나 보충에 소요된 기간을 참작해야 할 필요성이 있기 때문이다. 최근의 학자들에 의해 인정되고 있는 가능성 있는 관점은 다음과 같다. 〈지옥편〉이 대략 1304~1308년경에, 〈연옥편〉은 1308~1313년경에 써졌으며 아울러 교정도 함께 이루어졌고, 〈천국편〉은 1314년 이후에 써졌다. 그러나 이 견해는 가설이며 그 외 다른 의견들, 예를 들면 전체 작품이 1312년 이후에 써졌다거나 혹은 1302년 이전에 이미 집필이 시작되었다는 상반되는 의견들이 받아들여져 왔음을 유의해야 한다. 그러나 작품이 1304~1308년, 1308~1313년, 그리고 1314~1321년, 이렇게 세 단계를 밟으면서 써졌으리라는 가설은 더욱 많은 이점을 갖는다. 왜냐하면 세 찬미가의 테마 내용들이 —— 물론 이것도 가설이지만 —— 단테 사상의 단계적 발전 과정과 관련을 맺고 있음을 보여 주도록 설계됨으로써 단테의 변천 과정에 대한 합리적인 설명을 가능케 해 주기 때문이다.

독자가 직면하게 되는 가장 큰 불확실한 점은, 알레고리를 염두에 두면서 《신곡》을 해석하려고 노력할 때 일어난다. 인생의 종반기쯤에 단테가 베로나의 귀족이며 그의 후원자였던 칸 그란데 델라 스칼라(Can Grande della Scala)에게 보낸 편지에서, 그의 후원자가 《신곡》 전체를 읽어 나갈 때 도움이 되도록 다음과 같은 안내문을 적고 있다.

이 작품의 의미가 오직 하나가 아님을 이해하셔야 합니다. 오히려 여러 가지 뜻을 갖고 있다는, 다의적(多義的)으로 묘사되었다는 표현이 더 옳을 것 같습니다. 첫번째 의미는 글자 자체에 의해서 전달되는 뜻이고, 다음 의미는 글자가 의미하는 것에 의해서 전달되는 숨겨진 뜻입니다. 전자를 흔히들 문자 자체의 해석인 직역이라 부르고, 후자를 우의적 혹은 신비적 해석이라 부릅니다. ……오직 문자 자체의 의미로 파악한 전체 작품의 주제는 죽은 후의 순수하고 단순한 영혼의 상태입니다. 그러나 작품을 우의적 관점에서 살펴보면, 주제는 자신의 자유의지의 실천으로 인한 과실이나 공적에 따라서 최후의 심판자에 의해 상을 받거나 처벌을 받는 인간입니다.

칸 그란데에게 보낸 편지의 신빙성은 다분히 의문시되어 왔다. 어떤 학자들은 그 편지가 단테가 죽고 난 후《신곡》에 어떤 도움을 줄 수 있는 의미를 부여함으로써 교회의 권위로부터 인정을 받게 하고자 의도했던 어떤 사람에 의해서 작성되었으리라고 추측해 왔다. 이것은 단테의 작품들 속에 부과된 다른 여러 문제들처럼 아마도 결코 풀리지 않을 학술적 퀴즈일 것이다. 단테에 관하여 쓰는 작가는 적어도 잠정적이지만 어느 한쪽만을 취해야 할 것이다. 여기에서 적합한 견해는, 편지는 진품이고 단테의 의도를 짐작하는 데 많은 도움을 제공해 줄 수 있는 직접적인 정보라는 것이다. 이 시점에서 보면 편지에서 말하는 것들은 어느 경우든지 분명한 사실들이다. 즉 저승에서 단테가 만났던 영혼들에 대한 묘사는 그들 영혼이 예시하는 행위 형태의 도덕적 의미나 중요성에 대한 암시이다. 단테는《신곡》에 관한 더 이상의 일반적인 우의적 해석을 제공하지 않는다. 그럼으로써 우리는 글자 속에 내포된 더 깊은 암시에 대해서 사색을 하게 된다. 그러나 그는 같은 구절에서 하나의 또 다른 의미를 만들어 낸다. 즉 이것은 독자들로 하여금 텍스트에서 문자적 의미에 부가하여 우의적, 도덕적 그리고 신비적 의미를 파악해 내는 중세적 성서 주해 방법을 연상케 한다. 그가 사용하는 예(例)는 〈시편〉 114편 '이스라엘 백성이 이집트에서 나올 때'이다. 이에 대하여 편지에서 그는 다음과 같이 말하고 있다.

우리가 이 시편을 오직 글자 그대로만 해석할 때 우리에게 주는 의미는, 모세 시대에 이집트로부터 이스라엘 백성들이 탈출해 나온 역사적 사실뿐일 것입니다. 만일 우의적으로 생각한다면 이 시편은 그리스도를 통한 우리의 구원을 의미하고, 도덕적 의미로 생각해 보면 죄의 비참함과 슬픔으로부터 은총의 상태로 영혼이 구제됨을 의미하고, 신비주의적인 해석 방법으로 보면 이 세상의 죄의 구렁텅이로부터 영원한 영광의 자유 속으로 영혼이 들어감으로써 성화(聖化)되는 것을 의미하게 됩니다.

성서에서 인용한 구절은 《신곡》의 〈연옥편〉 제2곡에서 실제로 사용되었다. 연옥의 입구에서 단테는 연옥 동산을 오르기 위해서 배를 타고 도착하고 있는 많은 영혼들을 본다. 그들이 해변에 도달하였을 때 그들은 〈시편〉 114편을 노래하고 있었다. 영혼들이 〈시편〉을 암송하는 것은, 만일 단테가 그의 편지에서 숨겨진 뜻을 밝히고 보충하지 않았던들 별 의미가 없었을 것이다. 즉 영혼들은 그리스도의 희생으로 주어진 구원의 기회와 연옥의 존재 그리고 지상 생활의 굴레로부터의 탈출을 찬미하고 있었다. 《신곡》에는 많은 성서 구절이 언급되어 있는데 거의 모두가 비슷한 종류의 우의적인 의미를 내포하고 있다. 다소 덜 전통적인 방법으로, 단테는 도덕적 의미를 이교도 역사에 나오는 인물들이나 사건들 속에서 찾았다. 연옥 기슭에 있는 바로 그 해변에서 단테와 베르길리우스는 연옥 입구를 지키는 임무를 충실히 수행하고 있는, 그러나 놀랍게도 이교도이며 자살자였던 로마의 영웅인 카토를 만난다. 단테는 카토가 절개가 있는 사람이며 또 카이사르에게 복종을 하느니 차라리 죽음을 선택한, 영혼불멸을 믿는 사람임을 알게 된다. 작품 속의 단테는, 지옥의 가장 밑 부분에서 사탄에 의해 영원히 고통을 당하고 있는 카이사르의 배반자들의 영혼을 바로 전날에도 보았었지만, 지금 그는 불명예스러운 삶보다는 영광스러운 죽음을 선택하였기에 하느님의 신뢰로 고양된 카이사르의 또 다른 적(카토)을 발견하게 된다. 자유의지에 대한 극단적인 실천의 결과로 그는 연옥문을 지키는 수문장으로 배치되었고 여기에서 그의 영혼은 그의 의지로써 죄를 극복할 수 있도록 수련을 쌓고 있다. 단테는 그의 도덕적 의도를 표현하기 위하여 성서상의 인물이건 이교도의 인물이건 모두 등장시키는 경향을 보였는데, 그 이유는 이교도의 세계가 상상의 더욱 넓은 영역을 확보하고 있는 반면 성서는 그가 거의 피할 수 없는 전통적인 의미들만을 내포하고 있다는 차이점 때문이었다. 이러한 보편적 경향은 당시 단테가 연속적인 사건으로 점철된 로마의 역사와, 구세주의 강생과 기독교 신앙을 향하여 신의 섭리대로 진행되었던 구약의 사건들과, 그리고 유태인의 역사와 동등한 것으로 평가하게 된 배경과 맥을 같이 한다. 한편에서는 성서적 의미와 구약의 역사가 결합되고 다른 한편에서는 제국의 의미와 고대 로마의 역사가 결합됨으로써, 조화롭게 탄생된 관점은 단테로 하여금 성스럽고도 예언적인 사건들을 은유적 의미를 가지고 생각하게 했다. 이렇게 하면서 단테는 과거의 사건을 다루는 일반적인 중세적 전통에 다소 특별하고 조직적인 조정을 더하게 되었다.

《신곡》의 등장 인물들과 사건들은 다의적이다. 그리고 그들은 직접 표현되지는 않으나 반드시 어떤 암시를 내포하고 있는 다소 복잡한 형식을 취하고 있음을 항상 유의해야 한다. 어떤 사람이 단테가 익숙해 있던 지식의 전통과 그 지식의 원천들에 대하여 아무리 많이 안다 해도, 작품에 대한 해석은 상당히 사려 깊게 이루어져야 한다. 물론 어떤 의미에서 이것은 단테의 모든 시에 해당되는 주의점이다. 그러나 해설의 필요성은, 부분적으로 볼 때 《신곡》이 고대 역사나 당시 역사로부터 빌려 온 인물들로 가득 차 있기 때문에, 또 다른 한편에서 볼 때 단테가 역사적 인물의 묘사를 통해서 상세한 도덕적 논쟁을 나타내고자 의도했기 때문에 《신곡》에서 항상 높게 평가된다. 단테의 사후 불과 몇 년 내에, 당황하는 독자들을 위한 상세한 주석서들이 준비되고 있었다. 그러나 해석상의 가장 큰 불확실성은 특별한 에피소드에서보다는 스토리들간의 테마 통일과 더 관련이 있고, 특히 주요 세 등장 인물인 베르길리우스, 베아트리체 그리고 단테와도 관련이 있다. 베르길리우스는 표면상으로 단테를 안내하여 지옥과 연옥을 여행하도록 그의 거주지인 림보로부터 베아트리체의 특사로 파견된 로마 시인의 영혼이며, 베아트리체는 《새로운 삶》에 나오는 단테의 옛사랑의 영혼으로 단테를 천상 세계로 안내하기 위하여 하늘로부터 내려온 구원받은 영혼이기도 한다. 《향연》에서의 철학처럼 이 등장 인물들은 과연 무엇을 상징하는가? 가장 평범한 해석은 다음과 같다. 즉 베르길리우스는 인간의 이성을 상징하고 베아트리체는 하느님의 은총을 상징한다. 이것은 단테 자신의 영혼의 문제와 연관을 맺는다. 혹시 지옥, 연옥 그리고 천국을 순례하는 그의 여행은 이해의 단계나 변화의 단계들을 통하여 이루어지는 인간의 발전 과정을 나타내 주는 알레고리가 아닐까? 이러한 종류의 의문점에 관한 해설은 주석가들 사이에서 아주 평범한 것이었다. 《신곡》 자체에서나 칸 그란데에게 보낸 편지에서나 그 의문점들에 대한 명확한 답변의 근거를 찾을 수 없다. 따라서 그들은 조건부로 다루어질 뿐이다. 시적 의미에 의한 상세한 착색은 세 명의 등장 인물에게 이루어진다 —— 베르길리우스는 위대한 이교도이다. 그러므로 이성의 한계 내에서 이해할 수 있는 능력을 부여받고 베아트리체는 축복받는 영혼의 이해력을 부여받는다. 따라서 그녀는 영혼들이 아는 것만을 알 수 있을 따름이다. 단테는 많은 경험을 통해 기독교 지식에 대한 혼동으로부터 발전되어 간다. 그러나 등장 인물에 관한 이러한 의미 부여는 어떤 체계적인 알레고리로써 이루어진 것이 아니다.

 우의적 요소가 아무리 중요하고 보편화되어 있다 해도 《신곡》에서, 특히 〈지옥편〉에서 가장 새롭고 현저한 양상들 중의 하나는 등장 인물들의 현실성이다. 물론 단테의 작품에 등장하는 인물들 가운데 대다수는 전설적이거나 고대의 역사적인 인물들이다. 그러나 많은 다른 인물들은 그에게나 그의 동시대인들에게 잘 알려진 가까운 과거의 사람들인 것이다. 그 예로 〈지옥편〉 제6곡에서 단테에게 2년 후의 피렌체 역사에 대한 예언을 하기 위하여 탐식가로서 등장하는 보잘것없는 피렌체인 치아코(Ciacco)는 단테의 작품에 대하여 우리에게 해설해 주었던 바로 다음 세대의 위대한 피렌체 이야기꾼인 보카치오처럼 실제 생활에서도 잘 알려진 탐식가였고 아주 힘이 센 장정이었다. 비록 역사의 기록에는 알려지지 않았으나, 그는 아마 독자들이, 적어도 피렌체 독자들이 피렌체 역사에 대한 음유시인적인 해설가로서 아주 적합한 인물이라고 즐거이 인정했던 피렌체 시민이었을 공산이 크다. 애욕의 죄를 범한 사람들이 거주하는 지옥의 제2원에서, 단테는 〈지옥편〉에서 가장 잘 알려진 에피소드의 두 주인공인 파올로와 프란체스카를 만난다. 두 연인의 영혼은 바람에 날리면서 영원히 함께 다닌다. 그러나 두 영혼은 그들이 진 죄에 대한 벌로서 영원히 떨어진 채로 함께 바람에 흩날려 다닌다. 단테의 물음에 대한 답변으로 프란체스카는 란첼로토와 기니비어 왕녀의 이야기를 파올로와 함께 읽고서 둘 사이에서 일어난 음욕으로 그와 어떻게 간통을 범하게 되었는지를 설명한다. 단테 자신은 아더 왕 전설의 프랑스 어 번역판을 읽고서 란첼로토가 기니비어 왕녀와 어떻게 첫 불륜의 입맞춤을 나누게 되는지를 알았었다. 이것은 일종의 영웅적 낭만주의를 다룬 작품이다. 이 에피소드에서 란첼로토 이야기의 여러 요소들이 수용되고 그 두 연인(파올로, 프란체스카)은 그들이 지은 죄 때문에 영원한 천벌에 처해졌다는 사실로 인해 단테의 마음속에서 연민의 정이 더욱 깊어만 간다. 이 부분은 단테의 젊은 시절의 작품 세계를 지배했던 궁중 사랑류 시의 풍조에 대한 그의 비난조의 고별사로서 읽힐 수도 있다. 그러나 중요한 의미들은 실제 인물이었던 두 등장 인물에게 주어진다. 단테는 프란체스카가 라벤나의 폴렌타 가문의 딸이었다는 사실을 그의 유배 기간중에 알게 되었다. 그녀는 리미니(Rimini)의 지안치오토 말라테스타와 결혼하였다. 그녀와 간통을 범하여 그녀와 함께 그녀의 남편에게 죽음을 당한 이야기 속의 파올로는, 단테가 17세였던 1282년에 피렌체의 행정관으로 있었던 실제 인물로서, 그녀의 시동생이었던 것이다. 단테는 낭만적인 문학을 통해서 젊은 시절에 가졌던 정서나 관심들을 회상하는 것 같다. 어떤 경우든 단테는 그가 글을 쓰기 약 20년 전에 일어났던 실제 스캔들에 관해서 이야기한다. 그리고 그 인물들 중의 적어도 한 명은 만났던 것 같다. 이것은 란첼로토와 기니비어와 같은 전설상의 인물에 대한 이야기와는 사뭇 다르다. 단테는 분명히 성서와 〈아이네이스〉가 실제 인물들을 묘사하고 있다는 점에 고무받았던 것 같다. 그러나 실제 동시대 인물들을, 인간 본성이 갖는 원형적인 약점 때문에 필연적으로 저질러진, 그들의 알려진 행위들이나 성격들을 제시하면서 지옥에 거주케 하기 위해서는 상당한 상상력이 필요했던 것 같다. 이것은 아마도 피렌체 도시 생활의 습관에서 많은 영향을 입은 것 같다. 즉 코믹한 시, 산문체 이야기 그리고 정치적 연대기에서 실제 인물들에 대한 사실주의적 묘사는 상당히 발전되고 개발되어 있었다. 이와 같은 것들은 피렌체와 같은 이탈리아 자치 도시 생활의 특징이었다. 도시 생활이 주는 열렬한 평등주의적 교류로부터 고무된, 인물 묘사에서의 사실주의적 경향은 그가 중세 예술에서 영향받는 상징주의나 비유에 의한 표현 경향보다도 단테 예술 세계에서 더욱 독특한 양상을 이루고 있다. 그럼으로써 단테의 상상력은 인물 묘사의 극단적인 구체성과 일반 개념에 대한 극단적인 추상성을 조화롭게 융합시킬 수 있으리만큼 성숙되었다. 시선을 끄는 인물들은 분명히 우주 전체의 추상적 패턴에 대항키 위해서 배치된 것이다. 이러한 부류의 등장 인물들 때문에 단테의 모든 작품들 중에서 〈지옥편〉은 그를 황홀케 했던 중세 철학과 왕권의 교회적 형식(혹은 복음적 형식)들과는 대조적으로, '더 많은 이익, 더 새로운 인물'로 대표되는 피렌체의 혼란스러움을 그 자신의 독특한 표현 수법으로 가장 강렬하게 나타낸 작품이다.

2. 지옥편

《신곡》의 서두 부분에서 우리는 인생이라는 긴 여정에 지쳐, 어느 언덕 기슭의 숲속에서 길을 잃고 사나운 세 짐승과 마주친 단테를 발견하게 된다. 세 짐승은 표범, 사자 그리고 암늑대로서 표범은 호색을, 사자는 거만을, 그리고 암늑대는 탐욕을 상징한다. 단테는 베르길리우스의 영혼에 의해 구함을 받는데, 베르길리우스는 단테에게 늑대는 신비스러운 구원자인 '벨트로'가 나타나기 전까지 결코 덤벼들지 않을 것이나 그 자신은 다른 방법, 즉 지옥을 여행하는 또 다른 길을 제시해 주겠노라고 이야기한다. 베르길리우스는 자신이 베아트리체의 사자(使者)라고 밝히면서 단테를 설득한 후, 두 인물은 드디어 지옥으로 들어가게 되고 제3곡부터는 본격적인 여행이 시작된다. 〈지옥편〉의 나머지 부분들은 과거의 죄인들을 그들의 죄의 정도에 따라 분류해 놓은, 여러 원들과 동굴들로 이루어진 지옥을 순례하면서 마침내 사탄이 거주하는 가장 밑의 동굴에까지 이르는 두 인물의 여행을 다루고 있다.

지옥의 모습을 단테에게 제시해 준 모델은 베르길리우스의 《아이네이스》 제6권이다. 《아이네이스》는 그리스에 의해 멸망된 트로이를 떠난 후 이탈리아에 정착해서 로마 인들의 조상이 된 아이네이아스가 지하 세계를 방문하여 겪는 여러 여행담에 관한 이야기이다. 베르길리우스가 그린 지하 세계는 단테의 지옥과 많은 점에서 유사하다. 지하 세계의 방문자들은 저승 세계를 끼고 흐르는 강인 아케론 강을 카론(아케론 강의 뱃사공)의 도움으로 건너야 했다. 지하 세계의 윗부분과 아랫부분은 범접할 수 없는 요새로서 경계가 그어지며(〈지옥편〉 제8곡에 나오는 디스의 시[市]를 둘러싸고 있는 성벽과 유사한 요새) 그 요새 건너에는 죄인들이 그들이 지은 죄에 알맞는 형벌을 받고 있다. 지하 세계 안쪽에 도달하기 전에 아이네이아스는 그의 옛 시절의 지인(知人)들의 영혼을 발견한다. 익사한 그의 배의 조타수였던 팔리누루스, 그가 사랑하고 배신했던 카르타고의 왕녀 디도…… 베르길리우스의 저승 세계와 단테의 그것은 아이네이아스가 엘리샤의 뜰을 지나다가 로마의 역사가 예고한, 그의 아버지인 안키세스의 영혼과 대화를 나누게 될 때부터 서로 달라지게 된다. 단테는 〈천국편〉에서 그의 조상인 카치아구이다와 면담을 하게 되는데, 이 부분은 물론 안키세스와의 대화를 연상시키기도 한다. 그러나 일반적으로 〈연옥편〉과 〈천국편〉은 베르길리우스의 《아이네이스》와는 거리가 멀다. 〈지옥편〉과 《아이네이스》 사이에는 물리적인 배열과 많은 시적인 부분에서뿐만 아니라 처벌이 시행되고 또 애욕으로 죽은 영혼들이 그들의 운명에 관하여 질문받는 장소인 지옥에 관한 일반 관념에서도 보편적인 평행론이 존재한다. 〈지옥편〉의 영감, 아니 아마도 《신곡》 전체의 영감이 베르길리우스에 대한 단테의 외경심에서 우러나왔다고도 볼 수 있다.

베르길리우스 자신은 단테의 안내자로서 〈지옥편〉 전체를 지배하고 있다. 왜 하필이면 그가 그와 같은 역할을 수행하도록 선택되었을까? 그를 학식 있고 지혜로운 안내자로 만들기 위하여 단테는 그가 옛날에 여자 마법사에 의해서 파견되었다는 전설을 고안해 내야만 했다. 베르길리우스는 첫 장부터 단테의 문학적 영웅과 영감으로서 환영을 받는다.

> 그대는 나의 스승이요, 나의 시조(始祖)라오.
> 내게 영예를 안겨 준 아름다운 문체를
> 나는 오직 그대에게서 끌어냈었다오.
>
> 　　　　　　　　　　　　　　　　(〈지옥편〉 제1곡)

단테는 베르길리우스가 위대한 시인일 뿐만 아니라 위대한 예언가였다는 생각을 중세적 사상을 가졌던 그의 전임자들로부터 이어받고 있는데, 또 이러한 생각은 그의 네번째 목가시에 나오는 구세주 강생에 대한 그의 가상적 예언에 기반을 둔 것이었다. 그러나 단테에게 더 중요한 것은 베르길리우스가 지금 단테가 하고 있는 것처럼, 지하 세계를 여행하고 있는 아이네이아스에게 로마 역사에 관한 묵시를 보여 준다는 더욱 분명한 사실에 있다.

　　그(아이네이아스)는 당신(베르길리우스)이 찬양했던 곳으로 가는 동안
　　그를 승리로 이끌어 교황의 법의(法衣)를 입게 되리란 여러 가지 사건들
　을 알아내었더이다.

(〈지옥편〉 제2곡)

　죽은 자의 영혼을 만나기 위하여 지하 세계를 순례하는 여행기로서, 그리고 아이네이아스가 세운 제국의 운명에 대한 묵시로서 두 가지 중요한 의미를 갖는 《아이네이스》 제6권은 단테에게 있어서 베르길리우스를 중요 인물로 부각케 한 원인이었다. 베르길리우스는 문학에서도 그리고 기벨린 당에서도 단테의 안내자였고 유배 기간중에 그의 예술과 정치에 의미를 부여해 준 개념들의 원천이었다.

　베르길리우스는 제11곡에서 단테에게 지옥의 구조를 설명해 준다. 이야기가 이 시점에 이르렀을 때 두 여행자는 이미 지옥 상층부의 6개 원을 거쳐서 내려온 것이다. 내려오면서 그들은 림보의 세계에 있는 훌륭한 이교도들과 달리 애욕, 탐욕, 인색, 낭비, 격노 그리고 이교의 죄(진리를 몰라보았다는 죄)로 인하여 처벌을 받고 있는 죄인들을 만난다. 그들은 더욱 어둡고 불쾌한 장소를 굽어보기 위하여 멈추어 섰고 그곳으로부터 심한 악취가 풍겨 나옴을 알았다. 베르길리우스는 단테에게 그들이 서 있는 장소의 밑으로 세 개의 원(7, 8, 9원)이 더 있으며 그곳에는 여러 종류의 죄인들이 수용되어 있다고 설명한다. 죄인들이 지녔던 악의가 불의를 일으켰던 것이다. 악의는 폭력과 사기로써 불의를 저지른다. 사기는 다른 피조물에게는 알려지지 않은, 인간만이 지닌 고유의 능력이다. 따라서 그와 같은 인간 본성의 악용은 하느님을 더욱더 거스르는 것으로, 그 죄를 지은 인간들은 단순한 폭력의 죄를 지은 인간들보다 더 아래의 원에 수용된다. 이러한 일반적인 구조 내에서 베르길리우스는 죄의 종류에 대한 더욱 상세한 분석을 단테에게 들려 준다. 폭력은 이웃에게도 저질러지고(살인과 인색), 자기 자신에게도 저질러지며(자살과 낭비), 하느님과 자연에게도 저질러진다(욕

설을 퍼붓는 자와 소돔의 인간들). 사기는 신뢰성이 없는 대상에 따라 분류된다(위선자, 아첨꾼, 점쟁이들, 도둑들, 성직 매매자들, 포주, 탐관오리). 그러나 모든 죄들 중 최고의 것은 신뢰에 대한 반역이다. 작품 속의 단테가 그 죄인들이 상층부의 여섯 원에서 어떤 방법으로 그리고 어떤 기준에 의해서 배열되고 수용되었는지에 대한 우문을 던졌을 때 베르길리우스는 퉁명스레 아리스토텔레스의 《윤리학》에 나오는 죄의 배열 기준에 의거한 것이라고 대답한다. 무절제, 악의 그리고 폭력.

무절제는 하느님께 덜 거스르는 죄목이다. 따라서 상층부의 원에는 악의가 아닌 단순히 자제력의 부족으로 저질러진 죄만을 포함한다.

단테가 그린 〈지옥편〉의 모형은 어떤 명백한 패턴을 따르고 있는 것이 아니므로 이런 종류의 설명이 반드시 필요하다. 참회의 신학으로 인식되는, 단순한 일곱 등급의 죄들이 기수적으로 배열되어 있는 〈연옥편〉의 배열 체계에 비하여 〈지옥편〉의 체계는 더욱 복잡하고 다분히 기이한 인상마저 준다. 베르길리우스에 의해서 인용된 아리스토텔레스적 패턴은 사실상 〈지옥편〉이나 〈연옥편〉에 적합치 못하다. 즉 아리스토텔레스의 분류는 무절제, 악의 그리고 폭력 사이의 구별을 근간으로 하지 않는다. 단테가 사용한 용어들의 많은 부분과 개념들은 당시의 스콜라 철학에서 유래된 것이다. 예를 들면, 전문 용어로서 사용된 악의와 불의, 그리고 자기 자신, 타인, 하느님에 대한 폭력들 사이의 구분 등은 아퀴나스의 저작들에서 발견할 수 있는 개념이다. 그러나 폭력의 죄와 사기의 죄 사이의 구별은 지옥의 더욱 낮은 원들의 조직화를 관장하는 주요 원리로서, 키케로의 철학적 작품들 중의 하나인 〈직무에 관하여(*De officiis*)〉에서 유래한 것같이 보이며, 그 작품에서 키케로는 "불의는 폭력이나 사기에 의해서 이루어지며, 폭력이나 사기는 둘 다 인간과는 어울릴 수 없다. 그러나 사기가 폭력보다 더 해롭다"라고 주장하고 있다.

이 모든 것들로부터 종합되어 나온 것이 단테가 만든 〈지옥편〉의 구조이다. 여기에는 아리스토텔레스, 키케로 그리고 아퀴나스의 메아리가 스며 있다. 그러나 베르길리우스의 오도된 설명에도 불구하고 〈지옥편〉의 구조는 세 사람 모두, 혹은 그 어느 한 사람에 관한 언급으로 정당화될 수 없다. 아리스토텔레스를 포함하여 훌륭하기는 하나 영세 받지 못했다는 이유로 단죄받은 이방인들(베르길리우스도 여기에 속한다)이 수용되어 있는 림보의 세계를 지나, 두 여행자는 이단자들을 가두고 있는 디스 시를 향하여 무절제의 원들을 통과한다. 그때 지옥의 상층부와 하층부의 구분이 이루어진다. 하층부에는 악의의 죄를 범한 죄인들이 있다. 두 여행자는 폭력의 원은 빨리 통과하고 소돔의 죄의 원에서 가장 긴 시간을 지체한다. 이곳에는 단테가 흠모하는 스승이었던 피렌체 출신의 브루네토 라티니(〈지옥편〉 제15곡)가 불에 타는 벌을 받고 있다. 〈지옥편〉의 그 나머지 부분들(중간 이후부터)은 여러 종류의 사기죄를 다루고 있다. 즉 단순한 포주나 여자 농락꾼으로부터 시작하여 그들의 주(主)이신 하느님을 배반한 자들(여기에는 가장 최고의 배신자인 사탄이 포함된다)에 이르기까지 총망라되어 있다.

　〈지옥편〉의 내용 전개는 인류의 역사적 타락과 명백히 연관되어 있다. 베르길리우스는 〈지옥편〉 제14곡에서, 크레타는 고대의 전설 속에서와 인간이 순수했던 시절에는 인류의 요람이었다고 설명한다. 크레타 섬에 있는 이다 산 한가운데는 거구의 늙은이가 하나 우뚝 서서 거울을 보듯 로마를 보고 있었다. 그의 머리는 순금으로 되어 있으며 팔과 가슴은 진짜 은으로 되었는데, 가랑이까지는 놋쇠로 되어 있었고 그로부터 아래쪽으로는 온통 무쇠이고 다만 오른발만은 진흙으로 이루어져 있었다. 이와 같은 비정상적인 형상은 구약에서 느부갓네살 왕의 꿈속에 나타난 상과 오비디우스의 《변신(*Metamorphoses*)》에서의 인간의 세월이 서로 융합되어 이루어진 것이다. 그 늙은 사람을 이루고 있는 재료들은 황금 시대의 순수함으로부터 세태가 타락했음을 상징하고, 아울러 몇몇 고대의 작가들이 상상했던 옛 사람들의 행복의 상태나 조건들을 상징한다. 오른발은 구체적으로 당시에 보다 위세가 드높았던 제국의 반대 세력인 타락하고 약화된 정신적 지주, 즉 교회를 상징하는 것 같다. 머리의 순금 이외는 어느 부분이고 모두 부서졌는데 그 갈라진 틈새로 눈물이 방울져 한데 모아져 바위를 뚫고, 그 물줄기는 바위를 돌고 돌아 지옥의 강인 아케론, 스틱스 그리고 플레제톤으로 흘러 들어간다. 단테는 인간의 죄가 분류되고 처벌되는 지옥의 구조와 지상의 선으로부터의 인간의 타락을 결부시키기 위하여 이러한 상이한 전설을 고안해 냈던 것이다.

〈지옥편〉은 한 가지 관점에서만 보면, 인간의 죄와 여기에 합당한 처벌의 관찰을 통하여 접근하게 되는, 인간성의 파멸을 다룬 한 편의 논문이라고도 볼 수 있다. 단테는 뒤를 돌아다보기 위하여 뒤로 돌려진 머리를 가진 점쟁이처럼, 혹은 더욱 규모를 크게 잡고 생각하여 삼위일체이신 하느님을 대신해 보기 위하여 그 흉내를 내보는 사탄의 감추어진 세 개의 얼굴처럼 각각의 죄목에 알맞는 처벌을 구상함에 있어 상당한 문학적 재능을 발휘하고 있다. 이와 같은 인간의 약점에 대한 조직적인 파노라마는 일찍이 단테의 유랑 기간중에 써진 작품들에서 드러나는 편견들과 어느 정도 관련을 갖는다. 1302~1304년 사이에 써진 두 개의 위대한 도덕적 성향의 노래인, 〈세 명의 여인들(*Tre donne*)〉과 〈비통함이 나를 대담하게 만든다(*Doglia mi reca*)〉는 둘 다 당시 인간성에 대한 비통 어린 비판이었다. 〈Tre donne〉는 인간들이 그들 마음으로부터 관대함과 절제 등을 추방해 버렸음을 탄식하고 있다. 〈*Doglia mi reca*〉에서는 남자들은 미덕이 부족하므로 여인들은 그들과의 사랑을 억제해야 한다는 묘한 테마를 다루고 있다. 즉 "남자들은 그들 스스로를 미덕들로부터 격리시켜 버렸다. 그들은 사람이 아니라 사람의 모습과 흡사한 짐승 같은 악마이다. 오, 하느님, 주인의 상태에서 노예의 상태로 전락하고자 하는, 삶의 상태에서 죽음의 상태로 전환하고자 하는 남자들은 얼마나 이상한 존재들입니까?" 〈지옥편〉의 테마에 대한 더욱 특별한 예시는 개개 영혼의 고결성의 문제를 다룬 《향연》 제4권 마지막 장(章)에서 발견할 수 있다. 《향연》 제4권에는 인간성을 인간 각각의 나이에 알맞는 미덕들로 목록화함으로써 반대 개념으로부터 적합한 개념으로 접근하여 연구해 나가는 인간 나이에 관한 설명이 있다. 25세까지는 청년기, 25~45세까지는 장년기, 45~70세까지는 노년기, 70세 이후는 노쇠기. 베르길리우스가 묘사한 대로, 아이네이아스는 단테가 지옥에 들어섰을 당시의 그의 나이에 알맞는 미덕의 한 패턴으로서 선택되었다. 《향연》의 이러한 면은, 단테가 〈지옥편〉 제11곡에서 묘사한 대로 하부 지옥의 일반 구조를 구상하는 데 있어 강한 영향력을 행사했던 두 원천인 아리스토텔레스의 《윤리학》과 키케로의 〈직무에 대하여〉에 힘입은 바가 크다. 대체적으로 칸초니(Canzoni, 노래들)의 도덕적 염세주의와 함께 《향연》 제4장 24~29에 나타난 심리학적 관심과 《아이네이스》의 매력은 〈지옥편〉에 대한 사상이 단테의 가슴속에서 어떻게 형태를 이룰 수 있었는지를 설명해 준다. 《향연》의 이 지점에서 단테는 〈지옥편〉을 예시하는 한 방법으로 인간 심리의 다양성에 그의 관심을 집중시키고 있다.

　〈지옥편〉의 지도, 물리적인 지리 그리고 여기에 연관된 도덕적 구분이 주는 복잡성은 〈지옥편〉을 읽는 독자들에게 그들의 모든 관심을 자신들의 주위 형세를 살피도록 압력을 넣기 쉽다. 그러나 이 지도는 전체적 역사가 아니다. 오직 죄의 구분에 의해서만 이루어지는 패턴과 상대적으로 반성과 회고, 해설로 이루어지는 더욱 모호한 패턴으로 형성된 지도이다. 이 패턴에서 단테는 보다 덜 체계적인 방법으로 인생에 대한 그 자신의 경험의 결실들과 자신이 처한 상황에 대한 그의 관점을 표현해 내고 있다. 물론 죄 자체의 구분은 어느 정도 단테 자신의 도덕적 편견의 표현일 수 있다. 그는 포악스런 사자보다는 사기성이 농후한 늑대를 더 증오하였다. 그러나 죄를 구체화하는 등장 인물들에 대한 그의 선고형(宣告刑)은 지옥에서 그 등장 인물들의 위치와 절대적으로 균형을 이루고 있지는 않다. 정말로 어떤 때는 전혀 조화를 이루지 못할 때가 있다. 예를 들면 단테는 필립포 아르젠티를 유난히 증오하고 있는 것 같다. 단테는 그를 분노의 원들을 묘사하는 〈지옥편〉 제8곡에서 만난다. 그리고 그가 비교적 긍정적인 태도로 다루는 다른 많은 지옥의 하부층에 있는 영혼들보다 그를 더 미워하여 발로 차서 진흙 속으로 처넣어 버린다. 필립포 아르젠티는 단테가 반대했고 개인적으로 미워했던, 과시욕과 분노로 뭉쳐진 피렌체 출신의 정치적 보수주의자였다. 단테는 도덕적인 구분과는 별도로 개인적인 미움을 표현하기도 했다. 비록 도덕적인 구분이 도덕적 관점의 중요한 명세서이고 그 처벌들이 단테가 공들여 창안한 죄목에 맞게 이루어졌다 하더라도 많은 등장 인물들은 그들이 지은 죄와는 전혀 관계 없는 사실들에 관하여 이야기하도록 설정된다. 이러한 면에서 단테는 자신의 구분을 대범하게 적용하였고 종종 그 구분을 주제와 관련이 없는 문제들에 대하여 함께 대화하고픈 인물들을 작품 속에 삽입시키기 위한 구실로서 사용하는 것 같다.

단테가 《신곡》의 내용을 정확하게 1300년 부활주일에 시작하는 것으로 꾸미기 위해 무한한 고통을 감내했다는 사실은 그 날짜가 그에게 상당한 의미를 부여하고 있음이 말해 준다. 그것은 교황이 특별 사면을 선언한 성년(聖年)이었다는 사실과는 별도로 1300년이라는 해는 아마도 이중의 의미를 지니는 것 같다. 《신곡》의 서두 첫번째 행을 잘 분석해 보면 여행이 시작되는 날짜는 그에게 있어서 인생의 반고비인 35세에 이른 해였고, 두번째로 1300년 부활주일은 당파 분쟁과 그의 운명적 연류가 시작된 시기였다. 우리가 상상할 수 있듯이, 그는 지옥을 순례하는 그의 여행을 인간의 사악함에 대한 교육 과정에 실제로 그 스스로가 들어선 것으로 여겼던 것 같다. 정치적 경험은 〈지옥편〉에 아주 넓게 드리워져 있다. 이러한 작업에서 가장 분명하게 드러나는 부차적 패턴은 자수 놓기에서의 한 가닥 색실처럼, 칸티카(찬미가)를 가로질러 달리는 한 행에 불과한, 정치에 대한 회고 내지는 반성이다.

어떤 의미에서 단테의 삶과 지옥편의 주제간의 가장 직접적인 관계는, 그 자신이 지상에서 실형을 선고받은 사람이었다는 사실에 있다. 그는 부정부패의 죄, 즉 정치적 타락을 조장했다는 죄목으로 피렌체로부터 추방당했었다. 이러한 종류의 죄를 범한 영혼들이 고통을 받고 있는 장소는 지옥의 제8원 중에 있으며 그곳에서 상당히 유명한 위치를 차지하고 있다. 〈지옥편〉 제21곡에서 단테와 베르길리우스는 역청(瀝靑)으로 가득 찬 호수에 다다르게 되는데 그곳에는 탐관오리들이 갈고리를 든 검은 악마들에 의해서 고통을 당하고 있다. 이 두 가지 사물(역청 호수, 갈고리)은 지옥의 이 지점에서 상당히 현저한 것들이다. 다소 유머러스하고 익살스러운 분위기를 풍기는데, 이러한 분위기는 일반적인 지옥의 분위기와는 색다르며, 어떤 의미에서 보면 정의의 실행이 불분명함을 의미한다고도 볼 수 있다. 단테와 베르길리우스가 나타났을 때 한 악마는 루카(이탈리아의 중부 도시)에서 최근에 도착한 사람을 끌어들이고 있었다. 그는 본투로 다티(Bonturo Dati)를 제외하고 루카의 모든 사람들이 탐관오리들이라고 소리소리 지른다. 14세기의 단테 주석가들이 우리에게 알려 주고 있듯이, 본투로 다티는 그 도시에서 관직을 매수하고 조정하던 자로 유명했다. 베르길리우스가 악마들과 대화를 나누기 위하여 그들 앞으로 가서 그들 여행의 다음 코스로 무사히 지나갈 수 있도록 도움을 요청하는 동안 단테는 두려움으로 바위 뒤에 숨어 있었고 베르길리우스가 그를 부르자 달려나와 그의 곁에 숨듯이 붙는다. 우스꽝스러운 이름들을 가지고 있으며 아마도 희극적이 되도록 의도적으로 창안된 악마들은 결국 두 여행자가 그 호수를 건널 수 있도록 호위해 준다. 그들이 호수에서 본 영혼들 중의 하나는 잘 알려져 있지 않은 단테 전대의 인물로서, 사기꾼들이 있는 지옥보다 더 아래의 원에서 보게 될 그 어떤 영혼에게 살해당했었다. 호수 주위로 향하던 행진은 두 마귀 사이의 다툼으로 인하여 중단되는데, 그들 두 마귀는 싸우면서 서로를 끌고 호수 속으로 들어가곤 한다. 여행자들이 가야 할 길을 악마들이 일부러 잘못 가르쳐 주는 일이 나중에 일어난다. 그 악마들은 거짓말쟁이였다. 이 부분은 전체적으로 볼 때 형벌을 진행하는 자들과 그 형벌에 관한 일종의 아이러니한 불신을 담고 있다.

다른 부분에서 보면, 피렌체 정치에 관한 주석 —— 특히 1300년부터 1304년 사이에 일어난 정치적 변혁에 대한 주석보다 일반적인 피렌체 전체의 정치적 전통에 대한 주석 —— 은 아주 성실하게 잘 되어 있다. 〈지옥편〉 제6곡에서 단테의 정치적 장래에 관한 첫번째 예언을 제공한 자는 탐식가였던 치아코이다. 그는 1301년 겔프 흑당에 의해서 쿠데타가 주도되고 파벌간의 분쟁이 심각해지리라는 것을 암시적 표현으로 예고하였다. 제10곡에서 이교도들 중 가장 유명한 사람인 우베르티의 파리나타는 당연히 그 원 속에 있음직하다. 왜냐하면 그는 영혼의 소멸성(육신이 죽으면 영혼도 함께 소멸한다는 이교도의 믿음)을 믿고 있었다고 알려진 인물이었기 때문이다. 그러나 이 위대한 영혼(파리나타)은 13세기 중엽에 피렌체의 정치사를 장식했던 겔프 당과 기벨린 당간의 투쟁에서 그가 수행했던 영웅적인 역할 때문에 단테에게 상당히 중요한 의미를 부여한다. 1260년 몬타페르티에서 기벨린 당이 승리한 후, 그들의 지도자였던 파리나타는 피렌체를 쳐부수자는 다른 도시들의 주장을 저지하였던 인물이었다. 단테는 그를 당파보다 나라를 먼저 생각하는 정치인의 최고 모범으로서 존경한다. 결국 겔프 당은 승리했고 그의 추종자들은 1300년에 피렌체로부터 추방되어 유랑 생활을 하게 되었다. 파리나타는 조상 대대로 겔프 당원이었고, 아마 그의 생각으로도 당파보다는 국가를 먼저 생각한다고 여겨지는 단테가 곧 유배되리라고 예언한다. 파리나타 이후 지옥편의 인물들 중 가장 유명한 피렌체 인은 제15곡 소돔의 원에 있는 철학과 고전 수사학의 선생이었고, 공증인이었던 브루네토 라티니이다. 그의 대표작 《테스로(보물)》는 로마 인과 피에졸레 언덕 근처에 있는 도시인들과의 융합으로 세워진 도시가 바로 피렌체라는 짤막한 전설을 담고 있다. 브루네토는 피렌체의 시민들 중 배은망덕하고 탐욕스러우며 질투와 오만에 가득 찬 피에졸레 종족들이(치아코 역시 같은 주장을 했다) 단테를 도시 밖으로 내몰 것이라고 예언한다.

소돔의 죄를 범한 자들 중에는 테기아이오 알도브란디와 야코포 루스티쿠치가 있는데, 이 두 사람은 파리나타와 같은 기간에 그와는 반대당인 겔프 당원으로 활발하게 활동했던 인물들이다. 그들은 몬타페르티의 재난을 초래한, 1260년에 있었던 겔프 당의 원정에 대해서 반대 의견을 제시했던 평화주의자로 기억되고 있다. 단테에게는 그들이 훌륭한 명성을 지닌 인물들로 인식되었고, 따라서 단테는 애정을 가지고 그들을 보게 된다. 그들과의 만남과 그들의 질문들은 작품 속의 단테에게 피렌체의 상태에 대해서 몹시 슬퍼할 기회를 제공해 준다. "풋나기 무리와 벼락부자들이 거만함과 부덕을 네 안에 싹틔웠으니"(〈지옥편〉 제16곡). 지옥의 더 아래 부분에는 단테가 그의 적으로서 동일시할 수 있는 영혼들이 있다. 그 중 한 인물이, 피스토이아의 한 성당에서 성물(聖物)을 훔친 죄로써 당시 유명 인물들 중 하나가 된 반니 푸치(Vanni Fucci)이다. 그는 제24곡에서 스스로 짐승 같은 삶을 살았다고 고백하면서 정치에 관한 이야기를 들려 준다. 그는 단테에게 1302년에 피렌체 밖에서 백당이 패배하게 되리라고 예언을 한다. 그러나 그가 피스토이아 흑당의 지도자였던 관계로 재미있다는 듯이 그 사실을 이야기한다. '네게 고통이 있도록 내 그걸 말했도다.' 아마도 가장 많은 죄를 지은 피렌체 인들은 제32곡의 배신자들 사이에서 발견된다. 그곳에는 몬타페르티에서 겔프 당을 배신했던 복카 델리 아바티가 괴로움을 당하고 있고, 1302년 백당의 망명자들을 배신한 카롤리노 데파치가 대기하고 있다. 피렌체의 정치와 스스로 겪은 정치적 경험에 비추어서 단테 자신이 주장하는 바는, 당파 전쟁의 비참함과 당파를 초월할 수 있는 사람들의 미덕에 관한 것이다.

〈지옥편〉은 전체적으로 볼 때 그 어떤 철학을 추구하고 있지는 않다. 단테는 여기서 인간성의 또 다른 면들을 제시하고 있다. 그러나 철학적이고 종교적인 관점의 표현으로 해석될 수 있는 구절들이 있다. 이러한 구절들 중 이러한 경향이 가장 두드러진 곳은 이교도의 원을 다루는 부분이다. 이 원에 거주하고 있는 이들은 보통 우리가 쉽게 예상할 수 있는 초대 교회 시절의 이교의 반역자들이거나 중세의 급진적 종교가들이 아니다. 사실 그들은 13세기경 영혼의 불멸성을 부인하였던 이탈리아의 자유사상가들이다. '이쪽 편에는 에피쿠로스(단테는 《향연》에서 에피쿠로스의 합리주의를 찬미했으나 지금은 보다 통속적인 에피쿠로니즘으로 몰아붙이고 있다)와 함께 그 추종자들이 무덤을 지니고 있는데, 저들은 육신과 함께 영혼이 죽는다고 믿는다.'(〈지옥편〉 제10곡). 파리나타 외에 주요 인물은 단테의 친구 구이도의 아버지인 카발칸티이다. 두 순례자가 에피쿠로스 학자들이 거주하는 디스 시로 들어설 때 단테는 메두사(Medusa)에게 그(단테)를 돌로 변하게 해 달라고 조르는 세 명의 푸리에의 공박을 받게 된다. 베르길리우스는 단테의 눈을 가리면서 다음과 같이 말한다. '뒤로 돌아서서 눈을 감고 있어라. 고르곤이 나타날 제 너 그를 보거든 저 위로 돌아가기 영영 그를 테니까.' 그리고 단테는 시로써 시를 주해하는 수법을 쓰고 있다.

> 오, 건전한 지성을 가진 그대 독자들이여
> 저 이상한 시의 너울 밑에
> 감추어진 의미를 알아보시라.

(〈지옥편〉 제9곡)

 단테가 여기서 은연중에 암시하고자 하는 바는 단테 자신도 한때 매료되었던, '영혼의 소멸성'이라는 거짓된 교리에 의하여 지성이 파괴될 위험성이 있다는 것이다. 그들이 카발칸티를 만났을 때 카발칸티는 그들을 보자마자 왜 구이도가 함께 오지 않았느냐고 물었다. 여기에는 두 가지 의미가 있다. 즉 구이도의 죽음이 5개월 이전에 다가오리라는 것과 단테와 구이도는 가까운 우정을 맺고 있었다는 것이다. 단테는 유명한 수수께끼 같은 답변을 한다. '나 스스로 오는 것이 아니라 저기 기다리는 분이 날 이리로 인도하였는데 아마 당신의 구이도는 그를 소홀히 여겼던 때문이라.'(〈지옥편〉 제10곡) 이 언급은 아마도 베아트리체에 대한 것이리라. 구이도는 단테의 동시대 인물들 중 에피쿠로스

학자로서 유명하였고 그의 시를 통해서 그 증거를 얻을 수 있다. 구이도의 '소홀히 여김'의 진짜 설명이 무엇이든 간에 이교도의 원에서의 단테의 의도는 구이도와 거리감을 두고 에피쿠로스적 사상으로부터의 정신적 오염을 피함으로써, 이탈리아의 여러 지역에 널리 퍼져 있었고 단테도 젊은 시절 한때 매료되었던 유물론적 자유 사상으로부터 자신을 분리시키자는 것이었다.

우리가 〈지옥편〉의 외형적 주제를 가장 효율적으로 뛰어넘는 단테의 태도를 볼 수 있는 부분은 아첨꾼과 사기꾼으로 들어찬 여덟번째 원을 다룰 때이다. 이 지역에는 두 위대한 영혼이 있다. 하나는 너무나 잘 알려진 오디세우스이고, 다른 하나는 13세기 말엽 유명한 용병대장이었던 구이도 다 몬테펠트로이다. 그리스 인인 오디세우스는 로마 제국의 조상인 트로이 인들의 멸망을 초래케 한 트로이 목마의 계략을 추천함으로써 범하게 된 사기죄 때문에 이곳에 있게 되었다. 라틴 인인 구이도는 보니파티우스 8세에게 조언을 하여 보니파티우스에게 대항하던 콜로나 추기경들의 성채인 팔레스트리나를 파멸케 하였다. 따라서 교회는 그 본래의 길에서 이탈하여 그리스도교 형제들간의 전쟁을 조장하였다.

이 모든 원인들이 구이도에게 있기 때문에 이곳에 있게 된 것이다. 여기에는 평행론이 있고 이 평행론 안에서 그들은 거대한 지상의 두 제도인 제국과 교회에 대하여 공격적 입장을 취해 온 것이다. 그들이 단테에게 한 이야기들은 그들 각자에게 다른 의미, 다른 평행론을 제공한다.

오디세우스에 대해서 단테는 〈오디세이아〉에 묘사된 오디세우스와는 아주 다른 운명을 고안해 냈다. 오디세우스는 이타카(Ithaca)로 돌아오지 않고 치르체(Circe)를 떠난 후 헤라클레스 기둥을 지나 대서양 탐험을 향한 항해의 닻을 올리게 하였다. 그의 가족에 대한 사랑도 그의 항해를 방해하지 못한다.

　　세상과 인간의 악덕과 그 가치에 대해
　　내 익히 알고 싶어 내 속에 품고 있었던
　　열정을 이겨 낼 수 없었노라.

　그가 대서양의 미지의 세계로 들어섰을 때 그는 그의 선원들에게 이겨 낼 수 없었다.

　　그대들이 타고난 본성을 가늠하오.
　　식물 인간으로 살고자 태어나지 않았고
　　되레 덕과 지혜를 뒤따르기 위함이라오.

(〈지옥편〉 제26곡)

　그들은 대서양을 5개월 동안 항해한 후 어느 어두운 산기슭이 시야에 들어오는 곳에 이른다. 그러나 그곳에 닿기 전에 돌풍이 불어와 배를 전복시켜 버린다. 우리가 상상해 볼 때 그들이 보기는 했으나 도달할 수 없었던 그 산은, 단테가 후에 연옥 동산을 오랫동안 고통스레 오른 후 도달하게 되는 지상 낙원의 기슭쯤으로 여겨지기도 한다. 오디세우스는 과도한 열정으로 가득 찬 인간 정신의 한 상징으로 볼 수 있다. 지상 낙원은 인간 혼자 힘으로는 결코 도달할 수 없다. 오디세우스는 위대한 이교도이고, 또 그의 열정적 지향이 미덕과 지식을 위한 것이기는 하지만 그의 탐구는 오도되고 현혹된 것이다.
　반면 구이도의 실수는 다분히 크리스찬적이다. 그는 성공적인 일생의 말미에 수도사가 됨으로써 《향연》에서 단테의 갈채를 받았던 사람이다. 단테가 〈지옥편〉 제27곡에 근거를 두고 있는 루머는 그가 팔레스트리나에 대한 군사적 정보와 계책을 교황에게 제공해 줌으로써 성스러운 은퇴를 포기했다는 것이다. 그가 주저하고 있을 때 교황은 그에게 성 베드로의 후계자로서 부여받은, 인간을 죄로부터 사면할 수 있는 사면권을 발동하여 그의 죄를 사해 줄 것을 약속하였다. 구이도가 죽었을 때 그가 수도했던 수도원의 창시자인 성 프란체스코가 그의 영혼을 데려가려 했지만 마귀가 나타나 그의 행적을 밝히면서 그를 지옥으로 데려가 버렸다. 구이도의 이야기는 인간성과 인간의 능력을 과신한 오디세우스의 이야기와 평행선을 이루는, 성직과 교회의 권위에 대한 과신을 암시한다. 둘 다 사기죄를 범했다. 이러한 이야기들이 과연 단테의 개인적인 유감을 반영하는 것일까? 구이도의 경우는 그의 정치적 경험의 결과로서, 교황권에 대하여 더 잘 각성하게 되었다는 의미를 제외하고는 그가 유감스럽게 생각할 만한 근거가 없다. 오디세우스의 경우는 더욱더 그러하다. 그의 감정은 두 경우에서 더욱 대담하고 모호하다. 이것들에 관한 그의 진술은 〈지옥편〉 전체를 놓고 볼 때 아마도 가장 세련되고 훌륭한 문장일 것이다. 단테는 정치로부터 철저하게 희생당한 방랑자였다. 아마도 그는 그가 종교적이고 도덕적인 의무에 충실해야 했을 때 순수한 인간적 차원에서 미덕과 지식을 추구했다고 스스로 자위하고 있는지도 모르겠다.

　여기에 언급된 구절들은 〈지옥편〉에서도 비교적 현저한 사상과 분위기를 풍기고 있다. 그러나 어떤 광활하고 조밀한 풍경이나 시적 분위기를 연상시키지는 않는다. 전에 쓴 《새로운 삶》《향연》 그리고 《속어론》처럼 〈지옥편〉은 단테가 한동안 심취했던 영감들과 관심의 영역들을 포괄하고 있다. 〈지옥편〉의 주제는 그전의 책들보다 정의하기가 더욱 어렵다. 물론 단테가 칸 그란데에게 보낸 편지의 문구에 나타나 있기는 하다 —— 사실 그 편지가 수반하고 있는 내용들은 〈천국편〉보다는 〈지옥편〉과 〈연옥편〉에 더욱 잘 적용된다 —— '죽은 후의 영혼의 상태' 그리고 '인간은 각자 자유의지의 실천으로써 행한 공로나 과실에 따라 심판자로부터 상을 받든지 처벌을 받는다.'

　그러나 이러한 추상적인 묘사는 〈지옥편〉의 시적 개념뿐만 아니라 강렬한 개인적 회고에 대한 지속적인 고취마저도 소홀히 다루게 된다. 전통적이며 다소 대중적인 의견은 〈지옥편〉이 전체적으로 볼 때 예술과 사상과 삶을 가장 완벽하게 융합시킨 단테 최고의 걸작이라 평가하고 있다. 그러나 그의 초기 주요 작품들 하나하나에서처럼 〈지옥편〉은 완전히 새로운 주제와 광범위하게 연관되어 있는데, 이것은 각각의 작품에서 고도의 독창적인 것을 창조해 내고 전적으로 새로운 지식과 예술적 경험을 실천하는 단테의 놀랄 만한 능력의 증거이다. 그의 작품들은 오직 전체적으로 볼 때만 다른 것이 아니다. 각각의 작품은 너무나 새롭기 때문에 이전의 문학 용어로는 분석할 수 없다. 어떠한 경우에서도 단테의 성취를 현존하는 장르의 연장이나, 심지어는 가장 광범위한 연장 또는 적용이라고는 말할 수 없다. 단테의 성공은 전적으로 예측할 수 없는 새로운 합성물을 창조하기 위하여 가장 다양한 요소들을 한데 모아서 엮어 주는, 예측 불가한 고리들을 설정하는 데서 이루어진 것이다. 《새로운 삶》은 영웅적 서사시와 성인(聖人)적 삶이 한데 어우러져 만들어진 것이며 〈지옥편〉은 13세기 이탈리아의 한 세대의 인물들을 베르길리우스의 지하 세계에 거주케 함으로써 만들어진 것이다.

　단테의 시적 문체는 의심할 바 없이 그의 생애를 통해서 변화해 왔다. 그러나 독자들은 〈지옥편〉에서 문체상의 성숙성을 대면하게 된다. 그 문체들을 규격화하고 특징화하려고 시도하는 것은 위험한 일이다. 왜냐하면 문체상의 성공의 상당수는 대단히 상세하게 분석될 수 있는 어휘들, 영국 독자들이 셰익스피어의 희곡에서 발견할 수 있는 어휘들, 또 예측할 수 없는 어휘들 등 이러한 어휘들을 선택하여 사용하는 것이 최고의 즐거움인 그의 시작(詩作) 태도로써 이루어졌기 때문이다. 문체상의 보다 특별한 성취를 이루었다고 볼 수 있는 것들 중의 하나는 예술적 혁신뿐만 아니라 지적 혁신으로서, 본 장(本章)에서 수차 강조되어 온 날카로운 인물 묘사이다. 단테가 과시할 수 있는 또 다른 힘은 추상적인 사상들을 엄격한 운율의 형태 안에서 우아하게 표현할 수 있는 그만의 능력이다. 이러한 기술의 숙달은 〈지옥편〉의 집필 이후 얻게 된 가장 분명한 문체상의 발전이다. 〈천국편〉의 더욱 철학적인 문구에서는 이러한 면이 더욱 현저해진다. 그의 초창기 시구들과 비교해 볼 때 《신곡》의 시는 더욱 장중하다. 그리고 항상 수긍이 가는 아주 신중한 분위기를 유지하고 있다. 그러나 무엇보다도 《신곡》의 독자들은 단테가 특수한 장면들을 은유나 그와 비슷한 수법, 혹은 직접 묘사 등으로 그려 냄으로써 얻을 수 있는 지속적인 생동감을 기억할 것이다. 아르비아(Arbia) 근처의 몬타페르티에서 있었던 격렬한 전쟁이 어떻게 그를 피렌체의 겔프 당으로부터 영원히 미움을 받게 했는지를 스스로 설명하고 있는 파리나타 데글리 우베르티의 경우도 그러하다.

> 저 아르비아를 붉게 물들인
> 학살과 대접전이……

(〈지옥편〉 제10곡)

혹은 지옥에서 연기가 되어 날아다니는 것이 마치 베로나에서 연례적으로 개최되는 육상 경기에서 선수가 달리는 것처럼 묘사된 브루네토 라티니의 모습도 그렇다.

> 그리고 나서 그는 몸을 돌려 마치 파란
> 잎사귀를 따려고 베로나의 들녘으로
> 달음박질치는 사람 같았고 또 그들 중에서도
> 패배한 자가 아니라 승리한 자처럼 보였다.

(〈지옥편〉 제15곡)

혹은 동이 틀 무렵 어느 외진 해변가에 도착한 외로운 여행자들처럼 이른 아침 연옥 동산 밑의 해변가에 도달한 단테와 베르길리우스의 묘사에서도 그러하다.

> 먼동은 먼저 달아나는 새벽녘 어둠을
> 물리쳤으니 저 머얼리 바다가

한들한들 살랑거림을 나는 보았었다.

《연옥편》 제1곡

이러한 생생한 표현으로써 단테는 저승 세계를 생동감 있게 묘사했을 뿐만 아니라 그 등장 인물들의 운명에 비장감과 비애감을 더해 주었고 또 테마의 중후성을 손상함이 없이 독자들의 낭만적인 기대감을 충족시켜 주었다.

〈지옥편〉은 단테의 시적 성취보다는 그의 사상에 관한 책이다. 그러나 오디세우스의 이야기에서와 같은 최고 수준의 구문들에서는 추상적인 의미가 시로부터 완전하게 분리될 수 없음을 기억하는 것이 좋겠다.

3. 연옥편

〈연옥편〉은 그 개요로 볼 때 〈지옥편〉보다 훨씬 간단하게 구성되어 있다. 단테와 베르길리우스는 연옥 동산 기슭의 해변가에 모습을 드러낸다. 연옥 입구를 지키는 카토와 언쟁을 벌인 후 그들은 가파른 산기슭을 오르기 시작한다. 진짜 연옥은 산 위에서도 어느 정도 떨어진 곳에 위치해 있으며 제9곡에 이르기까지도 그들은 연옥에 도착하지 못한다. 그때까지 그들은 적어도 임종시 고해성사만이라도 마친 사람들의 영혼과 연옥에 들어갈 때만을 여전히 기다리고 있는, 정치적으로는 유명하나 게으른 한 무리의 지도자들의 영혼을 만난다. 이러한 장면은 제9곡부터 제27곡까지 계속된다. 순례자들이 가는 길은 산을 일곱 단계로 나누면서 둘러싸고 있고 각각의 단계에서 영혼들은 일곱 등급의 죄들 중 그들이 지은 죄값을 치르고 속죄하기 위하여 거기에 걸맞는 노동을 하고 있다. 비록 단테가 연옥의 영혼들처럼 처벌을 받지 않는다 해도 이와 같은 속죄 의식에는 참가하고 있는 것이다. 그리고 정화의 불꽃을 지나갈 때 어떤 의미에서는 죄로부터 해방된 것이기도 하다. 산을 오르는 도중에 단테는 한 비밀스러운 약속에 의해 연옥에 거주하는 것이 허용된 라틴 시인인 스타티우스를 두번째 안내자로서 만나게 된다. 이 또한 단테의 고안품이다. 단테와 베르길리우스 그리고 스타티우스는 산 정상의 고원에 위치해 있는 지상 낙원 앞에 다다르고 그곳에서 마텔다라 불리는 한 여인을 만난다. 그때 환상적이고 신비로운 행렬이 베아트리체를 호위하면서 나타나고(제29곡), 베아트리체의 출현과 함께 베르길리우스는 사라져 버린다. 단테는 베아트리체에게 죄를 고백하고 죄의 기억을 없애기 위해 레테 강을 건넌다. 그때 단테는 신비로운 행렬이 성극(聖劇)으로 변하고, 이 극이 교회의 역사를 예고하고 있다는 사실을 곧 깨닫는다. 그리고 베아트리체는 신비로운 구원자의 도래에 관한 예언을 한다. 끝으로 그는 선의 기억을 되살려 주는 에우노에 강을 건넌다.

〈연옥편〉에서 가장 불가사의한 부분은 《새로운 삶》에서 죽은 이후 처음으로 인간의 형상을 가지고 나타나게 되는 베아트리체의 모습이다. 해석상의 어려움은 여전하다. 그녀의 모습은 실재 인간, 매혹적인 시적 창조물, 그리고 종교적 상징의 혼합체이다. 베아트리체는 《새로운 삶》의 경우와 비슷하게 성서적 의미를 내포하고 모호한 암시성을 풍기면서 다시 나타난다. 어떤 의미에서 《새로운 삶》에서의 베아트리체는 세례자 요한을 연상시키는 카발칸티의 지오반나로 하여금 먼저 등장하여 길을 닦게 함으로써, 그리스도의 모습을 하고 있으며 여기 연극에서의 베아트리체의 모습을 성서 내용과 비슷하게 언급함으로써 그리스도를 연상케 하고 있다. 그리스도의 배우자인 교회에서 불리는 노래 "레바논에서 온 신부여 이리 오너라"의 인용과 개선의 일요일(부활절 바로 전 일요일을 일컬음. 이탈리아 어로 "Domenica delle Palme"라고 한다. palme란 단어는 소문자로 쓰이면 단순한 종려나무를 뜻하고, 대문자로 쓰이면 개선·승리를 의미한다. 성서에 따르면 예수께서 어느 4월 봄날 종려나무가 뒤덮인 길을 걸어 나귀를 타고 예루살렘 성안으로 들어감을 기념하여

"개선의 일요일"이라 한다)에 그리스도를 환영하는, '오시는 이여 찬미받으소서'라는 시구의 인용이 이를 뒷받침하여 준다. 베아트리체의 위치는 지금 천국에서 속죄받은 영혼의 위치이며, 또 그 속성인 판단과 지혜의 권능을 가지고 있다. 그녀의 첫번째 역할은 단테의 마음에 지상에서의 죄의 기억들을 떠올리게 하고 그로 하여금 겸손하고도 고통스러운 고백을 하도록 조처하는 것이다. 반면 두번째 역할은 그의 인간적인 지성이 이해하지 못하는 것을 설명해 주는 것이다. 그러나 단테가 쌓아올린 경험 —— 종교적, 정서적, 시적 —— 속으로 침투해 들어갈 방도가 없기 때문에 단테로 하여금 1312년에서 베아트리체의 살아 생전인 1290년으로 돌아가게 하였다. 단테는 《새로운 삶》에 영감을 주었던 종교적 이상주의로 자신도 모르는 사이 회귀되었음을 느꼈어야 했다. 베아트리체가 은총과 신학을 의미한다는 우의적 해석은 약간의 진실을 담고 있기는 하나 너무 일방적인 해석이다. 그렇다고 철학적인 노래인 《칸초니(*Canzoni*)》에 등장하는 여인들처럼, 인간적인 친밀감과 우애를 느낄 수 있는 문학적인 베아트리체라고는 볼 수 없다. 그녀는 더욱 복합적인 의미들의 총체이다. 〈연옥편〉의 나머지 대부분은 다소 간단하고 담백한 언어로 해석할 수 있다. 베아트리체는 다른 인물들과 같은 종류의 처리 방법으로는 결코 해석할 수 없는 인물이다.

　연옥 동산 밑에 있는 연옥 입구와 산 위에 있는 지상 낙원을 제외한다면, 연옥 자체는 죄의 등급과 여기에 맞는 형벌이 가해지는 것으로 볼 때 지옥과 비슷하다. 그러나 연옥은 악마가 아닌 천사들에 의해서 인도되고 연옥의 영혼들은 영원한 해방을 갈구하며 일하고 있다. 지옥에서와 같은 비열한 일은 어느 곳에서도 찾아볼 수 없다. 연옥에 들어감은 통제된 수도자적 환경 속으로 들어감과 같고 그곳을 통과하는 단테의 빠른 진행 과정은 교회의 예배 의식과 같다. 그곳은 정말 예배적인 분위기를 풍긴다. 그리고 교만, 질투, 분노, 태만, 인색, 탐식, 애욕의 죄들은 미사 의식에서의 회개와 보속처럼 정규 절차에 따라 조직적으로 정죄되고 있었다. 각각의 죄를 정죄하는 연옥 동산 비탈에는 한 이교도가 성모 마리아의 삶을 따르는 것을 시작으로 각각의 경우마다 죄목과 반대되는 덕목이 제시되어 있다. 이렇듯이 교만의 비탈에는 겸손을 상징하는 수태고지(천사 가브리엘이 마리아께 성신으로 구세주의 잉태하심을 알린 사건. 이때 마리아는 '모든 것을 주의 뜻에 맡기나이다. 주의 뜻대로 이루소서'라고 말했다)와 한 과부를 위로하고 있는 트라얀 황제의 조각이 있다. 한 곳을 제외한 모든 비탈에는 교회의 예배 의식에 쓰이는 노래들이 불리고 있다. 일례로 교만의 비탈에서는 영혼들이 무거운 죄의 굴레를 등에 지고 허리를 굽히고 걸으면서 '주의 기도'를 암송하고 있다. 단테는 지옥에서처럼 단순한 방관자가 아니다. 비록 죄의 고통스러운 처벌을 받지 않는다 해도 힘겹게 산을 오르고서 마지막으로 자유롭고 올바르며 건강한 의지로써 정화의 불꽃을 통과할 때까지 죄의 무거운 짐을 지고 다녔던 것이다(《연옥편》 제27곡). 지옥이 베르길리우스에 의해서 인도된 여행이라면 연옥은 그를 변모케 하고 그전에 이해 못 하였던 바를 이해할 수 있도록 정화시키는 곳이다.

　연옥과 지상 낙원의 구조 내에는 집중적인 두 가지 테마가 내재되어 있는데, 이 두 테마는 베아트리체와의 만남과 그것에 관한 그녀의 설명으로써 절정에 이른다. 즉 하나는 단테 자신의 삶에 관한 것이고 다른 하나는 교회에 관한 것이다.

　베아트리체와의 만남은 처음부터 고백의 형식을 취하고 있다. 그녀는 단테를 보잘것없는 한 인간으로서 맞이한다.

> 그대 감히 어떻게 산에 올랐는지?
> 여기 인간이 행복함을 그대는
> 몰랐던지?
>
> 《연옥편》 제30곡)

그리고 자신이 죽은 후 '그릇된 즐거움과 함께 현세적인 것들'(《연옥편》 제31곡)에 의해서 올바른 길에서 벗어나고 빗나갔었음을 시인하도록 다그친다. '젊은 여인과 다른 헛된 것들'에 관한 베아트리체의 언급은 육욕의 죄가 단테가 금해야 할 가장 최고의 죄임을 암시한다. 단테 역시 베아트리체에게 행한 그의 고백이, 그녀에 대해서 소홀히 했음을 후회하고 아울러 다른 여인들과 나누었던 육욕적 사랑을 회개하는 진심 어린 고해임을 은연중에 시사하고 있다. 이러한 방법으로 단테는 연옥 동산을 오르면서 그 자신의 죄를 언급한다. 탐식가들 중에서 단테는 1295년에 죽은 그의 옛 친구인 포레세 도나티를 만난다. 그런데 그는 부인의 헌신적인 기도 덕분으로 예기치 않게 연옥의 높은 지역으로 올라와 있었다. 단테는 포레세의 죄과들과 교류를 맺는다 ── '그대와 내가 어떤 사이였던가를 그대의 마음에 돌이킨다면 당장의 기억은 더더욱 고통스러운 것'(〈연옥편〉 제23곡) ── 더 나아가서 작품 속의 단테는 자신이 지은 오만의 죄와 그 처벌의 두려움을 고백한다. 그리고 그 원에서 있었던 유명한 여러 대화들은 예술가의 영광이 무상하고 덧없음을 나타내 주는 구절들로서, 바로 자신의 나약함에 대한 인식이다. 치마부에의 명성은 지오토에게 그 자리를 내어 주었고 지오토 역시 후일 다른 누군가에게 명성을 빼앗길 것이다. 탐식가들 중에 포레세의 친구이며 시인인 보나준타로 하여금 청신체 시(dolce stil nuovo, 淸新體詩)의 창시자임에도 불구하고 단테의 보조 역할밖에 하지 못함을 스스로 시인케 함으로써 독자들이 살아 있는 가장 위대한 화가라고 칭송하는 지오토의 명성도 여전히 덧없음을 알게 하려는 의도가 이 부분에 내포되어 있는 듯하다.

비록 단테가 평범한 한 명의 고해자로서 베아트리체에게 간 것이지만 연옥에서는 과거의 지식상의 오류와 문학상의 오류에 대한 그 자신의 반성이 일반적인 죄에 대한 참회보다 더 분명하게 제시되어 있다. 아마도 두 가지 다 그의 마음속과 밀접하게 관련되어 있는 듯하다. 합리적인 자기 반성의 분위기는 단테가 연옥의 입구에서, 《향연》에 실려 있는 우의적인 사랑의 시 중 두번째 시인 〈내 마음속에 속삭이는 사랑 (*Amor che ne la morte mirgiona*)〉를 노래하면서 그를 안으로 인도하던,

피렌체의 음악가였던 카셀라를 만났을 때(〈연옥편〉 제2곡) 무르익는다. 카토는 태만해 있는 그들을 일깨우면서 어서 산을 오르도록 촉구한다. 만일 단테가 정신에 관한 우의적 사랑과 육욕에 관한 문학상의 사랑을 한꺼번에 표현해 내고자 의도하지 않았던들 그 시를 선택하지도 않았을 것이다. 단테는 산을 오르는 도중에(〈연옥편〉 제18곡) 베르길리우스에게 사랑의 본질을 설명해 줄 것을 요청하고 이에 베르길리우스는 사랑의 과정을 철학적으로 표현하면서 설명을 시작한다. 하나의 심상이 마음속에 제시되고 그것이 아름다운 것이라면 감각적 영혼을 자극하여 욕망에 사로잡히게 한다. 단테는 옳은 말씀이라고 수긍하면서 우리가 어떻게 좋은 것과 나쁜 것을 구별할 수 있는지를 묻는다. 이에 대해 베르길리우스는 그것에 대한 설명은 자신의 능력을 초월하는 것으로 신앙의 영역에 속하는 것이라고 대답하면서 베아트리체에게 설명을 부탁하라고 말한다. 사랑의 대상의 선택은 이성과 자유의지에 의해서 이루어지는 것이다.

이 부분은 단테가 강조하는 〈연옥편〉의 여러 부분들 중 하나로서, 사랑에 대한 분석과 이교도적인 이성의 부당성을 역설하고 있다. 그의 주장을 빌리면, 플라톤과 아리스토텔레스는 하느님께서 어떻게 행위하시는지를 이해하지 못했으므로 그들의 이론으로서는 결코 하느님의 뜻을 설명할 수 없다. 따라서 이 작품의 목적을 위하여 가상적으로 기독교 신앙으로 전환한 라틴 시인 스타티우스가 베르길리우스를 대신하여 제25곡에서 단테에게 영혼의 본질과 기원에 관하여 설명하는 임무를 부여받게 된다. 그 대화의 요지는 영혼의 철학적 이론에 관하여 단테의 마음속에서 일어나는 어떤 관점상의 변화가 아니라 —— 스타티우스가 이러한 어려운 문제와 관련하여 주장하고 있는 주의는 단테가 《향연》 제4권에서 쓰고 있는 내용과 근본적으로 다르지는 않다 —— 철학과 신학간의 관계 정립에 대한 의지의 표출이다. 영혼의 불멸성은 기독교 진리의 핵심이다. 비록 죽은 후일지라도 영혼은 이승에서 지은 죄 때문에 연옥에서 고통을 받을 수 있다. '그대보다 더 현명한 자'(아리스토텔레스나 아베로에스)는 이 영혼의 불멸성을 잘못 이해하고 있다. 오직 기독교 신앙만이 이것을 올바르게 설명할 수 있다.

단테는 〈연옥편〉 도처에서 비이성적이고 무절제한 열정인 궁중적 사랑의 개념을 다시 한 번 부정하도록 연계하고 있는 듯하다. 단테는 이제 곧 연옥 동산 꼭대기에 있는 정화의 불꽃 속으로 들어가고 그곳에서 그가 예전에 《속어론》에서 위대한 사랑의 시인으로 묘사하였고 자신의 지적 전통의 샘들 중 하나로 인정하고 있는 전대의 유명한 프로방스 시인인 아르날도 다니엘로가 궁중적 사랑의 본래 시어인(궁중 사랑은 주로 프로방스 지방에서 프로방스 어로 써졌다) 프로방스 어로 자신의 우매했던 과거를 후회하고 있음을 본다. 제18곡에서 단테는 베르길리우스에게 사랑에 있어서 이성의 역할이 무엇인지를 분명히 밝히게 한다.

철학적 유물론에 대한 이러한 이중의 부정과 —— 특히 영혼의 소멸성에 관하여 —— 연옥에서의 비이성적인 에로티시즘, 그리고 보다 초기에 같은 문제에 관하여 《새로운 삶》에서 밝힌 거부감 사이에는 많은 유사점들이 있다. 어떤 의미에서 보면, 잠시 동안 베아트리체를 상면한 단테는 비슷한 이유로 인한 똑같은 심리적 · 철학적 유혹을 받고서 다시 한 번 주춤거린 듯하다. 그러나 지금 그의 배후에는 카발칸티적인 사랑의 시뿐만 아니라 《향연》의 시와 산문에 포함되어 있는 정화된 사랑의 철학이 있다. 베아트리체의 재발견은 그녀에 대한 그의 본래의 인식과 유사하다. 그러나 지금은 변증법적으로 더욱 복잡한 단계로 끌어올려져 있다.

그녀의 도착은 신비스러운 행렬이 주는 기묘한 광경과 연관되어 있다. 단테가 지상 낙원의 강 건너로 바라본 광경은 성서적 · 교회적 상징들의 합일체로서, 이 상징적인 것들은 교회를 뜻하는 수레를 끌고 있는, 그리스도의 인성과 신성을 상징하는, 반은 사자이고 반은 독수리인 이중적 성격을 지닌 그리핀(Griffin)을 둘러싸고 있다. 이 상징들은 신성한 영혼의 표징인 미덕과 성서이다. 베아트리체에게 죄를 고백하고서 레테 강에서 죄를 씻은 단테는 곧 잠에 떨어졌다. 그가 깨어났을 때 그 행렬은 교회의 역사를 상징하는 성극을 상연하고 있었다. 교회를 상징하는 수레는 처음에는 독수리(초대 교회에 대한 제국의 탄압)의 공격을 받고 다음에는 여우(초기의 이교도들), 그리고 다시 독수리의 공격을 받는데, 공격에 실패한 그 독수리는 수레에 깃털을 수북이 남겨 두고 날아가 버린다(콘스탄티누스의 헌정). 그리고 수레는 용(마호메트교)의 공격을 받고 한쪽 끝이 떨어져 나간다. 마지막으로 창부가 나타나서 수레(교황청) 위에 앉아 있다가 주위에 있던 거인(프랑스 왕)에게 추파를 던지고 키스를 하자 그 거인은 수레를 끌고 창부와 함께 숲속으로 들어간다(프랑스 왕에 의한 교황의 감금). 이 극은 〈지옥편〉 제19곡에서 예시된 실제 역사와 〈요한 계시록〉의 이미지가 합치되어 이루어진 것이다. 〈지옥편〉의 그 부분은 아마도 1314년 클레멘스 5세의 죽음 이후에 보충된 것 같다. 당시의 특수한 정치적 사건들에 대한 〈요한 계시록〉의 이미지 적용은 프란체스코 수도회의 급진 사상의 한 특징을 이루었다. 그리고 이미지의 더욱 도식적인 사용이 중세의 저술에서나 설교에서 일반화된 것이라 할지라도 이러한 경향은 프란체스코회로부터 영향받았다고 볼 수 있다. 그러나 단테의 사상 영역에서 보면 이러한 경향은 새로운 요소가 된다.

　제32곡의 성극을 통하여 도식적으로 나타난 당시의 부패 양상은 〈연옥편〉의 앞부분에 나오는 유명한 구절을 통해서 이미 첨예화되었다. 연옥 입구에서 만난 인물들 중의 하나가 베르길리우스처럼 만토바 출신의 시인이며, 아우구스투스 시대의 시인들과는 달리, 제국으로부터 무시당하고 고통스러운 투쟁으로 찌든 당시의 이탈리아 시민인 소르델로였다. 단테는 그를 이탈리아의 정치적 무질서, 로마법의 효과적인 준수에 대한 그들의 거부, 그리고 이탈리아에 대한 독일 제국의 무시 등을 슬퍼할 구실로서 사용하였다.

　제16곡은 마르코 롬바르도라 불리는 정체 불명의 인물에 관한 이야기이다. 단테는 그에게 왜 세상에는 미덕들이 결핍되어 있는지를 묻는

다. 처음에 그는 그 잘못이 인간 자체에게 있는 것이지 하늘에 있는
것이 아니라고 대답한다. 또 훌륭한 법의 부족과 현행법에 대한 존중
심의 결핍이 사회를 타락케 하여 왔다고 말한다. 그가 불평하는 특별
한 악은 정신적 권위와 현세적 권위의 혼동에 있다.

> 좋은 세상을 이루었던 로마는 두 개의
> 태양을 가졌었는데, 그들은 세상의 길을 하나,
> 하느님의 길을 또 하나 비추게 했었다오.
>
> 〈〈연옥편〉 제16곡)

이것은 교회의 빛과 제국의 빛은 동등하다는 《제정론》 제3권의 주의
주장과도 같다. 당시 이탈리아에서는 황제와의 세력 다툼에서 승리한
교황이 황제의 현세적 권위마저도 탈취함으로써, 정당한 권력 구분이
혼란되어 있었다. 탐욕의 원은 단테 시대의 필립 4세가 속해 있는 프
랑스 왕조의 창시자인 위그 카페의 형상으로 가득 채워진다. 그의 주
요 역할은 단테의 살아 생전 동안 자기 후손 왕들의 탐욕을 저주하고
1300년 이후의 사건들을 예언하는 것이다. 그는 발로아의 샤를르 왕이
1301년에 배신함으로써 피렌체를 이길 것이고 교황 보니파티우스 8세
의 굴욕이 1303년 아나니(Anagni)에서 일어날 것이라고 예언한다. 〈지
옥편〉 제19곡에서는 성직 매매자로서 비난을 받았던 교황 보니파티우
스가 여기서는 수난을 겪는 그리스도의 대리자로 재등장한다.

> 내 또다시 그를 보니 조롱당하였으며
> 거듭해서 초와 쓸개를 새롭게 하였고
> 살아 있는 도둑놈들 틈에서 살육당한 것이었소.
> 나 또 하나의 빌라도를 보는데……
>
> 〈〈연옥편〉 제20곡)

프랑스 왕 필립 4세는 제32곡의 성극에 등장하는 거인으로서, 교황을 사로잡아 감금하고 교황권을 모독한다. 연옥에 나타난 당시 역사에 대한 관점은, 투쟁에 의해서 찢겨진 이탈리아가 의심한 황제들과 탐욕스러운 교황들에 의해서 배신당해 왔고 아울러 교황권이 프랑스에 의해서 굴욕을 당하고 있다는 데 있다.

하인리히 7세에 대한 특별한 언급은 없다. 그러나 여기에 표현된 교황권의 굴종에 대한 관념은 특히 교황의 아비뇽 유폐와 관련을 맺고 있으며 클레멘스 5세의 말년과도 어느 정도 연계되어 있다.

《제정론》 제3권을 쓴 사람과 연옥을 쓴 사람은 똑같은 확신에 의해서 영감받았다고 볼 수 있다. 즉 그는 정당한 질서란 현세적인 황제권과 정상적인 교황권이 서로 적당하게 자신들의 영역을 지키면서 똑같이 권력을 양분하는 데 있다고 믿었다.

> 말로는 표현할 수 없는 섭리가 노력하고 있는 인간들을 위하여 두 가지 목표를 설정해 놓고 있다. 첫째가 현세적 삶이 주는 행복으로서, 이는 인간 자신의 미덕의 작용으로 얻을 수 있으며 지상 낙원에 그것이 실현되어 있다. 두번째가 천상적 삶이 주는 행복으로서, 어떤 신성한 빛의 도움이 없이 인간 자신의 미덕으로는 결코 오를 수 없다. 오직 하느님의 뜻을 향유하는 중에 이룰 수 있는 것으로 천상의 낙원에서 비로소 이것을 깨달을 수 있다……. 우리는 도덕적이고 지성적인 미덕을 실천함으로써 철학적 가르침을 따른다면 전자를 얻을 수 있고 신학적 미덕인 사랑, 소망, 믿음을 실천함으로써 인간의 이성을 초월하는 정신적 가르침을 따른다면 후자에 이를 수 있다.
>
> 《제정론》 제3권 15장)

연옥의 마지막 곡은 이와 같은 철학적 내용의 시적인 표출이다. 단테가 연옥을 떠날 때 레테 강 건너에 있는 지상 낙원을 볼 수 있었다. 그러나 그는 베아트리체에게 죄를 고백하고 레테 강에 몸을 담가 그의 죄를 씻고 원래의 순수함을 되찾고 나서야 비로소 그곳에 들어갈 수 있었다. 그런데 그는 지상 낙원의 특성에 관한 설명을 이전에 강 건너 편에서 꽃을 모으고 있던 마텔다라 불리는 한 신비스러운 여인으로부터 부분적으로 들었었다. 지상 낙원은 목가적인 환상으로 가득 찬 지고(至高)의 창조물이다. 그러나 지상 낙원 역시 중대한 철학적인 의미를 갖는다. 마텔다는 이 지상 낙원이 성서 속의 에덴 동산과 동일시될 뿐만 아니라 고전 시인들이 동경해 마지않는 황금 시대와도 연루되어 있다고 설명하였다. 단테가 자신의 시 속에 삽입해 넣으려고 채택한 베르길리우스의 시 몇 구절이 떠오른다.

> 세기가 새로워지는구료.
> 정의가 돌아오고 인류의 시초가 오는구료.
> 후에 새로운 겨레가 하늘에서 내리는구료.
>
> 《연옥편》제22곡)

현세적인 행복은 지상 낙원을 통해 형상화되는데, 그것은 지상 낙원이 단순히 축복받은 순수의 땅이기 때문만이 아니라 그리스도의 계시 없이도 인간이 이룰 수 있는 완전한 미덕의 전형이 구체화된 곳이기 때문이다. 연옥 입구에서 단테는 '첫번째 사람을 제외하고는 결코 본 적이 없는' 네 개의 별을 보았고, 그날 밤에 또 다른 세 개의 별을 보았다. 신비스러운 행렬은 네 명의 님프군(群)과 세 명의 님프군으로 둘러싸여 있는데 이는 각각 4개의 주요 덕목(절제, 분별, 인내 그리고 정의)과 3개의 신학적인 미덕(믿음, 소망, 사랑)들을 의미한다. 네 명의 님프는 다음과 같이 말한다. "우리는 여기에서는 님프지만 하늘에서는 별이다." 아마도 단테는 별일 수도 님프일 수도 있는, 처음에 본 4개의 별이 사교적 덕목이며 철학적인 덕목인 4원덕을 의미하도록 의도했던 것 같다. 4개의 별을 보았던 첫번째 사람은 아담과 하와를 말한다. 이렇듯 단테는 순수성에 대한 이교도의 사상과 기독교적인 사상을 성서적 계시의 도움 없이도 실행될 수 있는 인간의 미덕들과 연결시키고 있다.

　제27곡에서 단테는 꿈을 통해서 지상 낙원으로 접근하게 되는데, 꿈 속에서 그는 활동적인 삶과 관조적인 삶의 전통적인 상징인 레아와 라헬을 만난다(〈창세기〉 제29장 16절 이하, 제30장 17절 이하, 제49장 31절 참조. 야곱의 본처인 레아는 예쁘진 않으나 활동적인 삶의 표상, 그녀의 동생 라헬은 야곱의 후처로서 예쁘고 관조적인 삶의 표상이다. 단테의 꿈에 나타난 레아와 라헬은 그가 조금 후에 지상 낙원에서 만나게 될 인물들을 예견해 주는 것으로 볼 수 있다. 즉 레아는 마텔다를 표상하며 지상의 행복을 의미한다). 그리고 라헬은 베아트리체를 표상하며 천상의 행복을 의미한다. 지상 낙원은 활동적이고도 지성적인 미덕들이 실행되는 곳이다. 이러한 의미에서 지상 낙원은 《향연》과 《제정론》 제1권에 묘사된, 이성적인 지상의 삶의 완성을 표상하고 반대로 그리스도와 교회를 통해서 얻을 수 있는 정신적 삶의 완성은 신비스러운 행렬과 베아트리체에 의해서 표상된다. 〈연옥편〉 마지막 곡에서 단테가 일구어 놓은 위대한 두 가지 시적 창조물은 지상 낙원과 신비로운 행렬로서, 《제정론》의 끝머리에서 이론적으로 정립한 지상의 행복과 정신적 행복을 얻는 두 방법과 연관되어 있다. 이 두 가지는 똑같이 조화되지 않는 대조를 보여준다. 즉 지상 왕국의 아리스토텔레스적인 휴머니즘은 정신적 교회의 성서적 엄격성과는 반대 입장에서, 그리고 지상 낙원의 달콤한 시적 아름다움은 계시적 성극의 복음주의적 편협성과는 반대 입장에서 이루어졌다. 연옥은 단테의 상상력이 그가 여전히 견지하고 있는 고대 철학적 가치인 이원론에 의해서 좌우되던 단계의 표출이고 또 그의 새로운 종교적 열정이 두번째 국면을 맞던 단계의 반영이다.

4. 천국편

　천국에서 단테와 베아트리체는 《향연》에서 이미 충분히 고찰했던 동심(同心)의 하늘을 통해 위로 올라간다. 상상력에 의해 지옥과 연옥의 광경이 묘사되었지만, 천국의 대부분 광경은 중세 천문학자들이 묘사했던 것처럼, 실제 세상에서 일어나는 것들이다. 여행중에 여러 번 언급했듯이, 하늘의 구조는 가상적인 것이 아니라 단테가 〈천국편〉에서 전달하고자 의도하였던 진리의 핵심 부분이다. 하늘을 향하여 올라가는 여러 단계들은 베아트리체와 천국의 영혼들이 단테에게 가르쳐 줄 신학이나 학문을 펼치기 위한 수단으로서도 이용된다. 이 단계들은 단테가 진리의 핵심에 더 가까이 다가갈수록 이해가 완전해진다는 이유 때문에, 하늘의 등급과 관련하여 학문의 등급으로 다시 배열된다. 단테는 인간의 이성으로 분명하게 이해할 수 있는 물리학과 윤리학에 관한 문제로 시작하여 지상에서는 이해될 수 없는 신학적 진리로 끝을 맺도록 〈천국편〉을 구상하였다. 학문의 등급은 그저 무의미한 배열이 아니다. 이러한 배열은 하늘에서 하느님에게 더 가까이 갈수록 이해의 질이 달라진다는 단테의 형이상학으로 볼 때 당연하다. 단테는 각각의 원에 주요 인물들 —— 유스티니아누스 황제나 성 토마스 아퀴나스와 같은 아주 유명한 인물들 —— 을 소개하는 극적인 방법을 취하였다. 이들은 속죄받은 인물들로서 천국에서 거주하며, 베아트리체처럼 단테에게 관련된 주제를 설명해 주기 위하여 혹성이나 별들의 원으로 내려오기도 한다. 주제들과 화자(話者)와의 연결은 〈지옥편〉이나 〈연옥편〉에서보다 훨씬 분명하다. 즉 우리는 제정주의를 위해서는 유스티니아누스 황제, 신학을 위해서는 성 요한의 경우처럼 더욱 분명한 권위자를 만난다. 이러한 일반적인 짜임새에도 하나의 커다란 예외는 있다. 제15~17곡에서 단테와 카치아 구이다와의 대화에서이다. 하나의 관점에서 볼 때 〈천국편〉은 주제를 이해하는 데 있어 그 등급이 높아 감에 따라 진리의 계시도 조직적으로 높아 가는 패턴을 취했기 때문에 하나의 교훈적인 작품이라고도 할 수 있다. 하늘의 원들을 사용하고 이성에 의한 합리적인 설명에 주력하는 것은 《향연》에서 반쯤 성취시킨 교육적인 계획안을 다시 되새기게 한다.

원	주요 인물들	주요 주제들
지 고 천 (30~33곡)	성 베르나르	하늘
원 동 천 (28~30곡)	베아트리체	천사들
항 성 천 (23~27곡)	성 베드로, 성 야고보, 성 요한	신학적인 미덕들
토 성 천 (21~22곡)	피에트로 다미아노 성 베네딕투스	관조적인 삶
목 성 천 (18~20곡)	독수리	정 의
화 성 천 (14~18곡)	카치아 구이다	단테의 삶
태 양 천 (10~14곡)	성 토마스 아퀴나스 보나 벤투라	탁발수도회 · 창조 · 지혜
금 성 천 (8~9곡)	카를로 마르텔로	성좌의 영향
수 성 천 (5~7곡)	유스티니아누스 황제	로마 제국
월 천 (2~5곡)	피카르다	달의 그림자들, 자유의지

단테의 우주관에는 신플라톤적 요소가 깊숙이 내재되어 있다. 그의 새로운 복음적 열정은 이러한 그의 사고에 어떤 영향을 주지 않은 것 같다. 신의 힘이 지고천에서 분출되어 존재 등급에 의거하여 모든 창조물에게 전달된다는 사상은 그가 《향연》에서 다소 간접적으로 가끔 언급했던 것으로, 천국편에서는 하늘 그 자체와 혹성들과 별들의 원을 포괄하는 하나의 비전이 되었다. 이 신성한 힘은 이해력의 증가에 따른 기쁨의 확대와 광도의 증가와 함께 이 세상을 가득 채우는 빛의 광휘에 의하여 열망하는 대상을 향하여 불가항력으로 나아가는 단테와 베아트리체의 영혼에 의해서 시적으로 표현된다. 이것은 메타포(은유)

가 아니다. 이것은 사실의 묘사이고 우주가 빛, 이성 그리고 사랑의
세 힘에 의해서 실질적으로 결합된다는 그의 믿음의 표현이다. 그들이
여행의 종착지인 지고천에 들어갈 때 베아트리체는 이 지고천이 빛과
이성 그리고 사랑에 의해서 만들어진 것이라고 단테에게 설명한다.

> 가장 큰 물체에서 우리는 순후한 빛이신 하늘에서 나왔으니
> 그것은 사랑이 가득 찬 지성적인 빛이요
> 기쁨이 가득 찬 진실하고 선한 사랑이며
> 일체의 감미로움을 초월하는 기쁨이라오.

(〈천국편〉 제30곡)

지고천은 바로 하늘이다. 그리고 다른 의미에서 보면 비록 하늘들
중에서도 가장 밖에 있는 원을 에워싸고 있기는 하지만 우주의 움직이
지 않는 중심이다. 단테와 베아트리체가 원동천을 통해서 창조된 우주
를 지나고 지고천으로 들어가는 과정은 지상에서 볼 때, 물리적으로
그리고 외형적으로 중심인 것 같아 보이는 원들로부터 하느님 입장에
서 볼 때 바로 중심이 되는 원으로 움직여 나아가는 것이다. 물리적인
세계는 비물리적인 세계로 그 자리를 양보하게 되고, 아울러 미덕들이
새로운 조직 원리가 되어 시간과 공간을 대신하게 된다. 지고천은 12
세기의 가장 위대한 신비주의적 신학자였으며, 단테가 보기에 삶이 유
한한 인간으로서 하느님의 이해력에 가장 가까이 근접했던 인물로 평
가할 수 있는 성 베르나르에 의해서 소개되고 설명된다. 지고천은 빛
으로 가득 찬 곳이다. 단테는 하느님의 모습을 뵐 수 있다는 허락을
받고서, 태양천과 그 외 다른 별들을 움직이게 하는 사랑의 원천이신
그분을 뵙는다. 그러나 그의 능력으로서는 그 모습을 전혀 형용할 수
없다. 하느님의 신성(神性)은 아리스토텔레스의 원동자(原動者)이기도
하고 사랑의 원천이기도 하며 우주에 있는 모든 물리적인 것들의 원천
이기도 하다.

　그들이 원동천으로 들어갈 때 단테는 충만한 빛이 한 점에 모여 있는 것을 올려다보았다. 베아트리체는 다음과 같이 설명한다. "하늘과 일체의 자연이 저 점에 달려 있다오."(《천국편》 제28곡) 그리고 그 점은 모든 시간과 공간이 한곳에 모이는 초점이기도 하다. 또한 그는 빛 주위를 돌고 있는 각 원의 아홉 등급 천사들을 본다. 《향연》에서처럼 〈천국편〉에서도 천사들은 물질에 의해 오염되지 않은 순수한 지성을 의미한다. 그들 중 몇몇은 하늘의 원들을 움직이게 하고 하느님의 뜻과 힘을 낮은 등급의 창조물들에게 전달하는 중요한 역할을 수행하고 있다. 단테는 인간의 창조는 타락한 천사들이 지옥으로 떨어졌기 때문에 그 결손 부분을 보충할 목적으로 하느님에 의해서 계획된 것이고 아울러 천상 세계에서는 천사를 대신할 속죄받은 영혼들을 받아들이고 있다는 사상을 수용하고 있었던 것 같다.

　우주의 원리들은 〈천국편〉의 첫 글귀에서 시작된다.

> 온 만물을 주관하시는 그분의 영광이
> 온 우주에 파고들어 비춰 주시건만
> 어느 부분은 더하고 또 어느 부분은 덜하다.

(〈천국편〉 제1곡)

　단테는 칸 그란데에게 보내는 그의 편지 속에 이 글귀와 함께 그 주석을 포함하였다. 그리고 그는 편지 속에서 그의 우주관의 주요 출처들을 설명하고 있다. 즉 하느님은 아리스토텔레스적 의미인 원동자(原動者)와 함께 모든 신성한 영향들의 궁극적 원천으로 인식되고, 이 영향들은 신플라톤적인 의미인 중재적 지성이나 천사들에 의해서 각 피조물들에게 전달된다. '보다 낮은 지성들은 어떤 발광체로부터 영향을 받고 그 스스로가 거울이 되어 발광체로부터 받은 더 높은 지성의 빛을 자신보다 더 낮은 지성을 향하여 반사한다.' 천문학적이고도 형이상학적 주제에 대한 논거는 제2곡에서도 단테 특유의 철학적인 시를 통하여 계속 표출되고 있다. 제2곡에서 단테는 달 표면의 검은 점들에 관한 기술적인 문제에 집착하고 있다. 여기 달의 하늘〔月天〕에서 단테는 《향연》에서 이미 언급하였던 대로, 검은 점들은 빛의 반사 때문에 연유되는 것으로서 달의 운명의 변화를 결정짓는다는 이론을 내세운다. 베아트리체는 그 변화들은 운명에 관한 것이 아니라 물질 자체의 특성에 관한 것이라고 설명하면서 그의 이론을 수정해 준다. 이제 단테가 믿었던 원칙이 위기에 봉착하였다. 천체들은 본질적인 특성 자체가 변화한다. 이것은 중요한 문제다. 왜냐하면 이 이론으로써 창조된 우주의 더 낮은 부분들에서 단일화된 하느님의 힘이 각각 다르게 수용되고 다른 모습으로 나타남을 설명할 수 있기 때문이다. 원동천에서 분출되어 나오는 단일화된 하느님의 영향은 항성천의 별들 사이에 고루 분배되고 더 낮은 원으로 전달된다. "각 원들은 위로부터 받아서 아래로 작용한다오"(《천국편》 제2곡). 각 천체들은 자신들을 조절하는 축복스런 동자(動者)들인 천사로부터 그 특성을 부여받는다. 이 구절에서 베아트리체는 단테가 가졌던 초기의 과학관을 수정해 주려 한다. 그러나 그 수정의 효과는 오히려 신플라톤적 우주관의 견고성을 강화시켜 줄 따름이다.

수성천에서 베아트리체는 하느님께서 태초에 천사들과 천체들 그리고 제1 피조물을 창조하셨듯이 인간의 영혼들도 직접 창조하시기 때문에 영혼들은 죄의 영향을 제외한다면 결코 더럽혀지지 않는다고 단테에게 설명한다. 그러나 다른 것들은 하느님과 피조물 각 부분들간의 중개자인 거룩한 빛들의 빛살과 움직임, 즉 별들의 빛과 움직임에 의하여 창조되었다(《천국편》 제7곡). 이 주제는 태양천에서 다시 언급된다. 태양천에서 단테는 실제 아퀴나스가 전적으로 환영하고 받아들일 만한 인물인가에 대해서 아퀴나스의 영혼에게 냉소적으로 반문한다. 설명되어야 할 현상은 인간 본성의 다양성에 관한 것이다. 아퀴나스는 모든 창조된 피조물은 하느님께서 이루신 이데아의 반사에 불과하다고 말한다. 하느님의 힘이 아홉 품위(등급)의 천사들에게 내려지고, 다시 천사들로부터 우주의 모든 부분들, 인간 그리고 다른 모든 존재들에게 내려진다. 하늘의 영향이 작용하는 물질이건, 하늘의 영향 그 자체이건 둘 다 변동적이다. 그러므로 정신과 물체의 복합체인 인간은 단일한 모습을 취할 수 없다. 단테는 아리스토텔레스의 물리학, 신플라톤주의 그리고 기독교 교리의 혼합으로 형성된 전통적인 우주론을 계속 보지하고 있다. 그러나 다소 신플라톤적 요소를 강조하는 경향을 띤다. 마지막 두 단락에서 인용된 달, 수성 그리고 태양의 원에서 언급한 형이상학적 구절들은 바로 하느님의 창조력과 통제력이 하늘의 원들을 통하여 중계됨으로써 인간과 지상에 도달됨을 강조하고 있다.

천체학과는 별도로 토성천보다 아래 원들에게 가장 현격하게 제기된 철학적 이슈는 자유의지다. 그것을 다룰 수 있는 기회가 단테가 지상에서 알았었던 한 여인, 즉 그의 친구 포레세 도나티와 그의 적인 코르소 도나티의 여동생 피카르다를 월천에서 만남으로써 이루어진다. 종교적 서원(카톨릭 수도자들은 자신의 모든 것을 하느님께 바치고 오직 하느님만을 따르며 세속과는 인연을 끊겠다는 서약을 한다. 이를 서원이라 함)을 한 그녀는 오빠들에 의해 수도원 밖으로 끌려나오고 강제로 정략 결혼을 했었다. 비록 그녀가 자신의 의지와는 상관없이 이를 받아들였다 해도 서원을 파기한 것은 그녀에게 있어서 분명한 실수였다. 단테는 이와 같은 외형적인 불의에 직면하고는 당황하게 된다. 베아트리체는 어떤 강압에도 영향을 받지 않는 것이 절대의지의 속성이므로 절대의지의 내적 의지는 폭력으로도 파괴할 수 없다고 설명하면서, 서원으로부터의 면제에 관하여 단테에게 가르치기 시작한다. 서원에는 두 가지가 있다고 그녀는 구별하여 설명한다. 자유의지가 정당하게 시행된다면 결코 소멸시킬 수 없는 희생에 대한 결심과 성직상의 면제에 의하여 바뀔 수 있는 희생에 대한 만족이 바로 두 가지이다. 이 논거는 인간의 이성과 신의 권위 사이의 경계선에 대한 규명 작업이다. 이 논거의 대부분은 아퀴나스의 이론을 빌려 온 것으로서 작품 속의 단테는 자신의 능력으로선 이러한 독립적인 결론에 이를 수 없음을 시인하고 있다.

> 진리가 지성을 밝혀 주지 않는 한 언제나
> 우리의 지성이 결코 흡족해하지 못함을 내
> 잘 아노니 그걸 벗어난 진리란 있을 수 없다오.
>
> 〈천국편〉 제4곡)

단테는 베아트리체의 제안에 감읍한다. 그는 '영원한 빛'에 다가감에 따라, 아직도 초기에 가졌던 오해의 흔적이 남아 있기는 하나 점점 진리를 이해하게 된다. 서원의 변경은 그것이 허용하는 한 전적으로 교회의 권위에 관한 문제인 것이다.

> 그러나 하얗고 노란 열쇠가 풀리지
> 않고서는 누구라도 제 마음대로 제 어깨
> 위에 있는 짐을 바꾸지 않도록 하시오.
>
> 〈천국편〉 제5곡)

이것은 《제정론》 제1권에서 제기한 자유의지에 관한 논거와 그 초점을 달리하고 있다. 자유의지가 정치적 강압하에서는 지켜지기가 불가능한 까닭에, 지금 여기서 강조하고 있는 바는 내적 자유와 종교적이고 교회적인 상황에 관한 것이다.

자유의지에 대한 이러한 취급과, 그리고 정의와 《제정론》 제1권에서 정치적으로 처리되었던 다른 주제들에 관한 취급 사이에 —— 이 두 가지 다 《제정론》에서 진술된 견해들을 수정한 것이라는 의미에서 —— 평행선이 존재한다는 사실을 쉽게 간파할 수 있다. 단테와 베아트리체는 목성천의 원 안으로 들어서면서 한 무리의 빛을 보는데, 그 빛들은 처음에는 지혜의 책 서문인 "땅을 심판하는 자들이여, 정의를 사랑하라"는 글귀를 형성했다가 그 다음에는 로마의 정의를 상징하는 독수리 모양을 이루고 있었다. 독수리를 이루고 있는 빛들은 정의로운 왕들 —— 다윗 왕, 히즈키아 왕 그리고 콘스탄티누스 대제 —— 을 일컫는 영혼이다. 그들은 자신에게 잘못이 전혀 없음에도 기독교 신앙이 없다는 이유 때문에 단죄받은 훌륭한 이방인에 관하여 불가해한 질문을 하면서 아울러 그 답변을 요구하는 단테와 이야기를 나눈다. 그들은 그와 같은 문제들과 관련하여 신의 정의에 관한 진리는 전적으로 현세적인 이해를 초월한다고 말한다. 오직 하느님만이 누가 궁극적으로 구함을 받을 것인지 아실 뿐이다. 이와 같은 불가해성은 분명하고 정의로운 왕들과는 달리 전혀 기대 밖의 두 인물이 독수리를 형성하는 구제받은 영혼들과 동질화되어 있음을 볼 때 풀리게 된다. 한 사람은 사후에 중세의 전설 속에서 구함을 받은 트라야누스 황제이고 다른 한 사람은 베르길리우스가 〈아이네이스〉에서 가장 정의로운 인물로 지칭했기 때문에 단테에 의해 이러한 영광된 인물로서 채택된 트로이의 지도자 리페우스이다. 독수리는 그 기술에 관하여 학자적인 용어를 사용하면서 단테에게 말한다.

> 너는 마치 이름으로써는 무슨 일을 잘 알아도
> 누군가가 그것을 밝혀 주지 않으면 그것이
> 무엇인지 알지 못하는 사람처럼 처신하는구나.

(〈천국편〉 제20곡)

이 원의 메시지는 궁극적이고 신성한 정의는 오직 지상의 정의에만 익숙해 있는 인간들에게는 독단적인 것으로 여겨질 수도 있다는 것이다.

방금 언급한 구절들에서 단테는 하느님 마음의 경외로운 불가해성과 인간적 개념들을 비교함으로써 계획적으로 인간적 개념들을 위축시키고자 하였다. 그는 자유의지와 정의에 대해서 《제정론》에서 스스로가 썼던 것을 후회하고 있는 것만이 아니라 거대한 차원과 비교함으로써 그것을 수정하고 있다. 신의 진리의 차원은 어떤 의미로 보면 〈천국편〉의 주제이다. 더 낮은 원들에서는 기독교 교리의 비이성성과 비합리성이 많이 강조되고 있다. 수성천에서 로마의 예언적 역사에 관한

유스티니아누스의 설명을 보면, 그는 옛 죄에 대한 앙갚음(〈천국편〉제
16곡)으로 티투스(Titus)에 의한 예루살렘의 정벌을 언급하고 있다(티투
스는 A. D. 79~81까지 재위했던 로마의 황제로서, 예루살렘을 정복하여 유
태인들과의 전쟁을 마무리지음. 단테는 이를 예수님을 죽인 유태인들을 벌하
기 위해 여기 끌어냄). 베아트리체는 왜 하느님께서 그리스도의 구속(구
원, 속죄)을 명하셨는지에 관한 단테의 풀리지 않는 의문을 해결해 주
고자 다음 곡에서도 이 문제를 거론한다. 단테는 이와 같은 구원 방법
이 채택된 이유를 이해하기에는 자신의 이해력이 부족하다는 사실을
통감한다. 베아트리체는 그 희생의 필요성을 계속 설명하기 전에 단테
에게 다음과 같이 말한다.

> 형제여, 이 하느님의 칙령은 사랑의 불꽃 속에
> 성숙하지 못한 그 어느 누구의
> 눈에나 파묻힌 것이라 하겠소.
>
> (〈천국편〉 제7곡)

〈천국편〉은 두 부분으로 구분되는데, 이는 제22곡에서 토성천을 통
하여 올라감으로써 나누어지게 된다. 그 지점에 이르기까지 단테에게
제기된 문제들은, 현실적 이성으로 이해할 수 있는 것도 있었고 단테
의 이해력을 초월하는 것도 있었다. 그러나 결과적으로 목성천에 이르
기까지 하느님에 대한 불가해성이 계속적으로 강조되었다. 토성천에서
야곱이 보았던 영상의 층계를 오른 후에 단테의 지성은 급격히 변화하
게 되고 따라서 신학적 진리들도 이제는 이해할 수 있게 된다.
　토성천에서의 주요 인물들로는 자신의 의지에 반(反)하여 추기경이
된 11세기의 수도자인 피에트로 다미아노와 베네딕트 수도회의 창설자
이자 중세 수도 생활의 근간이 되는 수도 규율을 책으로 엮은 바 있는
성 베네딕투스이다. 그들은 명상적 삶의 추구로 인간은 신학적 진리에
관한 이해를 구할 수 있다고 암시함으로써 기독교의 명상적 삶의 대변

자로 선택되었다. 토성천을 지난 후에 단테는 창조된 우주의 건너편에서 구원받은 영혼들의 주인이신 그분을 볼 수 있게 되었다. 그의 마음과 그의 눈은 보다 큰 힘을 갖게 된다. 베아트리체는 드디어 '너의 눈을 열고 내가 누구인지 보아라' 하고 말할 수 있게 된다. 단테는 더 낮은 천체에서 그의 눈을 멀게 하였던 그녀의 미소를 이제는 견딜 수 있게 되었다. 〈천국편〉의 나머지 부분은 신학과 하늘에 관한 것이다.

〈천국편〉 전편을 통해서 흐르는 인간 이성의 불합리성과 부족성에 대한 강조는 단테가 《향연》과 《제정론》 제1권에서 가졌던 확신들을 포기했음을 의미하는가? 〈천국편〉의 구절들은 어느 정도 모호성을 띠고 있다. 태양천에는 빛으로 이루어진 두 개의 환이 있는데 각 환은 12명의 지혜의 영혼들로 이루어져 있으며, 도미니크 수도회와 프란체스코 수도회의 가장 유명한 이론가인 아퀴나스와 보나벤투라가 이를 관장하고 있다.

그 영혼들의 대부분은 비드(Bede)와 안셀무스(Anselmus) 같은 무류성(無謬性)의 기독교 이론가들이다. 그러나 그들 중 한 명은 놀랍게도 13세기 파리에서 가장 유명한 아베로에스주의적 사상가였던 시지에리(Sigieri)이다. '불합리한 진리들을 삼단논법으로 추론했다'고 여기에서 시지에리를 비난하고 있는 단테가 그의 가르침의 일반적 의미를 몰랐을 리 없고 아울러 아리스토텔레스의 비기독교적 해석에 대한 시지에리의 집착 때문에 한 유명한 논쟁에서 아퀴나스에 의해 비난받았다는 사실도 분명히 알았을 것이다. 다음 곡의 몇 줄의 시구가 이를 뒷받침해 준다.

오, 인간들의 무분별한 헛수고여,
그대로 하여금 날개를 퍼덕여 떨어뜨리게 하는
저 삼단논법들이란 얼마나 결함투성이인가.

(〈천국편〉 제11곡)

비록 단테가 그 삼단논법을 제한된 가치로 생각하고 있다 해도, 시지에리를 언급한 구절을 보면 철학적 탐구로 유명한 그에게서 어떤 미덕을 발견했던 것 같다. 나중에 제26곡에서 단테가 사랑에 대하여 성 요한으로부터 질문을 받을 때 그는 어떤 권위자들로부터 하느님의 사랑에 관하여 배웠는지 답변하도록 요구받는다. 단테가 진술한 세 권위자란 아리스토텔레스, 구약성서 그리고 계시록이다. 아리스토텔레스는 전 우주가 사랑을 가지고 하느님을 향하도록 되어 있다고 그에게 가르쳤다. 그 답변은 성 요한에 의해서 긍정적으로 받아들여진다.

인간의 지성을 통해서
그리고 이와 일치되는 권위를 통해서
네 사랑의 으뜸이 하느님께 향하고 있다.

(〈천국편〉 제26곡)

단테는 계속 이성을, 진리의, 심지어는 신성한 것들의 중요한 원천으로 여기고 있는 듯하다. 마지막 인용은 인간의 마음이 이성의 작용으로 성령의 안내가 요구하는 지점까지 진리를 향하여 나아갈 수 있도록 이성에게 힘을 부여한다는 《향연》의 내용과 일치하고 있다. 향연과 천국편의 차이점은 여기 〈천국편〉에서 단테의 주요 관심 테마와 문제가 이성으로는 거의 감지할 수 없는 종류의 진리라는 데 있다.

단테는 제국과 교회 사이의 관계 정립에 열정적으로 매달리고 있다. 〈연옥편〉에서도 그러했듯이 〈천국편〉의 대부분이 그러한 의도가 드리워져 있다. 영광과 명예의 삶을 추구했던 자들을 변호하기 위하여 수성천에 나타난 유스티니아누스 황제의 의미는 실질적으로는 섭리에 의한 로마 역사의 또 다른 리허설을 위한 구실에 불과하다. 유스티니아누스 황제는 위대한 크리스찬 제왕이자 중세 법학자들이 모방하는 위대한 로마법 편찬의 주관자였기 때문에 이러한 테마의 적절한 대표자가 될 수 있었다. 그는 로마 제국과 공화국의 역사를 매우 간결하게

이야기하고서 중세에 이르기까지 그 역사를 확장시켜 예언한다. 그러
므로 나폴리 왕국의 카를로 2세와 단테 시대의 겔프 당원들이 제국의
하찮은 적대자 그룹에 들어가게 된다. 끝으로 그들이 지고천에 도착했
을 때 베아트리체는 '이탈리아가 재정비되기 전에 이탈리아를 지배하
러 들어온, 지고한 하인리히 7세'(〈천국편〉 제30곡)를 기다리고 있는 하
늘의 장미꽃 복판에 있는 옥좌를 가리키면서 배은망덕한 클레멘스는
지옥으로 밀려날 것이라고 예언을 한다. 단테는 여전히 사도적인 교회
모습에 집착하고 있었다. 콘스탄티누스는 목성천에서 독수리를 이루고
있는 정의로운 왕들 중에 속해 있다. 그러나 그의 헌정(왕권을 교황 보
니파티우스에게 헌납)은 비난받았다.

> 그는 이제야말로 그의 선행으로부터 악이
> 끌려나와 그로부터 세상이 파괴됐지만
> 자신에겐 해롭지 않았던 것임을 알고 있다.

(〈천국편〉 제20곡)

《신곡》 전체에서 당시 교회에 대한 가장 신랄한 부분은 〈천국편〉 제
27곡으로서, 그곳에서 성 베드로 스스로가 자신의 후계자들, 특히 보
니파티우스 8세를 단죄하고 있다.

> 하느님의 아드님께서 계시는 그 앞에서
> 비어 있는 내 자리 내 자리, 내 자리를
> 지상에서 더럽히는 그 작자가
> 나의 무덤을 피와 악취의 시궁창으로
> 만들어 버린 것이니……

(〈천국편〉 제27곡)

이러한 비난 소리에 베아트리체는 얼굴을 붉힌다. 그리고 단테는 그

녀의 얼굴 붉힘과 예수께서 십자가에 못박혔을 때 태양이 빛을 잃음을 비교해 본다. 베드로는 스키피오(Scipio)가 한니발(Hannibal)을 격퇴시킴으로써 로마를 구했을 때처럼 신의 섭리가 다시 작용하리라고 예언을 한다.

단테의 복음적 관심사는 당시의 큰 의문점이었던 탁발수도회(프란체스코회와 도미니크회)에 대한 화제로 이어지는데, 이 구절들은 〈천국편〉에서도 유명한 부분으로 여겨진다. 단테의 전 생애 동안 프란체스코회와 도미니크회는 이탈리아에서 가장 생동감 있는 종교 단체였고, 그 수도회 수사들 중 온건론자와 강경론자들 사이의 논쟁은(특히 프란체스코 수도회에서) 당시 커다란 사회적 이슈였다. 제11곡과 제12곡에서 아퀴나스와 보나벤투라는 이제는 도미니크회와 프란체스코회의 고귀한 이상을 지키려는 이가 없음을 슬퍼하는 두 수도회의 원조들로서 묘사되어 있다. 단테는 보나벤투라의 입을 빌려서, 프란체스코회 안에 만연되고 있는 두 극단론에 대한 거부를 천명하고 있다. 이 모든 것은 평범하고도 전통적인 견해이다. 그러나 양상은 단테가 태양천의 24개의 불꽃 속에, 묵시 문학가이며, 작품 속에서 극단적이며 급진적인 프란체스코 수도회의 이교적이고 파괴적인 견해들을 찬양 고무하였던 피오레 출신 요아킴을 포함시킴으로써 복잡해진다. 요아킴의 존재는 다른 원에서 대칭적으로 같은 위치를 점하고 있는 시지에리(Sigieri)의 존재와 이례적인 평행선을 유지하고 있다. 우리는 비록 단테가 급진적인 프란체스코 수사들과는 일반적으로 의견을 달리하고 있다 해도, 그 자신이 〈연옥편〉 클라이맥스에서 표현했던 것과 같은 묵시적 예언을 위한 중요한 역할을 프란체스코회가 담당하고 있음을 그 스스로가 믿고 있었다고 생각해야 할 것이다. 죽은 후 10년간 《제정론》 때문에 교회 외적으로 비난받았으나 나중에 정통적 카톨릭 작가로서 여겨지게 된 것은 아마도 거의 〈천국편〉 덕분일 것이다. 《제정론》을 쓴 이래로 단테의 관점이 실질적으로 얼마나 변했을까? 교황권과 황제권의 정당한 역할 분담에 대해서는 전혀 변하지 않았음이 확실하다. 그는 여전히 황제주의자로서 콘스탄티누스의 헌정을 세계 역사적인 대변혁으로서 비난하고 있다. 이것은 그가 《제정론》 제1,2권에서 썼던 바와 거의 일치하고 있음을 말해 준다. 그러나 〈천국편〉은 《제정론》 제3권의 끝부분에서 주장하고 있는 지상적 삶과 천상적 삶이 주는 지복이나 《제정론》 제1권에서 주장하고 있는 역할 분담을 위한 철학적 정당성에 대해서 전혀 언급하고 있지 않다. 〈천국편〉에서 계시에 대한 이성의 종속 관계가 철학과 신학에 기반을 두고 있는 두 지복(至福) 관계와 양립할 수 없음은 지금까지 언급되었던 바이다. 그러나 〈천국편〉에서의 종속 관계는 신학적 문제와 관련되어 있다. 단테가 현세적이고 철학적인 문제를 다룸에 있어 이성을 위한 독립된 영역을 배제하려고 의도하지 않았음은 자명하다. 《제정론》과 〈천국편〉 사이의 관계에 대한 명쾌한 답변은 불가능하다. 왜냐하면 단테는 똑같은 철학 자료들을 거듭 사용하지 않았기 때문이다. 비록 그가 정치적 프로그램으로 썼던 《제정론》을 후회하고 유감으로 여기지는 않았다 해도, 세속적 지혜로 가득 찬 지상 낙원은 그 긍정적 매력을 잃었음에 틀림없다. 변화가 일어났다면 견해의 변화라기보다는 관심의 초점의 변화일 것이다. 새로운 초점은 하늘에 대한 비전이었다. 그곳에서는 신학적 진리만이 중요하게 여겨질 따름이었다.

그러나 무엇보다도 〈천국편〉은 하늘에 대한 비전이지 신학의 설명이 아니다. 단테는 여러 번 그의 마지막 작품인 〈천국편〉을, 그 스스로가 역사도 우화도 논문도 아닌 하나의 비전으로 여기고 있음을 지적하였다. 〈천국편〉의 시작과 끝부분에서 단테는 상상력에 의한 고안이 아닌, 바로 그가 본 것을 기억하고 표현하기 위한 자신의 능력이 너무나 미약함을 슬퍼하고 있다. 뿐만 아니라 그는 지상에 있는 동료 인간들에게 신의 권위에 대한 비전을 전달하고자 의도했다. 그는 《신곡》의 마지막 부분에서 여러 번 지상으로 돌아가야 하고 또 지금까지 보았던 것들을 이야기해야 한다고 다짐받는다. 베아트리체는 신비로운 성극에 관하여 설명을 해 준 후 다음과 같이 당부한다.

그대 기록하여 나로부터 들은 이야기를
죽음을 향해 치닫고 있는 삶을 영위하는
사람들에게 그대로 알려 주시오.

〈〈연옥편〉 제33곡〉

그리고 성 베드로로부터 교회와 그 운명에 관한 비슷한 메시지를 전해 듣는다.

그 비전과 그 의미는 당시 교회에 대한 단테의 관점과 그의 말년, 〈천국편〉을 쓸 당시 그가 처했던 정치적 상황으로부터 분리시킬 수 없다. 기벨린 당의 활동이 하인리히 7세의 죽음과 함께 소멸되어 버린 것은 결코 아니다. 1314년에 즉위한 새로운 독일 황제는 반겔프 당을 표방하였다. 비록 그 황제가 단테의 살아 생전에는 이탈리아에서 큰 영향력을 행사하지 못했지만 황제당의 활동은 여전히 활발하였다. 1315년 토스카나 지역에서 있었던 기벨린 당의 극적인 복귀는, 피렌체에서 그 동안 비난받아 왔던 단테에게 더욱 혹독한 시련을 안겨다 주었다. 만일 당시에 그가 체포되었더라면 공식적인 형집행을 면치 못했을 것이다. 그 다음해에 사면이 주어졌으나 그가 타협에 의한 모욕을 받아들이기에는 너무 시기가 늦어 있었다. "나는 어느 곳에서 태양과 별들을 볼 수 있단 말인가?"라고 그는 피렌체 시민들에게 보낸 편지에서 쓰고 있다. 그 도시의 정치인들은 제국과 교회의 승리, 그리고 하늘에 대한 비전으로 가득 찬 상상력의 소유자를 위하여 그들의 긴급성을 발휘하지 못했던 것이다. 겔프 당과 기벨린 당 사이의 분쟁의 주 싸움터는 동부 롬바르디아였다. 기벨린 당의 지도자들과 도시들은 교황 요한 22세와 여러 차례의 참혹스런 전쟁을 치르고 있었다. 요한 22세는 이탈리아에서 겔프 동맹군의 새로운 지도자로서 상당히 호전적이었으며, 단테의 죽음을 연장시켜 주기도 하였다. 궁전들은 단테에게 있어서 말년의 은신처였다. 그의 두 보호자의 이름을 제외하고 이 당시 단테에 대해서 알려진 바는 거의 없다. 한 사람은 베로나의 전제군주이자 《신곡》의 주석을 단 편지의 수신인인 칸 그란데 델라 스칼라이고, 다른 한 사람은 라벤나의 구이도 노벨로 다 폴렌타였다. 이 두 사람은 단테를 활발한 제정주의 정치의 배경 안에 포진시킬 수 있을 만큼 강력했다. 외교 사절로서 라벤나로부터 베네치아로 가던 중인 1321년에 단테는 알 수 없는 병으로 죽어 가기 시작했다.

단테의 생애에 관한 단테 자신의 가장 광범위한 언급은 화성천에서 그의 조상인 카치아구이다(Cacciaguida)와의 대화 속에서이다. 결국 당시 피렌체 사회의 부패상에 관하여 회상한 후 카치아구이다는 단테의 미래에 관하여, 1300년에 단테 스스로가 보았던 대로 예언을 한다. 그의 유랑은 로마에서 이미 계획되었다. 유랑 생활은 더욱 고통스러울 것이다. 그는 모든 것을 잃을 것이고, 다른 사람의 계단을 오르내리는 것이 얼마나 어려운 길인가를 알게 될 것이며, 사악한 동료들로부터 고난을 받을 것이다. 그리고 그는 칸 그란데 델라 스칼라의 가족과 친해질 것이다. 자신의 생애에 대한 단테의 전망은 유랑 생활 초기에 지난 생애에 대한 회고를 〈지옥편〉에 반영시킨 이래로 상당히 바뀌었다. 그는 지금 자신의 유랑을 1300년 부활주일에 로마에서 계획된 것으로 추정함으로써 자기 위치의 중요성을 어떤 오만감을 가지고 과장스레 인식하고 있다. 그럼으로써 그의 정치적 삶은 지금 그를 옭아매고 있는 황제파와 교황파간의 분쟁의 틀 속에 어쩔 수 없이 빠져들어 있으며, 이 속에서 자기 자신은 어떤 운명적인 역할을 수행하도록 정해져 있다고 믿고 있다. 믿고 싶지 않은 예언을 받아들인 후에, 작품 속의 단테는 다른 세상에 대한 그의 여행 기록을 가지고 무엇을 어떻게 해야 하는지를 묻는다. 카치아구이다는 그 모든 것들을, 한 사람도 빠뜨림 없이 모든 이들에게 말해 주어야 한다고 대답한다. "네 눈에 비치는 모든 걸 드러내 보여라. 옴병이 옮은 곳을 실컷 긁적이게 할 따름이다."(〈천국편〉 제17곡)

그러나 그의 적들에게는 신의 복수가 따를 것이라고 카치아구이다는 단테에게 단언하였다. 이 부분이 단테가 인간사에서 적절한 혁명을 끝까지 기대했다는 유일한 증거이다. 세 편의 찬미가(지옥, 연옥, 천국) 속에 그런 종류의 예언들이 똑같이 담겨 있다. 불행하게도 그 예언들은 한 가지 관점 이외의 다른 해석을 허용치 않는다. 〈지옥편〉 서곡에서 단테가 베르길리우스에 의해서 탐욕을 상징하는 암늑대로부터 구함받을 때, 그는 이 암늑대가 이탈리아의 구원자가 될 벨트로(Veltro, 사냥개)에 의해 죽음을 당할 것이라는 말을 듣는다. 어느 누구도 벨트로가 누구였는지 설명하지 못했다. 〈연옥편〉에서 교회의 타락을 보여 주는 성극을 상연한 후에 베아트리체는 로마 황제를 의미하는 독수리가 그의 후계자를 가지게 될 것이고, "하느님이 보내신 오백과 열과 다섯이 도둑년은 물론 그와 더불어 죄지은 저 거물을 죽여 없앨 것이리오" (〈연옥편〉 제33곡)라고 말을 한다. 515라는 숫자(로마식 숫자로 표현하면 DXV이다. 이것을 약간 변형시키면 DVX가 되는데 이는 곧 DUX로서 수령, 지도자를 뜻한다)는 단테에게 영감을 주었던 〈요한 계시록〉에 근거를 두고 있는 여러 예언들에서 사용되는 숫자를 연상시킨다. 그러나 아무도 타락한 교황권(창부)과 프랑스 왕을 쳐부술 자가 누구인지에 관한 확실한 답을 못하고 있다. 그리고 사실 베아트리체 자신도 그녀의 말이 테미스(Themis)와 스핑크스처럼 불확실하다고 시인하고 있다. 성 베드로는 〈천국편〉에서 당시 교회를 비난한 후, 스키피오가 로마를 구원했던 것처럼, 신의 섭리에 따라 구원자가 도래할 것이라고 예언을 한다. 이러한 구원은 금방 예상되는 것 같았다. 단테가 기대했던 구원자는 하인리히 7세일 수는 없다. 그러나 베아트리체와 성 베드로의 말은 제국과 구원을 연결하고 있다. 단테는 분명히 교회와 이탈리아의 정치를 강생시킬 어떤 형태의 제국적 부활을 계속 바랐던 것 같다. 그의 정치적 바람들은 그가 종교적 급진주의로부터 영향받은 교회의 사도적 입장과 연관되어 있다. 그가 환상의 천상 세계에서 보았던 영혼들과 합치(혹은 동일화)시킬 영혼들을 준비하고 있는 순수한 사도적 교회는 지상 제국을 필요불가결한 대응자로서 여겨야만 한다. 단테의 예언들은 모호하다. 그것은 아마도 구원자가 누구일는지 그 역시 몰랐기 때문일 것이다. 그러나 예언을 하는 것이 자신의 지정된 임무임을 그는 굳게 믿고 있었다.

〈천국편〉의 환상가인 단테는 《향연》에서의 철학적 주석가와는 아주 다른 입장에서 긴 여행을 수행하였다. 그럼에도 그는 그의 확신들 중의 많은 부분을 그대로 유지하고 있다. 《제정론》 제3권의 사도적 종교관의 채택은 유랑 생활의 초기와 말기를 구분짓는 큰 획을 이룬다. 〈천국편〉 속의 단테는 〈지옥편〉의 사도인 베르길리우스를 훨씬 능가하여 발전되어 있다. 시(詩)에서의 여러 요소들은 《신곡》의 각 부분들 사이에 강력한 연결 고리를 제공해 주기 위하여 교회의 타락과 제국의 구원을 예고하는 예언적 변론가로서의 자기 자신에 관한 그의 마지막 개념과 연결되어 있다. 아마도 이러한 비전은 〈지옥편〉이 계획된 훨씬 후인 단테 생애의 마지막 단계에서 이루어진 것 같다. 그러나 단테의 여행이 지고한 운명에 의한 지정된 임무라는 생각은 《신곡》 첫 부분에 이미 제시되어 있다. 베르길리우스가 지옥으로 내려갈 것을 제안했을 때, 단테는 로마의 시조가 되도록 선택받았고 제국과 교황권을 둘 다 준비하기 위하여 필요불가결한 여행을 수행했던, 아이네이아스를 따를 만한 자격이 자신에게는 없노라고 항변한다. 중세의 전설 속에서 그와 같은 여행을 할 수 있도록 그려진, 다른 유일한 사람은 성 바울이었다. '나는 아이네이아스도 아니고 성 바울도 아니오.'(〈지옥편〉 제2곡) 베르길리우스는 성모님과 성녀 루치아 그리고 베아트리체의 명령으로 그를 맞이하러 왔다는 배경 설명을 함으로써 그를 격려한다. 그들의 행로를 가로막으려는 이들에게 베르길리우스는 다음과 같이 말한다.

천명에 의해 가는 그를 방해하지 말라.
뜻하시는 대로 이룰 수 있는 저 높은 곳에서
그렇게 뜻하셨으니 더 이상 묻지 말라.

(〈지옥편〉 제5곡)

　이렇듯 인생의 후반기쯤에 단테는 제국과 교회의 섭리적 역사에서
한 몫을 차지했던 인물군(群)에 자기 자신을 포함시켰고 아이네이아스
와 성 바울의 항렬로 자신의 위치를 격상시켰다.

□ 연　보

1265년　5월 이탈리아 피렌체에서 몰락한 귀족인 아버지 알리기에로 디 벨린치오네와 어머니 돈나 벨라 사이에 태어남.

1270년　어머니 돈나 벨라 사망함.

1274년　폴코 포르티나리의 딸 베아트리체를 만남.

1283년　처음으로 시를 쓰기 시작했으며, 고전 연구에 몰두함. 특히 베르길리우스에게서 큰 영향을 받고, 구이도 구이니첼리의 새로운 시작법도 습득함. 두번째로 베아트리체를 만남. 아버지가 사망함. 산타 쿠로체 수도원에서 3학과(문법·논리학·수사학)과 4학예(산술·음악·기하학·천문학)를 배웠음(일설에 따르면 볼로냐 대학에서 수사학을 공부했다고 하지만, 정규 과정을 이수한 것은 아니다. 단테는 라틴어 외에 프랑스 어 와 프로방스 어에 정통했다).

1285년　젬마 도나티와 결혼하여 3명의 자녀를 갖게 되었다. (4명이라고도 전한다). 그 중 둘째인 피에트로는 아버지 단테의 문학을 깊이 연구하여 학자가 됨.

1289년　피렌체의 겔프 당 군에 입대, 캄팔디노 전투에 참가하여 기벨린 당의 군대를 격파함.

1290년　베아트리체가 죽다. 보에티우스, 아리스토텔레스, 토마스 아퀴나스 등의 저서를 읽으면서 자신의 고뇌를 극복하려고 힘쓰다.

1291년　시집《새로운 삶》을 쓰기 시작함.

1295년　피렌체의 정계에 진출하여 주요한 인물이 됨.

1300년　피렌체 시의 참사관이 됨 그러나 단테가 속했던 겔프 당은 다시 흑당과 백당으로 갈라져서 싸우기 시작함.

1301년   교황 보니파티우스 8세가 토스카나 지방을 교황청에 예속시키
         려 하자, 단테는 이를 저지할 목적으로 로마 교황청에 사절로
         파견됨.
1302년   흑당이 득세하고 단테가 속한 백당을 추방하여 망명 생활이
         시작됨.
1304년   베로나로 가서 발톨로메오 델라 스칼라의 비호를 받다. 그 후
         트레비조, 파도바, 루카 등지를 방랑함.
1305년   《향연》과《속어론》 등을 쓰기 시작함.
1310년   아르리고 7세가 이탈리아에 돌아오자, 단테는 그에게 탄원서
         를 제출함.《제정론》을 쓰기 시작함.
1315년   베로나에 돌아가 칸 그란데 델라 스칼라의 보호를 받다. 피렌
         체의 흑당은 사면령을 내려 망명자들을 불러들임. 단테도 자
         기 죄를 시인하면 돌아갈 수 있었으나, 명예롭지 못하다고 여
         겨 응하지 않음. 이에 분노한 흑당은 단테에게 궐석재판을 단
         행하여 사형을 선고함.
1319년   볼로냐 대학으로부터 라틴 어 문학 작품의 집필을 권고받음.
1320년   베로나에서 〈수륙론(水陸論)〉울 가르침.
1321년   라벤나의 구이도 노벨로의 보호를 받으면서 《신곡》의 마지막
         편인 〈천국편〉을 완성함. 구이도 노벨로 공의 사절로 베네치
         아를 다녀오는 도중에 말라리아에 걸려 9월 14일 사망함.

카치아구이다 이후의 단테의 가계(家系)

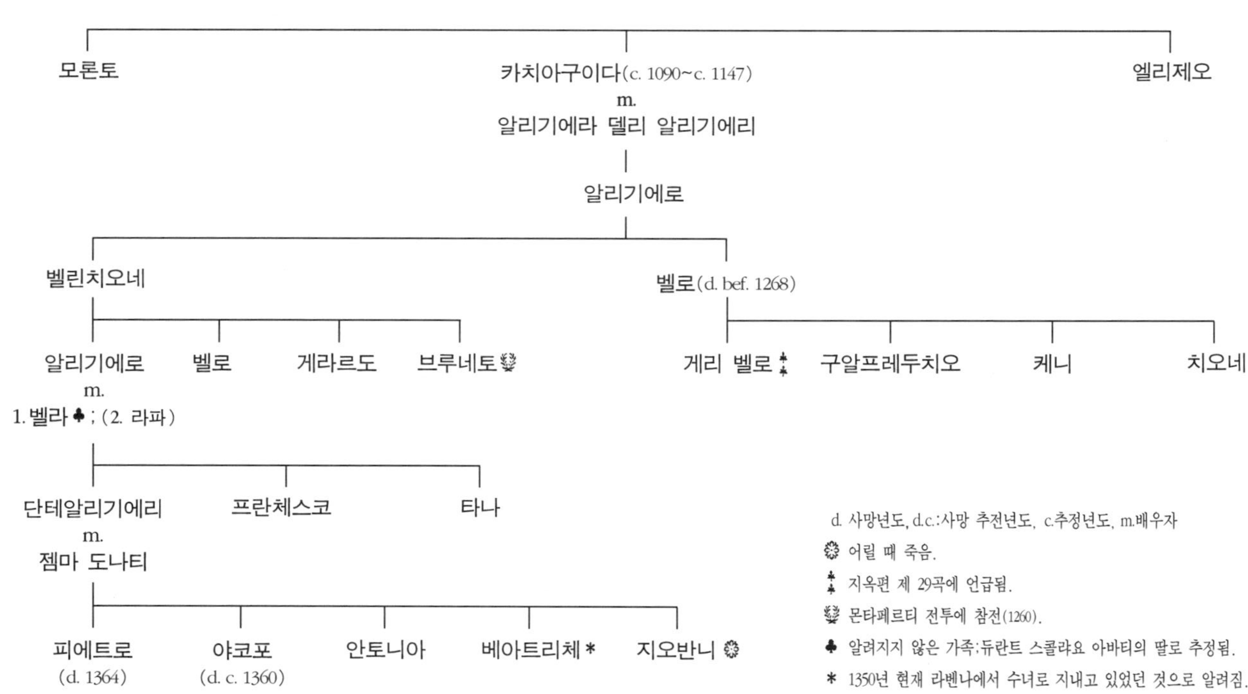

아라곤과 시칠리아 왕조표(1196~1337)

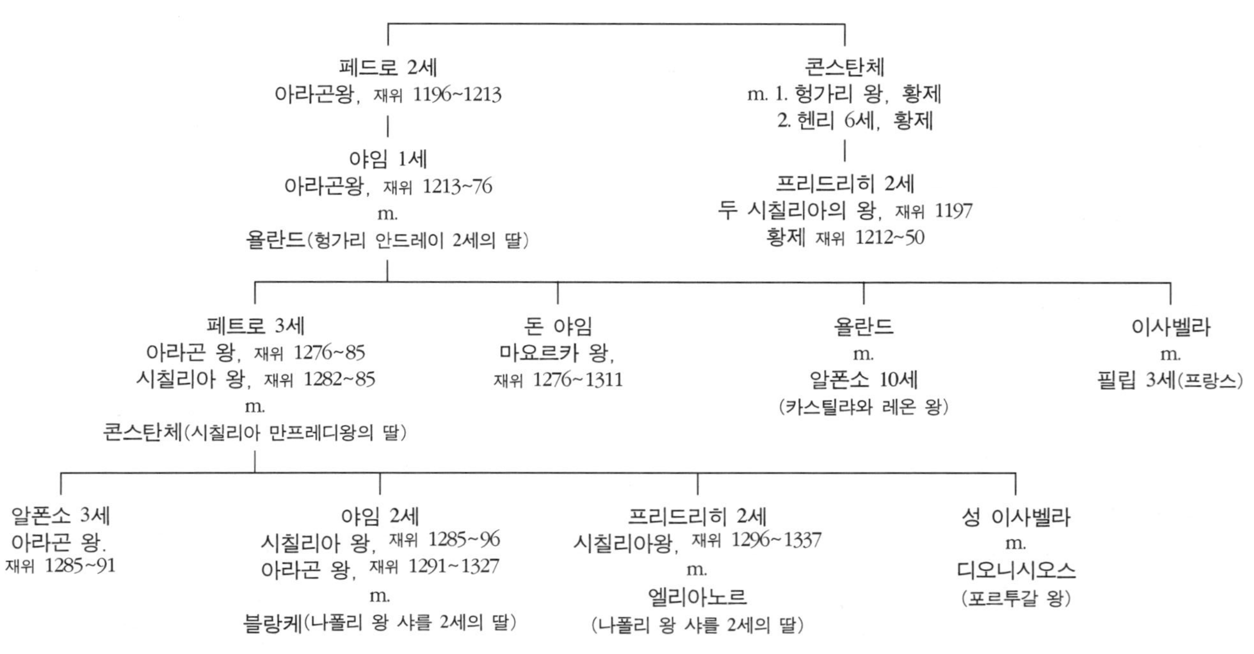

프랑스 왕조표(1223~1350)

(프랑스, 나바라, 헝가리, 나폴리 왕가간의 관계)

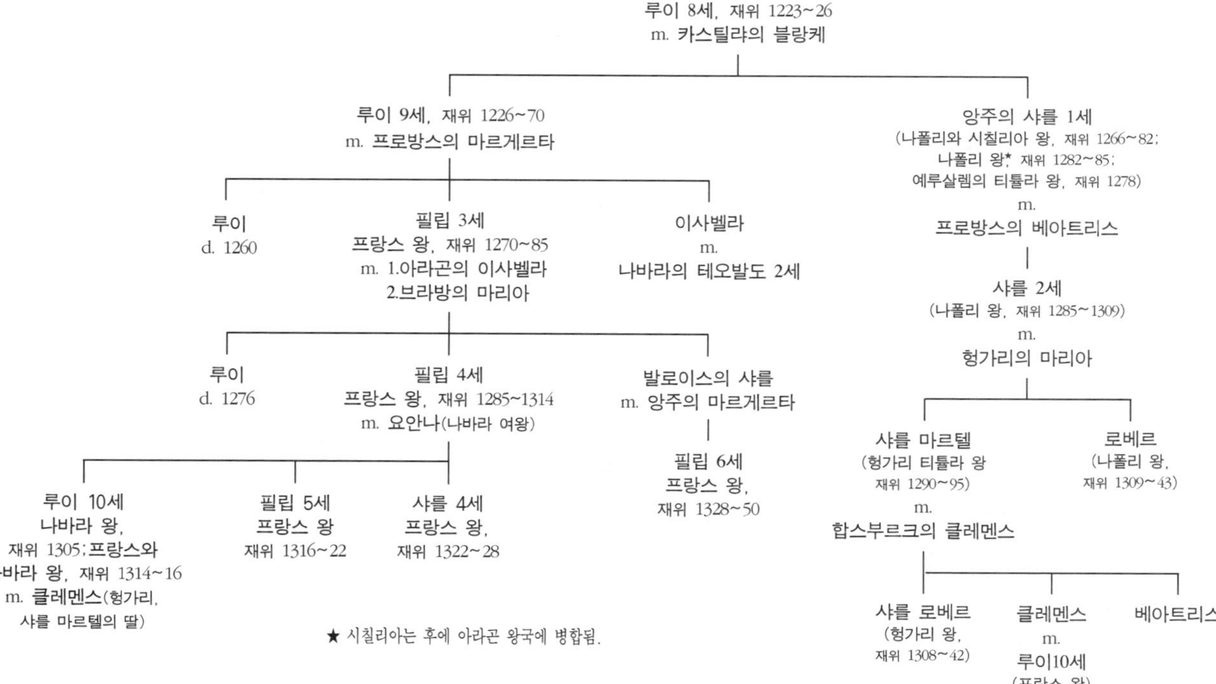

델라 스칼라 가계(家系)

야코포 피코
마스티노
베로나 군주,
재위 1261~77
알베르토
베로나 군주,
재위 1277~1301
발톨로메오
베로나 군주,
재위 1301~04
알보이노
베로나 군주,
재위 1304~11
칸 그란데
베로나 군주,
재위 1311~29
구이스페
산 제노의 수도원장,
재위 1292~1314
알베르토 2세
마스티노 2세
(칸 그란데 사후 베로나의 공동 군주)

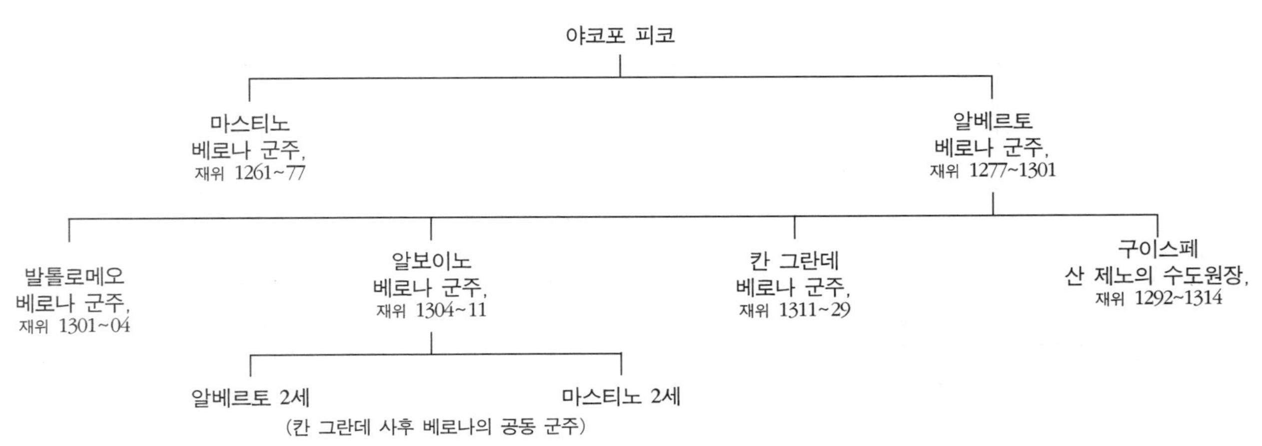

* 옮긴이 소개

최 현

시인, 번역문학가.
고려대학교 철학과 졸업.
저서로 《문》(시집), 《현대시 10강》, 《한국 현대시 해부》 외,
역서로 《쇼펜하우어 인생론》, 《마하트마 간디》, 《팡세》,
《명상록》 등이 있음.

신곡(하)

발행일 | 2021년 11월 20일 초판 1쇄 발행
　　　　　 2022년 　9월 30일 초판 2쇄 발행

지은이 | 단테 알리기에리　　　**옮긴이** | 최　현
펴낸이 | 윤형두 · 윤재민　　　**펴낸곳** | 종합출판 범우(주)
교 정 | 김원진　　　　　　　 **인쇄처** | 태원인쇄

등록번호 | 제406-2004-000012호 (2004년 1월 6일)
　　　　　　 (10881) 경기도 파주시 광인사길 9-13 (문발동)
대표전화 | 031-955-6900　　　**팩 스** | 031-955-6905
홈페이지 | www.bumwoosa.co.kr　　**이메일** | bumwoosa1966@naver.com

ISBN　978-89-6365-400-3　03880

* 책값은 뒤표지에 있습니다.
* 잘못된 책은 바꾸어드립니다.